シャム双子の秘密

エラリー・クイーン
越前敏弥・北田絵里子＝訳

角川文庫
18827

THE SIAMESE TWIN MYSTERY
1933
by Ellery Queen
Translated by Toshiya Echizen and Eriko Kitada
Published in Japan
by KADOKAWA CORPORATION

message

シャム双子の秘密

――ある推理の問題

目次

登場人物

〈館の住人たち〉
ジョン・S・ゼイヴィア博士　科学を神とする者。
サラ・イゼール・ゼイヴィア　ジョンの妻。
マーク・ゼイヴィア　ジョンの弟。
ウィアリー夫人　屋敷の家政婦。
パーシヴァル・ホームズ博士　ジョンの助手。
〝ボーンズ〟　屋敷の使用人。

〈館への訪問者たち〉
マリー・カロー　上流婦人《グランド・ダーム》。
フランシス　マリーの息子。
ジュリアン　マリーの息子。
アン・フォレスト　マリーの秘書。
スミス氏　謎の男。

まえがき

　エラリー・クイーンのいわば良心の番人として、わたしがかねがね責務として考えてきたのは、彼が何年も昔にアロー山と呼ばれるあの孤立した邪悪な峰でおこなった興味深い犯罪捜査の体験を、当人がいやがろうと恥ずかしがろうと、いつもの厚紙の表紙にはさまれた物語に仕立てさせることだった。この山は——取り急ぎ説明すると、ダリエン（キーツの詩「チャップマン訳ホメーロスをはじめて読みて」に登場するパナマの山）ではなく——わが国のもっと北、古くから先住民が住んでいた地方の中心であるティピー山地のなかにある。

　これはいろいろな意味において、特筆に値する物語だ。舞台設定が独特であること、登場人物中の少なくともふたりが特別に風変わりであること、山火事という主旋律がワグナーの示導動機《ライトモチーフ》のごとく全篇に流れていることのほか、この物語では、クイーン氏が発表した数ある冒険談のなかではじめて、捜査が警察関係者の干渉なしにおこなわれる。というのも、父親のリチャード・クイーン警視は例外として、殺人事件に不可欠とされる邪魔者たち——刑事、制服警官、検死官、指紋係、弾道学者及びその他の者――が現場に登場して捜査を妨げることがいっさいないからだ。

ただ疑わしいというだけで、鈍重な捜査員らがたちまち詰めかけて現場を踏み荒らしがちなわが国において、いかにしてそのような状況が生まれたのかという点も、この驚きに満ちた物語の興味深い要素のひとつとなっている。どうかお楽しみいただけますよう。

J・J・マック

ニューハンプシャー州クレアモント

一九三三年七月

第一部

「この世の中が、穢《けが》らわしい殺人者どもに蹂躙《じゅうりん》されずにすんでいるのは、彼らも善良な者たちと同様、人間的要素を具《そな》えているからにほかならない。犯罪者の心理は複雑だが、それは犯罪者の最大の弱点でもある。いわゆる〝狡知《こうち》に長《た》けた〟殺人者をわたしのもとへよこしてもらえれば、その者はすでに死刑を宣告されているも同然だと、諸君に証明してみせよう」

――ルイジ・ペルサノ著『犯罪と犯罪者』(一九二八年)

1　燃えるアロー山

その道はまるで、粗石を練りこんだ生地が巨人のオーブンで焼きあげられ、蛇のように細長い形で山腹にぐるぐると巻きつけられたのち、巨人が嬉々《きき》として上から踏みつけたかのように見えた。太陽に焦がされたその外皮は、材料にイースト菌でも使われたかのようにふくらんでいる。こんがりしたトウモロコシパンのごとく盛りあがった路面が五十ヤードほどつづいたかと思うと、その先の五十ヤードはまともな理由もなくあちこちが陥没して、タイヤ泣かせの深い溝だらけになっているという具合だ。この道路を運悪く通りかかった自動車旅行者に興奮を味わわせるべく、ねじれとカーブ、くぼみと曲折、くだりとのぼり、広さとせまさが、見た目にも実にみごとに配されていた。そこに舞いあがった塵《ちり》は、さながら獰猛《どうもう》なイナゴの大群で、汗ばんで気色の悪い人間の肌に留まったときには嚙《か》みつこうとそれぞれが身構えていた。

痛む目を守る汚れたサングラスと、目深にかぶった麻の帽子と、郡三つぶんの砂ぼこりにまみれた皺《しわ》だらけの麻のジャケットと、皮むけして炎症を起こしかけた肌のせいで、本人とはとうてい見分けのつかないエラリー・クイーン氏は、おんぼろのデューセンバーグの運転席で肩をまるめながら、いくぶん自暴自棄な心持ちでハンドルと格闘していた。渓谷から四十マイルくだったタッキサスを公には起点とする、名ばかりの道路のこの地点まで、カーブにさしかかるたびに悪態をついてきたが、もはやことばも出なくなっていた。

「おまえのせいだぞ」父が不機嫌に言った。「まったく、山にはいれば涼しいだろうとでも思ったのか！　体じゅうを紙やすりでこすられている気分だ」

塵よけに灰色の絹のスカーフを目の下まで巻きつけた白髪交じりの小柄なアラブ人という風情の警視は、道路そのものと同じく五十ヤードごとに跳ねあがって噴出する鬱憤《うっぷん》をかかえていた。エラリーのかたわらの座席で、うめき声をあげながら体をひねり、後部にくくりつけた荷物の山越しに、通ってきたでこぼこだらけの道を苦々しくにらみつける。そしてまた座席に沈みこんだ。

「渓谷の有料道路をずっと行けと言ったじゃないか」吹きつける熱く粘っこい空気に向かって、警視は人差し指を振ってみせた。

「こう言ったはずだ、〝エル、悪いことは言わない――こういう性質《たち》の悪い山のなかじゃ、どんな荒れた道に出くわすかわからないぞ〟とな。ところがどうだ。おまえは向こう見ずに探険をはじめた。日も暮れかかろうというときに、まるであの――ろくでもないコロンブス気どりでな！」警視はことばを切り、暗さを増していく空に向かってつぶやいた。「まったく手に負えない。母親そっくりだ——御霊《みたま》よ、安らかに！」あわてて付け加える。あれこれ言っても、根は信心深い老紳士だ。「ともかく、これで気がすんだのならいいがね」

エラリーは大きく息をつき、行く手に延びるジグザグの道から一瞬視線をはずして空を見た。きわめて静穏かつ急速に、天空全体が紫色を帯びつつある——どんな者をも詩人にするながめだ、と思った。ただし、ぼやきを超えた反論不能な理屈で責めてくる不満顔の男親をかたわらに乗せ、疲労と暑さと空腹にやられた者はそのかぎりでない。渓谷に接した麓《ふもと》の丘沿いの道路は、本来ならそそる外観をしていた。緑の木々のある景色のなかでは、どことなく涼しげに見えた——が、それはただの期待にすぎなかった、と気落ちして思った。

深まりゆく夕闇のなか、デューセンバーグは悪路を突き進んだ。

「それだけじゃない」ほこりまみれのスカーフの上で片目をあけて前方の道を見やりながら、クイーン警視はさらに言った。「休暇を締めくくるのに、とんだ趣向を凝らしてくれたもんだ。災難、まさに災難だ！　こんなにかっかと——それに不快《う》にさせられて。とんでもないぞ、エル、わたしは不安でたまらない。これでは食欲も失せる！」

「ぼくは平気さ」またひとつ大きく息をつきながら、エラリーは言った。「グッドイヤー・タイヤのステーキに、パッキングのフレンチフライを添えてガソリンのソースをかけたやつを、いますぐ腹に入れられる。それぐらい腹ぺこだよ。それより、ここはいったいどこなんだ？」

「ティピー山地。合衆国のどこかだ。わたしにはそれしかわからない」

「すばらしいな。ティピー（北米先住民のテントの意）か。父さんに詩を解する心があったとはね！　焚《た》き火の上で炙《あぶ》られてる鹿肉が目に浮かぶよ……。どうどう、デューセンバーグ！　こいつは抜群だろう？」最大級の隆起に遭遇して頭がもげそうになった警視が目をむく――警視の考えでは〝抜群〟が適語にあたらないのは明らかからしい。「さあ、さあ、父さん。こんな小さなことを気にしてどうするんだい。自動車旅行にこういう危険は付き物なんだ。いまの父さんに足りないのは、モントリオールで買えるスコッチだよ、裏切り者のアイルランド人殿！……おや、あれを見てくれ」

　無数にある予期せぬカーブのひとつの周辺で、道が小高くなっていた。不思議に感じて、エラリーは車を止めた。左手の数百フィート下方に横たわるトマホーク渓谷は、空に突き出す緑の城壁からするりと落ちてきた紫のマントにもうすっかり覆われている。その下で、何か血のかよった巨大な生き物がしなやかに動きまわるかのように、マントは大きく波打っていた。はるか下方へ滑りおりていく薄灰色のサナダムシを思わせる道路も、すでに半ばまで紫のマントに包まれている。灯火ひとつ、人や民家が存在する気配ひとつ、見あたらなかった。頭上の空はいまやすっかり紫に染まり、太陽が赤肉メロンの最後のひとかけらよろしく、渓谷の彼方《かなた》の山並みの向こうに沈みつつあった。道路の端は十フィート先にあり、緑の急斜面が谷底に向かって滝のように流れ落ちていた。

エラリーは振り返って、上方を見やった。アロー山が、マツやヒイラギカシや生い茂った雑草が密に織りなす濃いエメラルド色の壁掛けさながらに、眼前を占めていた。密生した緑葉の織物は、頭上数マイルの高みまで連なっているように見える。

エラリーはふたたびデューセンバーグを発進させた。「苦労した甲斐《かい》があったよ」小さく笑いを漏らす。「おかげで気分がよくなった。いつまでむくれてるんだい、警視。これぞ本物の――生《なま》の自然ってやつだよ」

「度を越した生々しさは気に入らないぞ」

夜の暗さがにわかに増し、エラリーはヘッドライトを点灯した。父子は沈黙したまま、でこぼこ道を進んだ。エラリーはぼんやりと、警視はいらつきながら行く手を見据えていた。前方の道路を貫く光線のなかで、奇妙な靄《もや》が躍りはじめた――動きの鈍い霧のように、漂い、ねじれ、渦巻いている。

「もう着いているはずだと思うがね」暗闇のなかで目をしばたたきながら、警視はぼやいた。「道はくだりになっているじゃないか。それとも、そんな気がするだけか？」

「しばらくずっとくだりつづきだよ」エラリーはつぶやいた。「どんどんあたたかくなってないかい？　さっきの呂律《ろれつ》のまわらない大男は——タッキサスのあの自動車修理工だけど——オスケワまでどのぐらいだって言ってたんだったか」

「五十マイルだ。タッキサスだの、オスケワだの！　まったく、この田舎にはまったく反吐《へど》が出るよ」

「想像力がないな」エラリーはにやりとした。「古くから伝わる先住民の言語の美しさがわからないのかい。しかし、皮肉なものだ。わが国の人間は、外国を訪れてもやっぱり聞き慣れない名前に文句をつけるんだ——ルヴーフとか、プラーグ（なんだって、プラハなんて呼ぶようになったんだろう？）、ブレッシア、ヴァルデペーニャス、おまけに古きよき英国のハリッジやレスターシャーにまで。でも、いまのはみんな簡単なことばで——」

「ううむ」警視が妙な調子で言った。ふたたび目をしばたたく。

「——この国の先住民の地名と言ったら、アーカンソーにウィネベーゴ、スカハリー、オトセゴ、スー・シティー、サスケハナ、ほかにもどれだけあるか知れない。まさしく遺産だよ！　そうだとも、顔に彩色した先住民が、渓谷のあの丘を駆けめぐり、馬にまたがって、ここにいるぼくたちの頭上におりてくる。髪を編んで、モカシンと、なめした鹿革の服と、七面鳥の羽を身につけて。彼らの焚くのろしの煙が——」

「うぅむ」警視はまた言い、いきなり身を起こした。「この近くでは、いまだにそれをやっているらしいぞ！」

「えっ？」

「煙、煙だ！　気づかないのか」警視は腰をあげ、前方を指さした。「あそこ！」と叫ぶ。「すぐ目の前だ！」

「ばかばかしい」エラリーは鋭い声で言った。「よりによって、なぜこんなところに煙があるんだ？　たぶん夜霧が少し出てるんだよ。こういう山間では、ときどきおかしないたずらに出くわすものさ」

「これはまずいことになったぞ」クイーン警視はきびしい表情で言った。ほこりだらけのスカーフは膝《ひざ》の上に落ちたままだ。その鋭い小さな目はもはや、だるそうでも退屈そうでもなかった。首を伸ばし、後方を長々と注視している。エラリーは眉《まゆ》をひそめながら、バックミラーをちらりとのぞき、すぐにまた前方へ目をもどした。道路は明らかに渓谷へ向かってくだっていて、奇妙な靄は下方へ進むごとに濃くなっていく。

「どうしたんだ、父さん」エラリーは小声で訊《き》いた。鼻をひくつかせる。異様で少々不快な刺激臭が空気中に漂っていた。

「どうやら」座席にまた腰をおろして、警視は言った。「どうやら、エル、急いだほうがいいようだ」

「それは――」エラリーは力なく言いかけて、ごくりと唾《つば》を呑《の》んだ。

「まちがいないと思う」

「山火事かい」

「山火事だ。におうだろう?」

エラリーの右足がアクセルを踏みこんだ。デューセンバーグは前のめりに発進した。機嫌を損ねてもいられなくなった警視は、自分の側の車のへりから手を伸ばし、強力な側灯のスイッチを入れた。光の筋が、箒《ほうき》のごとく山の斜面をなでていく。

エラリーは唇をきつく結んでいた。ふたりともことばを発しなかった。

標高がかなりあって、夜の山は冷えこむにもかかわらず、空気には怪しい熱気がこもっていた。デューセンバーグの進路で渦巻く靄は、いまや黄色がかって、綿のような厚みを帯びている。それは煙だった。乾燥した木だの、塵《ちり》をかぶった葉だのが燃えて生じた煙だ。刺激の強い微分子がいきなり鼻孔に侵入してきて、肺を焼かれたふたりは、激しく咳《せ》きこんで、ひりつく目に涙を浮かべた。

左手にある渓谷は、夜の海のような濃霧に閉ざされ、ほかには何も見えなかった。

警視が身じろぎした。「止まったほうがいいぞ」

「そうだな」エラリーはぼそりと言った。「ぼくもちょうどそう思ってた」

デューセンバーグはあえぐようにして止まった。前方では、煙が暗い波となって激しく巻き返っていた。その先——遠くはない、ほんの百フィートほど先——には、小さなオレンジ色の歯が出現して、煙に嚙《か》みつきはじめている。下方の渓谷にも、さらに多くの、何百というオレンジ色の歯に加え、長くちろちろしたオレンジ色の舌が見えた。

「まさにこの先が火事なんだ」エラリーは同じ弱々しい声で言った。「方向転換して、来た道をもどったほうがいい」

「ここでそんなことができるのか」警視がため息混じりに言う。

「やってみるよ」

それは、熱をはらんだ暗闇のなかでの、細心の注意を要する難業だった。この老いたるレーシングカー、デューセンバーグはエラリーが数年前に気まぐれに入手し、修理して私的用途に使ってきたものだが、このときほど長大で扱いにくく感じたことはなかった。エラリーが汗をかいて、小声で毒づきながら前進と後退を繰り返し、傍目《はため》にはわからないほど小刻みに車の向きを変えていくあいだ、警視は塵で汚れた小さな手でフロントガラスにつかまって、口ひげの先を熱い風に震わせていた。

「さっさとすませたほうがいい」警視は穏やかに言った。アロー山の静まり返った暗い斜面をさっと見あげる。「どうやら——」

「何？」最後の方向転換をやってのけたエラリーは、息を切らしていた。

「どうやら火は道を這《は》いのぼってきている――われわれの後ろまで」

「まさかそんな、父さん！」

エラリーが闇をにらみつけると同時に、デューセンバーグの車体が震えた。笑いだしたい衝動に駆られる。どこまでまぬけなんだ。火の罠《わな》にかかるなんて！　警視は前のめりにすわり、ネズミのようにじっと警戒している。エラリーは叫声をあげ、アクセルを思いきり強く踏みこんだ。車は前方へ突進した。

下方の山腹一面が燃えていた。紫のマントはずたずたに裂け、小さなオレンジ色の歯と長いオレンジ色の舌が、みずから放つ光のなかで鮮明に、容赦なく斜面をむさぼり、なめつくしている。ふたりのいる高さからはミニチュアのように見える、何マイルにも及ぶ景色全体が、突如として炎に包まれた。茫然《ぼうぜん》としたまま、途方もない悪路を猛スピードであともどりするあいだに、現実に何が起こったのかをふたりとも理解した。いまは七月の下旬、一年で最も暑くて乾燥している時期だ。ここはほぼ手つかずの森林地帯で、からみ合うように密生した高木や灌木《かんぼく》は、ずいぶん前から太陽の熱で水分を奪われ、炎を招き寄せる乾いた火口《ほくち》と化していた。キャンプ客の焚《た》き火の踏み消しが不十分だったか、煙草の火の始末がいいかげんだったか、あるいは二本の枯れ木の幹が風に揺られてこすれ合っただけでも、火事は発生する。そして炎は、木々の下をまたたく間に這い進み、山麓《さんろく》一帯に燃えひろがって、上方の乾燥した空気にふれると同時に、斜面をひとりでに燃え立たせたのだろう……。

デューセンバーグは失速し、止まりかけたかと思うと前へ飛び出して、きしむブレーキ音とともに停止した。

「囲まれた！」エラリーはハンドルの前で半ば腰を浮かせて叫んだ。「前も後ろも！」それから、急に落ち着き払ってまた座席にもたれ、煙草を手探りした。かすかな笑い声を立てる。「ばかばかしいじゃないか。火炙《あぶ》りの試練とはね！　いったい父さんはどんな罪を犯したんだ」

「冗談も休み休み言え」警視は険しい声で言った。立ちあがり、すばやく左右を見渡す。道路のへりの下まで炎が侵食していた。

「おかしなものだ」エラリーは小声で言い、肺いっぱいに吸いこんだ煙を音もなく吐き出した。「父さんをこんなことに巻きこんでしまうなんて。ぼくがばかをやらかすのもこれが最後になりそうな気がしてきた……。ああ、どこを見たって無駄だよ、父さん。あの煙のなかを突っ切るよりほかに手はない。道はせまいし、火はすでに向こうの木立をむさぼりはじめてる」また小さく笑ったが、サングラスの奥の目は血走り、汗だくの顔は蒼白《そうはく》になっていた。「あと百ヤードも進めないよ。視界はきかないし――道もくねくね曲がってる……。火に追いつかれなくても、道路からまっさかさまに転がり落ちるだろう」

警視は鼻孔をふくらませ、無言でにらみつけている。

「とんだメロドラマだ」強がってそう言いながら、エラリーはしかめ面で渓谷を見おろした。「どう切り抜けたらいいのか見当もつかない。なんだか――ぺてんにかけられた気分だ」呟きこみながら、苦い顔で煙草を投げ捨てる。「さて、どう決断しよう。ここにとどまってフライになるか、危険を承知でこの道を進むか、それともこの上の斜面をよじのぼってみるか。早く決めないと――相手は短気だから」

警視はどさりとすわりこんだ。「そう焦るな。森へ飛びこむのはいつでもできる。前へ進め！」

「了解」煙のせいではない苦痛を目ににじませ、エラリーはまた弱々しく言った。デューセンバーグが動きだす。「いくら見たって無駄だよ」つぶやく声に、にわかに哀れっぽさが混じる。「逃げ道はどこにもない。ここは一本道で――脇道はぜんぜんないんだ……。父さん！　もう立ちあがらないで、ハンカチで口と鼻を覆うんだ！」

「いいから、さっさと進め！」警視はいきり立って大声を出した。目が充血してうるみ、濡《ぬ》れた熾火《おきび》のごとくぎらついている。

デューセンバーグは酔っ払いさながらにふらふらと進んだ。三つのライトを合わせた明るい光も、車にからみつく黄白い蛇のような煙をよりくっきりと際立たせるだけだった。エラリーは感覚よりも本能を頼りに運転していた。こわばった表情の奥で、行く手の尋常ならざる道路の紆余曲折《うよきよくせつ》を懸命に思い出そうとつとめた。カーブがあったはずだ……。ふたりとも、いまやひっきりなしに咳《せき》をしていた。エラリーの目はサングラスで保護されているものの、それでも涙が流れはじめた。新たな臭気が、痛めつけられた鼻孔を刺激する。焦げたゴムのにおい。タイヤが……。

舞い落ちる灰がふたりの衣服に点々と張りついていく。

何かが燃えてはじける音に包まれつつもなお、はるか下方の、はるか遠くのどこかから、執拗《しつよう》に鳴り響く火災報知サイレンの音がかすかに聞こえた。警報の出どころはオスケワだな、とエラリーは思って慄然《りつぜん》とした。山火事に気づいた人々が部族の者たちを集めているのだろう。じきに、バケツや殻竿《からざお》や手製の箒を携えた人間アリの群れが、燃えさかる森に押し寄せてくるはずだ。そういう連中は山火事との闘いに慣れている。きっとこの火事も鎮めるだろうし、そうでなければひとりでに鎮火するか、天祐神助《てんゆうしんじょ》の雨によって消火されるだろう。ただ、煙のなかに目を凝らし、激しく咳きこみながら、エラリーはひとつ確実に言えることがあると思った。クイーンという名のふたりの紳士は、センター街とアッパー・ブロードウェイから遠く離れたさびしい山中の燃える路上で最期をとげる運命にあり、ふたりはだれに見届けられることもなく、にわかにかけがえのない場所と化したこの世界から去っていくのだろう……。

「あそこだ！」警視が跳ね起きて叫んだ。「あそこだ――エル！　覚えている。覚えているぞ！」左のほうを指さしながら、座席の上で小躍りする。その声は涙と安堵《あんど》と喜びで粗くかすれていた。「脇道が一本あった気がしていたんだ。車を止めろ！」

心臓を高鳴らせて、エラリーは急ブレーキをかけた。煙の切れ間から真っ暗な洞窟《どうくつ》のような裂け目が見えた。どうやら、アロー山の胸もとを巨人のもつれた体毛のごとく覆っている、ほぼ通行不能な傾斜のきつい森を抜けて、上方へ至る道らしい。

エラリーはハンドルと力いっぱい格闘した。デューセンバーグはすばやく後退したあと、タイヤをきしらせ、うなりをあげて前方へ突き進んだ。セカンド・ギアで、本道と急な角度をなす、土の押し固められた脇道へ分け入っていく。エンジンが泣き声をあげ、叫び、歌い――車は道を掻《か》き分けて上へと進んだ。精いっぱいの速度で、どこまでも這いのぼった。灯光をひらめかせて猛進する。道はいまや曲折しはじめていた。とあるカーブで、えも言われぬ芳《かぐわ》しい松葉のにおいのする疾風と、心地よい涼気が……。

信じがたいことに、ふたりは二十秒と経たないうちに、炎と煙を、そして運命と死を置き去りにしていた。

いまやもう、すっかり真っ暗だった――空も、木々も、道路も。空気は強い酒のようで、ふたりは痛めつけられた肺と喉《のど》をぬるみのある涼気で潤し、無言のまま酔いしれた。肺がはち切れる寸前まで、思いきり空気をむさぼり、吸いこんだ。そして、ふたりして笑いだした。

「ああ、まったく」エラリーは息をはずませて車を止めた。「なんだか全部――悪い夢みたいだ！」

警視は愉快そうに笑った。「まさにな！　ふう」身震いしながら、ハンカチを取り出して口もとをぬぐう。

ふたりとも帽子を脱ぎ、冷たい風の感触を大いに楽しんだ。暗闇の向こうを見通そうとして、一度、互いの目が合った。じきにふたりはだまりこんでしまい、浮かれ気分は消え去った。やがてエラリーがハンドブレーキを解除し、デューセンバーグを始動させた。

これまで進んできた道が困難だったとするなら、この先の道は不可能そのものだった。ごつごつして雑草がびっしりと生い茂り、牛の通り道と大差がないありさまだ。ただし、ふたりとも、それを心底呪ったわけではない。その道は天からもたらされた恵みだった。くねくねとのぼりつづけるその道を、ふたりはくねくねとのぼりつづけた。どこまで行っても、人の気配はない。ヘッドライトが昆虫の触角さながらに前方を探っていく。空気は着々と冷たさを増し、芳しく刺激的な樹木の香りがワインを思わせた。翼を持つ生き物たちが羽音を立て、明かりに向かって突進してくる。

エラリーは唐突にまた車を止めた。

居眠りしていた警視は、はっと目を覚ました。「こんどは何事だ」寝ぼけ声でつぶやく。

エラリーは耳をそばだてていた。「この先で何か音がした気がする」

警視は白髪交じりの頭をかしげた。「こんな山の上に人が？」

「そうは思えないけどね」エラリーはそっけなく言った。前方のどこかから、草木を踏みしだくかすかな音が聞こえてくるが、遠くの下生えを大型の獣がうろついている音だと思えなくもない。

「クーガーだと思うか」クイーン警視は低い声で言い、緊張気味に制式の拳銃《けんじゅう》を手で探った。

「ちがうだろう。そうだとしても、ぼくたちより向こうのほうがもっとびくついてるはずだ。このあたりにネコ科の野獣なんていたっけ？　たぶん――熊とか鹿とか、そういうのじゃないか」

エラリーはまた車を発進させた。ふたりとも完全に覚醒《かくせい》して、はっきりと不安を感じていた。音はしだいに大きくなっていった。

「おい、まるで象の足音じゃないか！」警視は鋭く言った。すでに銃を取り出している。

急にエラリーが笑いだした。そこから道路はまずまず長い直線になっていて、その先のカーブのあたりから、闇のなかを手探りするかのように、二本の光の指が現れた。ほどなく、その指はまっすぐに伸びて、デューセンバーグの輝くふたつの目を直撃した。

「車だ」エラリーは苦笑した。「その大砲はしまったらどうだ、ひ弱な父さん。クーガーとはね！」

「おまえだって、鹿がどうのこうのと言っていなかったか？」警視は切り返した。それでも、拳銃をズボンの尻《しり》ポケットへもどさなかった。

エラリーはいま一度車を止めた。前進してくる車のヘッドライトが、もうだいぶ近づいている。「こういうところで道連れができるのは運がいい」陽気に言って運転席から飛びおり、愛車のヘッドライトの前へ躍り出る。「やあ！」両腕を振りながら大声で叫んだ。

それはひどく古びてへたったビュイックのセダンだった。ひしゃげた鼻を路面の土に押しつけんばかりにして停止する。乗っているのは運転手ひとりらしい――塵《ちり》で汚れたフロントガラスの向こうに、二台の車の溶け合った明かりに照らされた顔と肩がぼんやり見えている。

顔が横の窓から突き出された。ガラス越しゆえのゆがみがなくなり、造作のひとつひとつがはっきり見てとれた。くたびれたフェルト帽を、原始人並みの大きな頭部から突き出した耳のあたりまで深くかぶっている。顔は大きく醜怪で、厚い肉が垂れさがってじっとりと湿っている。蛙のような目は肉の塊に埋もれ、鼻は大ぶりで横にひろがっていて、唇はきつく結ばれている。むくんで不健康そうだが、どことなく険があって人を萎縮《いしゅく》させる顔だ。こういう顔の持ち主は扱いにくいぞ、とエラリーは無意識に身構えた。

光を放つ細い目が、両生類の冷ややかさでエラリーの痩軀《そうく》をとらえた。やがて視線は背後のデューセンバーグに移り、ぼやけて見える警視の上半身に注がれたあと、すばやくエラリーのほうへもどった。

「おい、そこをどけ」低音が耳障りに震える、不機嫌な声だ。「道をあけろ！」

エラリーは強烈な光にまばたきをした。怪物の頭は透けたフロントガラスの向こうにまた引っこんだ。怒らせた広い肩が目に見えるようだった。そして首はひどく短い、とエラリーは苛立《いらだ》ちながら思った。なんと無礼なやつだ。まさに強情者《ノー・ネック》だよ。

「しかしね」エラリーはなるたけ愛想よく切り出した。「それはどうかと――」

ビュイックは鼻息も荒く、苦しげに前進しはじめた。エラリーの目が光った。

「止まれ！」と叫んだ。「この道はおりていけないぞ――頑固野郎め！　下は山火事なんだ！」

ビュイックは、エラリーから二フィート、デューセンバーグから十フィートの位置で止まった。また顔が突き出された。

「なんだと?」低音の声が重く響いた。

「さすがにそれは気になったかい」エラリーは満足げに答えた。「まったく、このあたりじゃ、礼儀らしきものはこれっぽっちも存在しないのかな。下のほうは、きれいさっぱり燃えてしまってると言ったんだ——いまごろは道路にも火の手がまわってるはずだから、まわれ右して引き返したほうがいい」

蛙のような目が一瞬だけ、無表情に据えられた。

そして——「道をあけろ」男はまた言って、ギアに手をかけた。

エラリーは呆気《あっけ》にとられて相手を見つめた。この男は、ばかか正気でないかのどちらかだ。

「いいさ、豚のあばら肉みたいにいぶられたいなら」エラリーは言い放った。「まあ、ご勝手にどうぞ。この道はどこへ出るのかな」

返事はなかった。ビュイックはじりじりとインチ刻みに進みつづけている。エラリーは肩をすくめ、のそのそと愛車に引き返した。乗りこむと、ドアを乱暴に閉め、何か無礼なことばをつぶやいて、車を後退させはじめた。道はあまりにせまく、車二台が並んですれちがえる余裕はない。エラリーは立木の一本に突きあたるまで、下生えを踏みしだいて後退しなくてはならなかった。かろうじてビュイックが通れるだけの余地ができた。ビュイックはうなりをあげて前進し、デューセンバーグの右のフェンダーに荒っぽくキスをして、闇のなかへ消えた。

「いかれた野郎め」エラリーが車を道にもどしたころ、拳銃をしまいながら警視が憎々しげに言った。「あいつの面《つら》にもう少し脂がのっていたら、きっと風船玉みたいに飛んでいくぞ。くたばるがいい」

エラリーはふふんと意地悪く笑った。「じきに引き返してくるさ。あのほっぺたには向かっ腹が立つな！」そう言ったあとは、目の前の道に神経を集中させた。


何時間ものぼりつづけた気がしていた――デューセンバーグの秘めた力を酷使するのぼりが、ひたすらつづいた。人が住んでいる気配はどこにもない。木々は、こんなことがありうるものか、密生しながら一段と荒々しく乱れていった。道はよくなるどころかますます悪く――いっそうせまく、岩と雑草だらけになっていく。前方の道でとぐろを巻く毒ヘビのぎらついた目を、ヘッドライトがまともにとらえたこともあった。

警視は、長らく感情を乱されつづけた反動が来たのか、すっかり眠りこんでいた。その低いいびきが、エラリーの鼓膜を震わせていた。エラリーは歯を食いしばって先を急いだ。

頭上の枝々はさらに低く垂れ、彼方《かなた》でしゃべりつづける異国の老女たちのように、絶え間なくさざめいていた。

無情なのぼり道を延々とたどるあいだ、エラリーは一度ならず星影を目にした。

「地獄には落ちずにすんだ」エラリーはひとりつぶやいた。「ところがいまは、どうやらヴァルハラ(北欧神話で、戦死した英雄の霊が祀られる殿堂)へまっしぐらだ!」それはともかく、この山はどれほどの高さがあるのだろうか。

エラリーはまぶたが重くなるのを感じ、激しく頭を振って、眠るまいとした。こんな道で——シャムの踊り子のようにくるくると身をよじる、荒れた道で——居眠りするのは大ばか者だ。エラリーはぐっと顎《あご》を引き、盛大に鳴る空っぽの腹に意識を集中した。湯気の立つ一杯のコンソメスープがここにあったら、と夢想した——それから、グレービーソースときつね色のポテトを添えた、焼き加減がレアの分厚いサーロインステーキに、熱いコーヒーを二杯……。

エラリーはわれに返って前方をうかがった。道が広くなりつつあるようだ。それに木々も——心なしかまばらになっている。そうか、いよいよだ! この先は何か様子がちがう——おそらく、この忌々しい山の頂上に達したのだろう。ほどなく、反対側の斜面で道はくだりになり、その先の渓谷に町やあたたかい夕食やベッドがあるにちがいない。そしてあすは元気になって大急ぎで南へ旅し、翌日にはニューヨークとわが家に到着だ。安堵《あんど》したエラリーは声を立てて笑った。

そのとき、急に笑うのをやめた。道が広くなっていたのはごく当然に感じられた。木立は左右の暗闇に退いている。デューセンバーグはある種の開拓地に乗り入れていた。頭上には、無数の輝く星屑《ほしくず》でいっぱいの、白熱した空がある。強さを増した風が、よれよれの帽子のてっぺんをはためかせた。ひろがった道の両側には、石ころから巨岩まで、大小さまざまな岩石が転がっていて、その割れ目や隙間から、惨めったらしく干からびた草が生えている。そして、正面には……。

エラリーは冷えた関節の痛みに顔をしかめ、小さく毒づきながら車をおりた。デューセンバーグの十五フィート前方に、ヘッドライトのまぶしい光にくっきりと照らされた、高い鉄の門柱が二本立っていた。その両側には、まちがいなくこの近づきがたい土地の原産らしき石で造られた、低い塀がめぐらされている。左右に分かれて延びた塀の先は、暗闇のなかに消えていた。ヘッドライトが門柱の少し向こうまで届き、道が延びているのがわかった。そのさらに先にあるものは、すべてを覆いつくす、同じ濃い闇に閉ざされていた。

ここで道は行き止まりになっている！

エラリーは、おのれの愚かさ加減を呪った。なぜ気づかなかったのか。下方の曲がりくねった道は、山の周囲をまわっていたわけではなかった。いま思えば、道は最も無難な場所を選んで、左右へ不規則にジグザグと延びていただけだった。だとしたら、アロー山を螺旋《らせん》状に周回して頂上へのぼっていく道がないのには理由があるはずだ。考えうる理由はただひとつ、山の反対側に道を通すのが不可能なのだ。おそらく断崖《だんがい》になっているのだろう。

つまり、山をおりる道も一本だけ——いまのぼってきた道をおいてほかにない。行き止まりに向かって突っ走ってきたわけだ。

この世と、夜と、風と、木々と、山火事と、自分自身と、生あるものすべてに憤りながら、エラリーは門のほうへ歩いていった。一方の門柱の鉄格子に青銅のプレートがついていた。〈アローヘッド館〉とだけ記されている。

「こんどはどうした?」デューセンバーグの奥から、警視がしゃがれた寝ぼけ声で言った。「ここはどこだ」

エラリーの声は沈んでいた。「行き止まりだ。ここが旅路の終わりだよ、父さん。見通しがいいじゃないか」

「おいおい、なんだ!」警視はいきり立って道に這《は》いおりた。「すると、この辺鄙《へんぴ》な道はどこにも通じていないのか」

「どうもそうらしい」そこでエラリーは腿《もも》を強く叩《たた》いた。「ああ、参った」うなるように言う。「ばか者呼ばわりしたらいいさ！　ここで突っ立ってたって仕方ない。あの門をあけるのを手伝ってくれ」エラリーは重い鉄格子をつかんで引きあけにかかった。警視が加勢すると、門は抵抗してきしみながら、しぶしぶ開いた。

「錆《さび》だらけだ」警視は手のひらをしげしげと見て、低くぼやいた。

「行こう」エラリーは大声で言い、車のほうへ駆けもどった。警視もだるそうに早足でつづく。「ぼくもどうかしてたな。門と塀があるってことは、人がいて、家があるってことだ。当然ね！　この道はそもそもなんのためにある？　ここにはだれか住んでるんだよ。つまり、食べ物と、入浴と、一夜の宿が――」

「ひょっとしたらな」車を走らせて門柱のあいだを通過したころ、警視がにべもなく言った。「だれも住んでいない可能性もある」

「そんなばかな。そこまで運命に見放されちゃかなわないよ。それに」エラリーはいまや、かなり浮かれていた。「あのビュイックの肉厚顔の男だって、どこかから来たわけだろう？　ほら――タイヤの跡がある……。家の明かりはいったいどこだ？」

家はすぐ近くにあり、周囲の闇に溶けこんでいた。幅広の陰気な建物が、空の星を不規則な形で覆い隠している。デューセンバーグのヘッドライトが、木製のポーチへのぼる石の階段を照らし出した。警視が側灯を左右に動かして光をあてると、家の間口いっぱいに設けられた長いテラスが見えたが、空っぽの揺り椅子や腰掛けがあるだけだ。家の両脇の土地は岩がちで灌木《かんぼく》に覆われ、家と森とのあいだは数ヤード離れているだけだった。

「品がいいとは言えまい」警視は側灯を消しながらつぶやいた。「もっとも、ここに人が住んでいればの話だがね。わたしは疑わしいと思う。テラスに出るフランス窓は全部閉まっているし、日除《よ》けも床まで引きおろされているようだ。上の階にも明かりひとつ見えないじゃないか」

切妻屋根を覆うスレート板の下には、一階と二階に加えて屋階もあるが、どの窓も真っ暗だった。乾燥したみすぼらしいツタが、木の外壁を半ば隠していた。

「たしかに」エラリーは声にいくらか不安をにじませて言った。「だけど、そんなことーとうてい信じられないな、この家にだれも住んでいないなんて。もしそうなら、ぼくはショックで立ちなおれない。今夜の大冒険のあとでこれでは」

「そうだな」警視はうなるように言った。「しかし、だれか住んでいるなら、音ぐらいは聞きつけそうなものだ。だいたい、おまえのおんぼろ車は、ここまでのぼってくるあいだもずいぶんやかましい音を立てていたからな。クラクションを鳴らしてみろ」

エラリーは従った。デューセンバーグのクラクションは、特別に耳障りな声を具《そな》えている——死者をも目覚めさせると言ってよいほどだ。鳴りやむと、ふたりは哀れっぽいほど懸命に身を乗り出して、聞き耳を立てた。目の前の人気《ひとけ》のない建物からは、なんの反応もなかった。

「思うに」エラリーは怪訝《けげん》そうに言いかけて、ことばを切った。「聞こえなかったかい、いまの――」

「コオロギどもが仲間を呼ぶ声なら聞いた」警視は吐き捨てた。「聞こえたのはそれぐらいだ。で、これからいったいどうする？　おまえはクイーン家の知恵者だ。この窮地から抜け出す手並みを見せてもらおうか」

「そんなあてこすりを言わなくたって」エラリーは悔しげに言った。「たしかにきょうは、ぼくの才知をろくに発揮できなかったけどね。とにかく腹ぺこで、一種類と言わず、ありとあらゆるグリリディをむさぼりたいぐらいだよ！」

「グリリディ？」

「つまり、サルタトリアル・オルソプテラ」エラリーはしかつめらしく説明した。「父さんの言うコオロギの仲間たちさ。昆虫学で習ったのを覚えてる唯一の学名だ。いまこの場では、なんの助けにもならないけどね。高等教育ってものは、人生でしばしば起こる緊急事態にはまったく役立たずだって、ぼくはつねづね言ってる」

警視は鼻であしらい、震えながらコートの前をきつく掻《か》き合わせた。周囲には独特の薄気味悪さが漂っていて、たいていのことには動じない警視も頭皮がぞくぞくした。

食べ物や眠りのことを考えるせいで、見慣れない幻がつぎつぎ浮かんだが、それらを懸命に追い払う。そして目を閉じ、ため息を漏らした。

エラリーは車の小物入れを掻きまわして懐中電灯を見つけ、砂利を踏みしめながら家のほうへ向かった。石の階段をのぼり、ポーチの板張りの床を突っ切って、懐中電灯の明かりで玄関ドアを探した。ずいぶん重厚で物々しいドアだった。ノッカーまでが石の塊を先住民の矢尻《じり》の形に削ったもので、いかにも近寄りがたい。それでもエラリーはノッカーを持ちあげ、オーク材の扉板を叩きはじめた。力をこめて、何度も。

「こんなの」エラリーはドアを連打する合間に、険しい顔で言った。「まるで悪夢のはじまりみたいだ。理不尽もいいところだよ。ぼくたちは――」トン、トン、トン。「火事の試練をやっと乗りきったというのに――」トン！　トン！「当然の報いにさえあずかれない。それに――」ドン！　ドン！「あんな目に遭ったんだから、ドラキュラが出てきても大歓迎だよ。そう、ここはまさに、ハンガリーの山奥の、あの吸血鬼のねぐらを思い出させるぞ！」

そして腕が痛くなるまでノックをつづけたが、屋内からはわずかな反応さえ返ってこなかった。

「おい、もうよせ」警視が不機嫌に言った。「そんなばかみたいに腕を酷使したところで、なんになる？　ここは退散しよう」

エラリーはぐったりと腕を垂らした。そして、懐中電灯の光でポーチをひとわたり照らした。「まさしく〝荒涼館〟だな……。退散するって？　行くあてはあるのかい」

「そんなもの、知るか。あともどりして、まる焼きにでもなるさ。少なくとも、下のほうがあたたかい」

「ぼくは行かない」エラリーはきっぱりと言った。「旅行鞄《かばん》から膝《ひざ》掛けを出してきて、ここで野宿する。父さんも分別があるならそうしてくれ」

エラリーの声は山の風に乗り、彼方《かなた》へ運ばれていった。しばしのあいだ、それに応《こた》える音は、愛を交わすコオロギの後肢だけだった。そのとき、前ぶれもなく家のドアが開き、平行四辺形の光がポーチの床に漏れた。

ドアの長方形の枠のなかに、逆光を浴びた黒い人影が立ち現れた。

2 〝何か〟

あまりにも唐突にその人影が現れたので、エラリーは思わず一歩あとずさり、懐中電灯をきつく握りしめた。下方で警視がうれしい悲鳴の混じったうなり声をあげるのが聞こえた。最後の望みが消え去ったまさにそのとき、よきサマリア人が奇跡のごとく出現したせいだ。その重い足音が砂利道を進んでくる。

人影が立ちはだかっているのは、まばゆい光に満ちた玄関広間の前面だったが、エラリーのいる位置からは、頭上のランプと敷物と大きな銅版画、それに細長い食卓の角と、開いた右手の戸口しか見えなかった。

「こんばんは」咳《せき》払いをして、エラリーは言った。

「なんの用だ」

人影の発した声は、ぞっとするものだった――老人の声で、高音が気むずかしげにひび割れ、低音はひどく敵意に満ちている。エラリーは目をしばたたいた。強い光がまぶしく、見てとれるのは、人影の背後からあかあかと注がれる金色の光に浮かんだ輪郭だけだった。ネオンサインの発光管で形作られたように見えるその輪郭の持ち主は、よろよろとして締まりがない骨格の持ち主で、長い腕を両脇に垂らし、薄い頭髪のてっぺんが焦げた羽毛のようにつんと立っていた。

「こんばんは」エラリーの背後から、警視の声がした。「夜分遅くに申しわけありませんが、われわれは少々――」玄関広間の家具調度を熱心に見やりながら言う。「少々厄介な状況に陥っていまして――」

「へえ、そうかい」老人はつっけんどんに言った。

クイーン父子は不安げに視線を交わした。この応対では望みは持てないぞ！

「実を言うと」力なく微笑みながら、エラリーが言った。「ぼくたちがここまでのぼってきたのには――こちらはお宅の私道かと思いますが――どうにもならない事情がありましてね。もしできれば――」

細かい部分がだんだん見えてきた。老人は思ったよりずいぶん高齢だった。灰白色の羊皮紙を思わせる顔には無数の皺《しわ》が刻まれ、石のように無表情だ。目は小さくて黒く、ぎらぎらしている。粗い手織りの衣服が痩《や》せ細った体にぶらさがり、見苦しい縦のひだがいくつもできている。

「ここはホテルじゃない」老人はにべもなく言い、戸口からさがってドアを閉ざしにかかった。

エラリーは歯噛《はが》みした――父親が低くうなりはじめるのが聞こえた。「いや、それでは困る！」大声で言う。「わかっていらっしゃらないようだ。ぼくたちは立ち往生してるんです。行き場がどこにもないんだ！」

長方形の光の幅はしだいにせばまり、いまや足もとに薄い楔形《くさびがた》を残すのみとなった。それを見てエラリーは、切り分けられたミンス・パイを想像し、思わず舌なめずりした。

「ここからオスケワまで、ほんの十マイルか十五マイルだ」戸口の老人は無愛想な声で言った。「迷いはせん。アロー山をおりる道は一本しかない。数マイルくだれば広い道にぶつかるから、そこで右折してまっすぐ行けばオスケワにたどり着く。そこなら宿屋がある」

「助かるね」警視が憤然と言った。「行くぞ、エル。なんたる辺境だ。見さげ果てたやつめ！」

「まあ、まあ」エラリーは急いでことばを継いだ。「まだおわかりにならないようですね。その道は通れないいんです。燃えてるんだから！」

しばしの沈黙があった。ドアがふたたび広く開いた。「燃えているだと？」老人は疑わしげに言った。

「何マイルもです！」エラリーは両腕を振りながら叫んだ。説明に熱がこもる。「何もかもがね！　麓《ふもと》の丘は火の海だ！　ものすごい大火事ですよ！　ローマの大火なんて、あれに比べたら、ちょろちょろ燃えるちっぽけなキャンプファイヤーみたいなものだ！　そう、あなただって、半マイルも行かないうちに命を落としますよ！　国教廃止条例反対論《アンチディスエスタブリッシュメンタリアニズム》なんてことばを言いきれないうちに、燃えがらよりもぱりぱりに焼けてしまうんだ！」深く息を吸いつつ、老人の反応をうかがった――渋面を作り、自尊心を抑え、子供のような信頼の笑みを浮かべて（食欲をそそる食べ物のことを思い、ありがたい水の音をすでに耳にしながら）、哀れっぽく言った。「さて、入れてもらってもいいですか」

「そうだな……」老人は顎《あご》を掻《か》いた。クイーン父子は息を詰めて待った。問題は秤《はかり》に掛けられて震えている。刻々と時が過ぎるにつれ、エラリーは、あれほど力説してもまだ足りなかったのかもしれないと思いはじめた。こいつの胸をふさぐ凝塊を溶かすには、真の悲劇の物語を紡ぐべきだったのか。

　すると老人は不機嫌に言った。「ちょっと待っていろ」父子の目の前でドアが荒々しく閉ざされ――ゆえに老人の姿も現れたときと同じく忽然《こつぜん》と消え――ふたりはまたもや暗闇のなかに取り残された。

「なんなんだ、罰あたりな人でなしが！」警視が怒号した。「こんなばかな話は聞いたこともない！　ここまでひどい客あしらいを――」

「シーッ！」エラリーが強引にだまらせた。「冷静になってくれ。そのひん曲がった顔をなんとか笑顔に変えて！　さあ、愛想よく！　ぼくらの友人がもどってくるらしい」

ところが、ドアがすばやく開いたとき目の前に現れたのは、別の男――ちがう世界から来たと言ってもよい人物だった。感嘆するほどの長身で、肩幅が広く、ゆっくりと浮かぶ微笑があたたかい。「はいってください」深みのある心地よい声で、男は言った。「うちのボーンズの無礼な応対をひらにお詫《わ》びしなくてはなりませんね。こんな山の上なもので、夜の訪問者には少々用心しておりまして。ほんとうに失礼しました。下の山道が火事とは、いったいどういうことです？　……さあどうぞ中へ！」

無愛想な老人に荒っぽくあしらわれたあとの、過剰なほどの歓待に気圧《けお》されて、クイーン父子はまばたきをし、大きく口をあけたまま、いくぶん茫然《ぼうぜん》と勧めに従った。ツイードの服を着た、感じのよい長身の男は、なおも微笑みながらふたりを招じ入れ、静かにドアを閉めた。

そこは、あたたかくて気持ちの安らぐ快適な玄関広間だった。例によって不謹慎なほどじっとしていられないエラリーは、先刻テラスからのぞき見た壁の銅版画がなかなかの逸品であるのに気づいた。レンブラントの不気味な油彩画〈トゥルプ博士の解剖学講義〉を版画で再現したものだ。家の主人がドアを閉めるあいだに、エラリーは一考した——オランダ人の死体が生々しく切り開かれている絵を否応《いやおう》なく来訪者の目にふれさせるというのは、どういう人間なのだろう、と。一瞬さむけを感じたエラリーは、背の高い主人の威厳ある顔立ちと如才ない表情を横目で見やり、さむけがしたのは自分が疲労困憊《こんぱい》しているせいだろうと思いなおした。よく考えると、クイーン流の想像が行きすぎていただけだ——もしこの主《あるじ》が外科手術に関心を寄せているとしたら……。外科への関心！　それだ。エラリーは笑みを抑えた。この紳士はきっと、外科手術でメスを振るう仕事をしているのだろう。たちまち気分は晴れた。父親をちらりと見たが、壁の装飾品がほのめかす微妙な意味には気づいていないようだった。警視は唇をなめつつ、こっそり鼻をひくつかせていた。そう、家のなかにはまぎれもないローストポークのにおいが漂っていた。

最初にふたりを迎えた醜い老人の姿は見えなかった。おそらく、すごすごとねぐらへもどって、夜の訪問者をこわがった自分を慰めているのだろうと思い、エラリーはひそかに笑った。

帽子を携え、期待に胸をふくらませながら玄関広間を通り過ぎるとき、エラリーも警視も、右手の半開きのドアの向こうを一瞥《いちべつ》した。テラスのフランス窓から差しこむ星の光のみに照らされた、広い部屋だった。主人がふたりを玄関広間へ招き入れているあいだに、だれかがそのフランス窓の日除《よ》けをあげたらしい。苗字《みょうじ》かあだ名かは不明だが〝骸骨《ボーンズ》〟と主人が呼んだ、あの変人だろうか。おそらくちがうだろう——というのも、ふたりの耳には、右手の部屋から数人のささやき声が聞こえていたからだ。そして、エラリーが聞き分けたかぎり、まちがいなく女性の高さの声が、少なくともひとつは交じっていた。

しかし、なぜみな暗闇のなかですわっているのだろう？　エラリーはふたたびさむけが走るのを感じ、もどかしげにそれを振り払った。この家には、やけに謎めいたところがいくつかあった。もっとも、どう見ても自分には関係のないことなのだが。よけいな口ははさまないにかぎる！　重要なのは、そろそろ出てきそうな食べ物だ。

長身の男は右手のドアには目もくれなかった。微笑んだまま、ついてくるように促し、玄関広間を出て廊下を二、三歩進んだ。その廊下は正面から奥まで家の中央を貫いていて、突きあたりに閉ざされたドアがぼんやりと見えていた。男は左手の開いたドアの前で足を止めた。

「こちらへ」と小声で言い、広い部屋へふたりを通した。玄関広間とその部屋が家の左側前面を占めていて、テラスの左半分全体に面しているのがすぐに見てとれた。

そこは居間で、フランス窓に掛かった丈の長いカーテンのせいで薄暗かった。まばらに置かれたランプの光が輝き、肘《ひじ》掛け椅子と小さい敷物がいくつか、白熊の毛皮が一枚、それに本や雑誌や葉巻入れや灰皿の載った小さな丸テーブルが散在している。奥の壁のよい位置に暖炉がある――あちこちに掛けられた油彩画や銅版画はいずれも少々不気味な印象で、装飾に凝った背の高い燭台《しょくだい》がゆらゆらした影を投じ、暖炉の炎が作る影のほうへ流れて混じり合っている。あたたかく、すわり心地のよさそうな椅子や、本や、心安まる明かりがあるにもかかわらず、その部屋全体がクィーン父子に憂鬱《ゆううつ》を感じさせた。どことなく――空虚だ。

「お掛けください」大男が言った。「どうぞ服も脱いで。まずは楽にしてもらって、それからお話ししましょう」なおも笑みを浮かべながら、ドアのそばの呼び鈴の紐《ひも》を引く。エラリーは軽く苛立《いらだ》ちを感じはじめた。まったく、笑うことなど何もないじゃないか！

けれども警視のほうは、エラリーほど粗探しが好きな人間ではなかった。満足そうに大きく息をつきながら、詰め物たっぷりの椅子に身を沈め、短い脚を伸ばしてつぶやいた。「いやあ、これはいい。さんざんな目に遭った埋め合わせになりますよ」

「ここまでの恐ろしい道中のあとでは、そうでしょうね」大男はにっこりした。立ったままのエラリーは、少々とまどっていた。暖炉とランプの光のなかで見ると、その男の顔になんとなく覚えがある気がしたのだ。歳のころは四十五あたりの、どこをとっても大作りなたくましい男で、金髪と白い肌がひときわ目立つが、フランス系のようにエラリーには思えた。世の習いに関心のない人間が無頓着《むとんちゃく》に選んだ、ぞんざいな服装をしている——常人とは異なる魅力と目を引く容姿を持った、野性的な男だ。目がかなり特徴的で、深くくぼんだなかに、学生の目のきらめきを有している。大きく幅広で指の長い手の動きも、妙に生き生きとして威厳を感じさせた。

「じゅうぶんあたたまったので、はじめましょう」警視がにやりとして言った。いまやすっかり居心地よさそうにしている。「危うく命を失うところでしたよ」

大男は眉《まゆ》をひそめた。「そんなにひどかったんですか。ほんとうにお気の毒です。火事、とおっしゃいましたね？　……ああ、ウィアリー夫人！」

黒い制服に白いエプロンを着けたずんぐりした女が居間の入口に現れた。少し青ざめているな、とエラリーは感じた。そして見るからに、何かに緊張している。

「お、お呼びになりましたか、博士」夫人は女学生のように口ごもって言った。

「ああ。こちらの紳士がたの衣類を持っていってくれたまえ。それから、何か食べるものをこしらえられないか見てきてくれ」夫人はだまってうなずき、ふたりの帽子と警視のダスターコートを持って立ち去る。「きっと空《す》きっ腹をかかえていらっしゃるでしょう」大男はつづけた。「われわれはもう夕食をとってしまいましてね。そうでなければ、もう少し手のこんだものをお出しできたんですが」

「実のところ」エラリーがうめくように言い、突然上機嫌になって腰をおろした。

「ぼくたちふたりとも、人肉嗜食《ししょく》に走る寸前です」

男は心底おかしそうに笑った。「不幸な対面の仕方をしたあとですし、自己紹介をし合うべきでしょうね。わたしはジョン・ゼイヴィアです」

「ああ！」エラリーは叫んだ。「お顔に見覚えがあると思っていたんです。ゼイヴィア博士。新聞で幾度となくお写真を拝見しましたよ。実は、玄関広間の壁に飾ってあったレンブラント作品の銅版画を見て、この家のご主人は外科医だと推定までしました。室内装飾であんな——その——独特な趣味を見せつける人は、医師のほかにはいませんから」そこでにやりとする。「博士の顔を覚えてるよね、父さん」警視がさほど関心なさそうにうなずいた。いまはなんでも覚えている気分だったのだろう。「われわれはクイーン父子です、ゼイヴィア博士」

ゼイヴィア博士は何やらお愛想をつぶやいた。「クイーンさんですか」警視に向かって言う。クイーン父子は顔を見交わした。この主人はこちらが警察の関係者であることに気づいていない。エラリーは目で注意を促し、警視はごく小さくうなずいた。警視の公の肩書きをここで持ち出すのは無意味だと思われた。刑事や警官といった人種を前にすると、人は概して堅苦しくなるものだ。

ゼイヴィア博士は革張りの椅子に腰をおろし、煙草を取り出した。「では、うちの優秀な家政婦がおそらくあたふたと何かしらの成果をあげるのを待つあいだに、お話をうかがいましょうか、その……火事について」

穏やかで、心持ちうつろなその表情は変わらなかった。が、声にはどこか奇妙な調子が忍びこんでいた。

警視がぞっとする細部まで漏らさず話すあいだ、主人は一言一句にうなずきながら、控えめな動揺の色を浮かべつづけていた。目に痛みを感じていたエラリーは、ポケットから眼鏡ケースを取り出し、鼻眼鏡のレンズを大儀そうに磨いて鼻梁《びりょう》に載せた。何もかもにけちをつけたい気分で、自分に向かって陰気にこうつぶやいた。ゼイヴィア博士が控えめな動揺を示して何がいけない？　彼の家は山の頂上に建っていて、麓《ふもと》が燃えているんだから。目を閉じてエラリーは思った。たぶん、ゼイヴィア博士はじゅうぶんな動揺を示していないのではないか……。

警視はもったいぶって言った。「ぜひとも問い合わせをなさるべきですよ、博士。電話はありますか」

「あなたの肘《ひじ》のあたりです、クイーンさん。渓谷からアロー山まで延びた分岐回線があるんですよ」

警視は受話器をとってオスケワに電話をかけた。かなりつながりにくかった。ようやく通じると、保安官や町長や町会議員を含む町じゅうの人々が消火活動に駆り出されていることがわかった。ただひとりの電話交換手が情報を提供していた。

警視はむずかしい顔で受話器を置いた。「今回のはふだんより少々深刻な状況らしい。山の麓全体が火に囲まれているそうですよ、博士。周辺数マイルの動ける住民は全員、男も女も消火にあたっています」

「参ったな」ゼイヴィア博士はつぶやいた。動揺が大きくなり、品のよさは失《う》せた。博士は立ちあがってせかせかと歩きまわりはじめた。

「つまり」警視は気楽な調子で言った。「われわれはここで足止めということになりますな、博士。少なくとも今夜のところは」

「ああ、それは」大男は筋張った右手を振った。「当然です。ふつうの状況だったとしても、このまま追い出そうなんて思いもしませんよ」きつく眉を寄せ、唇を噛《か》む。「これは」とつづけた。「何やらだんだんと……」

エラリーはめまいを感じていた。謎めいた雰囲気は深まるばかりだが――山の肩にぽつんと建つこの家で何かひどく奇妙なことがたしかに起こっている、と本能が告げている――エラリーは何よりもベッドと睡眠を欲していた。空腹さえもいつしか消え去り、山火事ははるか遠くの出来事のように思えた。あるべき位置にまぶたをとどめておけなかった。ゼイヴィア博士が、いまや興奮とわざとらしさがかすかに混じった重々しい声で、こんなふうなことを言っている。「日照りつづきで……おそらく自然発火……」その先はもうエラリーには聞こえなかった。

エラリーは目覚めるなり、ばつの悪い思いをした。女性の弱々しい声が耳もとでこう言っている。「あの、よろしければ……」そこで飛び起きると、大きな両手で盆を持って椅子の脇に立つウィアリー夫人のずんぐりした姿が目にはいった。

「おや、これは！」赤面しながらエラリーは叫んだ。「大変な失礼を。お許しください、博士。実のところ——長時間の運転と、火事で——」

「とんでもない」博士はあいまいに笑った。「お父上とわたしはちょうど、いまの若い世代には肉体の酷使に耐える力が足りないと話していたんです。まったく気にしていませんよ、クイーンさん。まずは顔と手を洗ってこられてはいかがですか」

「そうさせていただけるなら」エラリーはひもじそうに盆を見つめた。空腹による痛みがもどってきて不意を襲い、いまこの場で、目の前の冷めた食べ物を盆ごとむさぼりつくしてしまいそうだった。

ゼイヴィア博士は先に立ってふたりを廊下へいざない、左へ曲がって、階段のほうへ進んだ。階段からは、玄関からつづくその廊下と交差するもう一本の廊下が見えた。絨毯《じゅうたん》敷きの階段をのぼりきった先は、どうやら寝室の集まった階らしい。頭上の薄暗い常夜灯がついているだけで、ひとつだけの廊下は暗かった。ドアはいずれもきっちり閉ざされている。ドアの向こうのどの部屋も、納骨所のごとく静まり返っていた。

「ぶるるっ！」廊下を先導していく主人の威厳ある背中を追いながら、エラリーは父親の耳にささやいた。「殺人にはもってこいの場所だな。風さえもはまり役を演じてる！　あの妙なうなりを聞くといい。今夜はバンシー（その家に死者が出ることを泣いて予告するアイルランドの妖精）たちが総勢でお出ましだ」

「おまえはそいつの声に耳を澄ますがいい」警視は悠然と言った。「いや、そいつらか。たとえバンシーの大群が現れようと、今夜のわたしは髪ひとつ乱さないな。わたしから見れば、ここはさながら、サンクトペテルブルクの大理石宮殿だ！　殺人だと？　おまえは正気か。この家はわたしがこれまで足を踏み入れたなかでも最高に立派だぞ」

「もっと立派な家も見たことがある」エラリーは陰鬱《いんうつ》に言った。「それに、父さんは昔から、何よりも印象に左右される人だからね……。ああ、博士！　こんなにご親切にしていただいて」

ゼイヴィア博士が一室のドアをさっと開いた。そこは広々とした寝室で――このばかでかい家ときたら、どの部屋もやたらと広い――幅の広いダブルベッドの足もとの床に、クイーン父子の種々さまざまな荷物がきれいにまとめてあった。

「礼はもういい」ゼイヴィア博士は言った。とはいえ、そのぞんざいな話しぶりは、ほかの点では非の打ちどころのない主人が示してくれそうな、相応の思いやりに欠けていた。「下で山火事が起こっている状況で、ほかにどこへ行くと言うんです。ここは周辺数マイル以内に一軒しかない家なんです、クイーンさん……。勝手ながら、あなたがたが――階下で休んでいらっしゃるあいだに、うちのボーンズにここへ荷物を運ばせました。ボーンズ――おかしな名前でしょう？　不幸な宿なしの老人で、数年前に雇い入れました。わたしにはとても献身的なんですよ、ほんとうに、態度はどうにもぶっきらぼうですがね、ははは！　お車のほうもボーンズが引き受けます。車庫がありますからね。この標高なので、屋外に置いておくとひどく湿ってしまうんですよ」

「ボーンズさまさまだな」エラリーはつぶやいた。

「ええ、ええ……。ところで、洗面所はそこです。浴室は階段の裏にあります。わたしは失礼しますから、どうぞ沐浴《もくよく》を」

博士は微笑んで退室し、そっとドアを閉めた。だだっ広い寝室の真ん中に取り残されたクイーン父子は、ことばもなく顔を見合わせた。やがて警視が肩をすくめ、上着を脱いで、教えられた洗面所のドアのほうへ向かった。

エラリーはぶつぶつ言いながらついていった。「沐浴《アブルーション》だとさ！　そんなことば、二十年ぶりに聞いたね。クロズリー・スクールでぼくが教わってた小うるさいギリシャ人の老教師を思い出すよ。マラプロップ夫人(シェリダン作の喜劇の登場人物。ことばの誤用で有名)は、アブルーションを〝赦罪《アブソルーション》〟と混同してたっけ！　ああ、父さん、見れば見るほど、ぼくはこの不気味な家がきらいになるよ」

「おまえはますますまぬけだ」水を流すのと同時に鼻を鳴らしながら警視は答えた。「生き返るよ！　これが必要だったんだ。こっちへ来い。さっさとするんだ。階下でいつまでも食べ物が待っているわけじゃないぞ」

ふたりは顔を洗って、髪を梳《と》かし、服のほこりをブラシで落とすと、暗い廊下へ出ていった。

エラリーは身震いした。「これからどうする――ただ階下へ直行かい？　模範的な客人としては、謎に満ちたこの家の空気を考えても、うっかりどこかへ迷いこんだりはしないに――」

「おお！」警視が小さく叫んだ。突然立ち止まり、引きつった指でエラリーの腕をつかむ。口をあんぐりあけ、血色の悪い小さな顔をエラリーが見たこともないほどいっそう青白くして、まぎれもなく怯《おび》えた目で、息子の肩越しに廊下の先を見つめている。

この夜の悲惨な体験の数々ですでに神経がすり減っていたが、エラリーはあたりを大きく見まわした。腕の肌が粟《あわ》立ち、うなじの上の頭皮がむずむずする。

だが、何も変わったものは目につかなかった。先刻と同様、廊下は薄暗くて無人だった。そのとき、ドアが閉まるような、かちりという音がかすかに聞こえた。

「いったいどうしたって?」エラリーは父親の怯えきった顔を見つめながら、心配そうな声でささやいた。

警視は体の緊張をゆるめた。大きく息をつき、震える手を口もとへ持っていく。

「エル、その――おまえも見たか、あの――」

背後で聞こえた軽い足音に、エラリーも警視もぎくりとした。何か大きくて形のはっきりしないものが、後方の廊下のいちばん暗いところからふたりをつけてくる。ふたつの燃えるような目……。ところが、家じゅうで最も陰の濃いあたりから姿を現したのは、ゼイヴィア博士だった。

「もうよろしいですかな」博士は何もおかしなものには気づかなかったかのように、深みのある魅力的な声で言った。クイーン父子の張りつめたささやき合いを耳にしたはずだし――エラリーは即座に思い至ったが――警視の怯えようとその原因の両方を目にしたはずなのに。外科医の声は、しばらく前と同じように濁りがなく、豊かで、ほどほどに冷静だった。博士は父子と腕を組んだ。「では、階下へおりましょうか。おふたりとも、ウィアリー夫人の軽食を正当に評価なさる準備ができていらっしゃるでしょう」

そして博士は慇懃《いんぎん》に、しかし決然とふたりを促して、階段のほうへ向かった。

三人並んで広い階段をおりていくあいだに、エラリーは父親をちらりと盗み見た。唇が半開きになっているほかには、先刻の動揺を少しも表に出してはいない。けれども眉間《みけん》には深く皺《しわ》が寄り、まっすぐ立って歩くのに多大な意志の力が要るかのようだった。

エラリーは薄明かりのなかで首を振った。眠りたいという欲求は、脳内で沸き立つ興奮を前にして吹き飛んでいた。自分たちが知らず識《し》らずはいりこんでしまったのは、どんなねじくれた人間関係の迷宮なのだろうか。

エラリーは眉《まゆ》をひそめ、無言で階段をおりていった。この安まらぬ脳を鎮めて眠気に屈するために、早急に解明すべき大きな問題が三つあった――警視の不可解で前例のない怯えの原因、家の主人が上階の廊下で父子の部屋のドア付近の暗がりにひそんでいた理由、そして、エラリーの腕にふれたゼイヴィア博士のたくましい腕が、死後硬直のはじまった遺体さながら、異様に硬くこわばっていたことに対する合理的な説明である。

3　奇妙な人々

後年にエラリー・クイーンは、ティピー山地でのこの奇異な夜の細かな出来事ひとつひとつを鮮明に思い起こすことになる。生き物のような風が吹きわたる山の頂に建つ、まさしく謎めいた家で明かしたその夜のことを。エラリーはこう指摘するだろう——山の夜の明らかに黒々とした闇が、暗い温床に想像上の幻を生じさせることがなければ、さほどひどくはなかったはずだ、と。しかも、数マイル下方の火事のことが、青光りする編んだ毛糸のように脳裏に去来していたのである。クイーン父子はふたりとも承知していた。この家から逃げだすことはできないし、その正体がなんであれ、ここに隠された邪悪な何かといずれは対峙《たいじ》しなくてはならない——原生林と山火事のあてにならない慈悲に、あえて身を委《ゆだ》ねないかぎり。

さらに悪いことに、父も息子も、ともに感じている恐れについてふたりきりで話す機会を持てなかった。主人が片時も父子のそばを離れなかったからだ。一階の居間へもどって、盆に載ったコールドポーク・サンドイッチとブラックベリー・タルト、それにウィアリー夫人が無言で注ぐ湯気の立ったコーヒーを胃に流しこむあいだ、ゼイヴィア博士が席をはずしていてもクィーン父子はいっこうにかまわなかった。ところが博士は部屋に残り、ウィアリー夫人をベルで呼び出してサンドイッチやコーヒーのお代わりを頼んだり、父子に葉巻を勧めたりして――重要な一点を除いては、どこから見ても完璧《かんぺき》な主人としてふるまっていた。

食べながら博士を観察していたエラリーは、頭を悩ませていた。ゼイヴィア博士は、恐怖小説から抜け出てきたいんちき医者でも山師でもなかった。カリガリ博士やカリオストロのようなところはまったくない。安楽な中年にさしかかった、ハンサムで教養ある好人物で、医師としての威厳を漂わせ――博士が〝ニューイングランドのメイヨー（ミネソタ州の有名な総合病院メイヨー・クリニックを創設した医師）〟と呼ばれることがあるのをエラリーは思い出した――もの静かなその魅力は、親しくなるほどに人を惹《ひ》きつける。たとえば、ディナーの客としては、容姿も、活発な性質も、科学者で研究家で紳士である点も、まちがいなく理想的だ。しかし、それとは別の何かを博士は隠している……。エラリーは顎《あご》を上下させて咀嚼《そしやく》しながら懸命に思案したが、上階で警視を怖《お》じ気立たせた〝何か〟のせいとしか考えられなかった。まさか、あの手の――あの手の、科学が創り出した怪物じゃないだろうな！　いくらなんでも考えすぎだろう、とエラリーは認めた。この人は著名な外科医で、未開の外科分野において先駆的な研究をしてきた人だ――ただ、あのH・G・ウェルズのモロー博士のような手合いだとしたら……。いや、ばかげてる！

エラリーは父親に目をやった。警視は黙々と食べていた。恐れは消え去ったようだ。しかし、代わりに鋭敏さが忍び入り、咀嚼に必要な動きの陰でひそかに絶え間なく警戒心を働かせていた。

そして突然、エラリーは別のことに気づいた。廊下から差しこむ光が強くなっていた。何人かの声——ほぼふつうの音量の声——も、先刻はささやき声しかしなかった方向から聞こえてきた。まるでベールが取り去られたかのように、博士がテレパシーでも使って、ささやき合っていた声の主たちに、自然にふるまうよう命じたかのように。

「さて、食事がだいたいおすみでしたら」ふたつの盆の上の残骸《ざんがい》を見て微笑みながら、ゼイヴィア博士が言った。「ほかの面々とお会いになりますか」

「ほかの面々？」警視が何食わぬ顔で言った。この家にほかにもだれかいるとは思いもしなかったとでもいうふうに。

「ええ、そうです。わたしの弟と、妻と、実験の助手が——ここである研究をしていまして、奥にちょっとした実験室があるんです——それと、もうひとり……」ゼイヴィア博士は口ごもった。「……客人がいます。部屋へ引きあげるには少々早い時間だという気も――」

博士はあがり調子でことばを切った。クイーン父子が〝ほかの面々〟との対面を差し控えて、ただちに心地よい眠りにつくほうを選んでくれまいかと、ひそかに望んでいるかのように。

だがエラリーは即答した。「ああ、ぼくたちはすっかり生き返りましたよ。そうだろう、父さん」同意すべきところと心得て、警視がうなずく。そのうなずきには、いくぶん熱意さえこもっていた。「まだ少しも眠くないですよ。何しろ、あれだけ興奮したあとですから」エラリーは笑いながら付け加えた。「心安まる人間社会に復帰できるのは喜ばしいことです」

「ええ、当然そうでしょうね」ゼイヴィア博士は言った。その声にはかすかな失望の響きが混じっていた。「さあ、こちらです」

博士は先に立って居間を出ると、ほぼ真向かいのドアへ向かって廊下を横切った。

「たぶん」ドアノブに手をかけながら、ためらいがちに言う。「ご説明したほうが――」

「いや、いや」警視が愛想よく言った。

「しかし……いろんな面で少し――今夜のわれわれのふるまいを変に思っていらっしゃるはずです」博士はふたたび口ごもった。「ただ、ここは非常に孤立した山の上ですから、ご婦人たちがいささか――その――怯《おび》えてしまったんです、あなたがたが玄関ドアを叩《たた》く音に。それで、ボーンズに応対させるのがいちばんだろうと――」

「もうそのぐらいになさってください」エラリーが鷹揚《おうよう》に言ったので、ゼイヴィア博士は頭を垂れ、ドアのほうへ向きなおった。まるで、知性あるふたりを相手に、どれほど下手な言いわけをしていたかをつくづく悟ったかのようだった。エラリーは博士に同情を感じはじめていた。ついさっき、おのれの豊かな想像が呼び起こした異形の怪物を、あわてて頭から追い払った。この大柄な男は少女並みに感じやすいのだ。動揺の原因がなんであれ、それは博士自身ではなく、ほかの者たちを不安にさせる何かだろう。そしてそれは、根拠のない恐れではなく、理屈で説明のつくものであるはずだ。

三人がはいったのは、音楽室と娯楽室を兼ねた部屋だった。コンサート用のグランドピアノが一角を占拠し、肘《ひじ》掛け椅子とランプがいくつか、ピアノのまわりに巧妙に配されている。けれども、部屋の大部分はさまざまなサイズのテーブルで占められていた――ブリッジ用、チェス用、チェッカー用、バックギャモン用、それに卓球台とビリヤード台まである。部屋にはほかにも三つ、ドアが設けてあった。ひとつは左手の壁に、もうひとつは玄関広間からつづく廊下の壁にあり――クイーン父子はその壁越しにささやき声を聞いたのだった——残る対面の壁のドアはあけてあるようで、エラリーがのぞき見たかぎり、その向こうは図書室であるらしかった。表のテラスに面した壁は、全面がフランス窓になっていた。

　ざっと見渡してそれだけのことが把握できた。さらに、ふたつの卓上にはトランプが散らばっていたが、それがエラリーには何より興味をそそる事実に思えた。それから博士と父親のあとにつづき、室内にいる四人の人物に注意を集中させた。

　ひとつ即座に確信したのは、四人が全員、ゼイヴィア博士と同じく、なんらかの激しい緊張を強いられていることだった。男のほうが女よりも如実にそれを表していた。男ふたりは立っていたが、どちらもクイーン父子とまともに目を合わせなかった。ひとりは、大柄で肩幅が広く、金髪と鋭い目の持ち主で——まちがいなく、ゼイヴィア博士の弟だろう——行動で緊張を隠そうとしていた。ほとんど吸っていない煙草を、目の前のブリッジ用テーブルに載った灰皿で揉《も》み消し、すぐにうつむいてしまった。もうひとりは、どういうわけか顔を赤らめていた——繊細な顔立ちだが、鋭敏な青い目とやや角張った顎を持つ青年で、髪は褐色で、指は化学薬品で染まっている。クイーン父子が歩み寄っていくあいだに、足をもぞもぞと二度動かし、一歩近づくごとに白い肌をさらに赤らめて、視線を左右にさまよわせていた。

〝例の助手か〟とエラリーは心のなかで言った。〝見栄えのいい若者だな。この面々が何を隠しているにせよ、この若者もその秘密を守ってる——だが、そうするのは不本意なんだ、明らかに！〟

女ふたりは、非常時に増大する女性ならではの適応力のおかげで、緊張をほとんど表に出していなかった。ひとりは若く、もうひとりは——年齢不詳だった。若いほうの女は大柄で、エラリーは即座に有能そうだと感じた。歳のころは二十五ぐらいだが、じゅうぶんに自立している印象の、用心深い褐色の目をした平静な女性で、なんとも言えず魅力的で愛らしい顔立ちと、必要が生じれば断固とした行動がとれることを示す、ある種の抑制された落ち着きを具《そな》えていた。すわった膝《ひざ》の上で両手をそろえて微動だにせず、小さく笑みさえ浮かべている。唯一、緊張のせいで泳ぎ、ぎらついて光る目だけが、心の内をさらけ出していた。

もうひとりの女は、絵に描いたような威圧的な外見をしていた。椅子にすわっていても上背があり、胸の谷間がみごとで、高慢な黒い目と、白いものの交じった漆黒の髪を持ち、オリーブ色の透明な肌にはほとんど化粧っ気がない。どんな集団でも幅を利かせるたぐいの女だ。年齢は三十五であっても五十であってもおかしくなく、エラリーにも分析はできないものの、どこか際立ってフランス風なところがあった。情熱的な気性だというのは、直感でわかった——きらわれると厄介で、愛するのも命懸けという危険な女だ。この手の女の場合、気まぐれな性格を反映して、せかせかした細かなしぐさや大げさな言動に動揺が現れがちだ。ところが、この女はじっとすわったまま動かず、催眠術にでもかかっているかのようだった。うるんだ黒い瞳《ひとみ》はエラリーと警視のあいだの中空に据えられている……。エラリーは目を伏せて気を落ち着かせ、微笑を浮かべた。

社交上の礼儀は保たれていた。ぎこちない対面となった。「なあ、おまえ」ゼイヴィア博士が、黒い目をした強烈な個性の女に向かって言った。「こちらのおふたりは、われわれが略奪者と勘違いした紳士がただ」そこでくすりと笑う。「ゼイヴィア夫人、こちらがクイーンさん。そしてそのご子息だよ」そのときでさえ、夫人はふたりに視線をとどめなかった。そのすばらしい瞳を一瞬、横に寄せ、ただ慇懃《いんぎん》に微笑んだ……。ゼイヴィア博士はつづけた。「フォレストさん、こちらがクイーンさんです。クイーンさん……フォレストさんは先ほど話に出た客人です」

「お会いできて光栄です」若い女は即座に言った。博士の深くくぼんだ目から、それを促す合図が送られていたのだろうか。女は微笑んだ。「わたしたちの非礼をお許しください。こんな――気味の悪い夜ですから、ずいぶん驚いてしまいまして」と言って体を震わせる。本物の身震いだ。

「責めるわけにはいきませんよ、フォレストさん」警視が愛想よく言った。「こんな場所で夜中にだれかが玄関ドアを叩いたら、まともな人はどう思うか、われわれはわかっていませんでした。しかし、あれをやったのは息子なんです——衝動的で非常識なやつでね」

「それは父さん自身の紹介だな」エラリーはにっこりした。

一同は笑い、それからまた沈黙が落ちた。

「ええと——弟のマーク・ゼイヴィア」鋭い目をした長身の金髪の男を指し示しながら、ゼイヴィア博士は急いで言った。「それから、同僚のホームズ博士」青年がこわばった顔つきで微笑む。「さあさあ！　対面もすんだことだし、すわりませんか」父子は椅子を見つけた。「クイーンさんとご子息は」ゼイヴィア博士は気軽な調子でつづけた。「好きこのんでというよりは、やむをえずここへいらっしゃることになったんだ」

「道に迷われたと？」ゼイヴィア夫人が悠長に言い、はじめてエラリーにまっすぐ目を向けた。エラリーは体に衝撃を感じた。溶鉱炉をのぞきこんだような感覚だ。夫人は、その目に劣らず情熱的で人を惑わす、震えるようなハスキーな声の持ち主だった。

「ちがうんだよ」ゼイヴィア博士は言った。「こわがらないでもらいたいんだが、実は、下のほうでちょっとした山火事が起こっていて、カナダでの休暇からもどる途中だったおふたりは、身を守るためにこの山道へはいるほかなかったんだ」

「火事！」全員が大声をあげた。そしてエラリーは、その驚きは本物だと判断した。

一同がいまはじめて大火事のことを知ったのはまちがいない。

こうして溝は埋まり、しばらくのあいだクイーン父子は、興奮気味の質問にひたすら答え、炎から危うく逃れた話を繰り返した。ゼイヴィア博士は、自分もはじめて聞く話であるかのように耳を傾け、礼儀正しく微笑みながら、無言ですわっていた。やがて会話は途切れがちになり、マーク・ゼイヴィアが急にフランス窓のそばへ行って、外の闇を見つめた。その隙に、あの忌まわしい〝何か〟がふたたび頭をもたげてきた。ゼイヴィア夫人は唇を嚙《か》み、フォレスト嬢はバラ色の指をしげしげとながめていた。

「さあ、さあ」外科医が唐突に言った。「そんな憂鬱《ゆううつ》な顔はやめましょう」すると、この人も憂鬱を見てとっていたわけだ。「おそらくたいして深刻な事態ではありませんよ。電話が一時的に通じなくなるとか、その程度でしょう。オスケワも周辺の村も、山火事には万全の策を整えています。毎年のように起こっているんでね。去年の火事を覚えているだろう、サラ」

「もちろんよ」ゼイヴィア夫人が夫に投げた一瞥《いちべつ》は、どこか謎めいていた。

「どうでしょう」煙草に火をつけながら、エラリーが言った。「もっとおもしろいことを話しませんか。たとえば、ゼイヴィア博士のことを」

「いや、いや」外科医はそう言って顔を赤らめた。

「それも一案ですわ!」フォレスト嬢が声高に言い、いきなり椅子から立ちあがった。

「そのことを話しましょうよ、博士、あなたがどれほど高名でご親切で、奇跡のような人でいらっしゃるかを！　ここ何日も、ぜひそうしたかったんですけど、ゼイヴィア夫人に髪をむしられるか何かされるのではと心配で、勇気がなかったんです」

「ちょっと、フォレストさん」ゼイヴィア夫人はむっとして言った。

「あら、とんだ失礼を！」フォレスト嬢は言って、室内をうろつきまわりはじめた。自制がきかなくなっているらしく、目が爛々《らんらん》と輝いている。「たぶんわたし、ちょっと神経過敏になっているのね。この家にはお医者さまがふたりもいらっしゃるし、鎮静剤でも……ああ、もう、シャーロックったら！」ホームズ博士の腕を引っ張る。青年はぎくりとした。「こんなところで棒みたいに突っ立ってないで。何かしましょうよ」

「いや、あの」青年はことばを詰まらせ、あわてて言った。「でも――」

「シャーロックですって？」警視が微笑みながら言った。「変わったお名前ですね、ホームズさん……ああ、そうか！」

「おわかりになりました？」フォレスト嬢がえくぼをこしらえて言った。若い医師の腕にしがみつき、相手を明らかに当惑させている。「シャーロック・ホームズ。わたしはそう呼んでいますの。ほんとうはパーシヴァルだったか、そんなぱっとしない名前ですわ……。あなたって、シャーロックそのままじゃないこと？　いつだって顕微鏡やら得体の知れない液体やらをいじくりまわして」

「いや、フォレストさん」ホームズ博士は真っ赤になって言った。

「彼もイギリス人なんですよ」青年を好もしげに見やりながら、ゼイヴィア博士が言った。「だから、驚くほどその呼び名にふさわしいと言えるね、フォレストさん。それにしても無遠慮なお嬢さんだ。パーシヴァルはとても繊細なんだよ、たいていのイギリス人はそうだがね。きみはずいぶんと彼を困らせている」

「いえ、そんな」ホームズ博士が言った。会話はどうやら不得手と見えるが、それでもかなりすばやい返答だった。

「まあ、いやだ！」フォレスト嬢は大仰に言い、青年を押しのけて腕を振りまわした。「みんなにきらわれてしまったわ」そして、窓際に無言でたたずむマーク・ゼイヴィアのほうへ歩み寄った。

〝実にあっぱれだね〟と、エラリーは心のなかで冷たく言った。〝この人たちは、全員《オン・マス》そろって役者になればいい〟。微笑みながら、口ではこう言った。「ベイカー街のホームズにちなんだ呼び名がお気に召さないようですね、ホームズ博士。ある方面では名誉と見なされると思いますが」

「扇情的な小説には耐えられないんです」ホームズ博士はぶっきらぼうに言い、腰をおろした。

「その点では」ゼイヴィア博士がくすりと笑った。「パーシヴァルと意見が合いません。わたしはその手の読み物に目がなくてね」

「問題は」ホームズ博士が唐突に言い、フォレスト嬢のすっと伸びた背中をひそかに一瞥した。「医療の記述のお粗末さです。まったくお話になりませんよ。奸賊《かんぞく》なら手抜きしないで正確な医療情報を仕入れるだろうにと思いませんか。それに、連中の小説に登場する――アメリカの小説のことですが――イギリス人のしゃべり方ときたら、まるで……まるで……」

「あなたは矛盾の塊ですね、博士」エラリーは目を光らせて言った。「ぼくは〝奸賊〟なんてことばを使うイギリス人はもうこの世にいないと思ってましたよ」

この発言には、ゼイヴィア夫人さえも思わず頰をゆるめた。

「きみは粗探しをしすぎるんだよ、パーシヴァル」ゼイヴィア博士がつづけた。「以前、空の注射器で空気を注入することで人を殺す話を読んだがね。冠状動脈破裂のたぐいだ。まあ、現実には、ご存じのとおり、そういう原因で死に至ることは百にひとつもない。それでもわたしは気にならなかった」

ホームズ博士は軽く鼻を鳴らした。フォレスト嬢はマーク・ゼイヴィアと話しこんでいる。

「寛容なお医者さまに会うと元気が出ますね」エラリーはにやりと笑い、自身の小説中に事実の誤りとおぼしき記述があると言って、辛辣《しんらつ》な手紙をよこした医師たちのことを思い起こした。「純粋に娯楽のためにお読みになるわけですか。このゲーム台の豊富さからして、博士、あなたはおそらく、謎解き型のファンとお見受けします。答を考え出すのがお好きなのでは？」

「何よりもそれにずっと熱中していますよ。フランスの小説が好みのゼイヴィア夫人はうんざりしているのではないかな。葉巻をいかがですか、クイーンさん」ゼイヴィア夫人がふたたび半端な笑みを浮かべる――ぞっとするような笑みだ。そしてゼイヴィア博士は泰然とゲーム台をながめまわした。「実のところ、わたしのゲーム依存は尋常ではありませんよ、お気づきのとおり。ゲームであればなんでもいいんです。手術の緊張から完全に気をそらすたぐいのものが必要だとわかっているんで……。ああ、必要だったということです」妙な口調になって付け加える。愛想のよいその顔に陰がよぎった。「手術室で采配《さいはい》を振るっていたころからだいぶ経ちます。引退しましたから……。いまでは習慣ですね。それにすばらしい気晴らしになる。実験室ではいまだにあくせくしていますから」外科医は前かがみになって葉巻の灰を灰皿にはじき落とし、その動作のさなか、妻の顔に一瞬目を走らせた。ゼイヴィア夫人は、そのまれに見る美貌《びぼう》に相変わらずうつろな笑みを浮かべてすわり、一言一句にうなずいていたが、大角星《アルクトウールス》のごとく冷ややかで、遠く隔たったところにいた。内に激しいものを秘めた冷たい女とは！　エラリーはそれとなく夫人を観察した。

「ところで」警視が脚を組みながら突然言った。「のぼってくる道中、こちらの客人のおひとりを見かけましたよ」

「うちの客人？」ゼイヴィア博士は困惑した面持ちになった――白い額に怪訝《けげん》そうに皺《しわ》を寄せている。ゼイヴィア夫人の体がもぞもぞと動く――それを見て、エラリーはタコが身をくねらせるさまを思い出した。そのあと、夫人はまた身を硬くした。窓際にいるマーク・ゼイヴィアとアン・フォレストの低い話し声が唐突にやんだ。ホームズ博士ひとりが動じていないように見えた――心ここにあらずといったていで、麻のズボンの折り返しを不愉快そうににらんでいる。

「ああ、そうだ」すかさずエラリーが小声で言った。「下のぼくたち専用の黄泉《よみ》の国から浮上してくる途中で、男にばったり出くわしたんです。だいぶ古い型のビュイックのセダンを運転してましたよ」

「しかし、うちには――」ゼイヴィア博士がゆっくりと言いかけてやめた。くぼんだ目を険しく細める。「それはおかしいな。そうでしょう？」

クイーン父子は顔を見合わせた。こんどはなんだ？

「おかしい？」警視が穏やかに言った。主人が上の空で差し出した葉巻をことわって、ポケットから擦り切れた褐色の箱を取り出し、中身をひとつまみ嗅《か》いだ。「嗅ぎ煙草です」申しわけなさそうに言う。「いただけない習慣だ……。で、博士、おかしいとおっしゃる？」

「そうです。どういう風体の男でしたか」

「見たところ、とても恰幅《かっぷく》がよかったですよ」エラリーがすぐさま言った。「蛙のような目。低音の木管楽器みたいな声。とてつもなく広い肩。大まかな推定年齢は五十五ぐらい」

ゼイヴィア夫人がまた身じろぎした。

「しかし、だれも訪ねてはこなかったんですよ」外科医は静かに言った。

クイーン父子は面食らった。「じゃあ、あの男はここから来たんじゃなかったのか」エラリーがつぶやいた。「だけど、この山の上にほかにも住人がいるとは思えないな！」

「たしかに、われわれは完全に世間から孤立していますからね。サラ、きみにはだれか心あたりが――」

ゼイヴィア夫人はふっくらした唇をなめた。胸の内で葛藤《かっとう》が湧き起こっているように見えた。黒い目に、思念と困惑とかすかな残酷さが表れている。やがて夫人は驚いたような声で言った。「いいえ」

「それは妙だな」警視が小声で言った。「あの男は山をまっしぐらにおりてきていたし、道が一本しかなく、ここがその突きあたりで、ほかの住人もいないとなると……」

背後で何かがぶつかる音がした。全員がすばやく振り返る。だが、フォレスト嬢がコンパクトを落としただけだった。フォレスト嬢はすっくと立ちあがると、頬を紅潮させ、目を異様にきらめかせて陽気に言った。「あら、いやね！　こんどはきっと、お化けの話でもしはじめるんでしょうね。みなさんがいやな話ばかりなさるのなら、わたし自身がいやな女になってみせますわ。うろつきまわったりしている者もいるこ とだし、今夜はどなたかがわたしをベッドに寝かしつけてくださらないと。おわかり――」

「どういう意味かな、フォレストさん」ゼイヴィア博士がゆっくりと言った。「何か言いたいことが――」

クイーン父子はふたたび視線を交わした。この面々は共通の秘密を隠しているばかりか、それぞれに小さな秘密をかかえてもいるらしい。

フォレスト嬢は頭をつんとそらした。「口に出すつもりはなかったんです」肩をすくめて言う。「だって、ぜんぜんたいしたことじゃないんだもの――それに……」すでに発言を後悔しているのは明らかだった。「もう、こんな話、全部忘れて、水切り遊びでもなんでもしましょうよ」

マーク・ゼイヴィアが足早に迫ってきた。鋭い目が荒々しい光を放ち、口もとはこわばっている。「おいおい、フォレストさん」すごむように言った。「気になっていることがあるなら、われわれにも教えてもらいたいものだね。この家をこそこそ歩きまわっている人間がいるというなら……」

「たしかに」フォレスト嬢は沈着に言った。「そのとおりですね。いいですわ、そこまでおっしゃるなら。でも、お気を悪くされたらごめんなさい。たぶんそういう説明になりますから……先週、わたし――あるものをなくしたんです」

エラリーの目には、ほかのだれよりもゼイヴィア博士が驚愕《きょうがく》しているように見えた。そしてホームズ博士も立ちあがり、煙草を探そうと、まるい小テーブルのほうへ向かった。

「あるものをなくした?」ゼイヴィア博士がかすれ声で訊《き》き返した。

部屋は異様に静まり返っていた。あまりに静かで、突如苦しげになった主人の息づかいがエラリーに聞こえるほどだった。「ある朝、なくなっているのに気づいたんです」フォレスト嬢が低い声で言った。「たしか先週の金曜のことでした。どこかに置き忘れたのかと思いましてね。そこらじゅうを探しに探したんですけれど、見つからなくて。たぶんほんとうに、ほんとうになくしたんでしょう。ええ、きっとそうだわ」困惑顔でことばを切った。

長いあいだ、だれも口を開かなかった。やがてゼイヴィア夫人がとげとげしい声で言った。「まあ、お嬢さんたら。そんなばかなことがあるものですか。だれかがあなたのものを盗んだと言いたいの？」

「まあ、そんな！」フォレスト嬢は頭を後ろへそらして叫んだ。「あなたがたが話をさせたんです。こちらは話すつもりはなかったのに。でもきっと、なくしたか、さもなければ、クイーンさんのおっしゃっていた男がわたしの部屋へどうにかして忍びこんで――盗《と》っていったんですわ。だって、ありえませんもの、ほかのだれかが……」

「どうでしょう」ホームズ博士がことばを詰まらせながら言った。「こ、この楽しい話のつづきは、またの機会にしませんか、ねえ」

「なくなったのはなんだったんだね」ゼイヴィア博士が落ち着いた声で尋ねた。完全に自制心を取りもどしていた。

「高価なものだったのか？」マーク・ゼイヴィアが鋭く言った。

「いいえ、そんなことは」フォレスト嬢は勢いこんで答えた。「まったく値打ちはないものです。質屋とか――ほかのどこへ持っていっても、小銭にもなりませんわ。代々受け継いでいる、ただの古い銀の指輪です」

「銀の指輪か」外科医はそう言って腰をあげた。そのときはじめてエラリーは、博士がどこかやつれた様子であるのに気づいた――げっそりとして生気がない。「サラ、きみの発言には思いやりがなさすぎたよ。盗みを働くような人間はこの家にいない。

そうだろう？」

一瞬、ふたりは目を合わせた。先に目を伏せたのは外科医のほうだった。「さあどうかしらね、あなた《モン・シエール》」夫人は静かに言った。

クイーン父子はじっとすわっていた。こういう状況で盗みの話が出るのは、ひどく気まずいものだ。エラリーはゆっくりと鼻眼鏡をはずしてレンズを磨きはじめた。不愉快な女だな、あの夫人は！

「そんなことはない」外科医は見るからに感情を抑えていた。「それに、フォレストさんも高価な指輪ではなかったと言っている。盗みを疑うなど無意味だよ。おそらくどこかに落としたんじゃないかな、フォレストさん。でなければ、きみの言うように、その謎の徘徊《はいかい》者がなんらかの形で紛失の原因になっているんだろう」

「ええ、そういうことですわね、博士」フォレスト嬢はほっとした顔で言った。

「ぶしつけに口をはさむのをお許しくださるなら」エラリーがおずおずと言った。振り向いた一同は、硬く身構えてエラリーを見つめた。警視さえも眉《まゆ》をひそめている。だが、エラリーはにこやかに鼻眼鏡をかけなおした。「おわかりでしょうが、もしぼくたちが出くわしたその男がこの家にまったく無関係な得体の知れない人間だとしたら、みなさんは特異な状況に直面していることになります」

「そうかな、クイーンさん」ゼイヴィア博士がぎこちなく言った。

「そうですよ」エラリーは手をひと振りして言った。「考慮すべき小さな問題がいくつかあります。フォレストさんが先週の金曜に指輪をなくしたのなら、そのこそ泥はどこにいたんでしょう。ただ、かならずしも解決できない点ではありませんね。たとえば、オスケワを根城にしてる可能性も……」

「そうかな、クイーンさん」ゼイヴィア博士は繰り返した。

「でもやはり、いま言ったように、みなさんは特異な状況に直面していますよ。だって、あの顔のでっぷりした男は不死鳥でもなければ、地獄から来た悪魔でもないんですから」エラリーはつづけた。「今夜は父やぼくと同じく、山火事で否応《いやおう》なく足止めを食うはずです。結果として、あの男も気づくでしょう――たぶん、もう気づいてるころだな――この山を離れる術《すべ》はないってことを」肩をすくめる。「厄介な状況です。近辺にほかの家はないし、この火事はひょっとするとしぶといかもしれない……」

「まあ！」フォレスト嬢が息を呑《の》んだ。「つまり――もどってくるのね！」

「数学的に確実と言うべきでしょうね」エラリーは淡々と言った。

ふたたび沈黙が訪れた。バンシーがいるとエラリーが言った家そのものは、合図でも受けたかのようにうなりを強めた。ゼイヴィア夫人が急に身を震わせ、男たちでさえ、フランス窓の向こうの闇夜に不安げなまなざしを向けた。

「その男が泥棒だとしたら」ホームズ博士が煙草を揉《も》み消しながらそう言いかけて、

ふと口ごもった。そしてゼイヴィア博士と目を合わせ、顎《あご》をこわばらせた。「ぼくが言おうとしたのは」静かにつづける。「フォレストさんの説明はまちがいなく正しいってことです。ええ、まちがいなく。というのも、ぼく自身も先週の水曜に印章つきの指輪をなくしました。古くて値打ちもないがらくたではあるんですがね。あまり身につけることもないし、特別に大切なものでもありません――ただ、そういうことなんです。なくなったんですよ」

途切れていた沈黙がもどった。エラリーはそれぞれの顔を観察しながら、この家の上品ならわべの下にひそむ不浄なものにふたたびもどかしく思いをはせた。

沈黙を破ったのはマーク・ゼイヴィアで、大きな図体《ずうたい》でいきなり動きだすものだから、フォレスト嬢が小さく悲鳴をあげたほどだった。「なあ、ジョン」ゼイヴィア博士に向かって早口で言う。「今夜はすべてのドアと窓がしっかり施錠されているか確認したほうがいいぞ……おやすみ、諸君！」

そして、つかつかと部屋を出ていった。

アン・フォレストは――今夜は持ち前の沈着さを回復不能なまでに揺さぶられた様子だが――ホームズ博士とともにすぐその場を去った。階段へ向かって廊下を歩きながら小声でことばを交わしているのを、エラリーは耳にした。ゼイヴィア夫人はじっとすわったまま半端な笑みを浮かべていたが、レオナルド・ダ・ヴィンチの描いた〈モナ・リザ〉のそれに劣らず、よそよそしく不可解な微笑だった。

クイーン父子は遠慮がちに立ちあがった。「さて」警視が言った。「われわれも寝にいかせてもらってもよろしいですかな、博士。息子ともども、どれほど深く感謝しているか、なんとお伝えしたら――」

「よしてください」ゼイヴィア博士はぶっきらぼうに言った。「うちはこのとおり人手不足ですからね、クイーンさん――使用人はウィアリー夫人とボーンズしかおりませんし――わたしが部屋へ案内しますよ」

「いいえ、そんな必要はまったく」エラリーがあわてて言った。「行き方はわかりますから、博士。とにかく、ありがとうございます。おやすみなさい、ゼイヴィア夫――」

「わたくしもそろそろ休みます」外科医の妻はすばやくそう言って腰をあげた。深く息をしながら、背筋を伸ばして立ちあがった夫人は、エラリーが思っていたよりも長身だった。「部屋へあがられる前に何か……」

「おかまいなく、ゼイヴィア夫人、お気づかいありがとうございます」警視が言った。「しかし、サラ、思ったんだが――」ゼイヴィア博士が口を開いた。けれども、その先は言わず、妙に気落ちした様子で肩をすくめた。

「あなたはまだ休まないの、ジョン」夫人は鋭く言った。

「ああ、まだね」博士は目を合わせずに、重い声で答えた。「寝る前に実験室で少し仕事をしようと思う。用意しておいたあの〝液〟に期待した化学反応が起こっているだろうから……」

「あら、そう」夫人は言って、ふたたびあのぞっとするような笑みを見せた。そしてクイーン父子に向きなおった。「こちらです、さあ」そう言って、そそくさと部屋を出ていく。

クイーン父子は抑えた声で主人に「おやすみ」を言い、夫人のあとを追った。廊下へ曲がるとき、外科医を最後に一瞥《いちべつ》した。消沈しきった様子で同じ場所にたたずみ、下唇を吸いながら、粗織りのシャツにつけたネクタイのやや派手な飾りピンを指でもてあそんでいる。先刻よりも老けこんで、精神的にも参っているように見えた。それからふたりは、図書室のほうへ向から外科医の足音を耳にした。

寝室のドアが背後で閉まるなり、エラリーは頭上の照明のスイッチを入れ、父親の前にまわりこんで、激した口調でささやいた。「父さん！　ゼイヴィアが後ろから忍び寄る直前に外の廊下で見たっていうその恐ろしいものは、いったいなんだったんだ」

警視はモリス式安楽椅子に非常にゆっくりと身を沈め、ネクタイの結び目をほどいた。エラリーの視線を避けている。「それがだな」歯切れ悪くつぶやいた。「はっきりわからないんだ。少しばかり――そう、ぎょっとしたのはたしかだな」

「父さんがぎょっとした？」エラリーはばかにしたように言った。「イカ並みの神経の持ち主なのに。さあ、吐き出してしまったらどうだい。夜じゅう訊《き》きたくてうずうずしてたんだ。あの大男ときたら！　いっときもぼくたちのそばを離れないんだから」

「そうだな」警視はぽつりと言い、ネクタイを引き抜いて襟のボタンをはずした。「では話すとしよう。あれは――気味が悪かった」

「さあ、さあ、頼むよ、父さん、なんだったんだ」

「正直言って、わからない」警視はびくついた面持ちだった。「おまえでもこの世のだれでも、あれを――あれの特徴を描写してみせたら、わたしは誓ってそいつを病院送りにするぞ。まったく！」いきなり声を荒らげる。「人間にはとても見えなかった。ぜったいにたしかだ！」

エラリーは警視をしげしげと見つめた。こんなことばが父の口から出るとは！　想像力に乏しいこの小柄な警視は、ニューヨーク市警のほかのだれよりも頻繁に死体を扱い、だれよりも頻繁に不法に流された人間の血にまみれてきたというのに！

「あれは――まるで」少しも楽しげではない弱々しい笑みを浮かべて、警視はつづけた。「どう見ても――カニのようだった」

「カニ！」

エラリーは口をあけて父親を見た。やがて平らな頬を風船のようにふくらませ、手で口を覆い、体をふたつ折りにして、腹の底からこみあげる笑いをこらえた。体を前後に揺すり、目から涙を流した。

「カニ！」エラリーはあえいだ。「はっ、はっ、は！ カニとはね！」そしてまたもや大笑いした。

「おい、やめろ！」警視はいらついて言った。「〈ヘノミの歌〉を歌うローレンス・ティベット（米国のバリトン歌手。曲中に笑い声が多くある）みたいな声だ。やめないか！」

「カニねえ」エラリーはまたあえいで、涙をぬぐった。

警視は肩をすくめた。「いいか、本物の――カニだったと言っているわけじゃないぞ。頭のおかしい軽業師かレスラーか何かのふたり組が、あの廊下でちょっとした稽《けい》古《こ》をしていたのかもしれない。だが、見た目はまさにカニだった――巨大なカニだ。人間ほどの大きさの――いや、人間より大きいやつだ、エル」苛立《いらだ》たしげに立ちあがり、エラリーの腕をつかむ。「なあ、わかってくれ。どう見てもわたしはまともだろう？ これはさっ――錯覚でもなんでもないだろう？」

「父さんの目がどうなったのかなんて、わかるもんか」エラリーはひとりで笑いながら、ベッドに倒れこんだ。「カニを見たって！　こんなによく知ってる相手じゃなかったら、そのカニは特別凶暴な紫色の象（酔ったときに見えるとされる幻影）と同類だと見なし、父さんはちびちび飲んで深酒したと言うところだよ。カニだって！」あきれたふうに首を振る。「いいかい、その〝何か〟を、呪われた屋敷の子供の幽霊じゃなく、生きた人間に似たものとして検討してみよう。ぼくは父さんのほうを向いて話しかけてた。父さんはまっすぐ廊下の先を見てたな。さて警視、正確にどこで見たんだ、その——その奇怪な生き物を？」

警視は震える指で嗅《か》ぎ煙草を一服した。「この部屋からふたつ先のドアのあたりだ」ぼそりと言って、くしゃみをした。「むろん、ただのわたしの想像だがな、エル……。あれは階段よりこちら側の廊下だった。あのあたりはかなり暗かったし——」

「そりゃ残念だ」エラリーは物憂げに言った。「もう少し照明が明るかったら、きっとティラノサウルスぐらいは見えてたよ。父さんが見つけて怖《お》じ気立ったとき、そのカニくんは何をしてるところだった？」

「しつこくからかうのはよせ」警視は哀れっぽく言った。「ただちらっと見ただけなんだ——その姿をな。ちょこまか歩いて——」

「ちょこまか歩く！」

「そうとしか言いようがない」警視は強情な声で言った。「ちょこまか歩いてドアから部屋へはいった。閉まる音はそのあとおまえも聞いたろう。そのはずだ」

「これは」エラリーは言った。「捜査が必要だよ」ベッドから飛び起きて戸口のほうへ向かう。

「エル！　頼むから慎重にやってくれ！」警視は悲痛な声を出した。「夜中に人の家を嗅ぎまわっていいはずが――」

「トイレに行くのもだめかい？」エラリーは勝ち誇ったように言った。そしてドアを引きあけ、廊下へ消えた。

クイーン警視は坐《ざ》したまま、爪を嚙《か》みつつ頭を振っていたが、やがて腰を浮かせて上着とシャツを脱ぎ、サスペンダーを椅子の下に垂らしてから、腕を伸ばして大きなあくびをした。ひどく疲れていた。疲れていて、眠くて、そして――こわかった。そう、ドアこそないものの他人が踏みこむことが許されぬ心の部屋のなかで、おのれに対してだけはひそかに認めた――ニューヨーク市警のクイーン警視は恐れおののいている、と。奇妙な感覚だ。以前にも恐れを感じたことはしばしばあった――ジャック・ドルトン（アラスカ開発で知られる探険家）の向こうを張ったところではじまらない――が、これはいままでにない種類の恐れだ。得体が知れない。肌に悪寒が走り、背後で何か聞こえた気がして振り向きたくなるような感覚だった。

そういうわけで、警視はあくびや伸びをしたのち、ベッドにはいるため服を脱ぐというなんでもない動作に時間をかけた。そのあいだじゅう、エラリーの腹の底からの笑い声が頭のなかでこだましていたが、恐れはしぶとくそこにひそみ、消えてくれなかった。あげくには――とたんに自嘲《じちょう》の笑いを漏らしながらも――口笛まで吹きはじめた。

警視はズボンを脱ぎ、服一式をきれいにたたんでモリス式安楽椅子に置いた。それから、ベッドの足もとにあるスーツケースのひとつをあけようと身をかがめた。と同時に、窓のひとつが何かでがたついたので、ぴりぴりと警戒しながら目をあげた。しかしその窓には、半分おろされた日除《よ》けがあるだけだった。

屈しがたい衝動に駆られ、警視は小走りに部屋を横切り――まるで下着姿で人間の形をした灰色ネズミだ――それから日除けを引いた。日除けがおりてくるあいだに、屋外の様子が目にはいった――広大な暗黒の深淵《しんえん》のように見えたが、現実にそうだった。というのも、この家が隣の谷まで何百フィートも垂直に落ちこんだ崖《がけ》っぷちに危なっかしく建っていることを、警視はのちに知ることになるからだ。小さく鋭い目が、すばやく横へ向けられた。それと同時に警視は窓から飛びすさり、手から離れた日除けが大きな音を立てて巻きあがるのを聞きながら、戸口に駆け寄って照明のスイッチを切り、部屋を真っ暗にした。

エラリーは寝室のドアをあけるなり、驚いて足を止め、亡霊さながらに部屋へ滑りこむと、すばやくそっと中からドアを閉めた。

「父さん！」ささやき声で言った。「ベッドにいるのかい。なぜ明かりが消えてるんだ」

「静かに！」父が険しい声で言うのが聞こえた。「必要以上に音を立てるな。ひどく怪しいものがこのあたりをうろついているし、その正体が、わたしにはたぶんわかったぞ」

エラリーはしばらく沈黙していた。暗闇のなかで瞳孔《どうこう》が縮んでいるうちから、はっきりしない部屋の様子を見分けにかかった。かすかな星の光が裏手の窓から差しこんでいた。裸足《はだし》でパンツ一枚という姿の父が、ひざまずくような恰好《かっこう》で部屋の隅に縮こまっている。右手の壁に三つ目の窓があり、その窓のそばで警視はかがみこんでいた。

エラリーは父のかたわらに駆け寄って、窓の外を見た。横手のその窓からは、家の裏の壁のへこみによって真ん中に形成された中庭が見おろせた。せまい中庭だった。一階の中庭の裏の外壁に支えられる形で、隣室と共用らしいバルコニーが設けてある。エラリーが窓に手を伸ばしたそのとき、ゆるやかに動くおぼろな人影がバルコニーからフランス窓のなかへ消えるのが見えた。星明かりに輝く女の白い手が室内から伸びてきて、両開きのドアを引っ張って閉めた。

警視はうなり声をあげて身を起こすと、日除けを一枚残らず引きおろし、せかせかとドアのほうへもどって照明のスイッチを入れた。ぐっしょりと汗をかいている。

「それで？」ベッドの足もとにたたずんでいたエラリーが小声で言った。

警視はベッドにどさりと腰をおろし、半裸の小鬼のように背をまるめて、灰色の口ひげの片端を苛立たしげに引っ張った。「あそこへ行って日除けをおろしていたら」ぼそりと言う。「ちょうど横の窓から女が見えた。バルコニーに立って虚空を見つめているようだった。奥へ駆けもどって照明を消してから、女を観察した。ずっと動かずに、ただ星を見あげていた。夢心地といった様子で。泣きじゃくる声が聞こえた。赤ん坊のように泣いていたよ。ひとりきりでな。そこでおまえがはいってきたんで、女は隣のあの部屋へもどった」

「ほんとうに？」エラリーは言った。右手の壁にすり寄って、耳を押しつけた。「この壁越しじゃ何も聞こえないな、くそっ！　で、それのどこが怪しいんだ。だれだったんだろう――ゼイヴィア夫人か、あのひどいこわがりの若いご婦人、フォレストさんか」

「そこが」警視が苦々しげに言った。「なんとも怪しいところなんだ」

エラリーは父親の顔を見つめた。「謎かけのつもりかい」上着を脱ぎはじめる。「さあ、言ってくれ。ぼくたちが今夜顔を合わせていない人間がいるんだね、賭《か》けてもいいよ。例のカニとも ちがう」

「あたりだ」警視はむっつりと言った。「おまえの言ったどちらでもない。あれは……マリー・カローだ！」まるで呪文《じゅもん》であるかのように、その名を口にした。

難儀してシャツを脱いでいたエラリーの手が止まった。「マリー・カロー。いまそう言ったのか？　何者なんだ。聞いたこともないな」

「ああ、情けない」警視は嘆いた。「マリー・カローの名前も聞いたことがないとはな！　無知な人間に育ててしまったものだ。新聞を読まないのか、ばか者が。マリー・カローは上流社会の人間だ、上流だぞ！」

「ああ、聞こえてるよ」

「貴婦人中の貴婦人だ。大金持ちで、ワシントンの政府筋まで動かしている。父親はフランス駐在の大使だ。フランス革命時代からつづく古い名家でな。何代も何代もさかのぼる先祖は、ラファイエットとこういう間柄だった」警視は人差し指に中指をからめた。「一族全員が――おじもいとこも甥《おい》も――外交の職に就いている。彼女は自分の――同じ名前の――いとこと二十年前に結婚した。夫はもう死んでいる。子供はいない。まだ若いが、一度も再婚はしていない。歳はせいぜい三十七というところだ」単に息が切れたのでことばを切り、息子を鋭い目で見た。

「それはすごい」エラリーは笑いながら腕を曲げてみせた。「父さんにとっては完璧《かんぺき》な女性なわけか！　古き鮮やかな記憶がふたたび動きだしているようだね。だけど、それがどうしたんだい？　実を言うと、ぼくは大いにほっとしたよ。こうやって実体ある謎の探究に取りかかれてね。明らかにここの人たちは、なんらかの理由で父さんの愛《いと》しのカロー夫人が滞在していることを隠したかったんだ。だから、今夜《エルゴ》、車がのぼってくる轟音《ごうおん》を聞いて、かの社交界の女王《ラーニー》を寝室に追い立てた。夜のこの時間の訪問者だから警戒したなんて言い草は、みんなでたらめさ。主人もほかの面々も、夫人の存在をぼくらに気づかせまいとしてそわそわしていた気がする。なぜ隠すんだろうか」

「教えてやろう」警視は静かに言った。「三週間前、この旅行に出る前にわたしは新聞で読んだ。おまえも世の中の出来事に少しでも注意を払っていれば、読んでいただろうがな！　カロー夫人はヨーロッパにいることになっているんだ！」

「ほう」エラリーはそっけなく言った。煙草を一本、ケースから取り出し、ナイトテーブルのほうへマッチを探しにいく。「興味深いね。でも、かならずしも説明がつかないわけじゃない。ここには有名な外科医がいるね——おそらくご夫人は、その高貴な血だか金張りの内臓だかに何か問題をかかえてて、世間にそれを知られたくないんだ……。いや、それじゃ理由として弱いな。もっとこう……ゆゆしき問題のはずだ。泣いてたんだって？　ひょっとすると、誘拐されたんじゃないかな」期待をこめて言う。「あの非の打ちどころのない主人に……。しかし、マッチはどこなんだ」

警視は答える気にもなれない様子で、口ひげを引っ張りながら床をにらんでいた。

エラリーはナイトテーブルの抽斗《ひきだし》をあけてマッチの箱を見つけると、口笛を吹いた。「あのご立派な博士は、なんて思慮深い紳士なんだろう。この抽斗のなかのがらくたを見てくれ」

警視は鼻を鳴らした。

「驚くほど強い意志の持ち主だ」エラリーは感心したふうに言った。「あっぱれな人だよ。どうやら害のないゲームに取りつかれているらしく、その感覚を客にも押しつけずにいられないんだ。ここには、退屈な週末をやりすごすのにうってつけなものがそろってる。まだ封も切られていない新品のトランプの箱に、クロスワードパズルの雑誌に――ウェスタの処女《おとめ》ばかりに、まっさらなやつだよ！　――チェッカー盤に、クイズ本のたぐいに、あとはなんだかわからないな。削った鉛筆まである。やれやれ！」ため息混じりに抽斗を閉め、煙草に火をつける。

「美しい」警視がつぶやいた。

「はあ？」

警視は説明をはじめた。「考えていたことが声に出たんだ。バルコニーにいた夫人のことだよ。実に華のある人なんだ、エル。おまけに泣いていて――」かぶりを振る。「まあ、われわれがどうこう言うことではまったくないな。世界一おせっかいな無骨者ふたりというわけだ」そこで急に顔をあげ、灰色の目をいつものように油断なく光らせた。「忘れていた。外の様子はどうだった？　何か見つけたか」

エラリーは悠然とベッドの片側に横たわり、脚部の板の上で足を組んだ。天井に向かって煙草の煙を吐く。「ああ、例のあの――巨大カニのことかい」そう言って瞳《ひとみ》を輝かせる。

「なんのことかは当然承知だろうが！」耳まで赤くなりながら、警視は怒鳴った。

「いやあ」エラリーは間延びした声で言った。「問題ありだね。廊下は無人で、どのドアも全部閉まってた。音もしない。わざと足音高く階段の前を通って、トイレにはいった。それから出てきた――足音を忍ばせて。長くはそこにとどまってなかったけど……。ところで、甲殻類は美食好みだなんて話を聞いたことがあるかい」

「おい、おい」警視はうめくように言った。「こんどは何を考えている？　おまえは毎回、持ってまわった言い方をしないと気がすまないのか！」

「つまり、言いたいのは」エラリーは小声で言った。「階段で足音がしたんで、この部屋に近い廊下の暗がりにあわてて隠れなきゃならなかったってことさ。また階段の前を通ってトイレにもどるわけにもいかなくてね。そんなことをしたら、だれが階段をのぼってきたんであれ、見つかってしまうだろうから。それで、階段の上の、照明のあたってる場所を見てたんだ。現れたのは、ふくよかなるデメテル（農業の女神）、緊張しながらぼくたちに餌を与えてくれたウィアリー夫人だった」

「あの家政婦か。それがどうした？　寝にいくところだったんじゃないのか。彼女と、あの無作法な偏屈者のボーンズは――まったく、なんて名前だ！　――この上の屋根裏で眠るんだろうから」

「ああ、おそらくね。ただ、言っておくと、ウィアリー夫人は安らかな夢の国へ向かうところじゃなかった。盆を運んでたんだ」

「ほう！」

「そう、付け加えると、食べ物をたっぷり載せた盆さ」

「カロー夫人の部屋へ向かっていたんだ、きっと」警視はつぶやいた。「いくら上流の女性と言っても、食事はとらねばならないからな」

「そういうのじゃないな」エラリーはぼんやりと言った。「だから、甲殻類は美食好みだって話を知ってるかと訊《き》いたんだ。ピッチャーいっぱいの牛乳を飲みながら、全粒小麦のパンを使ったミート・サンドイッチにかぶりつき、果物をむさぼるカニなんて、ぼくは聞いたことがないね……。いいかい、あの家政婦は、少しもこわがる様子はなく、カロー夫人の隣の部屋へまっすぐはいっていったんだ。そこはまさに」意地悪く言う。「父さんが見た部屋だよ。巨大カニが室内へ消えるのを――そう――」警視はお手あげのしぐさをして、スーツケースのなかのパジャマを探しにかかる――

「ちょこまか歩きながらね！」

4　血塗られた太陽

エラリーはまぶたを開き、見慣れないベッドの上掛けに降りかかるまばゆい陽光を目に浴びた。一瞬、自分がどこにいるのか思い出せなかった。喉《のど》がひりひりと痛み、頭も鈍くなった感じがする。大きく息をついて体を震わすなり、父親が「ああ、起きたか」と言うのが聞こえた。穏やかな声のしたほうへ首をひねると、清潔な衣類で身支度をすませた警視が、小さな手を気むずかしげに背中で組んで、裏窓のひとつからぼんやりと外をながめていた。

エラリーはうなり声をあげて伸びをしたのち、ベッドの外へ這《は》い出た。あくびをしながらパジャマを脱ぎはじめる。

「あれをちょっと見てくれ」警視は振り返らずに言った。

エラリーはよろよろと父親の隣へ歩み寄った。ベッドふたつをはさむ形で壁に切られたふたつの窓は、ゼイヴィア邸の裏に面していた。前夜、真っ暗な深淵《しんえん》に見えていたのは、ねじれた石でできた切り立った崖《がけ》だった。そのあまりの深さと険しさに、一瞬エラリーは目がくらみ、思わずまぶたを閉じた。それからふたたび開いた。太陽が遠くの山脈のはるか上方から、渓谷と絶壁の微細な部分を驚くほどくっきりと照らし出している。たいそうな高所にいるせいで、カップ状の広大なくぼみのなかの静かで人気《ひとけ》のない世界は、ちっぽけなミニチュアに見えた。綿毛のような雲がふたりのすぐ下方を漂い、懸命に山頂から離れまいとしている。

「見えるか」警視はつぶやいた。

「何が？」

「あっちのほうの、渓谷までつづく崖がはじまっているところだ。山腹だよ、エル」

そしてエラリーは見た。アロー山の端を取り巻く、遠くの険しい斜面で、密生した緑の草木のマットが唐突に途絶え、吹き流しのような煙がはらはらとたなびいている。

「火事か！」エラリーは叫んだ。「もう少しで、あの忌々しい出来事は全部ただの悪夢だったと思うところだったよ」

「裏の絶壁のあたりでもちょろちょろしている」警視は考えながら言った。「ここの裏は全体が石の斜面だから、火は燃え移ってこられない。餌になるものが何もないからな。だからと言って、われわれにはなんの利点もないが」

エラリーは洗面所へ向かいかけて足を止めた。「で、それはどういうことなのかな、父上」

「たいしたことじゃない。ただ考えていただけだ」警視は思案顔で言った。「もし火事がほんとうにひどくなったら……」

「そうなったら？」

「われわれは完全に行き場を失うだろうな。虫一匹、あの崖を這いおりられまい」

しばしのあいだ、エラリーは父親を見つめていたが、やがてくすりと笑った。「ほらまた、申し分なく気持ちのいい朝を台なしにするなんて。父さんはいつだって悲観的だ。忘れることだね。少し待っててくれ、死ぬほど冷たい山の水を浴びてきたいんだ」

だが、警視は忘れなかった。エラリーがシャワーを浴び、髪に櫛《くし》を入れ、服を着るあいだじゅう、いくつもの細い煙の筋を、まばたきもせずじっとにらんでいた。

階段をおりていくとき、クイーン父子は階下で交わされる抑えた話し声を耳にした。一階の廊下には人気がなかったが、玄関広間の先の正面ドアが開いていて、前夜は暗かった広間は朝の強い日差しを受け、快適と言ってよい空間になっていた。テラスへ出ると、ホームズ博士とフォレスト嬢が熱心に話しこんでいたが、父子が現れたとたんに会話は途切れた。

「おはようございます」エラリーは快活に言った。「いい天気ですね」玄関ポーチのへりまで歩いていき、すばらしい青空を愛《め》でながら深呼吸する。警視は揺り椅子に腰をおろし、嗅《か》ぎ煙草入れを手探りした。

「そうですわね」フォレスト嬢が奇妙な声音でつぶやいた。エラリーはすかさず振り返って様子をうかがった。顔色が少々青ざめている。淡い色彩のぴったりした服に身を包んでいて、とても艶《なま》めかしく見える。ただそれは、いくぶん緊張をはらんだ艶めかしさだった……。

「暑くなりそうですね」ホームズ博士が長い脚をぶらぶらさせながら、そわついて言った。「その──よく眠れましたか、クイーンさん？」

「ラザロ（イエスが死からよみがえらせた男。ヨハネによる福音書より）に負けないくらいね」エラリーは陽気に言った。「きっと山の空気のせいだな。ゼイヴィア博士も奇抜な場所に家を建てましたね。人間のねぐらというより、鷲《わし》の高巣という感じだ」

「そうですわね」フォレスト嬢が抑えた口調で言ったあと、沈黙が流れた。

エラリーは明るい昼間の光のなかで一帯を観察した。アロー山の頂上まではほんの数百フィートだった。家は断崖《だんがい》のへりを背にして横に広く建てられており、残った土地は正面と側面にわずかにあるだけで、見たところ切り拓《ひら》くのがとてつもなく困難だったと思われる。土地を平らにして、大量に転がっている岩を取り除く努力もいくらかなされていたが、その努力はすぐに放棄されたようだった。というのも、鉄格子の門からつづく車道を除いた部分は、石や礫《れき》が突き出て、密生したほこりだらけの草木にところどころ覆われた、ごつごつした湿地のままだからだ。頂上付近の円周の四分の三は、いきなり森がはじまっていて、傾斜しながら山腹までひろがっている。そのすべてが、荒涼としてさびしく奇怪な印象を与えていた。

「ほかに起きている人は？」しばらく経って、警視が愛想よく尋ねた。「少々遅いですし、われわれが最後かと思いましたよ」

フォレスト嬢が口を開いた。「あら――わたしはよく存じませんわ。見かけたのは、ホームズ博士と、あの気味の悪いボーンズぐらいです。ボーンズは家の横手を探りまわって、貧相な庭か、そこで育てようとしている何かと格闘していますよ。ホームズ博士、あなたは？」けさはこの若い女もからかいのことばを口にしないな、とエラリーは心のなかで言った。そこで突然、ある疑問が頭に浮かんだ。フォレスト嬢は〝客人〟なのか？　いま思いついたのだが、上階の寝室に身を隠しているあの謎めいた上流婦人となんらかの形で関係している可能性もある。それなら、この女の前夜の過剰な興奮ぶりや、けさの顔色の悪さと不自然な行動にも説明がつく。

「いや」ホームズ博士は言った。「実のところ、ほかの人たちが朝食をとりにくるのを待っているんです」

「なるほど」警視はぼそりと言い、ごつごつした地面をしばらく見つめたのちに立ちあがった。「なあ、エル、もう一度電話を使わせてもらったほうがいいと思うんだ。あのちょっとした火事の状況を確認して、それから出発するとしよう」

「そうだな」

ふたりは玄関広間へ向かった。

「ああ、それでも、朝食はもちろんごいっしょに」ホームズ博士が顔を赤くして、あわてて言った。「このまま送り出すわけにはいきませんよ、軽く腹ごしらえをしてもらわないことには――」

「いや、いや、それはどうかと」警視は笑顔で答えた。「われわれはもうじゅうぶんご面倒をかけていますし――」

「おはようございます」ゼイヴィア夫人が戸口から言った。全員がいっせいに振り向いた。フォレスト嬢の目に苦しげな不安の色がよぎるのを、エラリーはたしかに見てとった。外科医の妻は深紅のモーニング・ガウンをまとっていた。白いものの交じった漆黒のつややかな髪はスペイン風にこんもりと結いあげられ、オリーブ色の肌はほのかに青ざめている。謎めいた凝視が警視からエラリーへと向けられた。

「おはようございます」警視は焦って言った。「ちょうどオスケワへ電話をかけようとしていたところなんです、ゼイヴィア夫人、それで火事の状況がわかれば――」

「オスケワにはもう電話しました」ゼイヴィア夫人は平板な声で言った。そのときはじめて、夫人のかすかな外国訛《なま》りにエラリーは気づいた。

フォレスト嬢が固唾《かたず》を呑《の》んで尋ねた。「それで？」

「消火は少しもはかどっていないということでした」ゼイヴィア夫人はテラスのへりまでしなやかに移動して、荒涼とした景色をながめやった。「絶え間なく燃えつづけて――ひろがっているそうよ」

「ひろがってる？」エラリーはつぶやいた。警視は微動だにしなかった。

「そうです。それでもまだ、収拾がつかないというほどではないと」ゼイヴィア夫人は例の癇《かん》に障るモナ・リザの微笑を浮かべて言った。「ですから、身の安全を心配する必要はありませんわ。単に時間の問題なんです」

「すると、まだ山をおりる方法はないんですね」警視は言った。

「そのようです」

「いや、参ったな」ホームズ博士が言い、煙草を投げ捨てた。「では朝食にしましょうか」

だれも答えなかった。フォレスト嬢が急に身じろぎし、蛇でも見たかのようにあとずさりした。一同は身を乗り出した。長い羽のような灰が空を舞っている。目を離せずに見ていると、ほかにもはらはらと舞い落ちてきた。

「灰だわ」フォレスト嬢が息を呑んだ。

「ああ、それがどうかしたかい」ホームズ博士が張りつめた高い声で言った。「風向きが変わったんだよ、フォレストさん、それだけのことだ」

「風向きが変わったか」エラリーが物思わしげに繰り返した。そして急に顔をしかめ、ポケットのなかの煙草ケースを探った。ゼイヴィア夫人は、なめらかな広い背中の筋肉をこわばらせた。

沈黙を破ったのは、玄関ドアのほうから聞こえたマーク・ゼイヴィアの声だった。

「おはよう」低い声で言う。「この灰はなんだ」

「あら、ゼイヴィアさん」フォレスト嬢が大声で言った。「火事が激しくなっているのよ！」

「激しくなってる？」マーク・ゼイヴィアはずかずかと歩いてきて、義理の姉の横に並んだ。けさは瞳《ひとみ》に鋭さも生気もなく、白目は血走っている。一睡もしていないか、深酒をしたかのように見えた。

「それはまずいな」マーク・ゼイヴィアはつぶやいた。「まずいな」と何度も繰り返す。「そんなふうには見えな――」そこでことばを切り、耳障りなほど声を張りあげて言った。「さて、いったい何を待ってるんだ。火事もこれ以上はひどくならないさ。朝食はどうした。ジョンはどこだ？　わたしは腹ぺこだぞ！」

家の横手から、ひょろりとして締まりのない骨格のボーンズが、よろよろした足どりで現れた。つるはしと、泥のついたシャベルを携えている。日の光のもとで見ると、ぎらついた目と不機嫌そうな口をした、汚いつなぎ姿のやつれた老人にすぎなかった。右にも左にも目を向けずに、重い足どりで階段をのぼり、玄関ドアのなかへ消えた。

　ゼイヴィア夫人がぴくりと動いた。「ジョン？　そうよ、ジョンはどこ？」と言って横を向き、その黒い目で、義理の弟の血走った目をじろりと見つめた。

「あなたも知らないのか」マーク・ゼイヴィアは皮肉っぽく言った。

　まったく、なんて連中だ！　とエラリーは思った。

「ええ」夫人はゆっくりと言った。「知らないの。ゆうべは寝室へあがってこなかったから」黒い目が鋭くきらめく。「少なくとも、けさベッドで姿は見てないわ、マーク」

「別に不思議はありませんよ」ホームズ博士が無理に笑みを浮かべて、あわてて言った。「たぶん深夜まで実験室であれこれなさっていたんでしょう。実験となると没頭するほう――」

「そう」ゼイヴィア夫人は言った。「ゆうべ、もう少し実験室にいるようなことを言っていたわ。そうでしたわね、クイーンさん」そう言って、印象深い目をいきなり警視に向けた。

　警視は渋い顔をしていた。嫌悪をほとんど隠さない。「ええ、そうでした」

「だったら、呼びにいってきますよ」ホームズ博士は張りきって言い、娯楽室の開いたフランス窓のひとつから屋内へ駆けこんだ。

だれも口を開かなかった。ゼイヴィア夫人は沈んだまなざしでふたたび空を見つめた。マーク・ゼイヴィアはテラスの欄干に静かに腰をおろし、半ば目を閉じて煙草をくゆらせた。アン・フォレストは膝《ひざ》の上でハンカチをひねりまわしていた。玄関広間から足音が聞こえ、ウィアリー夫人のずんぐりした姿が現れた。

「朝食の用意ができております、奥さま」家政婦はおずおずと言った。「こちらのかたがたも――」クイーン父子を手ぶりで示す。「お召しあがりに？」

ゼイヴィア夫人は振り返った。「もちろんよ」いらついた声で言う。

ウィアリー夫人は赤面して家の奥へさがっていった。

そのとき突如、一同の視線が、いましがたホームズ博士の通っていったフランス窓に吸い寄せられた。長身のイギリス青年はいま、その窓の奥に立っていた。きつく握りしめた右手はまだらに白くなり、褐色の髪がやけに乱れて逆立っている。穿《は》いているツイードのニッカーボッカーと同じ灰色の顔をして、何やら口を動かしている。唇が開いたり閉じたりするばかりで、いつまで経っても声をともなったことばは出てこなかった。

やがて、エラリーもはじめて耳にするひどく不明瞭《めいりょう》でかすれきった声で、ホームズはこう言った。「殺されている」

第二部

「心理学に誤りというものはない。最もむずかしいのは、被験者を知ることである。心理学とは……無限の分枝を持つ精密科学である」

――理学博士　S・スタンリー・ホワイト著『人間的な心、非人間的な心』

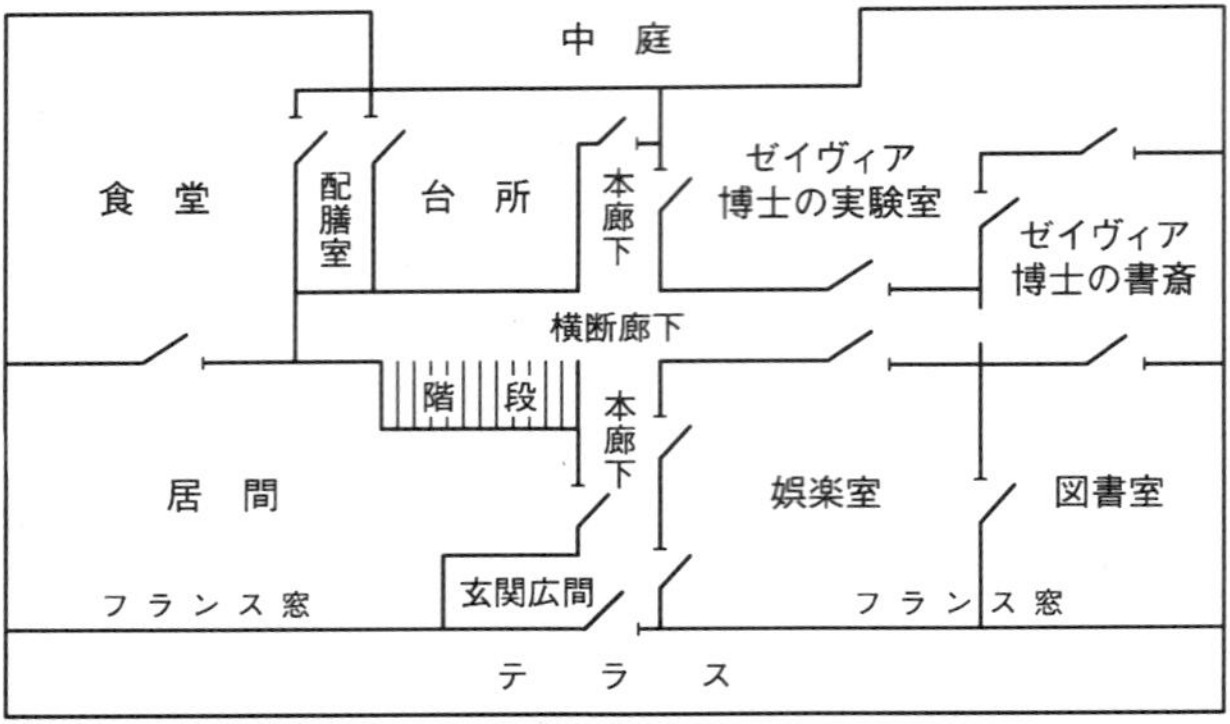

〈ゼイヴィア邸一階の見取図〉

5　スペードの6

ゼイヴィア夫人の襟ぐりの深いガウンの首もとから、さざ波が下へ向かって走り、深紅のスカートを揺らめかせて消えた。夫人はテラスの欄干に寄りかかり、強健な体の両脇でしっかりと手すりをつかんでいた。オリーブ色の指関節が白くなっていて、軟骨の塊のように見える。黒い目は濡《ぬ》れたさくらんぼを思わせ、いまにも飛び出しそうだ。それでもまったく声は立てず、表情も変わらなかった。例のぞっとするような笑みさえ、張りついたままだった。

フォレスト嬢は、瞳の下半分の弧をわずかにのぞかせて白目をむいていた。吐き気を催したようにうめいて椅子から立ちあがろうとしたが、また脱力してすわってしまった。

マーク・ゼイヴィアは、親指と人差し指で煙草をつまんで火を揉《も》み消すと、やにわに欄干から離れ、じっと突っ立っているホームズ博士の横を通って、よろけながら家のなかへはいっていった。

ィア夫人を見つめた。

「殺されている?」警視がゆっくりと言った。

「ああ、そんな」フォレスト嬢が押し殺した声で言い、右手の甲を噛《か》みながらゼイヴィア夫人を見つめた。

そして、エラリーがマーク・ゼイヴィアのあとを追って駆けだすと、全員が危ない足どりでそれにつづき、娯楽室を突っ切って本の並んだ図書室のドアを抜け、もうひとつのドアの向こうへ……。

ゼイヴィア博士の書斎は小さな真四角の部屋で、ふたつある窓からは、家の右側の石だらけのせまい敷地と木立のへりが見えた。その部屋にはドアが四つあった——第一は図書室から通じているドア、そこからはいって左手前の、横断廊下へ出られる第二のドア、それと同じ壁面にあるが、博士の実験室へ通じている第三のドア、そして、第一のドアの対面から実験室へ至る第四のドアである。この最後のドアが大きく開いていて、その向こうに棚のたくさん並んだ白壁の実験室の一部が見えていた。

書斎は禁欲的とさえ言ってよい、質素なしつらえだった。ガラス扉のついた背の高いマホガニー材の本棚が三本に、古い肘《ひじ》掛け椅子、ランプ、黒革張りの硬い長椅子、小型の戸棚、ガラスケースにはいった銀の賞杯がそれぞれひとつある。壁には、タキシード姿の男がずらりと集合した額入りの粗末な記念写真が掛かっている。そして部屋の中央には、図書室へ通じるドアと向き合うように、大きなマホガニー材の机が配されていた。

机の奥に回転椅子が置かれ、その椅子にゼイヴィア博士の姿があった。粗いツイードの上着と赤いウールのネクタイが肘掛け椅子に無造作に掛けてあるのを除くと、前夜にみなが最後に見たのと同じ服装だった。頭と胸がだらりと机上に伏し、左腕の肘《ひじ》から下が頭の脇に投げ出されている。手のひらが机の天板について、長い指をひろげたまま硬直している。右腕は肩の部分から天板の下に垂れていて、一同からは見えない。はずれたカラーが、その青灰色の首からずれたところにあった。

外科医の顔は左の頬を下にして机に載っており、結んだ口はゆがみ、両目はにらみつけるように大きく見開かれていた。胴体の上側は机の天板から離れて半ばねじれ、シャツの前面の右胸部分にどす黒い赤の飛沫《ひまつ》が散っている。深紅のべっとりした塊のなかに、黒っぽい穴がふたつあいていた。

机の上には、ふつうは置いてあるはずの文具がいっさいなかった。吸い取り紙やインク壺《つぼ》やペン皿や紙の代わりに、奇妙な順序に並べられたトランプのカードが散らばっているだけだ。その多くは小さな山に分けられ、外科医の上体の下敷きになっていた。

床を覆った緑色の敷物のへりの、横断廊下へ至る閉まったドアの近くの隅に、黒い長銃身のリボルバーが落ちていた。

マーク・ゼイヴィアは図書室のドアの木枠に寄りかかり、書斎のなかの、兄の動かぬ体をにらんでいた。

ゼイヴィア夫人は、エラリーの肩越しに書斎をのぞきこみ、不明瞭《めいりょう》な声で「ジョン」とつぶやいた。

それからエラリーは言った。「みなさん、向こうへ行っていただいたほうがよさそうですね。ホームズ博士は別です。ぼくたちには彼の助けが要る。さあ、早く」

「ぼくたちには彼の助けが要る?」マーク・ゼイヴィアが荒い声で言った。血走った目をしきりにしばたたいている。木枠から体が離れた。「どういう意味かね――ぼくたちとは? あんたら、いったい何さまのつもりだ」

「ちょっと、マーク」ゼイヴィア夫人が機械的に言った。夫の死体からどうにか目をそむけ、赤いキャンブリック地のハンカチで口もとを押さえた。

「何がマークだ、ちくしょう!」マーク・ゼイヴィアは怒鳴った。「おい、あんたら――クイーンとやら――」

エラリーは軽く舌打ちして言った。「ちょっと神経をやられたようですね、ゼイヴィアさん。言い争ってる暇はありません。いい子にして、ご婦人がたを連れていってください。やるべきことがあるんです」

大男はこぶしを握りしめ、エラリーの顔をにらみながら詰め寄った。「一発お見舞いしてやってもいいんだぞ！　あんたらふたりはまだ出しゃばり足りないのか？　いちばんいいのはここを去ることだ。出ていけ！」そこで急に、ある考えが浮かんだらしく、赤い目が稲妻を受けたように輝いた。「あんたらふたりには、どうも怪しいところがある」ゆっくりと言う。「知れたものじゃないな、あんたらの――」

「ああもう、このばか者の相手を頼むよ、父さん」エラリーはもどかしげに言い、書斎へ踏みこんでいった。ゼイヴィア博士の上体の下敷きになっているカードが気になって仕方がないようだ。

大男の顔が赤く染まって怒気を帯び、口が声もなく動いた。ゼイヴィア夫人が突然ドアにもたれかかり、両手で顔を覆う。ホームズ博士もフォレスト嬢も、筋肉ひとつ動かさず、死んだ男の動かぬ頭部をひたすら見つめていた。

警視は内ポケットのひとつを探って、擦り切れた黒いケースを取り出した。蓋《ふた》をあけ、ケースを掲げてみせる。中には、盾形の記章を浮き彫りにした金のバッジがはまっていた。

マーク・ゼイヴィアの顔からゆっくりと赤みが引いていった。記章を見つめる表情はまるで、生まれながらの盲目で、色彩も立体もはじめて目にするかのようだった。

「警察か」唇を湿らせ、やっとのことで言った。

それを聞いたとたん、ゼイヴィア夫人の両手が顔からはずれた。肌にはほとんど血の気がなく、漆黒の目はまぎれもない苦悩の色を放っている。「警察ですって?」ぽつりと言う。

「ニューヨーク市警察本部殺人課のクイーン警視です」警視は事務的な声で言った。「小説か古くさいメロドラマのように聞こえるでしょう。しかしこれは事実で、事実は変えられません。変えられないものはたくさんあります」そこで間を置き、ゼイヴィア夫人にじっと目を据える。「これについては、わたしが警察の人間だとゆうべお伝えしなかったことを、申しわけなく思っています」

だれも答えなかった。みな、警視の顔と記章を、恐ろしさと驚愕《きょうがく》の混じった表情で見つめていた。

警視はケースの蓋を閉じてポケットにしまった。「というのも」犯人捜査に携わる者特有の鋭さで、その目がきらめいた。「もしそうと告げていたら、ジョン・ゼイヴィア博士は、けさもぴんぴんしていたにちがいないからです」少し体をひねって書斎のなかをのぞく。エラリーが死人の上に身をかがめ、目や襟首やこわばった左手にふれていた。警視はまた正面を向き、打ち解けた口調でつづけた。「そう、けさもね。しかも、すがすがしい朝です」疑念に満ちて、経験に疲弊してもいる目で、死ぬにはもったいないほどすがすがしい」ひとりひとりを見まわす。

「で――でも」フォレスト嬢がぎこちなく言った。「わ――わたしには……」

「フォレストさん」警視は乾いた声で言った。「人は、ひとつ屋根の下に警察官がいると知っていれば、ふつう殺人など犯しません。ゼイヴィア博士はまことにお気の毒でした……。さてみなさん、聞いてください」書斎ではエラリーが黙々と動きまわっている。警視の声がきびしくなった。鞭《むち》打つようなその口調に、女ふたりが思わず身を縮める。マーク・ゼイヴィアは眉《まゆ》ひとつ動かさない。「ゼイヴィア夫人、フォレストさん、それからゼイヴィアさん、あなたがたはこの図書室から出ないでください。この扉はあけておきますが、だれも出てはいけませんよ。ウィアリー夫人とボーンズという男には、あとでわれわれが説明します。どのみち、だれも逃げることはできません。この山のすぐ下方のちょっとした火災で、逃げ道がふさがっていてはね……ホームズ博士、いっしょに来てください。この家で力を借りられるのはあなただけだ」

小柄な警視は書斎へはいっていった。ホームズ博士は身震いして、目を閉じ、また開いて、あとにつづいた。

ほかの者はまばたきも身動きもせず、いまの指示を聞いていたのかさえ判然としなかった。みな、床に凍りついたかのように、その場にとどまっていた。

「どうだ、エル」警視は小声で尋ねた。

机の向こうで膝《ひざ》を突いていたエラリーが立ちあがり、ぼんやりと煙草に火をつけた。

「なかなかおもしろい。もうだいたいのところは見た。妙な事件だよ、父さん」

「おそらく、ここの頭のおかしい連中が関係しているんだろうな」警視はきびしい顔をした。「まあ、なんにせよ、あと数分でわかるだろう。ただちに片づけるべきことが二、三ある」そう言ってホームズ博士のほうを振り返ると、当人は机の前で立ちつくし、共同研究者の死体をうつろな目で見つめていた。警視は若いイギリス人の腕をやさしく揺すった。「博士、しっかりしなさい。この人があなたの友人でもあったのはわかっているが、この現場に来てくれる医者はあなたしかいないし、われわれには医者の協力が必要なんだ」

一点に注がれた視線が弱まり、ホームズ博士は頭をゆっくりと振り向けた。「ぼくに何をしろとおっしゃるんです？」

「死体を調べてもらいたい」

青年は色を失った。「まさか、そんな！　勘弁してください。ぼくには無理だ！」

「さあさあ、気をたしかに持つんだ。あなたは本職の医師だということを忘れちゃいけない。実験室で死体をたくさん扱ってきたはずでしょう？　こういうことは前にもありました。マンハッタンの検死局にいるわたしの友人のプラウティなど、自分のポーカー仲間の死体を検死したこともある。あとで少々滅入《めい》ってはいたが——ともかくやってのけましたよ」

「そうですか」ホームズ博士は唇をなめながら、かすれた声で言った。「そうですか、わかりました」身を震わせ、意を決して、さらにかすれた声で「やりますよ、警視」と言い、机の向こう側へ足を運んだ。

警視はその力のはいった肩をしばらく見守り、「それでいい」とつぶやいて、ドアの向こうの面々をちらと見やった。みな、先刻の位置から少しも動いていなかった。

「ちょっと来い、エル」警視は低い声で言った。エラリーが目を異様に輝かせて父親のそばまで来る。「妙な立場に置かれたものだな。われわれには正当な権限がなく、死体にふれることもできない。オスケワに報告せねばなるまい——たぶんここはあそこの管轄だろう」

「もちろん、そのことは頭に浮かんだよ」エラリーは眉を寄せた。「と言っても、あそこから山火事を突破してくるのは無理だろうし——」

「そうだな」警視はやや険しい顔で言った。「おまえとふたりだけで——それも休暇中に——事件を扱うのは、これがはじめてというわけでもない」図書室へのドアのほうを顎《あご》で示す。「あの連中をよく見張っていてくれ。わたしは居間へ行ってオスケワに電話をかけてくる。保安官と連絡がとれないか、なんとかやってみる」

「わかった」

警視は敷物の隅にあるリボルバーが見えていないかのように、そのそばを小走りに通り過ぎ、横断廊下へ通じるドアから出ていった。

エラリーは、少しのあいだホームズ博士の様子を見た。蒼白《そうはく》ではあるが冷静な顔つきで、死人のシャツを脱がせ、ふたつの銃創を露出させている。あいた穴のふちは乾いた血の下で青白くなっていた。医師は死体の位置を動かさないで、その銃創をじっくり観察したのち、いま警視が出ていったはす向かいのドアのほうを一瞥《いちべつ》すると、うなずいて、死人の腕を調べはじめた。

エラリーはうなずいて、そのドアのほうへゆっくり歩いていった。身をかがめ、リボルバーの長い銃身を持って拾いあげる。そして、窓から差しこむ日の光にそれをかざして、首を左右に振った。

「たとえアルミニウムの粉があっても――」とつぶやく。

「アルミニウムの粉ですか」ホームズ博士は目をあげずに言った。「指紋をとるおつもりですね、クイーンさん」

「ほとんど必要なさそうです。台尻《だいじり》はていねいにぬぐってあるし、引き金もぴかぴかだ。銃身は――」エラリーは両肩をあげ、弾倉を開いた。「だれがこれを使ったにせよ、例によって注意深く、指紋をきれいに拭《ふ》きとってますよ。ときどき、探偵小説を禁止する法律を作るべきだと思いますね。罪を犯す可能性のある人間に、あれやこれやと知恵をつけてしまう。ふうむ……。空の薬室がふたつ。これが凶器であることは疑いの余地なしでしょう。それでも、弾は調べてみたほうがよさそうですね、博士」

ホームズ博士はうなずいた。ほどなく立ちあがり、実験室にはいっていって、何やら輝く器具を持ってもどってきた。そしてまた死体の上にかがみこんだ。

エラリーは小さな戸棚に注意を向けた。その戸棚は、横断廊下へ出るドアに近い、図書室へ通じるドアのある壁の端に配置されていた。いちばん上の抽斗《ひきだし》が少しあいていた。それを引き出す。中には、擦り傷だらけで色褪《いろあ》せた革のホルスターがはいっていた。ベルトはなく、奥に弾薬の箱があった。箱には弾薬が数発ぶんだけ残っていた。

「自殺にはうってつけだ」エラリーはホルスターと箱を見ながらつぶやいた。「博士、この拳銃《けんじゅう》はゼイヴィア博士自身のものでしょうね？　このホルスターと拳銃の型からすると、アメリカ陸軍の古い兵器だと思いますが」

「そうです」ホームズ博士はちらりと目をあげた。「博士は戦争中、軍務に服していたんです。歩兵大尉として。その拳銃は記念に持っているのだと、以前話してくれました。それがいま――」そこでだまりこんだ。

「それがいま――」エラリーは引きとって言った。「自分に向けられたというわけですね。不思議なことが起こるものだ……。ああ、父さん、何か新情報はあったかい」

警視は横断廊下側のドアを乱暴に閉めた。「保安官が仮眠をとりに町へもどっていたところを、運よくつかまえた。やはり思ったとおりだったぞ」

「火の山を突破してはこられないって？」

「とうてい無理のようだ。火事はどんどんひどくなっている。たとえ突破できるとしても、保安官は手がふさがっていていまは来られない。人手不足でどうにもならないそうだ。すでに三人が焼死したらしいし、電話での口ぶりだと」警視はむずかしい顔で言った。「死体がもうひとつ増えたぐらいのことでは驚きもしない感じだ」

エラリーは、ドアの木枠に無言で寄りかかっている背の高い金髪の男をながめて言った。「なるほど。それで？」

「わたしが電話で身分を明かすと、保安官はこれ幸いとばかり、わたしを即時に特別保安官代理に任命し、捜査と逮捕にあたっての全権を委《ゆだ》ねた。山火事を突破できしだい、郡検死官を連れてここへのぼってくるそうだ……。そういうわけで、この現場はわれわれが仕切ることになる」

戸口に立っている男は、奇妙なため息を漏らした――安堵《あんど》、失望、単なる疲労のいずれを意味するため息なのか、エラリーには判断がつかなかった。

ホームズ博士が身を起こした。目がひどくどんよりしている。「ひととおり終わりました」気の抜けた声で告げた。

「やあ」警視が言った。「ご苦労でした。それで、あなたの意見は？」

「具体的に何を」医師は右の手首をカードの散らかった机のふちに置いて尋ねた。

「お知りになりたいんですか」しゃべるのもつらそうだ。

「銃撃が死因ですか」

「そうです。外から調べた範囲では、ほかに暴力を加えられた形跡はありません。右の胸に銃弾が二発、胸骨から左に少しそれたところで、片方はやや位置が高めです。一発は第三肋骨《ろっこつ》を砕いてはね返り、右の肺尖《はいせん》で止まっています。もう一発はそれよりも低い位置で、二本の肋骨のあいだを通過し、心臓近くの右の気管支に達していますす」

　戸口の向こうから、吐き気を催してむせる音が聞こえた。三人は気にも留めなかった。

「内出血は？」警視はすばやく尋ねた。

「多量です。ご覧のとおり、唇に血の泡がついています」

「即死ですか」

「ちがうでしょう」

「それはぼくにもわかってたよ」エラリーがつぶやいた。

「どうしてだ」

「じきに話す。父さんは死体をじっくり見てないからね。それから、博士——撃たれた方向はどうですか」

ホームズ博士は手で口をなでた。「それについては、わかりづらい点はほとんどないと思いますよ、クイーンさん。あの拳銃は——」

「ええ、ええ」エラリーはもどかしそうに言った。「それは非常にはっきりしてますね、博士。ただ、射入角度もそれを裏づけているでしょうか」

「そう言っていいでしょう。ええ、まちがいありません。銃弾の通過した跡はいずれも、同じ角度から発砲されたことを示しています。おおよそのところ、あなたが拳銃を拾いあげた、あの敷物の隅のあたりから発射されたのです」

「よかった」エラリーは満足げに言った。「ゼイヴィア博士の少し右寄りの正面からですね。となると、本人は殺人者がいることにまずまちがいなく気づいていたわけだ。ところで、あの拳銃がゆうべ、あそこの抽斗にはいっていたかどうかはご存じないでしょうね」

ホームズ博士は肩をすくめた。「あいにくですが、知りません」

「そうたいした問題じゃありません。いまとなってはね。すべての証拠は、これが衝動的な犯行であることを示しています。少なくとも準備という問題に関するかぎりはね」エラリーは父親に、その拳銃が戸棚の抽斗にしまってあったものであること、それはゼイヴィア博士の所有物だったこと、そして犯行後に指紋がきれいにぬぐわれていることを説明した。

「なら、犯行の状況を推定するのはたいしてむずかしくないな」警視は思案しながら言った。「四つあるドアのどれから犯人がはいってきたのかは、なんとも言えない。おそらく図書室か、横断廊下からはいったんだろう。だが、この点だけははっきりしている。犯人がこの部屋にはいったとき、博士はまさしくいまいる場所でトランプをしていた。犯人は抽斗をあけ、拳銃を取り出した……。その拳銃は装塡《そうてん》してあったんだろうか」

「だと思います」ホームズ博士が物憂げに言った。

「拳銃を取り出し、その横断廊下のドアに近い戸棚のあたりに立って、二度発砲ののち、拳銃をきれいに拭いて敷物の上に落とし、それから横断廊下へ逃げ去った」

「そうとはかぎらないよ」エラリーが口をはさんだ。

警視は鋭い目でにらんだ。「なぜだ？　すぐ後ろにドアがあるのに、なぜわざわざ部屋を横切って遠いドアから出ていくんだ」

エラリーは穏やかに言った。「ぼくは〝そうとはかぎらない〟と言っただけだよ。現実にはたぶんそうだったろう。でも、それだけじゃ何もわからない。犯人がどのドアから出入りしたにせよ、それを突き止めたところで何も判明しないんだ。この四つのドアはどれも、出口のない部屋には通じていない。この家の――たとえば上の階から――人に見られずにおりてきた人間はだれでも、四つのうちのどのドアからでもはいってこられる」

警視はうなった。ホームズ博士が疲れた声で言った。「もしぼくの役目が終わったんでしたら……銃弾はそこに」机の上にほうり出してあった、赤黒い血にまみれて変形した銃弾ふたつを指さす。

「同じものか？」警視が尋ねた。

エラリーは無造作にそのふたつを調べた。「ああ、リボルバーと弾薬箱にはいってるのと同じものだね。これと言って何も……もう少しだけいいですか、博士」

「はい？」

「ゼイヴィア博士が死んでからどのくらい経過していますか」

青年は腕時計に目を落とした。「いま、十時になるところです。ぼくの見立てでは、遅くとも九時間前までには死亡していたかと。午前一時というところですね」

戸口にいたマーク・ゼイヴィアがはじめて身じろぎした。頭をぐっとあげ、口笛のような音をさせて息を吸いこむ。これが合図であるかのように、ゼイヴィア夫人が悲痛な声をあげてよろよろと後ろへさがり、図書室の椅子に腰をおろした。アン・フォレストが唇を噛《か》みながら夫人の上にかがみこんで、何やら同情めいたことばをささやいた。夫人は無表情でかぶりを振って椅子の背にもたれ、戸口の向こうに見える夫のこわばった左手を見つめた。

「午前一時か」エラリーは眉《まゆ》を寄せた。「ぼくたちがゆうべ寝室へ引きあげたのは、十一時ちょっと過ぎだったはずだ。そうか……。ひとつ忘れてるよ、父さん。争った形跡は少しもなかったってこと。つまり、博士は犯人をよく知っていて、手遅れになるまで殺意があるなんて疑いもしなかったんだろう」

「大いに参考になるな」警視は不満そうに言った。「博士が自分を殺した人物を知っていたのはたしかだ。この山にいる人間をみんな知っていたんだから」

「それは要するに」ホームズ博士が張りつめた声で言った。「この家にいる人間という意味ですね？」

「はじめてわたしの考えを察してくれましたね、博士」

　横断廊下側のドアが開き、ウィアリー夫人のこざっぱりした白髪頭がのぞいた。「朝食を――」と言いかけた夫人は、目を大きく見開き、口を滑稽《こっけい》なほどあんぐりとあけた。そしてひとつ悲鳴をあげ、戸口から室内へ倒れかかった。その背後からボーンズの痩《や》せた姿が突然現れたかと思うと、長い両腕がさっと伸びて、家政婦の肥えた体を受け止めた。そこでボーンズもまたゼイヴィア博士の動かぬ姿を目にし、皺《しわ》の寄った灰色の頬がさらに色を失った。家政婦の体が滑り落ちそうになる。

エラリーが前へ飛び出し、ウィアリー夫人を抱き止めた。すでに失神していた。おそるおそる書斎に足を踏み入れたアン・フォレストが、ためらいつつも、ごくりと唾《つば》を呑《の》み、手助けをしに駆け寄ってきた。重い老女をふたりで引きずって、どうにか図書室へ運んでいく。マーク・ゼイヴィアもゼイヴィア夫人も動こうとしなかった。

家政婦を若い婦人にまかせ、エラリーは急いで書斎へもどった。警視は憔悴《しょうすい》した老人を冷静なまなざしで観察していた。ボーンズは口をあけたまま雇い主の死体を見つめているが、当人のほうが本物の死体よりもよほど死体らしい。黒々とした口のなかで黄色い出っ歯が目立ち、目はどんより曇ってぎょろついている。やがてその目に感覚がもどり、湧き立つような怒りの色を帯びた。しばらくは声も立てずに唇を動かしていたが、ついにその皺だらけの喉《のど》から獣めいたかすれた咆哮《ほうこう》を絞り出した。そしてきびすを返し、戸口から飛び出していった。唐突に正気を失った人間のような無意味な叫びを繰り返しながら、横断廊下をのろのろ進んでいく音が聞こえた。

警視は深く息をついた。「よほどこたえたんだな」とつぶやく。「さて、みなさん！」

図書室のドアへ歩み寄って、一同を見まわす。みなも警視を見返した。意識を取りもどしたウィアリー夫人は、女主人のそばの椅子で静かにすすり泣いていた。

「もっと徹底した捜査にかかる前に」警視は冷然と言った。「はっきりさせたいことがふたつ三つあります。いいですか、わたしが知りたいのは真実ですよ。フォレストさん、あなたとホームズ博士はゆうべ、われわれより少し先に娯楽室を出ていきましたね。あのあとまっすぐご自分の部屋へもどったのですか」

「ええ」フォレスト嬢は小声で言った。

「すぐに眠りましたか」

「はい、警視さん」

「ホームズ博士、あなたも？」

「はい」

「ゼイヴィア夫人、あなたとはゆうべ、階段をのぼったところでお別れしましたが、まっすぐ部屋へもどって、ひと晩じゅう二階にいらっしゃいましたか」

夫人は印象深い目をあげた。ぼんやりした目つきだ。「わたくしは――ええ」

「あなたもすぐお休みに？」

「そうです」

「ご主人が夜、寝室へあがってこなかったのには気がつきませんでしたか」

「ええ」夫人はゆっくりと言った。「気づきませんでした。朝までぐっすり眠っておりましたので」

「ウィアリー夫人は？」

家政婦はしゃくりあげた。「神さまもご承知のとおり、わたくしは何も存じません。すぐにベッドにはいりました」

「あなたはどうです、ゼイヴィアさん」

ゼイヴィアは唇をなめてから答えた。発せられた声はうわずっていた。「ひと晩じゅう自分の寝室から出ませんでしたよ」

「ほう、やはりそうですか」警視は大きく息をついた。「では、ゆうべゼイヴィア夫人とわれわれ父子が博士を残して娯楽室を出てからは、だれも博士の姿を見ていないのですね」

一同はかなり力強く首を振って、同意を示した。

「銃声はどうですか。だれか耳にした人は？」

うつろなまなざしばかりだ。

「きっと山の空気のせいだな」警視は皮肉な口ぶりで言った。「少々乱暴な言い草かもしれないがね。わたし自身も銃声は聞いていません」

「壁の一部が防音構造になっているんです」ホームズ博士が生気のない声で言った。「特別に——実験室と書斎だけ。いろんな動物で実験をしていましたからね、警視。つまり、やかましくて——」

「そういうことですか。この階にある部屋のドアには、いつも鍵《かぎ》がかかっていないのでしょうね」ウィアリー夫人とゼイヴィア夫人が同時にうなずく。「さて、拳銃《けんじゅう》はどうでしょうか。書斎の小さな戸棚に拳銃と弾薬箱がしまってあったのを知らなかった人はいますか」

フォレスト嬢がすかさず言った。「わたしは知りませんでした、警視さん」

警視は小さくうなった。エラリーはこの会話をろくに聞かず、書斎で煙草を吸いながら思案にふけっていた。

警視はしばらく一同を見つめていたが、やがてあっさりと言った。「では、さしあたりはこのへんで。ただし」きつい調子で付け加える。「ここを動かないでください。まだまだ終わりではありません。ホームズ博士はわれわれといっしょにいてください。あなたの助けが必要かもしれない」

「まあ、なぜですの」ゼイヴィア夫人が腰を浮かせかけながら言った。ひどくやつれて老けて見えた。「わたくしたち――」

「奥さん、お願いですからそこにいてください。片づけるべきことがたくさんあるんです。そのひとつは」警視はいかめしい声で言った。「お宅の秘密の客人であるカロー夫人におりてきていただき、少々おしゃべりをすることです」そして、驚愕《きょうがく》して口をあけている面々の前でドアを閉ざしかけた。

「ああ、それから」エラリーがまじめくさって言った。「カニも。カニを忘れちゃいけないよ、父さん」

だが、一同は仰天のあまり、ことばを失っていた。

「さて、博士」ドアが閉まると、エラリーはきびきびとつづけた。「死後硬直はどうです？　ぼくが見たところ、板みたいに硬くなってる。死体を調べた経験は多少あるんですが、これは異常に進行が早いようですね」

「ええ」ホームズ博士はつぶやいた。「完全に硬直しています。実のところ、九時間前からすでにこの状態だったはずです」

「いや、なんと」警視は眉《まゆ》を寄せた。「それはたしかですか、博士？　適正な時間とはとても――」

「たしかですよ、警視。ゼイヴィア博士は――」唇をなめてつづける。「重い糖尿病だったんです」

「そうか」エラリーが穏やかに言った。「糖尿病の死体には前に一度出くわしたことがあるね、父さん、オランダ記念病院のドールン夫人のことを覚えてるだろう？*つづけてください、博士」

「よくあることですよ」若いイギリス人は気だるげに肩をすくめた。「糖尿病を患っていると、死後三分で硬直がはじまることもあります。もちろん、血液の状態が特殊だからですが」

「ああ、思い出した」そう言って、警視は嗅《か》ぎ煙草をつまんで深く一服し、ひとつ息をついてから煙草入れをしまった。「まあ、興味深い事実だが、参考にはならない。ホームズ博士、とにかくそこの長椅子に掛けて、しばらくこの事件のことを忘れるようにしなさい……。さて、エル、おまえがまくし立てていた妙なあれこれを調べるとしようか」

エラリーは吸いかけの煙草を開いた窓から投げ捨てると、机の脇をまわり、ゼイヴィア博士の死体が坐《ざ》する回転椅子のかたわらに立った。

「あれを見て」エラリーは床のほうを指さした。

そちらを見やった警視は、いささか驚いた表情でしゃがみこみ、垂れている死人の右腕をつかんだ。鋼鉄でできているかに思われた。動かすのは至難の業だ。その冷たい手を警視はとらえた。

手は折り曲げられていた。中指と薬指と小指の三本が、手のひらのほうにしっかりとまるまっている。そして、伸ばした人差し指と親指で、ちぎれた硬い紙をつまんでいた。

「なんだ、これは？」警視はつぶやき、その二本の指にはさまった紙片を引き抜こうとした。指と指がくっついていて抜けない。警視は不快そうにうなり、片方の手で親指を、もう一方の手で人差し指を握って、細いが強靭《きょうじん》な腕に力をこめた。やっとのことで、指と指のあいだを十六分の一インチ程度までひろげることができた。硬い紙は敷物の上にひらりと落ちた。

警視はそれを拾って立ちあがった。

「なんだ、ちぎれたカードじゃないか！」失望のこもった声で叫ぶ。

「そうだよ」エラリーは穏やかに言った。「ずいぶん不満そうだね、父さん。でも、だいじょうぶ。これには見かけよりもはるかに重大な意味があるとぼくはにらんでる」

それはスペードの6の半分だった。

警視はそれを裏返した。裏面は華やかな赤の百合《ゆり》の紋章を組み合わせた柄だった。机の上のカードに目を向けると、その裏面も同じ柄だった。

問いかけるような警視のまなざしに、エラリーはうなずいた。ふたりは近くへ寄って死体をぐいと引きあげた。机の表面から少し浮かせたまま、回転椅子を数インチ後ろへ押し、死体をまたおろして、頭部だけが机の端に載るようにした。これで、ひろげられたカード全部が見えるようになった。

「そのスペードの6はこの机にあったものだよ。ほら、このとおり」エラリーはそう

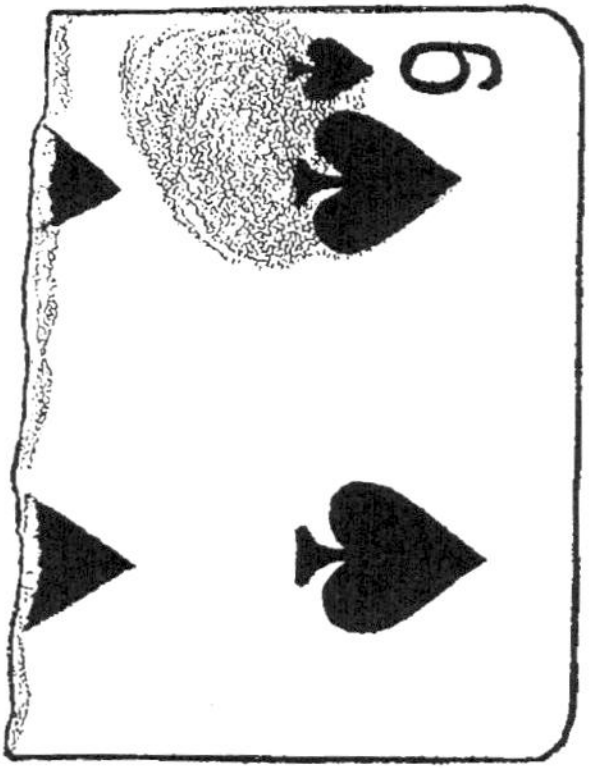

つぶやいて、カードの列を指さした。ゼイヴィア博士は、殺される前に、一般的なやり方のひとり遊び——ソリティア——をしていたらしい。十三枚のカードを積んでプレーヤーがその山から引けるようにしてから、四枚のカードの表を上にして横一列に並べ、それとは別の列に五枚目のカードを表を上にして並べていく形のものだ。ゲームはかなり進行していた。四枚のグループの二番目のカードはクラブの10だった。その下には、10のカードをほぼ覆うようにしてハートの9が置かれていた。9の下には、やはり同じようにしてスペードの8が置かれ、そのつぎはダイヤの7だった。そして少し間隔のあいた位置にダイヤの5があり、そこで終わっていた。

「その6はダイヤの7と5のあいだにあっ

たものだな」警視はつぶやいた。「よし。博士はその列からとったんだ。だがわからない……。スペードの6の残り半分はどこにある？」だしぬけに訊《き》く。

「机の向こうの床だよ」エラリーは言い、机をまわっていって床にかがみこんだ。身を起こしたエラリーは、くしゃくしゃに握りつぶされたカードを手にしていた。皺《しわ》を伸ばしたそのカードを、死体の右手からとった一片と合わせてみる。同じカードの半分ではないと疑う余地もなく、ぴたりと符合した。

その握りつぶされた一片には、死者の手からとった一片と同じく、卵形の指の跡がついていた。いずれも、一見して親指の跡とわかる。両方の紙片を合わせてみると、そのふたつの跡は、どちらも引き裂かれた線に対して斜め上を指して、互いに向かい合っていた。「この指紋は当然、博士がカードを引き裂いたときについたものだな」警視は考えながらつづけた。そして死者の親指を調べた。「やはり汚れている。山火事のすすのせいだろう。どこもかしこもすすだらけだ。エル、おまえの考えがやっと読めたぞ」

エラリーは肩をすくめて窓のほうを向き、外を見つめた。ホームズ博士は、黒い長椅子の上で体をほとんどふたつ折りにして、両手で頭をかかえていた。

「博士は二発撃たれ、犯人は彼が死んだものと思って逃げた」警視はゆっくりとことばを継いだ。「ところが、まだ死んではいなかった。意識を失う寸前に、博士は場に

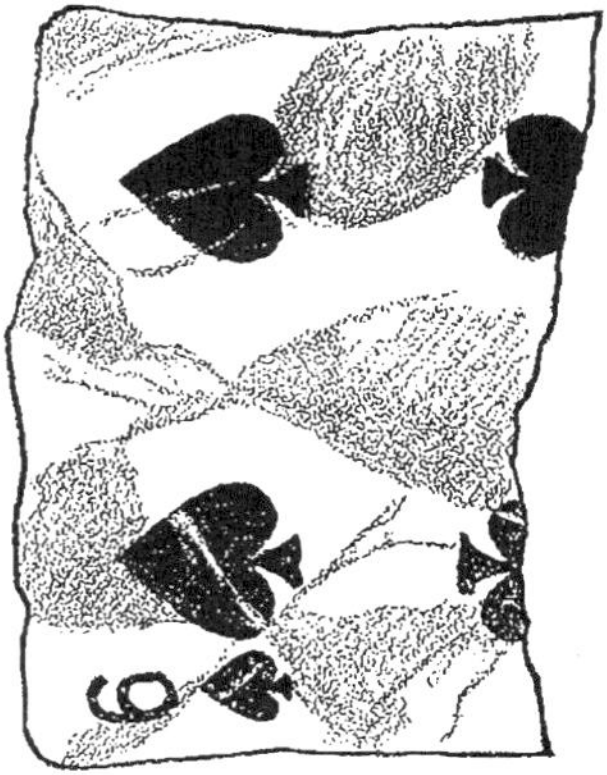

出ていたソリティアのカードからスペードの6を選び出し、わざわざそのカードをふたつに裂いてから、片方を握りつぶして捨て、それから息絶えたわけだ。いったいぜんたい、なぜそんなことをした？」

「頭の硬い質問だな」エラリーは振り向きもせずに言った。「父さんだって気づいてるはずだよ、その机の上に紙も筆記具もないことを」

「いちばん上の抽斗《ひきだし》のなかはどうだ」

「見たよ。トランプはその抽斗にはいってたんだ――いろんなゲームの道具がごちゃごちゃしまってある。紙はあるけど、ペンや鉛筆はない」

「服にもはいっていないのか」

「ないね。軽装だし」

「ほかの抽斗には？」

「鍵《かぎ》がかかってる。鍵を携帯してもいなかった。ほかの服か、どこか別の場所にはいってるのかもしれないけど、立ちあがって探しにいく力は残ってなかったんだろうね」

「そういうことなら」警視はきっぱりと言った。「答は簡単だ。博士には、自分を殺した犯人の名前を書く術《すべ》がなかった。だから代わりにカードを残したんだ——握りつぶしていないほうの半分を」

「ご明察」エラリーはつぶやいた。

ホームズ博士が頭をあげた。怒ったようにまぶたを赤くしている。「えっ？　何か残したと——」

「そうです、博士。ところで、ゼイヴィア博士は右利きだったと考えていいでしょうか」

ホームズ博士は呆《ほう》けたように目を見開いた。エラリーは大きく息を吐いて言った。

「ああ、そうだよ。ぼくはまずそれをたしかめた」

「たしかめた？」警視は驚いて言った。「だがどうやって——」

「猫退治にしたって、いろんな方法がある」エラリーはうんざりした顔で言った。

「業者ならだれでも心得てるようにね。ぼくはそこの肘《ひじ》掛け椅子に脱ぎ捨ててある上着のポケットを調べてみたんだ。博士のパイプと煙草入れは右のポケットにはいってる。ズボンのポケットも叩《たた》いてみたら、やはり右のポケットに小銭がはいってて、左のポケットは空だった」

「そう。博士は右利きでした。たしかです」ホームズ博士がぼそりと言った。

「よかった、それは何よりです。博士がカードを右手に持っていたことも、その隅についていた指の跡の向きも、右利きという事実と符合する。いいぞ！　これで、すでにわかってたところまでは立証できた——それ以上はぜんぜん進んでないけど。あのカードの切れ端で、いったい何を伝えようとしたんだろう？　博士、だれのことを頭に浮かべて、スペードの6をああいう形で残したのかわかりますか」

ホームズ博士は見開いた目をさらにまるくした。「ぼくが？　いえ、いえ。見当もつきません。ほんとうです」

警視が図書室のほうへ大股《おおまた》で歩いていき、勢いよくドアをあけた。ウィアリー夫人、ゼイヴィア夫人、故人の弟の三人が、先刻とまったく同じ位置にいた。しかし、フォレスト嬢は姿を消していた。

「あの若いご婦人はどこへ？」警視はとがった声で言った。

ウィアリー夫人は身を震わせたが、ゼイヴィア夫人には聞こえなかったらしく、体を小刻みに前後に揺らしていた。

だが、マーク・ゼイヴィアが返事をした。「あの人なら出ていきましたよ」

「カロー夫人に知らせにいったんだな」警視はきつい調子で言った。「それならそれでいい。あなたがたは出てはいけませんよ、だれひとり！　ゼイヴィアさん、こっちへ来てもらえますか」

マーク・ゼイヴィアはゆっくりと身を起こすと、背筋を伸ばし、肩を怒らせて警視のあとから書斎へはいった。死んだ兄から目をそらし、ごくりと唾《つば》を飲みこんで、左右に視線をさまよわせる。

「これからいやな仕事をしなくてはなりません、ゼイヴィアさん」警視はきっぱりと言った。「あなたも手伝ってください、ホームズ博士！」

イギリス人はまばたきをした。

「あなたならわかるはずです。ご承知のとおり、オスケワの保安官がここへ来てくれるまで、われわれは全員身動きがとれないし、到着がいつになるかもわからない。そのあいだ、たとえオスケワの保安官から代理捜査を命じられていようと、こういう重犯罪の場合、わたしには被害者の死体を埋葬する権限がありません。通例どおりの検死審問がすんで、法的許可がおりるのを待たなくてはなりません。おわかりですね？」

「つまり」マーク・ゼイヴィアがかすれた声で言った。「兄を――兄をこのままにしておかなくてはいけないと？　そんなばかな――」

ホームズ博士が立ちあがった。「さいわい」硬い口調で言う。「実験室に冷蔵庫があります。実験用の培養液で、冷温を保つ必要のあるものを入れておくんです。たぶんあれで――」言いづらそうにつづける。「事足りるでしょう」
「よかった」警視は青年の背中を励ますように叩いた。「さすがだ、博士。死体が目につかなくなれば、みなさんの気分も持ちなおすだろう……。さあ、手を貸してください、ゼイヴィアさん。おまえもだ、エラリー。これはきっとひと苦労だぞ」

変わった形の広い空間に、ぎっしりと電気器具が詰めこまれ、不思議な形状のガラス容器が異様にたくさん並んだ実験室から書斎へもどってきた面々は、みな青い顔をして、汗をかいていた。太陽はすでに高くのぼり、室内は耐えがたいほど暑くて息苦しかった。エラリーは窓という窓を目いっぱい開いた。

警視が図書室へ通じるドアをふたたびあけた。「これでやっと」いかめしく口を切る。「少しは本格的な捜査にかかれる。うむ、うまくいきそうだ。みなさんそろって、わたしといっしょに二階へ来てくださ――」

そこでことばは途切れた。家の裏手のどこかから、金物がぶつかる音と、耳障りな叫び声が聞こえてきた。声の一方は、雑用係のボーンズの興奮した金切り声だ。もう一方は、どことなく聞き覚えのある、やけっぱちな野太い怒声だった。
「なんだ、いったい」警視はぐるりと向きを変えた。「だれもここまで来られるはずは――」

そう言うなり、制式の拳銃《けんじゅう》を引き抜き、書斎を駆け抜けると、けたたましい物音のするほうをめざして横断廊下を急いだ。エラリーがすぐあとにつづき、ほかの者たちもわけのわからぬまま、よろめきながら夢中で追いかけた。

警視は横断廊下と本廊下が交差したところで右へ曲がり、前夜この家にはいったときにエラリーが目にした奥の突きあたりのドアへ突進した。ドアをすばやく開き、拳銃を構える。

そこは汚れひとつないタイル敷きの台所だった。

台所の真ん中で、へこんだ鍋《なべ》や割れた皿に囲まれて、ふたりの男が必死の形相でがっちりつかみ合っていた。

ひとりは作業服姿の痩《や》せた老人で、目を飛び出さんばかりに見開いて、甲高い声で罵《のの》りながら、尋常ではない力で相手を引きずっていた。

そのボーンズの肩の向こうで、化け物じみた気味悪さのでっぷりした顔と、蛙のような目がぎらりと光った。前夜、アロー山の暗い山道でクイーン父子が出くわした男だった。

(原注)

＊ エラリー・クイーン著『オランダ靴の秘密』(フレデリック・A・ストークス社、一九三一年)参照。

6　スミス

「ああ、おまえか」警視はつぶやいた。「やめろ！」と怒鳴りつける。「もう狙いはつけたぞ、わたしは本気だ」

太った男は腕をおろし、呆けたように目を見開いた。

「やあ、あのときのドライバーか」エラリーが含み笑いをしながら台所にはいってきた。太った男の尻《しり》と胸をすばやく叩く。「拳銃は持ってない。ふん！　こんなのはまるっきり想定外だったな。で、言いわけがあるなら聞かせてもらおうか、フォルスタッフ（シェイクスピア『ヘンリー四世』に登場する肥満の道化者。ドルリー・レーン・シリーズにも同名の執事が登場）」

男は紫色の舌で唇をひとなめした。がっしりして、やたらと幅のある巨体の持ち主で、腹がまるく突き出ている。一歩踏み出すだけで、ゼリーのように肉が震えた。どこから見ても、凶暴な中年のゴリラだった。

ボーンズは骨張った全身を震わせ、憎悪で顔を引きつらせて男をにらみつけていた。

「何を聞かせろと――」よそ者は耳障りな低い声で切り出した。小さな目に狡猾《こうかつ》な色が浮かぶ。「なぜこんなことをされなきゃならない？」ひどく居丈高な調子で言った。

「こいつのほうがおれに飛びかかってきて――」

「この人の家の台所だろう？」エラリーはつぶやいた。

「でたらめ言うな！」ボーンズが怒りに震えながら叫んだ。「あいてた表のドアからこの野郎がこっそりはいってきて、うろつきまわったあと、台所に忍びこんだのをこの目で見たんだ！　そうしたらこいつは――」

「ああ、がっついてたわけか」エラリーは深く息をついた。「腹が減ったんでしょう？　きっと引き返してくると思ったんだ」そして急に後ろを振り返り、ついてきた面々の顔を探るように見た。みな、困惑のまなざしでその太った男を見つめている。

「この人が例の？」ゼイヴィア夫人がかすれた声で尋ねた。

「ええ、そうです。前に会ったことは？」

「あるものですか！」

「ゼイヴィアさんは？　ウィアリー夫人は？　ホームズ博士は？　……妙だな」エラリーはつぶやいたあと、太った男に歩み寄った。「この家宅侵入は見逃すことにしよう。単に人道主義に基づいて考えるとしても、飢えた人間にはある程度の斟酌《しんしゃく》を加えるべきだ。ことに、これだけの巨体をかかえてるとあってはね……。きみは山火事を突破しようと、夜どおし血眼で走りまわったにちがいないし、あげくにきょう、あえて引き返してきたってことは、よほど腹ぺこだったんだろう。ちがうか？」

太った男は何も言わなかった。その小さな目は顔から顔へとせわしく移ろい、呼吸は荒かった。

「ところで」エラリーは鋭く言った。「ゆうべはこの山で何をしてたんですか」

太った男の分厚い胸がにわかに波打った。「おまえになんの関係がある？」

「まだ意地を張る気か？　言っておくが、あなたは殺人の有力な容疑者なんですよ」

「殺人だと！」男の顎《あご》がだらりとさがり、蛙のような目から瞬く間に狡猾な色が消えた。「だれ――だれが――」

「しらばくれるな」警視がぴしゃりと言った。手にはまだ拳銃を握っている。「だれが、だと？　おまえにとってはなんのちがいもないとばかり思っていたが……。だれならいいと思うんだ」

「さあな！」太った男は視線をさまよわせたまま、大きく息をついた。「なるほど……。殺人か……。おれは何も知らないよ、おふたりさん。知るはずがないだろう？　夜更けまで道を探しまわってたんだ――脱出できる道を。それからこのちょっと先に車を停めて、朝まで眠った。そのおれがなぜ――」

「下の道は通れないとわかったから、この家をめざしてもどってきたのか」

「いいや――ちがう」

「じゃあ、なんだってもどってきた」

「ここへ――もどるつもりでもどったんじゃない」

「名前は？」

太った男はためらった。「スミス」

「この男の名は」警視はだれにともなく言った。「スミスらしい。ほう、そうか。何スミスだ？　ただのスミスか？　それとも適当なファーストネームをまだ思いつかないか？」

「フランク――フランク・スミス。フランク・J・スミスだ」

「どこの生まれだ」

「それは――ええと、ニューヨークだ」

「妙だな」警視はつぶやいた。「あの街の悪党どもの面《つら》は知りつくしているつもりだったんだが。それで、きのうの晩はいったいなんの用でここへ来た？」

スミス氏は紫色の唇をまたなめた。「それは――たぶん、道に迷ったんだ」

「たぶん？」

「ああそうさ、道に迷ったんだよ。ここまで――そう、この山頂まで来てみたら、それ以上先へは行けないとわかったから、方向転換してまた下へおりた。そのときだ、あんたらに会ったのは」

「あのときはそんな様子ではなかったぞ」警視は不快そうに言った。「おまえはひどく急いでいた。すると、この家にはだれも知り合いはいないと言うんだな？　ゆうべ道に迷ったとき、この家に寄って道を尋ねることも思いつかなかったと？」

「あ、ああ」スミス氏の目線はクィーン父子からふたりの背後にいる無言の顔ぶれへと、落ち着きなく移った。「だが訊《き》いてもいいか、だれなんだ、その不――」

「手荒くあの世行きにされた、その不運な人物かな」エラリーが意味ありげに横目で一瞥《いちべつ》した。「ジョン・ゼイヴィアという紳士ですよ。ジョン・S・ゼイヴィア博士。この名前に心あたりは？」

貧弱な雑用係が、その痩《や》せこけた喉《のど》の奥からまたもや威嚇するような音を発しはじめた。

「いや」スミス氏はあわてて言った。「聞いたこともない」

「じゃあ、このアロー山の道をいままで一度ものぼったことがないんですね、ええと――スミスさん？　ゆうべがはじめて――いわば初登頂だったわけだ」

「たしかに……」

エラリーは前かがみになって、太った男のまるまるとした手をとった。スミス氏は面食らった声をあげ、手を引っこめた。「おっと、噛《か》みつきはしませんよ。指輪をしてるかどうか見ただけだ」

「ゆ——指輪？」

「でも、ひとつもはめてないな」エラリーは深く息をついた。「父さん、これでまたひとり、当面の泊まり客に——その——恵まれたわけだよ。ゼイヴィア夫人——いや、ウィアリー夫人に支度をしてもらおうか」

「そうだな」警視は不機嫌に言い、拳銃《けんじゅう》をしまった。「スミスだかだれだか知らんが、車に何か荷物は載せてあるのか」

「ああ、もちろん。だが、おれを帰す気は……。火事はまだ——」

「帰す気はない。火事もまだおさまっていない。車から荷物をとってこい。ボーンズにはまかせられない——おまえの耳を嚙み切りかねないからな。いいぞ、ボーンズ。その調子だ。しっかり見張っていてくれよ」警視は押しだまっている老人の痩せた肩を軽く叩《たた》いた。「ウィアリー夫人、スミス氏を二階の部屋へ案内してやってくれ。空いた部屋はあるんだろう？」

「は——はい、ございます」ウィアリー夫人はおずおずと言った。「幾部屋か」

「それから食事をさせてやりなさい。ここにいるんだぞ、スミス。おかしな真似はするな」警視はゼイヴィア夫人のほうを振り向いた。夫人はひどく萎縮《いしゅく》していて、体じゅうの肉がしなびてしまったかに見える。「すみませんね、奥さん」硬い口調で声をかけた。「家のなかのことをこんなふうに指図しまして。しかし殺人事件の現場では、形式張っている暇はないのでね」

「かまいませんわ」夫人はささやくように言った。エラリーは関心を新たにして夫人を観察した。夫の死体が発見されてからというもの、とげとげしさが吸いとられてしまったようだ。その黒い目からは火と煙が消え、生気が失われている。そして、どんよりした目の奥に恐れがひそんでいる、とエラリーは思った。夫人は変わり果てていた――あのぞっとするような薄笑いを除いては。癖になって容易には崩れないその笑みだけは、唇にまだ残っていた。

「では、みなさん」警視が唐突に言った。「いまから二階の上流婦人をちょっとお訪ねしましょう。全員でカロー夫人と顔を合わせ、そのうえでわたしは、だれかにだまされたり隠し事をされたりすることなく、すべての事情を正しく把握することにします。それによっておそらく、この厄介な件に光明を見出せるでしょう」

響きのよい低音の、落ち着いた声に驚いて、一同はいっせいに廊下のほうを向いた。

「それには及びません、警視さん。わたくしがそちらへ参ります」

その同じ刹那《せつな》に、エラリーはくるりと振り向き、ゼイヴィア夫人の目をとらえた。

その目はふたたび黒々とたぎっていた。

7　涙する婦人

　その人は背の高いアン・フォレストの腕に寄りかかっていた――きめ細かな果実のつややかさをまとった、優美ではかなげな美女だ。見た目の年齢はせいぜい――三十になったばかりというところか。すらりと引きしまった気品ある小柄な体は、柔らかい素材のぴったりした灰色のドレスに包まれていた。髪は墨色で、褐色の目の上に意志の強そうなまっすぐな眉《まゆ》が並んでいる。小鼻と唇は肉が薄く、繊細な印象を与える。目もとには、ごく浅く刻まれた小皺《こじわ》がある。身のこなしや姿勢、立ち姿や顔のあげ方に、育ちのよさがうかがえた。印象深い女性だ――ゼイヴィア夫人と同様、この人にも独特の印象深さがある、とエラリーは思った。そこでふと後ろを振り向くと、ゼイヴィア夫人が奇跡のように若々しさを取りもどしていた。その驚くべき目に宿った炎は、かつてないほど明るく輝き、体じゅうのゆるんだ筋肉にふたたび力がみなぎっている。そして猫のような強烈なまなざしで、カロー夫人をねめつけている。恐れの代わりに、露骨きわまりない憎悪が宿っていた。

「マリー・カロー夫人ですね？」警視が尋ねた。前夜、エラリーに語った彼女への賞賛の気持ちをいくらかでもまだいだいていたとしても、それを表には出さなかった。

「はい」小柄な婦人は答えた。「相違ございません……ちょっと失礼いたします」目の奥深くに、なんとも言えない心痛と同情をたたえて、ゼイヴィア夫人のほうを振り向く。「とんだことでしたね。アンから聞きました。わたくしにできることがあればなんなりと……」

ゼイヴィア夫人の黒い瞳《ひとみ》が拡張し、オリーブ色の鼻がふくらんだ。「ありますわ！」と叫んで、一歩前へ出る。「ありますとも！　わたくしの家から出ていくこと、お願いしたいのはそれだけです！　あなたのせいでよけいに気が滅入《めい》るのよ……。この家から出ていってください、あなたも、あの気味の悪い……」

「サラ！」マーク・ゼイヴィアが夫人の腕をつかんで強く揺すりながら、ざらついた声で言った。「礼儀をわきまえろ。自分が何を言ってるかわかっているのか？」

長身の夫人の声は絶叫に変わった。「この女——この女は——」口の端を唾液《だえき》がひと筋伝った。黒い目は燃えさかる穴と化している。

「まあ、まあ」警視が穏やかに割りこんだ。「いったい何がどうなっているんですか、ゼイヴィア夫人」

カロー夫人は身じろぎもしなかった。血の気の失《う》せた頰だけが感情らしきものを表している。アン・フォレストは、自分の体にまわされたカロー夫人の腕をさらにしっかりとつかんだ。ゼイヴィア夫人は身を震わせ、頭を左右に振ったあと、義理の弟にぐったりと寄りかかった。

「よろしい、それでは」警視は変わらぬ穏やかな声でつづけた。エラリーのほうをちらりとうかがう。だがエラリーはスミス氏の顔にじっと見入っていた。太ったその男は、台所のいちばん遠い隅に引っこんで息を凝らしている。体を二次元にしようとばかげたことを試み、身を縮こまらせているかのように見えた。だぶついた顔は死人のような紫色になっている。「みなさん、居間へ行ってお話ししましょう」

「さて、カロー夫人」フランス窓から熱い陽光が差しこむ広い部屋で、一同がぎこちなく着席したところで、警視は口火を切った。「あなたご自身のことを説明してください。わたしはそろそろ、真実が知りたい。あなたの口から聞けない場合は、ほかの人から聞きますから、すっかり打ち明けてくださったほうがいいでしょう」

「何をお知りになりたいのです」カロー夫人は小声で言った。

「たくさんあります。まずは、具体的な事柄から。この家にいらっしゃってどのくらいになりますか」

「二週間です」その響きのよい声はほとんど聞きとれないほどだった。目は床に落としたままだ。ゼイヴィア夫人は目を閉じて肘《ひじ》掛け椅子に横になったまま、死んだように動かなかった。

「ここの客人として？」

「たぶん――そうおっしゃってよいかと」夫人はことばを切って目をあげたが、すぐにまた伏せた。

「ここへはだれかといっしょに来られたのですか、カロー夫人。それともおひとりで？」

夫人はまたためらった。アン・フォレストがすかさず言った。「いいえ。わたしがカロー夫人のお供をしてまいりました。このかたのおそば付きの秘書をしておりますす」

「だろうと思っていましたよ」警視は冷ややかに言った。「どうか口をはさまないでもらえますか、お嬢さん。こちらの指示にそむいた件について、あなたにはひとこと言いたい。参考人に勝手にいなくなられたり、事件のことを――ほかの人に伝えたりされては困るのです」フォレスト嬢は赤面して唇を噛《か》んだ。「カロー夫人、ゼイヴィア博士とは、知り合ってからどのくらいですか」

「二週間です、警視さん」

「なるほど。ほかの人たちのなかに、それ以前からのお知り合いはいませんね？」

「はい」

「そのとおりでしょうか、ゼイヴィアさん」

大男はつぶやいた。「そのとおりです」

「では、病気のためにここにいらっしゃったのですね、カロー夫人」

夫人は身を震わせた。「そう――そうとも申せます」

「あなたは目下、ヨーロッパを旅行中ということになっているのでしょう？」

「はい」いまや訴えるように目を上へ向けている。「わたくし――このことを――世間に知られたくありませんでしたので」

「だから、ゆうべわたしと息子が車で着いたとき、ここの人たちは警戒して、あなたを二階に隠れさせたわけですか」

夫人は消え入りそうな声で言った。「はい」

警視は姿勢を正し、考えこむように嗅《か》ぎ煙草を吸った。あまり幸先《さいさき》がいいとは言えない、と思った。室内をさっと見まわし、エラリーを探す。ところがどういうわけか、エラリーは姿を消していた。

「では、あなたはここにいるだれとも以前に会ったことはなく、ただ治療目的で来られたのですね？　おそらく、診察のために」

「そうです、警視さん、そのとおりです！」

「ふうむ」警視は部屋のなかをうろうろと歩いた。口を開く者はいない。「ではお尋ねしますが、カロー夫人――あなたはゆうべ、なんらかの理由でご自分の部屋から出ましたか」答はよく聞きとれなかった。「どうです？」

「出ていません」

「嘘よ！」ゼイヴィア夫人が突然目を開いて叫んだ。勢いよく立ちあがり、堂々たる長身で憤激をあらわにした。「出たわ！　この目で見たもの！」

カロー夫人は青ざめた。フォレスト嬢は目の色を変え、半ば腰を浮かせた。マーク・ゼイヴィアは驚いた顔をして、

「お静かに」警視は言った。「どなたもお静かに。カロー夫人が自室を出るのを見たとおっしゃるのですか、ゼイヴィア夫人」

「そうです！　この人は真夜中を少し過ぎたころ自分の部屋を出て、急いで階段をおりていきました。わたくしは見たのです、この人が――わたくしの夫の書斎へはいっていくのを。ふたりはあの部屋で――」

「そうですか、ゼイヴィア夫人。それはどのくらいのあいだでしたか」

夫人の目が動揺した。「知りません。わたくし――待ってはおりませんでしたから」

「それは事実ですか、カロー夫人」警視はなお変わらぬ穏やかな声で尋ねた。

小柄な婦人の目に涙が浮かんだ。やがて口もとを震わせ、静かに泣きはじめた。

「ええ、そうです、事実です」フォレスト嬢の胸に顔をうずめてしゃくりあげる。「でも、けっして――」

「ちょっと待ってください」警視はわずかに皮肉のこもった笑顔で、ゼイヴィア夫人を見た。「奥さん、あなたはたしか、ゆうべはすぐに寝室にはいって、朝までぐっすり眠ったとおっしゃっていましたね」

長身の夫人は唇を噛んで、いきなり腰をおろした。「わかっております。さっきは嘘を申しました。疑われるのを心配して――でも、見たんです！　たしかにこの人でしたわ！　この人は――」しどろもどろになって、ことばは途切れた。

「そして、あなたは待たなかった」警視は穏やかに言った。「この人が出てくるところは見ていない。いやはや、ご婦人がたのすることときたら！　まあいい、カロー夫人、みなが寝静まったころまで――真夜中過ぎまで待って、こっそりゼイヴィア博士のもとへ話をしにいった理由はなんでしょうか」

カロー夫人は灰色の絹のハンカチを手探りで取り出した。目もとにそれを押しあて、小さな顎《あご》をぐっと引きしめる。「嘘をつくなど、わたくしも愚かでしたわ、警視さん。ウィアリー夫人が就寝前にわたくしの部屋へ来て、山の下のほうが火事なので、見知らぬお客さまを――警視さんとご子息ですが――ひと晩お泊めすることになったと知らせてくれました。ゼイヴィア博士がまだ階下にいらっしゃることも。わたくし――

心配で」褐色の目が揺らめいた。「博士とお話ししたくておりていったのです」

「わたしと息子のことについて、ですね」

「はい……」

「それと、ご自身の――立場についてもでしょう？」

夫人は顔を赤らめて繰り返した。「はい」

「博士はどんなふうでした？　無事でしたか？　元気はありました？　態度は自然でした？　いつもどおりでしたか？　何か気にかかっている様子は？」

「ふだんとお変わりありませんでした、警視さん」夫人はささやくように言った。「ご親切で思いやりがあって――いつものように。しばらくお話をしたあと、わたくしは二階へもどって――」

「いいかげんにして！」ゼイヴィア夫人がまた立ちあがって叫んだ。「もう我慢できません。しようとも思いません！　この人は――ここへ来てからというもの――夜な夜な主人と隅に引っこんで――あの小ずるい笑顔をこしらえて、ひそひそ話しこんで――人の夫をひとり占めにして――空涙を流して――同情を誘って……。主人ときたら、きれいな女にからきし弱いのだから！　お教えしましょうか、警視さん、この人がなぜここへ来たのかを」襲いかからんばかりに前へ飛び出し、縮みあがっているカロー夫人に、震える指を突きつける。「ねえ、教えましょうか」

ホームズ博士が一時間ぶりに口を開いた。「あの、ちょっと、ゼイヴィア夫人」口ごもりながら言う。「そんなことは――」

「ああ、おやめになって」カロー夫人は両手で顔を覆って嘆願した。「どうか、お願いですから……」

「見さげ果てた性悪女ね！」アン・フォレストが怒声をあげ、すっくと立ちあがった。「言いたければ言うがいいわ――このけだもの！　わたしが――」

「アン」ホームズ博士がフォレスト嬢の前へ歩み寄り、低い声でたしなめた。

警視は微笑に近いものをたたえた目を輝かせて、その様子を見守っていた。自身はじっと動かず、ことばを発する人たちの顔から顔へとわずかに頭を向けるにとどめた。

広い部屋は怒声と荒い息づかいで騒然となった……。「教えるわよ」ゼイヴィア夫人は狂気の宿った目で叫んだ。「教えるわよ！」

だれかが大鉈《おおなた》を振るったかのように、喧騒《けんそう》が突然やんだ。廊下側のドアから物音がしたのだ。

「その必要はまったくありませんよ、ゼイヴィア夫人」エラリーが快活な声で言った。「もうすっかりわかってますから。涙を拭《ふ》いてください、カロー夫人。これはたいそうな悲劇でもなんでもありません。父とぼくはだれよりも信用の置ける人間ですから、かならずやあなたの秘密を――」悲しげに首を振りながらつづける。「長くお守りしますよ、ここにいる何人かの人たちよりも……。父さん、ゆうべ見た、あるいは見たと思った――例のものを紹介させてもらうよ」警視は口をあんぐりあけた。「そう、加えて言うと、それはこのうえなく賢く、このうえなく育ちがよく、このうえなく礼儀正しく、このうえなく人なつこいふたりの少年だ。このふたりは寝室にこそこそ隠れてるのにうんざりして、この博士宅に闖入《ちんにゅう》した恐ろしい男たちを冒険がてらちょっとのぞき見ようと、廊下にそっと出てみたんだ。こちらは――左から右へ――ジュリアン・カローくんとフランシス・カローくん。夫人のご令息です。ぼくはたったいま知り合ったばかりだけど、とても愉快な少年たちだよ！」

戸口にたたずむエラリーは、端整な顔立ちをした背の高い少年ふたりの肩に腕をまわしていた。少年たちは好奇心いっぱいのきらきらした目で、眼前の光景をつぶさにながめまわしている。エラリーはその後ろに立って、微笑を浮かべつつも、目にはあえて非難をこめて父親を見据えていた。呆気《あっけ》にとられていた警視は、唾《つば》を飲みこむと、若干ふらつきながら前へ出てきた。

ふたりの少年はおそらく十六歳ぐらい――たくましくて肩幅が広く、顔は日に焼け、整った目鼻立ちは、男らしい精悍《せいかん》さがありながらも母親そっくりだった。ふたりは、互いがもう一方の姿を写しとった褐色の石膏《せっこう》像だと言っても通るかもしれない。体つきと顔立ちの細部に至るまで、瓜《うり》ふたつだった。服装さえも――ていねいにアイロンがけされた灰色のフランネルの上下に、明るい青のネクタイ、白のシャツ、黒のシボ革の靴などが――まったく同じだった。

だが、警視の口が半開きのままふさがらないのは、このふたりが双生児であるせいではなかった。ふたりが互いにやや向き合っていて、右側の少年の右腕がもうひとりの腰を抱き、左側の少年の左腕がもうひとりの背にさえぎられ、しかも信じがたいことに、身につけている灰色のしゃれた上着が、胸骨の高さのところでつながっているせいだった。

ふたりはシャム双生児だった。

8　剣状突起結合体

　ふたりは、少年らしくはあるものの、やや遠慮がちな好奇心をもって、かわるがわる自由がきくほうの手を差し伸べ、警視と熱のこもった握手をした。カロー夫人は魔法さながらに元気を取りもどした。いまや端然と椅子にすわり、少年たちに微笑みかけている。夫人がどれほどの気力を振り絞っているか、おそらくアン・フォレスト以外にわかる者はいないだろう、とエラリーは感嘆しつつ思った。

「うわあ！」右側の少年が快いテノールの声で叫んだ。「クイーンさんの言ったとおり、あなたは本物の警視さんなんですね？」

「まあ、そうだな」警視は弱々しく笑顔を作った。「きみの名前は？」

「フランシスです」

「それから、きみは？」

「ジュリアンです」左側の少年が答えた。ふたりは声も同じだった。ジュリアンのほうが落ち着いた性格なのだな、と警視は思った。ジュリアンが熱心に警視を見て言った。「よかったら——金の記章《バッジ》を見せてもらえませんか」

「ジュリアン」カロー夫人が小声でたしなめた。

「はい、お母さん」

少年たちは美しい母親のほうを見た。ふたりはすぐに笑顔になった。どこか奇異な、しかし愛嬌《あいきょう》のある笑顔だ。それからふたりはすばらしく優雅で軽やかな足並みで室内を歩きだし、警視は、慣れたリズムを刻んで揺れる若者の広い背中を見守った。そして、ギプスのはめられたジュリアンの左腕が背後からフランシスの腰にくくりつけられていることにも気づいた。少年たちがそばまで来て身をかがめると、母は椅子に掛けたまま、ふたりの頬に順にキスをした。そうして双子は長椅子に行儀よく腰をおろし、警視をじっと見つめた。見られたほうは、たちまち面映《おもは》ゆくなった。

「なるほど」警視はいくぶん当惑しながら言った。「これで様相ががらりと変わったな。やっと全貌《ぜんぼう》が見えた気がする……。ところで、きみ——ジュリアン——その腕はどうしたのかね」

「ああ、骨折したんです」左側の少年が即座に答えた。「先週。ぼくたち、外の岩のところでちょっと転んでしまって」

「ゼイヴィア博士が」フランシスが言った。「ジュリアンを手当てしてくれました。たいして痛くはなかったんだろ、ジュール」

て微笑んだ。

「たいしてね」ジュリアンは男らしく言った。そしてまたふたりとも、警視に向かって微笑んだ。

「ふふん！」警視は言った。「きみたちも、ゼイヴィア博士の身に起こったことは知っているんだろうね」

「知っています」ふたりは同時に真顔になって答えた。微笑みこそ消えたが、興味津々の目の輝きは隠せていない。

「思うに」エラリーが部屋にはいって廊下側のドアを閉めながら言った。「ぼくたちも事情をすっかり理解しておいたほうがいいでしょうね。カロー夫人、この部屋で出た話は、どんな内容であれ、ほかへ漏らしはしませんよ」

「わかりました」カロー夫人はため息をついた。「すべては小さな不幸がはじまりだったのです、クイーンさん。わたくしがしっかりしていれば……でも、このとおり、勇気が足りなくて」息子たちのすくすくと伸びた大きな体に、誇らしさと痛ましさとが奇妙に混じり合ったまなざしを向ける。「フランシスとジュリアンは、十六年と少し前にワシントンで誕生しました。当時はまだ夫が存命でした。息子たちはふつうの子供と変わらない、申し分なく健康な体で生まれました。ただし」そこでことばを切って目を閉じる。「ご覧のとおり、一点を除いて。ふたりはつながって生まれてきたのです。当然、一族の者は――ひどく気味悪がりました」そこまで言い終えた夫人の息づかいは、やや速くなっていた。

「名家はえてして、体裁に関して狭量なものですからね」エラリーは励ますように微笑んだ。「おっしゃるとおり、高潔な反応とは言えません。でも、あなたはお子さんたちを誇りに思っていいはず――」

「ええ、思っております」夫人は声高に言った。「最高の子供たちですわ――たくましくて、心がまっすぐで――辛抱強くて……」

「いかにも母親が言いそうなことだね」フランシスが顔をほころばせて言った。ジュリアンはまじめな顔で母親を見つめているだけだった。

「でも、あまりにおおぜいから否定されて」カロー夫人は小声でつづけた。「わたくしは弱気になり――自分でも少し怖《お》じ気づいてしまったのです。悲しいことに、夫までが一族の者たちと同じ考えでした。それで……」夫人はどうにもやりきれないというう身ぶりをした。どういう決定がなされたかは想像にかたくない。噂の種にされることを忌み嫌う上流の一族は、家族会議を開き、破格の口止め料をばらまいて、赤ん坊を産院からこっそり連れ出し、腕のたしかな信用の置ける子守りに託した。そして新聞各社には、カロー夫人の分娩《ぶんべん》は死産に終わったと発表した……。「わたくしは、人目を忍んでしばしば、子供たちのもとを訪れていました。成長するにつれ、ふたりも状況を理解するようになりました。愛するこの子たちは、不平ひとつ言わず、いつも朗らかで、わたくしにつらくあたったことも一度もありません。もちろん、優秀な家庭教師をつけ、できるかぎりの治療を受けさせてきました。夫が亡くなったとき、わたくしは決意を新たにしたのですが――一族の者たちは相変わらず強硬で、申しあげたとおり、押しきる勇気が出ませんでした。でも望みはずっと――心のなかで叫びつづけて――」

「ええ、そうでしょうとも」警視が言い、短く咳《せき》払いをした。「理解できたと思いますよ、カロー夫人。つまり、処置のしようはなかったのでしょうね――医学的には」

「それはぼくたちが説明できます」フランシスが元気よく言った。

「おや、きみたちが？」

「そうです。ぼくたちは胸骨のところでつながっているんですけど、その部分は、えぇと、けっ――けっ――」

「結紮《けっさつ》だよ」ジュリアンがあきれ顔で言った。「かならずこの用語を忘れるな、フランシス。いいかげん、覚えたほうがいいよ」

「そう、結紮だった」手きびしいことばにうなずきながら、フランシスは言った。「それがすごく強靭《きょうじん》なんです。六インチくらいは引き伸ばせますよ」

「そんなことをして痛くはないのかい」警視は顔をしかめた。

「痛い？　いいえ、ちっとも。耳を引っ張っても痛くはないでしょう？」

「なるほど」警視はにっこり笑って言った。「痛くはないな。考えたこともなかった」

「軟骨性結紮といいまして」ホームズ博士が解説した。「奇形学では、剣状増殖と呼ばれるものです。実に驚くべき現象ですよ、警視。非常に弾力性があって、しかも信じられないほど強い」

「ぼくたちはそれで曲芸だってできるんですよ」ジュリアンが真顔で言った。

「なんです、ジュリアン」カロー夫人が弱々しい声でたしなめた。

「だって、できるんだもの！　お母さんも知ってるじゃないか。ぼくたち、最初のシャム双生児がやったのと同じ曲芸を練習したんだ。お母さんにも見せたでしょう、覚えてないかな」

「もう、ジュリアンたら」カロー夫人は笑みを抑えながら、小声で言った。

ホームズ博士の引きしまった若々しい頬が、にわかに研究者らしい熱意で輝いた。

「チャンとエンは――これがその最初のシャム双生児の名前ですが――結紮だけで互いの全体重を支えることができました。ここにいるふたりも、そういうことに関してものすごく身軽なんです。ぼくなんか、このふたりにはとてもかないませんよ！」

「それは運動不足のせいですよ、ホームズ博士」フランシスがへりくだって言った。

「サンドバッグ打ちをやってみたらどうですか。ぼくたちは――」

このころには警視も笑顔になり、部屋の空気は不思議なほど和んでいた。ふつうとまったく変わらない少年たちの話しぶりや、明朗で聡明《そうめい》な雰囲気、そして拗《す》ねたところや卑屈さの微塵《みじん》もない態度が、本来ならばふたりが同席することで生じかねない、気まずい感覚を寄せつけなかった。カロー夫人は、情愛深いまなざしで息子たちに微笑みかけていた。

「ともかく」フランシスはつづけた。「お医者さまたちの心配がここだけのことだったら」そう言って自分の胸もとを指さす。「別になんともないと思います。ただ――」

「そこはぼくが説明したほうがよさそうだね」ホームズ博士が物柔らかに引きとった。「警視、いわゆるシャム双生児には、例としてよく見られる――実際、よく見られるんですが――三つのタイプがありましてね。三タイプとも、それぞれ医学界では有名な実例があります。ひとつは殿結合体というタイプで、これは――背中と背中で――腎臓《じんぞう》がつながっているケースです。このタイプの最も有名な実例は、ローザとジョゼファのブラゼク姉妹でしょう。ふたりを外科手術で切り離す試みもなされましたが――」顔を曇らせてことばを切る。「そして、つぎが――」

「その手術は成功したんですか」エラリーが静かに尋ねた。

ホームズ博士は唇を嚙《か》んだ。「いえ――だめでした。しかし、当時は医学知識もそれほど――」

「いいんですよ、ホームズ博士」フランシスが気づかって言った。「ぼくたち、そういうことはみんな知っているんです、クイーンさん。当然、自分たちのケースにも興味を感じています。その後、ブラゼク姉妹は死去。でも、そのころはゼイヴィア博士もいなかったし――」

カロー夫人の頬が白目よりもさらに白くなった。警視は腹立たしげにエラリーをひとにらみしたのち、話をつづけるようホームズ博士に合図した。

「つぎは」ホームズ博士は言いにくそうに言った。「剣状突起結合体のタイプです――胸骨の剣状突起によって結合している双生児です。これの最も有名な実例が、そう――チャンとエン・ブンカーという、最初のシャム双生児なのです。ふたりとも健全で、ほかにふつうと異なる点もなく……」

「一八七四年に死去」ジュリアンが言った。「チャンが肺炎にかかったためです。六十二歳だったんですよ！　ふたりとも結婚して、子供もおおぜいいたし、なんでも持っていたんです！」

「ふたりはほんとうのところ、シャム人ではありませんでした」フランシスが微笑みながらつづけた。「中国人の血が四分の三、マレー人の血が四分の一の混血だったとか。ふたりともすごく頭がよかったんですよ、クイーン警視さん。それにとても裕福だったし……。ぼくたちもこれに分類されます」そこで焦って言い添える。「あ、剣状突起結合体のほうですよ、裕福じゃなくて」

「ぼくたちも裕福だよ」ジュリアンが言った。

「なぜ言いなおしたかはわかるだろ、ジュール！」

「そして最後に」ホームズ博士がつづけた。「いわゆる並列のタイプがあります。そのふたりは、いま言ったとおり、向き合っていて――肝臓が結合しているのです。それと、血液の循環系統はもちろん共通です」ここで息をつく。「ゼイヴィア博士は病歴の完全な記録を持っていました。カロー夫人の主治医から提供されたものです」

「でも、なんのために」エラリーが小声で言った。「この頑健な若いふたりを〈アロー・ヘッド館〉まで連れていらっしゃったんですか、カロー夫人」

しばし沈黙が流れた。部屋の空気がふたたび重苦しくなった。ゼイヴィア夫人がカロー夫人にどんよりした視線を向けている。

「あのかたがおっしゃるには」カロー夫人はささやくように言った。「ことによると――」

「博士があなたに希望を与えたんですね」エラリーはゆっくりと尋ねた。

「それほど――はっきりしたものではないのですが。ごくわずかな、かすかな見こみでしかありませんでした。アンが――フォレストさんが――噂を耳にしたんです。あのかたが実験をしていらっしゃると……」

「ゼイヴィア博士は」若い医師が平板な調子で口をはさんだ。「ここで少々――異様な実験に没頭していました。異様と言ってはいけないな。正統をはずれた、ぐらいでしょうか。もちろん、偉大なかたでした」間を置いてつづける。「博士はその実験に膨大な時間と費用を注ぎこんでいたんです。いくらかは世間の評判にもなりましたが、広く知れ渡りはしませんでした。ご本人がそれをよしとなさらなかったんでね。カロー夫人から手紙が届いたとき——」そこでふと口をつぐんだ。

警視はカロー夫人からホームズ博士へと視線を移した。「つまり、そのとき」小声で言う。「あなたはゼイヴィア博士ほど乗り気になれなかったということですか、博士」

「それは」イギリス人医師はぎこちなく答えた。「また別の問題です」カロー兄弟を、愛情と苦悩の奇妙に入り混じった目で見やる。

ふたたび沈黙が流れた。警視は部屋じゅうを歩きまわった。少年たちはきわめておとなしく、だが緊張して見守っていた。

警視が足を止めた。「きみたちはゼイヴィア博士が好きだったかい」だしぬけに尋ねた。

「はい、もちろん！」ふたりはすぐに声をそろえて言った。

「博士がきみたちに——その、痛い思いをさせたことは？」

カロー夫人が柔和な目を驚きの色で満たして、ぎくりと動いた。

「いいえ」フランシスが答えた。「博士はぼくたちを診てくださっただけです。いろいろなことを試して。X線撮影や、特殊な食事や、注射なんかを」

「ぼくたち、そういうことには慣れっこなんです」ジュリアンが沈んだ声で言った。

「なるほど。ではゆうべのことを訊《き》こう。よく眠れたかい」

「はい」ふたりはいまや真剣な顔をして、呼吸もやや速くなっていた。

「夜中に何か変な物音を聞かなかったかな。たとえば、銃声のような」

「いいえ」

警視はしばらく顎《あご》をなでていたが、ふたたび笑顔になって尋ねた。「ふたりとも、朝食はすませたのかな」

「はい。けさ早く、ウィアリー夫人が二階に持ってきてくれました」フランシスが答えた。

「けど、またお腹が空《す》いちゃった」ジュリアンが早口に言い添えた。

「なら、きみたちふたりは台所へ行ってくるといい」警視はやさしく言った。「ウィアリー夫人に何か食べさせてもらいなさい」

「はいっ！」ふたりは声を合わせて叫ぶと、立ちあがって母親にキスしたのち、一同に会釈し、独特の上品なリズムで足並みをそろえて部屋を出ていった。

9　殺人犯

フランス窓の向こうのテラスに腰の曲がった人影が現れ、居間をのぞきこんだ。

「おお、ボーンズ」警視が呼びかけると、老人はぎくりとした。「こっちへ来い。おまえにも用がある」

老人は窓からそっとはいってきた。その悲しげな顔は前にも増して獰猛《どうもう》な表情になっている。痩《や》せこけた長い腕を垂らしてこわばらせ、両手の指を曲げたり伸ばしたりしていた。

エラリーは父親の穏やかな顔を注意深く観察した。何かある。警視の頭のなかでは、不意に浮かんでまだ形をなさない考えがくすぶっているようだ。

「ゼイヴィア夫人」警視はやさしい声で切り出した。「ここにお住まいになってどのくらいになりますか」

「二年です」夫人は生気のない声で答えた。

「ご主人がこの家をお買いに？」

「主人が建てたのです」その目がふたたび恐れの色を帯びはじめた。「そのころ主人は引退しまして、アロー山の頂上の土地を購入し、整地させてこの家を建てました。それから引っ越してまいりました」

「ご結婚なさってから、それほど経っていないころですね」

「はい」夫人はいまやびくついていた。「結婚したのはここへ移る六か月ほど前です」

「ご主人は資産家だったのでしょう？」

夫人は肩をすくめた。「財産のことをくわしく尋ねたことはありません。主人はいつも最上のものを与えてくれました」猫のような目つきに一瞬もどって、こう付け加える。「物質的には最上のものを」

警視は嗅《か》ぎ煙草をひとつまみ、じっくりと嗅いだ。確信をいだくに至ったようだ。

「いま思い出したのですが、ご主人は初婚だったのですね、ゼイヴィア夫人。奥さん、あなたはいかがでした？」

夫人は唇をきつく結んだのちに、こう言った。「前の夫を亡くして――そのあとで出会いました」

「いずれのご結婚でも、お子さんは持たなかったと？」

夫人は妙なため息を漏らした。「おりません」

「ふうむ」警視はマーク・ゼイヴィアに向かって人差し指を曲げ、招くようなしぐさをした。「あなたはお兄さんの金銭面について、ある程度ご存じでしょうね。裕福でしたか？」

ゼイヴィアは深い物思いからはっと目覚めたようだった。「えっ？　ああ、金ですか。ええ。資産はたっぷりあったはずです」

「有形資産ですか」

ゼイヴィアは肩をそびやかした。「一部は不動産でした。昨今の不動産の値打ちについてはご承知でしょう。しかし大部分は手堅い政府証券でした。兄は医者をはじめたときに父から譲られた金を持っていましたし――それはわたしも同様ですが――兄の持っている……いや、持っていた……金のほとんどは、自分の仕事で稼いだものです。わたしは兄の弁護士をつとめていました」

「ほう」警視は言った。「それをうかがえてよかった。こうして閉じこめられていたのでは、遺言という難関をどう乗り越えたらよいものかと思っていたんです……。では、あなたが弁護士なんですね？　むろん、博士は遺言状を残していらっしゃったでしょう」

「二階の兄の寝室の金庫に写しがあります」

「そのとおりですか、ゼイヴィア夫人」

「はい」夫人は神妙に答えた。

「解錠番号は？」夫人が警視に教える。「よろしい。みなさん、このままここにいてください。すぐにもどりますから」警視は神経質な手つきで上着のボタンをかけ、急いで部屋を出ていった。

警視はなかなかもどらなかった。居間は静まり返っていた。家の奥からは、ジュリアンとフランシスの陽気な笑い声が聞こえてきた。どうやら、ウィアリー夫人の食料貯蔵庫でアイスクリームを食べて舌鼓を打っているらしい。

一度、廊下で重い足音がしたので、一同はドアのほうへ顔を向けた。だがドアは開かず、足音はそのまま玄関広間のほうへ向かった。ほどなくテラスに、スミス氏のゴリラのような姿が見えた。スミスは家の前の岩だらけの荒涼たる景色をながめていた。

エラリーは部屋の隅に引っこんで爪を嚙《か》んでいた。どうにもつかみどころのない理由のせいで、気分が落ち着かなかった。父はいったい何を企《たくら》んでいるのだろう？

すると、ドアが開いて警視が現れた。目を輝かせている。手には法律の書類らしきものを持っていた。

「さてさて」警視はドアを閉めながら愛想よく言った。エラリーは眉《まゆ》をひそめて父親を観察した。何かが起ころうとしている。捜査のさなかに警視が愛想よくなるときには、まちがいなく何かが起こる。「遺言状はたしかにありました。簡にして要を得た内容です。ご主人の遺言状によると、ゼイヴィア夫人、あなたは事実上、ただひとりの遺産相続人となっています。それはご存じでしたか」警視は書類を振ってみせた。

「もちろんです」

「そうですか」警視はてきぱきと先をつづけた。「弟さんのマークと、仕事に関係した種々の団体――これは研究機関などですが――そのいくつかに対する少額の遺贈を除いては、あなたがご主人の遺産の大部分を相続なさるわけです。そしてゼイヴィアさん、あなたのおっしゃったとおり、これはかなりの額ですね」

「そうです」ゼイヴィアは小声で言った。

「遺言状の検認と遺産の処理についても、なんら問題は生じないでしょう」警視は言った。「法律上の争議が起こる可能性はないでしょうね、ゼイヴィアさん」

「むろんありません！　無効の申し立てをする人間がいませんから。わたしは確実にしませんよ、たとえ根拠があっても――まあそんなものはないですが――そしてジョンの血縁者はわたししかいません。直接関係のないことですが、実は義姉《あね》にも存命の血縁者がひとりもいません。われわれは両方の側の最後の血縁者なんです」

「そういうことなら、話はしごく簡単ですね」警視は微笑んだ。「ところでゼイヴィア夫人、あなたとご主人とのあいだには、深刻な意見の相違はなかったでしょうか。つまり――晩年の結婚生活を破綻《はたん》させうるさまざまな問題について、ご主人と言い争ったことはありませんね？」

「よしてください」ゼイヴィア夫人は手で目を覆った。こっちもしごく簡単だ、とエラリーは意地悪く考えた。そして、いまや全神経を活性化させている父親を見つめつづけた。

そこで突然、ボーンズが耳障りな声で言った。「そりゃ嘘だ。この女は旦那《だんな》さまを苦しめどおしだった！」

「ボーンズ！」夫人は息を呑《の》んだ。

「四六時中、旦那さまを責め立ててたんだ」ボーンズは喉《のど》もとに筋を浮かせて言い募り、またしても目を燃え立たせた。「旦那さまに一分の安らぎも与えたことがない、ひどい女だ！」

「それは興味深い」警視はなおも微笑んでいた。「ボーンズ、おまえこそこの家のなかでは興味深い存在だ。いいぞ、ボーンズ。もっと話してみろ。おまえはずいぶんゼイヴィア博士を慕っていたようだな」

「旦那さまのためなら死んでもよかった」ボーンズは骨張ったこぶしを握りしめた。

「わたしがどん底にいたときに手を差し伸べてくれたのは、この腐った世で旦那さまひとりだった。わたしをそのへんにいる──屑《くず》じゃなく、まともな人間扱いしてくれた、たったひとりの人だ……。だがこの女はわたしをごみみたいに扱った！」声は絶叫に変わった。「言っとくが、この女は──」

「よし、わかった、ボーンズ」警視はやや強い調子で言った。「もうよせ！　さてみなさん、聞いてください。死んだゼイヴィア博士の手から、半分にちぎられたトランプのカードが見つかりました。死ぬ前に、自分を殺害した犯人の手がかりを残すだけの力があったらしいのです。博士はスペードの6を半分に引き裂いていました」

「スペードの6ですって！」ゼイヴィア夫人があえぎ声をあげた。眼球は、暗くぼんだ眼窩《がんか》から飛び出さんばかりだ。

「そうです、奥さん、スペードの6です」警視はどこか満足げな顔で夫人を見つめた。「ちょっと想像してみましょう。博士はわれわれに何を伝えようとしたのでしょうか。そのカードは、博士自身の机にはいっていたものですから、持ち主に疑問の余地はありません。さて、博士はカードを一枚まるごとではなく、半分だけ使いました。つまり、カードは一枚のカードとして重要なわけではないということです。重要なのは切れ端であること、あるいはその切れ端に記された内容なのです」

エラリーは目を瞠《みは》った。つねに行動をともにしていると、やはりそれなりの影響を及ぼすらしい。老犬にも新しい芸を仕込むことは可能なのだ。エラリーは忍び笑いをした。

「その切れ端には」警視はつづけた。「6という数字が記されていました──カードの隅に。それといくつかの――あれはなんと呼ぶのかな」

「ピップです――スペードの形の。みなさんのなかで、スペードに何か関係のある人はいますか」

「目《ピップ》だよ」とエラリー。

「スペード？」ボーンズが唇をなめて言った。「わたし、わたしは鋤《スペード》を使うが――」

「おいおい」警視はにやりとした。「子供じみた想像はよそう。いくらなんでもそれはない。博士はおまえのことを指してはいないよ、ボーンズ」

「スペードか」エラリーがぽつりと言った。「もしそれに何かの意味があるとするなら――ぼくはないと思うけど――スペードは死のしるしだ。昔からそう決まってる」

エラリーは目を険しく細め、父親だけに注意を集中していた。

「ただ、スペードにどんな意味があるにせよ、そこは肝心な点じゃない。肝心なのは6という数です。6という数はみなさんにとって何か意味がありますか」

一同は警視を見つめた。

「なさそうですね」警視は小さく笑った。「まあ、わたしも数に意味があるとは考えていません。6という数字がここにいるだれかを指しているなどとはね。秘密結社だとかその手の空言を書いた探偵小説のなかならまだしも、現実の生活ではまずありえない。では、数字としての6に意味がないとすれば、ひとつの語としての6はどうでしょう?」笑みを消して冷徹な顔になる。「ゼイヴィア夫人、あなたはミドルネームをお持ちでしょうね」

夫人は口に手をあてた。「はい」と弱々しく答える。「イゼールです。旧姓の。わたくしはフランス生まれですので……」

「サラ・イゼール・ゼイヴィア(Sara Isere Xavier)」警視は改まった声で言った。ポケットに手を突っこんで、淡い色の名前入り便箋《びんせん》をこれ見よがしに取り出した。便箋の上端に、三つの頭文字がついている。「ゼイヴィア夫人、二階の大きい寝室の、あなたの机のなかにこの便箋がありました。あなたのものですね?」

夫人はふらつきながら腰をあげた。「ええ。ええ。そうですが——」

警視は目をまるくしている面々によく見えるよう、その便箋を高く掲げた。印刷された頭文字は〝SIX〟だ。警視は手をおろし、前へ進み出た。「ゼイヴィア博士は、命ある最期の瞬間に、自分を殺したのは〝SIX〟だと訴えたのです。あなたの頭文字のふたつがSとXであることに気づいたとき、ぴんときましたよ。ゼイヴィア夫人、夫殺害の容疑で逮捕されるものと覚悟しなさい!」

この恐るべき瞬間、台所にいるフランシスの楽しそうな笑い声が一同の耳にかすかに響いてきた。カロー夫人は右手を胸にあて、死人のように蒼白《そうはく》になった。アン・フォレストは震えている。ホームズ博士は、ふらつきながらみなの前に立つ長身のゼイヴィア夫人を、不信と嫌悪、そして高まる怒りのこもった目で凝視している。マーク・ゼイヴィアは椅子の上で体を硬くし、顎《あご》の筋肉だけをひくつかせている。ボーンズは、勝ち誇った目つきでゼイヴィア夫人をにらみつけながら、神話に登場する復《ふく》讐《しゅう》の化身のごとくたたずんでいた。

警視はきっぱりと言った。「あなたは、夫の死によって莫大《ばくだい》な遺産がはいってくることをご存じでしたね？」

夫人は荒い息をして、じわりとあとずさった。「ええ――」

「あなたはカロー夫人に嫉妬《しっと》していたんでしょう？　正気でいられないほどに。自分の鼻の先でふたりが不貞らしきものを働いているのを見るのが我慢できなかったんですね？　――ふたりはずっと、カロー夫人のご子息たちのことを話し合っていただけだというのに！」警視は鋭い視線をそらすことなく、白髪で小柄な天罰の神さながらに夫人に詰め寄った。

「ええ、ええ」夫人はあえぎながら、また一歩退いた。

「あなたはゆうべ、カロー夫人のあとをつけて階下へおりたあと、夫人がご主人の書斎にそっとはいり、しばらくしてまたそっと出てくるのを見て、嫉妬で気が変になりかけたんでしょう？」

「ええ」消え入りそうな声で言う。

「あなたは書斎へはいり、抽斗《ひきだし》から拳銃《けんじゅう》をつかみ出して、夫を撃ち殺した。博士を殺害したんです。そうでしょう、ゼイヴィア夫人？　殺害しましたね？」

夫人は椅子の端につかえて止まった。そこでよろめいて、どさりと椅子にすわりこむ。その口は、水族館のガラス越しに見る魚のように音もなく動いていた。

「ええ」夫人はささやき声で言った。「ええ」

どんよりした黒い瞳《ひとみ》がうわずったかと思うと、夫人は体を激しく痙攣《けいれん》させ、気を失った。

10　左と右

　恐ろしい午後だった。太陽がすべてを制圧した。それはすさまじい溶解力で降り注ぎ、家と岩々を灼熱《しゃくねつ》地獄に変えた。だれもが肉体を具《そな》えた幽霊のごとく家のまわりを徘徊《はいかい》し、ろくに口をきかず、互いを避け合い、汗でぐっしょり濡《ぬ》れた着衣と、だるい手脚のせいで肉体的に弱り、精神的にも打ち沈んで疲弊していた。双子さえもがしょげこんでいた。ふたりはだまってテラスにすわり、目をまるくして大人たちを見守っていた。

　失神したゼイヴィア夫人は、ホームズ博士とフォレスト嬢に委《ゆだ》ねられた。この驚くべき若い婦人は、カロー夫人に雇われる前の数年間、看護師として豊富な経験を積んでいたことがわかった。男たちはゼイヴィア夫人の重い体を、二階の——いまや主《あるじ》を失った——寝室へ運んだ。

「薬を与えてしばらく眠らせたほうがいいでしょうね、博士」横たわった美しい体を見おろしながら、警視がやんわりと言った。その目に得意げな色はなく、疎ましさだけが浮かんでいた。「この人は神経過敏なタイプだ。こういう人は、ごくわずかな感情の乱れで取り返しのつかないことをしでかすものです。正気に返れば、自殺を図りかねない。本人にとっては、そのほうがいいのかもしれないが。気の毒な人だ……。注射でもしてあげなさい」

ホームズ博士はだまってうなずいた。そして実験室へおりていき、薬を満たした注射器を持ってもどった。フォレスト嬢が有無を言わせず男たちを寝室から追い払った。その日の午後はずっと、彼女と医師が交替で、眠っている夫人のそばに付き添った。

ウィアリー夫人は、女主人は罪を問われても仕方がないと話した。少しばかり泣いたが、心底悲しんでいるふうではなかった。涙を絞り出しつつ、自分はつねづねこう思っていたと警視に告げた。「――このぶんではろくなことになるまい、と。奥さまは嫉妬深すぎたのです。旦那《だんな》さまは、それはもう愛すべき、親切で善良で立派な、ほかの女性になど目もくれないかたでした！　ご結婚なさるずっと前から、わたくしは家政婦をさせていただいておりましたし、奥さまは新婚早々からあの調子でした。嫉妬のことです！　異常なほどでございました」

警視は低くうなずいて、現実的な話にもどった。この家の者たちはゆうべからまったく食べ物を口にしていない。どうか気を落ち着けて、間に合わせでいいから昼食を用意してもらえまいか。自分はもう餓死寸前だ、と。

ウィアリー夫人はため息をつき、すでに乾いた涙を最後にひと拭《ふ》きして、台所の戸棚のほうへ足を向けた。

「とは言いましても」立ち去ろうとしかけた警視に、ウィアリー夫人は情けない声で言った。「申しわけないことに、この家にはもう食料があまり残っていないのです」

「なんだって？」警視は足を止めて鋭く言った。

「ですから」ウィアリー夫人は鼻をすすって言った。「缶詰などの保存食品はいくらかございますけれど、生物《なまもの》は――牛乳や卵やバターや肉類は――もうじき切れてしまいます。オスケワの食料品屋が週に一度配達してくれるのです――この大変な山道を、長時間かけて。きのうが配達の日だったのですけれど、この恐ろしい山火事の――」

「では、できるものでまかなってください」警視は穏やかに言って、その場を去った。人目につかない廊下の暗がりに出たところで、力なく口をゆるめる。事件は解決したにもかかわらず、何もかもがお先真っ暗だった。ふと電話のことを思い出し、よみがえった希望を胸に居間へと急いだ。

しばらくして、警視はがっくりと肩を落として受話器を置いた。回線は不通だった。いよいよ来るべきときが来た。火の手が電柱に達し、電話線が焼け落ちたのだ。外界との連絡手段は完全に断たれてしまった。

みなをこれ以上不安にさせてもはじまらない。警視はそう考えながらテラスへ出て、双子に無意識に微笑みかけた。休暇をとるように仕向けたおのれの運命を呪った。それはそうとエラリーは……。

警視がはっと気づいたそのとき、ウィアリー夫人が玄関広間から重い足どりで出てきて、昼食の支度ができたと告げた。

エラリーはどこだ？　警視はいぶかしんだ。みなでゼイヴィア夫人を二階へ運びあげたあとすぐに、どこかへ消えたままだった。

警視はポーチのへりまで行き、焼けつくような日差しのなかに散在する岩のあたりをじっと見た。生き物のいないほかの惑星の表面に劣らず、不毛で険しい荒れ地だ。すると、家の左手のいちばん近い立木の下に白いものが見えた。

エラリーが、ナラの木陰で足を投げ出して寝転がり、組んだ両手に頭を載せて、緑の梢《こずえ》を一心に見つめていた。

「昼食だぞ！」警視は両手をまるめて口にあてて叫んだ。

エラリーははっと動いた。それから大儀そうに起きあがり、服のほこりを払って、のろのろと家のほうへ歩いてきた。

会話のほとんどつづかない、陰気な食事だった。料理は質素で品数が妙に多かったが、それはたいして問題ではなかったようだ。というのも、みな食欲がなく、何を口に入れているのかもろくに意識せずに、黙々と食べていたからだ。ホームズ博士はまだ二階のゼイヴィア夫人に付き添っていて、その場にいなかった。食事をすませたアン・フォレストが無言で席を立って出ていった。ほどなく若い医師が姿を現し、すわって食事をはじめた。だれも何も言わなかった。

昼食のあとは、みな散り散りになった。幽霊と呼ぶにはかなりの想像力を必要とするスミス氏でさえ、さすがにこの日は幽霊めいて見えた。すでにウィアリー夫人から食事をあてがわれていたので、ほかの面々とは昼食をともにしていない。頑《かたく》なに孤立したままで、近づいてくる者もいなかった。自分の体に劣らずゴリラ並みにふくれあがった湿っぽい葉巻を噛《か》みながら、午後じゅう重い足どりでテラスを歩きまわっていた。

「何をくよくよ悩んでいる？」警視はエラリーに尋ねた。昼食後、シャワーを浴びて着替えをするため、自分たちの部屋に引きあげたときのことだ。「そんなしけた顔をしていると、顎《あご》がひん曲がってしまうぞ！」

「別に、なんでもないよ」エラリーはつぶやいて、ベッドにどさりと身を投げた。

「ただいやになっただけさ」

「いやになった？　何がだ」

「自分が」

警視はにやりと笑った。「あの便箋《びんせん》を見つけそこねたからか？　おまえばかりがいつも運に恵まれると思うなよ」

「いや、そのことじゃない。あれはほんとうにお手柄だったよ。謙遜《けんそん》しなくていい。それとはまた別のことだから」

「というのは？」

「それこそが」エラリーは言った。「悩みの種なんだよ」頬をこすりながら、苛立《いらだ》たしげに半身を起こす。「直感とでも言うのか——便利なことばだね。だけど何かがぼくの意識の壁をすり抜けて、心に迫ろうとしてるんだ。ただぼんやりとそこにいる幽霊みたいなものさ。それがなんだか、どうしてもわからない」

「シャワーでも浴びろ」警視はいたわる調子で言った。「たぶん、ただの頭痛だろう」

ふたりとも着替えをすませると、エラリーは裏の窓のほうへ行き、しかめ面で深い谷をながめた。警視はせかせかと動きまわって、衣装戸棚に服を吊《つる》した。

「長い滞在になりそうだな」エラリーは振り向きもせず、そうつぶやいた。

警視は目を見開いた。「いや、そのあいだにもすることはあるぞ」ようやく口を開く。「わたしの勘では、退屈していられるのもあと二、三日だ」

「と言うと？」

警視は答えなかった。

やがてエラリーが言った。「この事件に関しては、専門家の立場に徹したほうがいいだろうね。下の書斎のドアには鍵《かぎ》をかけたのか」

「書斎？」警視はまばたきをした。「いや、かけていない。なぜそんな必要が？」

エラリーは肩をすくめた。「先々のことはわからないさ。あの部屋へ行ってみよう。少々血生ぐさい雰囲気に浸りたくなってきたしね。いま言った幽霊だって、ひょっこり姿を現すかも」

ふたりはがらんとした家のなかを歩いて階下へおりた。スミス氏がテラスにいるほかには、だれの姿も見えなかった。

犯行現場は、最後にふたりが見たときと何も変わっていなかった。エラリーは警戒心のかすかな疼《うず》きにとらわれ、部屋じゅうを徹底的に調べた。けれども、カードの載った机にも、回転椅子にも、戸棚にも、凶器の拳銃《けんじゅう》にも、弾薬にも――手がふれられた形跡はなかった。

「おまえも小うるさいやつだな」警視は愉快そうに言った。「にしても、その拳銃を置きっぱなしにするのはたしかにまずい。弾薬もだ。もっと安全な場所にしまうことにするか」

エラリーは憂鬱《ゆううつ》な顔で机の上をながめていた。「このトランプも片づけたらどうかな。なんと言っても、証拠物件だから。まったく、前代未聞の事件だよ。死体は冷蔵庫に詰めこまなきゃならない、所轄の役人が来るまで証拠品も保管しなきゃならない、自分たちは——たとえて言うなら——爪先《つまさき》をこんがり炙《あぶ》られかかってる……。参ったよ！」

エラリーはカードを掻《か》き集めたのち、全部の裏表を同じ向きにそろえ、きっちり重ねて父親に渡した。スペードの6の引き裂かれたカードと、握りつぶされた残り半分は、しばしためらったあと、ポケットにしまった。

実験室へ通じるドアの一方の鍵《かぎ》穴に鍵が差してあるのを見つけた警視は、実験室へのドアをふたつとも閉め、書斎の側から施錠した。図書室へのドアは、自身のキーケースにある汎用の鉄の合い鍵で施錠し、横断廊下側のドアもやはりその鍵で外から施錠した。

「その証拠物件はどこに保管するつもりなのかな」階段をのぼりかけたとき、エラリーが訊《き》いた。

「さあな。ぜったいに危険のない場所を探さなくては」

「なぜ書斎に置いてこなかったんだ。手間をかけて四つともドアを施錠したのに」

警視は顔をしかめた。「横断廊下と図書室からはいるドアは、子供にだってあけられる。恰好《かっこう》をつけるために鍵をかけただけだ……。おや、なんだろう」

主寝室の開いたドアの周辺に人が群れ集まっていた。ウィアリー夫人とボーンズまでいる。

クイーン父子がみなを押し分けてはいっていくと、ホームズ博士とマーク・ゼイヴィアがベッドの上にかがみこんでいた。

「どうしました」警視が鋭く言った。

「夫人が意識を取りもどしたんです」ホームズ博士があえぎつつ言った。「それでちょっと暴れていまして。押さえててくれますか、ゼイヴィアさん。フォレストさん――ぼくの注射器を……」

男ふたりに押さえつけられたゼイヴィア夫人は、腕と脚を殻竿《さお》のようにばたつかせ、懸命にもがいていた。うつろに目を見開いて、天井をにらんでいる。

「待て」警視がつぶやいた。ベッドに身をかがめ、歯切れのいい明瞭《めいりょう》な声で言う。「ゼイヴィア夫人！」

腕と脚のばたつきがやみ、目に意識がもどった。夫人はそらしていた顎を引き、やや朦朧《もうろう》と視線をさまよわせた。

「ばかな真似はやめなさい、ゼイヴィア夫人」警視は同じきびしい調子でつづけた。「そんなことをしたって、どうにもなりませんよ。およしなさい！」

夫人は身震いをして目を閉じた。それからまた目を開き、さめざめと泣きはじめた。男ふたりは安堵《あんど》の息をついて身を起こした。マーク・ゼイヴィアは額の汗をぬぐい、ホームズ博士はがっくりと肩を落として顔をそむけた。

「もうだいじょうぶでしょう」警視は静かに言った。「だが博士、この人をひとりきりにしてはいけません。おとなしくしているあいだもですよ。また手に負えなくなったら、眠らせることです」

そのとき意表を突いて、ベッドから、かすれているが落ち着いた女性の声がした。

「もうご面倒はおかけしません」夫人は言った。

「それはけっこう、ゼイヴィア夫人、けっこうです」警視はやさしく言った。「ところでホームズ博士、あなたならご存じかもしれない。この家のどこかに、品物を安全にしまっておけるところはありませんか」

「そうですね、この部屋の金庫がいいんじゃないでしょうか」医師は無頓着《むとんちゃく》に答えた。

「なるほど……いや、まずいな。品物というのは――証拠物件なのでね」

「証拠物件？」ゼイヴィアが驚いた声を出した。

「書斎の博士の机の上にあったトランプですよ」

「ああ、あれか」

「居間に空のスチール戸棚がございます」廊下にいる集団のなかから、ウィアリー夫人がおずおずと言った。「それも金庫のたぐいですけれど、旦那《だんな》さまは一度もお使いになったことがございません」

「組み合わせ番号はだれが知っているのかね」

「そういうものはございません。何やら変わった形の錠と、変わった形の鍵があるだけです。鍵はあの大きなテーブルの抽斗《ひきだし》にはいっております」

「よろしい。それがもってこいだろう。ありがとう、ウィアリー夫人。行くぞ、エル」警視はそう言って、みなの注目を浴びながら寝室を出ていった。エラリーは怪訝《けげん》な顔で、あとをゆっくりついていった。一階への階段をおりながら、エラリーは物問いたげに片方の眉《まゆ》をあげ、父親に目をやった。

「さっきのはまちがいだったな」とつぶやく。

「なんだと？」

「そう、言いまちがいだ」エラリーは辛抱強く繰り返した。「だけど、なんの問題もない。重要な証拠物件は、ぼくがこのポケットにしまったほうなんだから」ふたつに裂かれたカードのはいったポケットを叩《たた》く。「これはおもしろいことになるかもな。一種の引っかけだね。父さんはそれを狙ってたのかい」

警視はばつの悪そうな顔をした。「いや……そういうわけじゃない。そんなふうには考えもしなかった。おまえの言うとおりかもしれない」

ふたりはだれもいない居間にはいって、戸棚を探しあてた。それは暖炉のそばの壁に具《そな》えつけられ、正面は壁の腰板と合う色に塗ってあったが、隠し戸棚なのは一目瞭《いちもくりよう》然《ぜん》だった。エラリーは大きなテーブルの上段の抽斗をあけ、鍵を見つけた。しばらくためつすがめつしていたが、やがて肩をすくめて、父親にそれを投げ渡した。

鍵を受け止めた警視は、むずかしい顔で重みをたしかめたのち、戸棚の解錠にかかった。かちり、かちりと複雑な音を立てて、装置が作動する。深く引っこんだ棚の内部は空だった。警視はひとまとめにしたトランプをポケットから取り出し、しばしながめて大きく息を吐いたあと、棚の底面にぞんざいに置いた。

テラスのほうからかすかな物音がして、エラリーはくるりと振り返った。フランス窓の向こうに、スミス氏の大きな図体《ずうたい》が現れた。まるい鼻をつぶれるほどガラスに押しつけ、あからさまにふたりの行動をうかがっている。エラリーが動いたのを見るや、スミス氏はやましげな顔になり、さっと上体を起こして立ち去った。テラスの床板をきしませる、象のような足音が響いてきた。

警視はポケットから凶器の拳銃と弾薬箱を取り出した。逡巡《しゅんじゅん》したのち、それらをポケットへもどす。「いや、よそう」とつぶやいた。「危険すぎる。わたしが持っていよう。この戸棚の鍵《かぎ》がひとつきりかどうかも調べないとな。さて、ここはこれでよし」そして扉を閉めて鍵をかけ、その鍵を自分のキーケースにつけた。

午後の時間が過ぎるにつれ、エラリーはますます無口になった。警視はあくびをし、息子を好きにさせておくことに決めて、昼寝をしに二階の自室へ向かった。ゼイヴィア夫人の寝室のドアの前にさしかかると、ホームズ博士が手を後ろで組んで正面の窓の前にたたずみ、夫人が目を見開いたまま静かにベッドに横たわっているのが見えた。ほかの者の姿はなかった。

警視はほっと息をついて通り過ぎた。

一時間後、警視が見るからに活力を取りもどして部屋から出てきたときには、夫人の寝室のドアは閉まっていた。ドアをそっとあけて、中をのぞいた。ゼイヴィア夫人は先刻と同じように横たわっていた。ホームズ博士も窓のそばから動いた様子がない。だがこんどは、フォレスト嬢の姿が見え、ベッドのそばの寝椅子《シェーズ・ロング》で目を閉じて横になっていた。

警視はドアを閉めて階下へおりた。

テラスには、カロー夫人、マーク・ゼイヴィア、双子、そしてスミス氏がいた。カロー夫人は雑誌を読んでいるふうを装っていたが、目は曇り、顔は左右に動いていなかった。スミス氏はぼろぼろになった葉巻の端を噛《か》みながら、相変わらずテラスを歩きまわっていた。双子はチェスに興じ、磁石の仕込まれた小型の盤上で金属の駒を熱心に動かしていた。マーク・ゼイヴィアは椅子に半ばもたれかかり、頭を胸にうつむけて眠っている様子だった。

「息子を見かけませんでしたか」警視はだれにともなく尋ねた。

フランシス・カローが顔をあげた。「ああ、警視さん！」快活に言う。「クイーンさんですか？　一時間ぐらい前に、あっちの木陰のほうへ行くのを見ましたよ」

「トランプをひと組持ってました」ジュリアンが付け加えた。「おい、フラン、きみの番だぞ。このゲームはぼくの勝ちみたいだな」

「ちがうね」フランシスがやり返した。「きみにビショップをとらせて、ぼくがクイーンをとれば、負けやしないさ。どんなもんだ」

「ちぇっ」ジュリアンは悔しそうに言った。「降参だよ。もう一ゲームやろう」

カロー夫人がほんの少し微笑んで顔をあげた。警視は夫人に微笑み返し、空を見あげたのち、正面の階段から砂利敷きの小道へおりた。

左へ曲がり、昼食前にエラリーが寝転んでいた木立のほうへ足を向けた。すでに日が傾き、空気はそよとも動かず蒸し暑い。空はさながら、色鮮やかな光でぎらついた真鍮《しんちゅう》の円盤のようだ。そこでふと、嗅覚《きゅうかく》が働いて、はたと足を止めた。かすかな風が、鼻を突く臭気を運んできた。これは――森が燃えているにおいだ！　警視は驚いて、森のすぐ上の空を見あげた。煙は見えなかった。風向きが変わったのだ、と不機嫌に考える。こんどまた風向きが変わるまでには、樹脂が燃えるこの悪臭のせいで、みな息もできなくなってしまうかもしれない。さらに歩いていくと、大きな灰がはらりと手の上に舞い落ちてきた。すぐさまそれを払いのけ、先を急いだ。

警視は森のはずれの木陰に逃げこみ、奥の暗がりをのぞいた。開けたまぶしい場所にいたあとなので、目が少し痛い。エラリーの姿はどこにも見えなかった。その場にじっととどまり、暗さに目が慣れるのを待ってから、物音に聞き耳を立てつつ進んでいった。鬱蒼《うっそう》とした木々が頭上に迫り、熱を帯びた緑の葉のにおいで息苦しくなった。

エラリーの名を大声で呼ぼうとしたとき、右手のほうから、何かを裂くような奇妙な音が聞こえた。忍び足でその方向へ近づき、大きな木の幹に隠れてそっと様子をのぞき見た。

十五フィート先で、エラリーがヒマラヤ杉に寄りかかり、おかしな作業に没頭していた。周囲一面に、ちぎって握りつぶしたカードの切れ端が散らばっている。警視が姿を目にしたときも、エラリーは体の前に両手をあげ、それぞれの親指と人差し指で一枚のカードの上端を慎重につまんでいた。それから対面の木の高い梢《こずえ》に視線を据え、至って無頓着にカードを引き裂く。そして同じく無頓着な手つきで、カードの半片を握りつぶしてほうり投げた。すぐに視線を落とし、手に残ったほうの半片をじっと観察したのち、低くうなってそれを地面に投げ捨て、上着のポケットに手を突っこんで新たなカードを取り出した。それをしっかりつかみ、視線をそらし、引き裂き、握りつぶし、観察するという一連の不思議な動作を繰り返した。

警視はしばらくのあいだ、眉をひそめて息子を見つめていた。やがて、足を動かした拍子に小枝を踏んだ。音のしたほうへエラリーの頭がさっと振り向けられた。

「なんだ、父さんか」エラリーは緊張を解いて言った。「よくないな、そういうのは。いつか銃弾を食らう羽目に陥るよ」

警視は不機嫌な顔をした。「さっきから何をやっているんだ」

「重要な調査だよ」エラリーは渋い顔で答えた。「さっき話してた例の幽霊の実体をつかもうとしてるんだ。目に見える形になりかけてる。ほら！」ポケットに手を突っこみ、また新たなカードを取り出した。警視の見たところ、それは前夜に娯楽室で目にしたひと組のなかの一枚だった。「ちょっと手伝ってもらえるかな、父さん」唖然《あぜん》としている父親の手にカードを押しつける。「そのカードをふたつに引き裂いて、片方を握りつぶして捨ててくれるかい」

「なんのためにそんなことを？」警視は訊《き》きただした。

「いいから、やってみてくれ。疲れた刑事のための、新手の息抜きだよ。引き裂いて片方を握りつぶすんだ」

警視は肩をすくめ、言われたとおりにした。エラリーは警視の手から目を離さない。

「それで？」警視は手に残った一片をながめながら、うなるように言った。

「ふうん。おもしろいな。うまくいくとは思ってたけど、ぼくは目的を意識してやってたから、確信がなかったんだ。ある結果を期待してテストをすると、これだから困るんだな……。しかし、待てよ。もしこのとおりだとすると――どうやらユークリッドの公理並みに確実らしいけど——残る問題はただひとつ……」エラリーはカードの散らばった木の下でしゃがみこみ、下唇を吸いながら放心状態で地面を見つめた。

警視は苛立《いらだ》ちはじめながらも、気を取りなおし、深遠でまちがいなく難解な息子の考察を、もう少し辛抱して待つことにした。これまでの経験から、エラリーが目的もなしに奇怪な行動をとることはまずないと承知していた。日に焼けた額の皺《しわ》の奥では、かならずや何か重大なことが起こっているにちがいない。その可能性を思い、かすかな光明を見出したような気さえしてきたとき、エラリーが異様に目を光らせて急に立ちあがり、警視を驚かせた。

「解けたぞ！」エラリーは叫んだ。「まったく、なぜ気づかなかったんだろう。あんないのはこれと比べたら子供だましだ。そう、よくよく考えても理にかなってる……。これが正しいにちがいない。不幸にも虐げられてきた観察と推論の方式が、晴れて正当と証明されたんだ。乾杯！　行こう、父さん。幽霊が正体を現すところを見せてあげるよ。けさからぼくの頭蓋骨《ずがいこつ》にこびりついていたあの小さな幽霊に、感謝する人が出てくるぞ！」

エラリーは、真剣な顔つきながらも明らかに意気揚々と、森の出口へ急いだ。警視はみぞおちにかすかな重苦しさを感じつつ、小走りでその後ろをついていった。

エラリーはポーチの階段を駆けあがり、いくぶん息をはずませて周囲を見まわした。

「みなさん、ぼくたちといっしょに少しのあいだ二階へ来てくださいませんか。これからちょっと大事なことをするもので」

カロー夫人が驚いて立ちあがった。「わたくしたち全員？　大事なことなのですか、クイーンさん」双子が小型のチェス盤を落として跳ね起き、大きく口をあける。

「まちがいなくそうです。ええと――スミスさん、あなたも来てください。それからゼイヴィアさん、あなたもぜひ。フランシスとジュリアン、もちろんきみたちも」

エラリーはみなを待たずに家のなかへ駆けこんでいった。カロー夫人と男ふたりと双子は、不安と狼狽《ろうばい》のこもったまなざしで警視を見つめたが、警視は――いつものごとく――しかつめらしく自分の役割に徹していた。万事承知しているかのような、厳格そのものの表情を崩さない。けれども内心では、一同につづいて室内へ進みながら、何がはじまるのかと怪訝《けげん》に思っていた。みぞおちの重苦しさは増すばかりだった。

「さあさあ、はいってください」ゼイヴィア夫人の寝室の入口でいぶかしげに立ち止まる面々に向かって、エラリーは陽気に言った。人殺しを自白した女は、ベッドの上に両肘《りょうひじ》を突き、エラリーの物言わぬ背中を、ある種の抗《あらが》いがたい恐れをたたえた目で見つめていた。フォレスト嬢は立ちあがっていて、顔が青白く、見るからに不安そうだ。ホームズ博士は謎めいた目でエラリーの横顔をしげしげとながめていた。

ぞろぞろと室内へはいった面々は、ベッドの上の夫人から一様にぎこちなく目線をはずした。

「別に堅苦しいことはしませんよ」エラリーは同じ軽い調子でつづけた。「お掛けください、カロー夫人。おや、あなたは立ったままがいいんですか、フォレストさん。まあ、疲れるほど長くはかかりませんがね。ウィアリー夫人はどこでしょうか。ボーンズは？　ボーンズにも来てもらわないと」廊下へ出ていき、家政婦と雑用係を呼ぶ声を響かせる。ボーンズが室内へもどってまもなく、肥えた女と痩《や》せた老人が心配そうな青い顔で現れた。「さあさあ、中へ。さてこれから、緻密《ちみつ》に仕組まれた犯罪の企《たくら》みを実証してご覧に入れます。過ちを犯すのは人のつね――ぼくたちが相手にしているのが生身の人間であってよかった！」

この意味深い発言はただちに効果を及ぼした。ゼイヴィア夫人が黒い目を見開き、両手でシーツをつかんでゆっくりと上体を起こした。

「何を――」と言いかけ、乾いていた唇をなめる。「あなたはまだ言いたいことがおありなの――わたくしについて？」

「赦《ゆる》すという神の美徳についても……むろん、あなたもそれは覚えておいででしょうけどね」エラリーは早口につづけた。「ゼイヴィア夫人、落ち着いてください。いささか衝撃的な事実が判明しそうです」

「早く要点を言ったらどうだ」マーク・ゼイヴィアが不平を漏らした。

エラリーは冷ややかな目でゼイヴィアを見据えた。「この実証をするあいだ、どうか口出しはしないでもらえますか、ゼイヴィアさん。ひとつ指摘しておきたいのですが、罪というのは非常に意味の広いことばです。ぼくたちはみな、罪人《つみびと》に石を投げる生き物です――真っ先に石を投げる、と言ったほうがいいかな。そのことをよく覚えていてください」

ゼイヴィアは困惑の面持ちだった。

「それでは」エラリーは静かに言った。「実演にはいりましょう。これからみなさんに」ポケットに手を突っこみながらつづける。「カードの手品をお目にかけます」トランプのカードが一枚出てきた。

「カードの手品！」フォレスト嬢が息を呑《の》んだ。

「ええ、実に珍しいカードの手品です。かの不滅の奇術王フーディーニのレパートリーにもなかった演目です。とくとご覧あれ」エラリーはそのカードを一同の前で掲げてみせた。両手の親指を向き合わせるようにしてカードの表を押さえ、ほかの指で裏を押さえている。「いまからこのカードを使って、これをふたつに引き裂き、半分ずつになった片方を捨てるという動作をします」

一同は息を詰めて、エラリーの手にあるカードを注視した。警視はひとりうなずき、音をさせずに深く息をついた。

　エラリーは左手でカードをしっかり支え、右手をすばやく動かしてカードを半分に裂いた。そして右手に残った半分を手早く握りつぶして投げ捨てた。それから、左手を高く掲げた。その手にはカードの残り半分があった。

「どうかよく見てください」エラリーは言った。「どういうことが起こったか。ぼくはこのカードをふたつに引き裂こうとしました。この単純ではあるが驚くべき指先の妙技を、ぼくはどのようにしてやってのけたでしょう？　そう、右手の力で裂き、右手で握りつぶし、不要な半分を右手で投げ捨てたのです。こうしてぼくの右手は空になり、左手はふさがっています。左手にあるのは」鋭い声で言う。「この一連の動作をやりとおすあいだ、ずっとここにあったカードです。ぼくの左手は、右手が加えた力を受け止める以外にはなんの仕事もせず、握りつぶさなかった残り半分の置き場所となっています」

　エラリーは一同の呆然《ぼうぜん》とした顔を、きびしい目でひとわたりながめた。もはや態度にも浮ついた感じはなかった。

「これらすべては何を意味しているでしょう？　ぼくが右利きの人間であるということにすぎません。つまり、手を使う作業のいっさいを、右手が担うということです。手先の作業をするとき、ぼくは無意識に右手を使います。これはぼくの肉体を成り立たせる大きな特質のひとつです。明確な意志の力なしには、左手ではどんな手ぶりも動作もできません……。そして肝心なのは、ゼイヴィア博士もまた右利きだったということです」

　そこでみないっせいに、はっとした顔つきになった。

「ぼくの言いたいことがおわかりになったようですね」エラリーは真剣な声でことばを継いだ。「スペードの6の握りつぶされなかった半分は、ゼイヴィア博士の右手にありました。ところが、いまぼくが実証したとおり、右利きの人間が、引き裂き、握りつぶし、その半分を捨て、残りの半分を手に残すといった動作をする場合、その残り半分は左手に残っているものです。ふたつに裂かれたカードのそれぞれに実質的なちがいはありませんから、どちらの半分を残そうかという心理は問題になりません。すなわち、いま説明したように、残り半分はかならず、仕事をしなかったほうの手に残るわけです。すなわち、あのカードの残った半分は、ゼイヴィア博士のまちがったほうの手にあったことになります。すなわち、カードを引き裂いたのはゼイヴィア博士ではありません。すなわち、だれかほかの人物があのカードを引き裂いて、ゼイヴィア博士の手に持たせたのです。その人物がじゅうぶんな考慮をせず、ゼイヴィア博士は右利きだからカードも右手に持った状態で発見されるべきだと判断を誤ったのも、無理はありません。すなわち」そこでことばを切ったエラリーの顔を悔恨の色がよぎった。「殺人を犯したとしてゼイヴィア夫人を不当に責め、耐えがたい精神的苦痛を与えたことを、ぼくたちは深くお詫《わ》びしなくてはなりません」

　ゼイヴィア夫人はあんぐりと口をあけていた。そして、暗黒のなかからまぶしい陽光のなかに出てきたように目をしばたたいた。

「というのも、おわかりのとおり」エラリーは静かにつづけた。「スペードの6の握りつぶしていない半分を死者の手に持たせたのが、だれか別の人物だったのなら、ゼイヴィア夫人を夫殺しの犯人だと訴えたのは――死者ではなく――その別の人物なのです。しかし、死者自身が告発者でなかったとすると、この事件の様相は大きく覆ります。ここには、罪のある女性ではなく、不当に責められた女性、罪を着せられた女性がいることになるのです！　殺人者ではなく、お決まりの罠《わな》にはめられた罪なき犠牲者です。そしてその罠を仕掛けた人物は、真犯人でなくてだれでしょう？　潔白な人間に殺人の疑いを向けさせる動機を、犯人以外のだれが持っているでしょう？」そこで身をかがめ、握りつぶして捨てたカードの半分を拾いあげる。そして両方の紙片をポケットにおさめた。「この事件は」ゆっくりと口にする。「解決されたどころか、はじまったばかりです」

　室内はしばらく、肌を刺すような静けさに包まれたが、だれよりも静かだったのはゼイヴィア夫人だった。夫人は枕に身を預け、両手で顔を覆っていた。ほかの者たちはただちに、そしてこっそりと互いの顔色をうかがいはじめた。ウィアリー夫人はうめき声をあげ、ドアの木枠に力なくもたれかかった。ボーンズはすっかり仰天した様子で、ぎらついた目をゼイヴィア夫人からエラリーへと移した。

「で――でも」フォレスト嬢がベッドの上の夫人を見つめながら言った。「なぜこのかたは――なぜ――」

「ごもっともな質問です、フォレストさん」エラリーは小声で言った。「それはぼくが解決しなくてはならない第二の問題でした。第一の問題を解決し、ゼイヴィア夫人が潔白だと結論したとき、当然ながらこんな疑問が湧きました。潔白であるなら、夫人はなぜ犯行を自白したのか？　ただ、それは」そこで間を置く。「少し考えればおのずとわかります。ゼイヴィア夫人」やさしく声をかけた。「あなたはなぜ、潔白の身でありながら、罪を認めたのですか」

夫人は胸を苦しげに波打たせて、嗚咽《おえつ》しはじめた。警視が背を向け、窓へ歩み寄って外を見つめた。人生がひどく惨めに思えた瞬間だった。

「ゼイヴィア夫人」エラリーはささやいた。ベッドの上にかがんで、夫人の手にふれる。両手が顔から離れて落ち、夫人は涙の止まらぬ目でエラリーを見あげる。「あなたは実に立派な女性だ。しかしぼくたちは、自分を犠牲になさるのを見過ごすわけにはいきません。あなたはだれをかばっているのですか？」

第三部

「それはまるで、満身の力をこめて頑丈なドアに体あたりし、困憊《こんぱい》のすえにそのドアを打ち破ったときのようだ。しばらくは明るい光に眩惑《げんわく》され、室内の実状を見ている気になる。やがて目が慣れると、見えたと思った部屋の詳細はぼやけた幻想であり、そこは空っぽの部屋にすぎなくて、奥の壁に頑丈なドアがもうひとつあるとわかる……。尋常でなく巧妙に仕組まれた事件を担当するとき、犯罪捜査官はだれしも、そういった感覚に襲われるものではないかとわたしは思っている」

――リチャード・クイーン著『過去のそぞろ歩き』（一二三二ページ）

11　墓場

　ゼイヴィア夫人の顔に表れた変化は著しかった。それはまるで、造作のひとつひとつが石に変わっていくかのようだった。まず皮膚が硬く張り、口もとや顎《あご》がそれにつづいた。皮膚はコンクリートを流しこんだようにのっぺりと平らになり、全身が硬質な鋳物と化した。この独特の瞬間再生術によって、ゼイヴィア夫人はたちまち年齢不詳の若さを取りもどした。

　夫人はモナ・リザの半微笑に似た、例の笑みさえ浮かべた。しかし、エラリーが首をかしげて尋ねた質問には答えなかった。

　警視はゆっくりと後ろへ向きなおり、例のごとく操り人形の顔つきをした人々を見まわした。またこれか、とつくづく思う――何かを隠そうとすると、どいつもこいつもあの無表情な人形面になる。殺人事件の捜査ともなれば、だれもが何かを隠そうとする。そうしたやましげな表情からは、何ひとつ読みとることができなくなる。ただ、過去の苦い経験から知ったことだが、罪の意識というのは、人それぞれの動物的特性によって差が出るものにすぎない。罪を語るのは顔ではなく心だ。警視は深く息をつき、コロンビア大学の教授をしている友人に頼んで嘘発見器を調達したいとまで考えた。とりわけこういう事件では……。

エラリーが身を起こし、鼻眼鏡をはずした。「では、このたったひとつの重要な事柄について、ぼくたちは答を得られないということですね?」考えこむように言う。「ご承知でしょうが、ゼイヴィア夫人、回答を拒否すると、あなた自身も事後従犯になってしまいますよ」

「何をおっしゃっているのか、わたくしにはわかりません」夫人は感情のこもらない低い声で言った。

「ほんとうですか? ご自分にもう殺人の容疑がかかっていないことぐらいは、なんとなくわかっておいででしょう?」

夫人は無言のままだった。

「あくまでもしゃべらないおつもりですか、ゼイヴィア夫人」

「申しあげることはありません」

「エル」警視が小さく首を振り、エラリーは肩をすくめて引きさがった。警視は前へ進み出て、妙に敵意のこもった視線をゼイヴィア夫人に向けた。なんと言っても、一度は自分がとらえた獲物だ。「ゼイヴィア夫人、世の中には風変わりな人間がたくさんいます。そしてその連中は、なぜそんなことをするのか理解に苦しむような、あらゆる困ったことをしでかす。人間は気まぐれな生き物だ。しかし警察官には、ある人があることをする理由を言いあてられる。他人の犯した重罪を背負いこむ行為もそのひとつです。あなたがなぜ、犯してもいない殺人の責めを負う気になったのか、あててみせましょうか」

ゼイヴィア夫人は背中を枕に押しつけ、両腕をベッドに突き立てている。「それはもうクイーンさんが……」

「では、わたしがそれをもう少し推し進めましょう」警視は顎をさすった。「少々きびしい言い方になるかもしれません、ゼイヴィア夫人。あなたぐらいの年齢の女性は――」

「わたくしぐらいの年齢の女がどうだとおっしゃるの？」夫人は鼻孔をふくらませて問い返した。

「いやはや、女性は困ったものですね。わたしが言おうとしたのは、あなたぐらいの年齢の女性は、ふたつのうちどちらかの理由のために、非常に大きな自己犠牲を払うものだということです――愛か恋情のために」

夫人はヒステリックに笑った。「あなたはそのふたつを区別なさるのね」

「当然です。わたしははっきり区別して考えています。愛というのは、精神的――つまり、感情のうちでも最高の部類だと……」

「まあ、ばかばかしい！」夫人は半ば顔をそむけた。

「本気でおっしゃっているロぶりですね」警視はつぶやいた。「まあ、あなたはお子さんのために自分を犠牲にすることはできないでしょうし――」

「わたくしの子供ですって？」

「と言っても、あなたにはお子さんがいない。だからわたしはこう結論しました、ゼイヴィア夫人」警視の声が鋭くなった。「あなたは――恋人をかばっているのだと！」

夫人は唇を噛《か》み、つかんだシーツを引っ張りはじめた。

「申しわけないが、それについて話をさせてもらいますよ」警視は平静な声でつづけた。「経験豊富な老警官として、わたしはそれに賭《か》けてもいい。相手はだれですか、ゼイヴィア夫人」

夫人はその手で絞め殺してやると言わんばかりに、警視をにらみつけた。「あなたのような卑劣なかたには会ったことがありませんわ！」金切り声をあげる。「お願いですから、ほうっておいて！」

「話す気はないと？」

「全員、出ていってくださる？」

「言うことはそれだけですか？」

夫人は顔が真っ赤になるほど激昂《げきこう》していた。「なんてことなの《モール・デュー》」くぐもった声で言う。「出ていかないのなら……」

「やれやれ」エラリーはしかめ面で言うと、きびすを返し、大股《おおまた》で部屋を出ていった。

その夜は息苦しいほどの暑さだった。缶詰の鮭の夕食を沈黙のうちにすませた一同は、申し合わせたようにテラスへ出た。そこからながめる空は一面が異様に赤く、木苺《きいちご》色の背景が下方の見えない火事場からもうもうと立ちのぼる煙と相まって、山の風景を妖《あや》しく幻想的に見せていた。呼吸するのもいくぶん困難だった。カロー夫人は口と鼻を灰色の薄いベールで覆い、双子は鬱陶《うっとう》しい咳《せき》の発作に屈していた。オレンジ色に光る火の粉が上昇気流に乗って吹きあげられ、衣服はみな灰で薄汚れた。

驚くほど具合のよくなったゼイヴィア夫人は、退位させられた女帝のごとく、テラスの西の端にひとりですわっていた。黒いサテンの服に身を包み、夜の闇に溶けこんで、その気配が見えるというより感じられる、不穏な存在となっていた。

「大昔のポンペイは、ちょうどこんなふうだったんでしょうね」ひどく気詰まりな沈黙がつづいたあと、ホームズ博士がようやく口を開いた。

「ただし」エラリーがテラスの欄干に足を掛けて揺すりながら、ぶっきらぼうに言った。「街とぼくたちと世界の位置関係が少々ちがってますね。ポンペイの街があるはずの場所にヴェスヴィオ山の噴火口があって、噴火口があるはずの場所にポンペイの市民――すなわち、この会話に興じているぼくたち――がいるんです。たいした見ものですよ！　溶岩が上へ向かって流れてくるんだから。米国地理学協会に一筆したためようかな、ニューヨークへ帰ったら」そう言ってはっとした――なんとも捨て鉢な気分に襲われる。「もしも」苦笑とともに付け加えた。「帰れたとしたらね。こうなると、ほんとうに帰れない気がしてきましたよ」

「同感ですわ」フォレスト嬢がしっかりしたその肩を震わせながら言った。

「いや、そんな危険はまったくありませんよ」エラリーを腹立たしげに一瞥《いちべつ》しながら、ホームズ博士がすかさず言った。

「おや、そうですか」エラリーは間延びした口調で言った。「じゃあ、山火事がもっとひどくなったらどうします？　みんなで小鳩みたいに翼を生やして飛び去りますか？」

「もぐらの盛った土を山であるかのように言い立てないでください、クイーンさん！」

「ぼくは山が火事だと――すでにそう呼んでいいほど燃えていますが――言ってるだけですよ……。いや、よしましょう。ばかげてる。口論したってはじまらない。謝りますよ、博士。これではご婦人たちも生きた心地がしないでしょう」

「わたくしにはわかっておりました」カロー夫人が静かに言った。「何時間も前から」

「何がですか」警視がつぶやいた。

「わたくしたちが非常に恐ろしい状況に立たされているということです、警視さん」

「何をおっしゃいます、カロー夫人」

「安心させようとしてくださるのはありがたいですけれど」夫人は微笑んで言った。「苦境に陥っていないふりをするのは、もはや無意味ではありませんか。現実に、逃げ場を失っているのですもの——瓶のなかの蠅のように」声を少し震わせる。

「まあまあ、それほどひどいことにはなっていませんよ」警視はつとめて軽い調子で言った。「単に時間の問題ですよ、カロー夫人。昔から火事に耐えてきた山ですから」

「非常に燃えやすい木々に覆われた山でもある」マーク・ゼイヴィアが意地の悪い口調で言った。「やはり、神の裁きというものがあるんでしょう。この状況もすべて、殺人犯をいぶり出すという特別の目的で、天が創り出したのかもしれない」

警視はゼイヴィアに鋭い一瞥をくれた。「そういう考えもあるな」ぶすりと言って顔をそむけ、赤と灰色に染まった空をながめた。

午後じゅうひとこともしゃべらなかったスミス氏が、突然椅子を蹴って立ちあがり、一同を面食らわせた。象を思わせる巨体が白い壁の前の暗がりに浮かび出る。足音荒く階段のへりまで行き、一段おりたところで、大きな頭をためらいがちに警視のほうへ振り向けた。

「しばらくそのへんを散歩しても差し支えないだろうな」スミス氏は太い声で言った。

「暗がりで岩につまずいて脚を折ってもいいなら、歩くのは勝手だ」警視は気に食わない様子で言った。「わたしはいっこうにかまわない。どうせ逃げられないんだ、スミス。その心配さえなければどうでもいい」

　太った男は何か言いかけたが、薄い唇を軽く鳴らしただけで、重い音を立てて階段をおりていった。姿が見えなくなってからも、大きな足が車道の砂利を踏みしめる音がかなり長々と聞こえていた。

　エラリーは煙草に火をつけようとしてたまたま、玄関の戸口からテラスに漏れる明かりに照らされたカロー夫人の顔を目にした。その表情を見たとたん、体が凍りついた。夫人はやさしげな目を恐怖にうるませ、張りつめた面持ちで、太った男の大きな後ろ姿を見つめていた。カロー夫人と、得体の知れないあのスミス！　……マッチが指先まで燃えてきて、エラリーは低く悪態をつきながらそれを落とした。台所での騒動のとき、自分はあることに気づいていた……。スミスという男は、ワシントンから来たこの美しい小柄な婦人《プティット・ダム》を恐れているにちがいない、と。ならばなぜ、夫人の目に恐怖の色があったのだろう。ふたりが互いを恐れ合っているなんてばかげた話があるものか！　態度やことばつきがいかにも粗野な敵意まる出しの巨漢と、不幸の国から来た上流婦人……。ありえないとは言いきれまい。過去の海では、馴染《なじ》みの薄い生き物同士が混生していたのだ。エラリーは高まる興奮とともに、どんな秘密がそこにあるのだろうと考えた。ほかの者たちは——？　だが、まわりの面々をつくづくと見まわしてみたものの、何かに気づいたような、あるいは隠しているような表情は読みとれなかった。ただ、フォレスト嬢は例外らしい。変わったところのある若い女性だが、カロー夫人のこわばった顔を見まいとして目を泳がせている。では、フォレスト嬢も知っているのだろうか？

砂利を踏んでもどってくるスミスの重い足音が聞こえた。階段をのぼり、また同じ椅子に腰をおろしたが、蛙のようなその目からは何もうかがい知れなかった。

「探し物は見つかったか」警視がうなるように言った。

「えっ？」

警視は手を振った。「心配無用だ。ここは警官の見まわりを必要としない場所だからな」そして苦々しげに含み笑いをする。

「ただ散歩してきただけだ」太った男は心外だとばかりにすごんで言った。「逃げるつもりだと思うなら——」

「そんな気は起こさないことだ！　逃げたくなるのも無理はないが」

「ところで」エラリーが煙草の先を細目で見ながら言った。「スミスさん、あなたとカロー夫人とは前からの知り合いだろうとぼくは思ってるんですが、そのとおりでしょうか」

スミスはじっとすわったままだった。カロー夫人は口もとを覆った薄いベールをまさぐった。やがてスミスが言った。「わからんな。いったいなんだってそんなふうに思うんだ、クイーン」

「ああ、ただの想像ですよ。じゃあぼくの思いちがいかな」

スミスは褐色の太い葉巻を、無尽蔵の在庫があるらしい上着の洞窟《どうくつ》からつまみ出し、悠然と口にくわえて言った。「訊《き》いてみたらどうだ、そのご婦人に」

アン・フォレストが勢いよく立ちあがった。「ああ、もう耐えられない！」声高に言う。「こう質問攻めでは心の安まる暇もないわ。シャーロック、何かしましょうよ。ブリッジでもなんでも。ゼイヴィア夫人も気にはなさらないでしょう。こんなふうにただすわって、いやがらせを言い合っていたら、気が変になってしまう！」

「名案だ」ホームズ博士が乗り気で立ちあがった。「カロー夫人もいかがですか」

「ぜひそうしたいですわ」夫人は腰をあげながら、おずおずと言った。「ゼイヴィアさん、拝見しましたところ、あなたもゲームには熱中なさるほうでしょう」はずんだ声でつづける。「わたくしと組んでくださいません？」

「お相手してもいいですよ」長身の弁護士は、薄暗い明かりのなかでぬっと立ちあがった。「だれかほかには?」

四人はしばらく待っていたが、だれも答えないので、フランス窓から重い足どりで娯楽室へはいっていった。部屋に明かりがともり、やや不自然にうわずった四人の声が、テラスにいるクイーン父子の耳に聞こえてきた。

エラリーは依然として煙草の先を見つめていた。身じろぎひとつしない。スミスも然《しか》りだった。エラリーがそっと盗み見ると、そのまるい顔には、安堵《あんど》の色がたしかに浮かんでいた。

玄関から漏れる明かりのなかに、フランシスとジュリアン・カローがいきなり姿を現した。「ぼくたちも――」フランシスが震える声で言いだした。双子は怯《おび》えた顔をしていた。

「きみたちも、なんだ」警視がやさしく尋ねた。

「ぼくたちもはいっていいですか」ジュリアンが言った。「ちょっと――その――ここじゃ退屈なんで。もしよかったら、中でビリヤードでもしたいんですけど」

「いいとも。だめなわけがない」警視は微笑んだ。「ほう、ビリヤードか。そんなことまで――」

「ああ、ぼくたち、た――たいていのことはできるんです」ジュリアンはことばを詰まらせながら答えた。「いつもぼくは左手を使うんですけど、今夜は少し体をよじって右手を使わなくちゃ。これでもぼくたち、じょうずなんですよ」

「きっとそうだろう。さあ、行ってきなさい。楽しむといい。たしかに、ここにいてもきみたちはつまらないだろう」

少年たちはうれしそうな笑顔を見せ、上品なリズムで足を運んで、フランス窓の向こうへ消えた。

クイーン父子は長いあいだ無言ですわっていた。娯楽室からは、カードを切る音や抑えた話し声、ビリヤードの玉を打ち合う音が聞こえてきた。ゼイヴィア夫人は闇に包まれ、そこにいないも同然だった。スミスは火のついていない葉巻を口にくわえたまま、居眠りをしているらしかった。

「ひとつ」エラリーがようやく小声で言った。「どうしても見たいものがあるんだ、父さん」

「なんだ」警視は夢から覚めたように身を震わせた。

「のぞいてみようと、しばらく前から思ってたんだ。実験室をね」

「なんのために？　実験室なら、一度見て――」

「ああ、そうなんだけど。あのとき思いついたんだ。あるものが目にはいって……。その前に、ホームズ博士がちょっと意味ありげなことを言ってたんでね。来るかい？」エラリーは腰をあげ、煙草を闇のなかへはじき飛ばした。

警視はうなりながら立ちあがった。「行ってみるか。ああ、ゼイヴィア夫人！」テラスの端の暗がりから、こもったような小さな物音が聞こえた。

「ゼイヴィア夫人！」警視は心配になって繰り返した。姿の見えない夫人がすわっているはずのほうへ急いで足を向け、上からのぞきこんだ。「おっと、失礼。さあ、いつまでもそんなふうにしていないで」

夫人は泣いていた。「ああ……お願いです。まだわたくしを苦しめるおつもり？」

警視は困り果てた。夫人の肩をぎこちなく叩《たた》く。「わかっています。何もかもわたしが悪かった。お詫《わ》びしますよ。あなたもほかのみなさんのところへ行かれてはどうですか」

「あの人たちが――いやがりますわ。みんな、わたくしを……」

「ばかなことを。考えすぎですよ。少し話せば気も晴れるでしょう。さあ、いらっしゃい。こんなところにひとりでいるのはいやでしょう？」

夫人が震えているのが、肩に載せた指を通して感じられた。「ええ、いやですわ」

「では、いらっしゃい」

警視は夫人が立ちあがるのに手を貸し、ほどなくふたりで明かりのなかへ出てきた。エラリーは大きく息を吐いた。長身の夫人の顔は涙に濡《ぬ》れ、目は真っ赤だ。夫人は足を止め、ハンカチを探り出した。そして目もとを押さえたのち、笑顔を作ってテラスから室内へはいった。

「なんて人だ！」エラリーはつぶやいた。「女性には珍しいな。目を泣き腫《は》らしてるのに、崩れた化粧を直そうともしないとは……。さて、行こうか」

「ああ、行くとも」警視はいらついた声で言った。「無駄口はもういい、行動あるのみだ。この事件の結末を見届けてやるぞ！」

「結末が訪れることを心から祈るよ」エラリーはそう言って、玄関広間へ向かった。大まじめな口調だった。

ふたりは娯楽室を避け、本廊下を通って横断廊下が交差するところまで来た。突きあたりの台所のドアがあいていて、その向こうにウィアリー夫人の広い背中と、身じろぎもしないボーンズの姿が見えた。ボーンズは台所の窓のひとつの前で立ちつくし、漆黒の夜を見つめていた。

クイーン父子はそこで右に折れ、廊下の交わるところとゼイヴィア博士の書斎のドアとのあいだにある、閉まったドアの前で足を止めた。警視がドアを試すと、すんなり開いた。ふたりは真っ暗な部屋に忍びこんだ。

「スイッチはいったいどこだ」警視が不平がましく言った。エラリーがスイッチを見つけ、実験室はたちまち明るくなった。ドアを閉め、それを背にして室内を見まわす。

この日の朝、ゼイヴィア博士の死体を片づけるというぞっとする仕事に加わったときに、ここで現代的な研究環境と機械による効率化を目のあたりにしたことを、こうしてゆっくりと実験室を調べられるいま、エラリーはあらためて思い出した。室内には、圧倒されるような装置がところせましと並んでいる。そういったものに縁のないエラリーが見ても、最先端の実験室だった。あまりにも科学に疎く、艶光《つや》りする妙な形の器具の使い方などほとんど知らないエラリーは、ずらりと並んだ陰極線管や、電気炉、湾曲した蒸留器、大型の試験管を立てたラック、得体の知れない液体のはいった瓶、顕微鏡、薬品の容器、珍妙な形のテーブル、X線機器などを、ただただ敬服してながめた。さらに天体望遠鏡を目にしたとしても、驚きはしなかったにちがいない。エラリーにとって、そこにある複雑多種な設備は、ゼイヴィア博士が生物学のみならず化学や物理学の研究もおこなっている以上の意味を持たなかった。

父親も息子も、冷蔵庫が置いてある一角は見ないようにしていた。

「それで？」しばらくして警視が言った。「わたしの見るかぎり、参考になりそうなものは何もない。犯人も十中八九、ゆうべこの部屋には足を踏み入れていないぞ。おまえは何が気になるんだ」

「動物だよ」

「動物？」

「そう」エラリーははっきりと繰り返した。「動物だよ。けさ、この部屋の防音構造の話が出たとき、いろんな動物を使って実験をするからやかましいって、ホームズ博士が言ってたろう。その実験用動物のことが気になって仕方ないんだ、生体解剖ってものには、理屈抜きに身の毛がよだつからね」

「やかましい？」警視は眉《まゆ》をひそめた。「なんの物音もしないじゃないか」

「たぶん軽い麻酔をかけてあるんだろう。あるいは眠ってるか。見てみよう……。きっと、あの仕切りの向こうだ！」

実験室の奥のほうに、肉屋の冷蔵庫をなんとなく思い出させる、板で仕切られた四角い区画があった。その入口には、クロームの掛け金のついた重そうなドアが設けてある。エラリーが取っ手を試すと、鍵《かぎ》はかかっていなかった。ドアをあけて中へはいり、天井から吊《つる》された電球を手探りした。スイッチを入れ、目をしばたたいて周囲を見まわす。その小部屋には棚が据えつけられ、大小さまざまな檻《おり》が載せてあった。そして檻のなかには、いままで見たこともない、ありとあらゆる奇妙な生き物がはいっていた。

「驚いたな！」エラリーは息を呑《の》んだ。「これは――すごい！　コニー・アイランドの見世物小屋に出せば、ひと財産作れるぞ。父さん！　これを見てよ」

明かりが動物たちを覚醒《かくせい》させた。エラリーの最後のことばは、いっせいに噴出した動物たちの声に掻《か》き消された――金切り声、小さな吠《ほ》え声、騒々しい鳥の鳴き声。少々びくつきながらその小部屋に押し入った警視は、目をまるくして、うんざりしたように鼻に皺《しわ》を寄せた。

「うえっ！　まるで動物園のにおいだ。これはたまらないな！」

「と言うより」エラリーは淡々と訂正した。「ノアの箱舟だよ。あとは長老の服を着た、顎《あご》ひげの長い老紳士さえいれば完璧《かんぺき》だ。みんな二匹ずつそろってる！　これは雄と雌になってるのかな」

どの檻にも、同じ種類の動物が二匹ずつはいっていた。奇妙な見た目の兎が二羽、羽毛がぼさぼさの雌鶏《めんどり》が二羽、実験用の桃色がかった天竺《てんじく》ネズミが二匹。まじめくさった顔のキヌザルが二匹……。棚はいっぱいで、そこに並んだ檻におさまっているのは、動物調教者の悪夢に出てきそうな、その多くは常人の認識を超えた、世にも奇妙な生き物ばかりだった。

しかしふたりを驚かせたのは、たくさんの種類が集められていることではなかった。驚きの原因は、その生き物たちが、ふたりの見るかぎりすべて双子――それも動物界のシャム双生児――であることだった。

そして、檻のいくつかは中が空だった。

ふたりは少しあわて気味に実験室を出た。警視は廊下へ出てドアを閉めるなり、安《あん》堵《ど》のため息を漏らした。「なんて部屋だ！　早くここから離れよう」エラリーは答えなかった。

しかし、廊下の交差したところまで来ると、早口にこう言った。「ちょっと待ってくれ。あのボーンズくんとちょっとおしゃべりしてみようか。これには何か……」エラリーは台所の開いたドアのほうへと急ぎ、警視はうんざりした顔でついていった。

エラリーの足音に、ウィアリー夫人が後ろを振り返った。「あら！　……あなたさまでしたか。びっくりいたしました」

「無理もないですよ」エラリーは愛想よく言った。「ああ、いたね、ボーンズ。きみにぜひとも訊《き》きたいことがあるんだ」

痩《や》せた老人は苦い顔をした。「なんでも訊けばいい」不機嫌に言う。「訊きたがるものを止めたって無駄だ」

「たしかに無駄だね。では、ボーンズ」エラリーはドアの木枠に寄りかかって言った。「きみは園芸家なのかい」

老人は目をまるくした。「わたしが、なんだって？」

「母なる自然の信者かい？　特に、老婦人の愛《め》でる花なんかの。つまり、きみはあの岩だらけの土地に庭を造ろうとしているのかな」

「庭だと？　冗談じゃない」

「そうか」エラリーは思案ありげに言った。「フォレスト嬢はそう言ってたけど、ぼくはどうだかと思ってたんだ。そうしたらけさ、きみがつるはしとシャベルを持って、家の横手から出てきたじゃないか。それであのあと、家のそちら側を調べてみたんだが、清楚《せいそ》なアスターも、お高くとまった蘭も、俗っぽい三色すみれも見あたらなかった。きみはけさ、いったい何を埋めてたんだ、ボーンズ？」

警視が驚きのうなり声を発した。

「何をって？」老人はうろたえた様子もなく、よけいに不機嫌になっただけだった。「動物を埋めたのさ」

「あたりだったか」エラリーは振り向いて小声で言った。「空の檻は、空になった檻というわけだな？　じゃあ、なぜきみは動物を埋めないといけないんだ、ボーンズ。ああ、それにきみの名前！　わかったぞ！　きみはいわば、ゼイヴィア博士の納骨堂の番人というわけだな。でも、なぜ動物を埋める必要があるんだ。さあ、早く答えてくれ！」

老人は黄色い出っ歯を見せて、にやりと笑った。「天才の質問だな。死んだから。それが理由だ！」

「なるほど。愚問だったか。でもボーンズ、ひょっとすると……それは双子の動物だったんじゃないか？」

老人の皺だらけの顔がはじめて、怯《おび》えたように引きつった。「双子――双子の動物？」

「聞きとりにくかったのならすまない」エラリーは真顔で言った。「双子の動物――ふたごだよ。そうなんだろう？」

「ああ」ボーンズは床をにらんだ。

「きのう死んだぶんを、きょう埋めたんだな？」

「そうだ」

「ただそれは、もうシャムではない双生児だね、ボーンズ？」

「どういう意味かわからん」

「いや、わかってるはずだ」エラリーはしんみりと言った。「言いたいのはこういうことだよ。ゼイヴィア博士はしばらく前から、下等な動物のシャム双生児を使って実験をおこなっていた――いったいどこからそういうものを入手してたんだろう？――双子のどちらも死なせることなく外科的に切り離す、真剣で、かなり現実的で、非常に科学的な試みだ。そうなんだろう？」

「それについちゃ何も知らない」老人はつぶやいた。「そういうことは全部ホームズ博士に訊いてくれ」

「訊くには及ぶまい。その実験の一部は――大部分か――いや、おそらく全部が失敗に終わったんだ。それでぼくたちは、きみが動物の葬儀屋という珍しい役目を引き受けてるのを知った。あそこにはどのくらい広い墓場ができてるんだ、ボーンズ」

「広くはない。たいして場所はとらないから」ボーンズはむっつりと答えた。「だが一度、大きなのがひと組あった――雌牛だ。しかし、たいていは小さいのだ。かれこれ一年以上、ときどきやってる。博士が成功させたのもいくつかあった。それはたしかだ」

「そうか、成功例もいくつかはあったのか。ゼイヴィア博士ほどの腕なら、それは当然予想されただろう。なのに――とにかく助かったよ、ボーンズ。おやすみ、ウィアリー夫人」

「ちょっと待て」警視がうなるように言った。「この男がいままであそこに物を埋めていたのなら……ことによると、ほかにも何か――」

「ほかの何か？　それはない」エラリーは父親をやんわりと台所から連れ出した。「ぼくの言うことを信じてくれ。ボーンズは嘘を言ってない。だけど、ぼくが問題にしてるのはそんなことじゃないんだ。気になるのは恐ろしい可能性で……」そこで口をつぐみ、歩きつづける。

「いいショットだったろう、ジュール」娯楽室からフランシス・カローのよく響く声が聞こえてきた。エラリーは立ち止まって首を振り、また歩きだした。警視は口ひげを嚙《か》みながらついていった。

「どうもおかしい」警視はつぶやいた。

テラスをうろつくスミスの重い足音が聞こえた。

12　美女と野獣

　ふたりとも、その夜ほど息苦しい思いをしたことは、いまだかつてなかった。じめじめした暗闇と鼻を突く空気が作る地獄のなかで、三時間も寝返りを打ちつづけたあげく、父子はどちらからともなく、眠る努力を放棄した。エラリーがうめきながらベッドを這《は》い出て、明かりをつけた。手探りで煙草を見つけ、裏手の窓のほうへ椅子を引きずっていって、味わいもせずに一服した。警視はベッドで仰向《あおむ》けになったまま、整えた口ひげを上下させてぶつくさ不平を言いながら、天井を見つめていた。ベッドもパジャマも、汗でぐっしょり濡《ぬ》れていた。

　五時になり、真っ黒な空が明るんだころ、ふたりは交替でシャワーを浴びた。そして大儀そうに服を着た。

　朝の訪れは容赦なかった。最初に差してきたかすかな陽光でさえ、溶かすような熱さだった。窓辺にすわっていたエラリーは、まばたきをしながら渓谷を見おろした。

「ひどくなってる」と沈んだ声で言う。

「何がだ」

「山火事だよ」

警視は嗅《か》ぎ煙草入れを置いて、もうひとつの窓へ静かに歩み寄った。アロー山の裏の垂直な断崖《だんがい》から、全長一マイルに及ぶ灰色のフランネルのような濃い煙の帯が曲線を描きながら太陽へ向かって上昇していた。だが煙はもはや、アロー山の麓《ふもと》にはなかった。それは無言の脅威をもって思いのほか高くまで迫り、山の頂上に届きかけているようだった。渓谷はほとんど見えない。頂上も家も、そこにいる自分たちも、空中に浮かんでいた。

「これじゃあまるで、スウィフトの描いた空中の島だ」エラリーはつぶやいた。「まずい状況だろう？」

「そうとうにな」

ふたりはそれ以上何も言わずに階下へおりた。

家じゅうが静寂に包まれ、だれの姿も見えなかった。テラスに立ってむっつりと空を見あげても、山の朝のさわやかな冷気が汗ばんだ頬をなでることはない。いまや灰が間断なく降り注いでいて、見晴らしのいい場所に立っているにもかかわらず、下方の様子は何も見えない。渦巻く風に乗ってつぎつぎと燃えかすが吹きあげられてくることからして、炎は恐るべき速度で前進しているようだ。

「いったいどうしろと？」警視が泣きごとを言った。「考えたくもないほど事態は深刻だな。とんでもない窮地に追いこまれたぞ、エル」

エラリーは両手で顎《あご》を押さえた。「正直言って、この状況じゃ、人がひとり死んだことなんて大騒ぎする問題とは思えなくなってきたね……。おや、いまのはなんだろう？」

ふたりとも一驚して聞き耳を立てた。家の東側のどこかから、こもったような不可解な金属音が聞こえてくる。

「だれも来るはずは――」警視はふと口をつぐんだ。「行ってみよう」

ふたりは飛ぶように階段をおり、音のするほうをめざして砂利道を走った。家の左側をまわったところで足を止めた。車道がそこで分岐していて、その枝道が、だだっ広くて低い木造の建物へ通じていた。それは車庫だった。二枚の大きな扉があいていて、騒音はその奥から聞こえている。警視が突入し、薄暗い内部をのぞきこんだ。手招きされ、エラリーも砂利道沿いの草むらを忍び足で進んで父親のそばまで行った。

庫内には車が四台、整然と並んでいた。まず、クイーン父子の車高の低いデューセンバーグ。二台目はボンネットの長い大型の黒のリムジンで、これはまちがいなく故ゼイヴィア博士の所有物だ。三台目は外国製らしい形の馬力のあるセダンで、この持ち主はカロー夫人としか考えられない。四台目のぼろぼろのビュイックは、ニューヨーク市のフランク・J・スミス氏の重い体を乗せて、アロー山の険しい道をのぼってきた車だった。

金属のぶつかり合う耳障りな騒音は、そのスミスの車の後方から聞こえていた。騒音を立てている張本人は車体の陰に隠れている。

ふたりはビュイックと外国車とのあいだをじりじりと進み、その人物——スミスの車のかたわらで身をかがめてガソリン・タンクに錆《さ》びた手斧《ておの》を振るっている——に飛びかかった。すでに数か所が裂けていて、においのきつい黒ずんだ液体がコンクリートの床に流れ出していた。

相手は驚いて金切り声をあげ、手斧を捨ててつかみかかってきた。取り押さえるのに、父子ふたりがかりで数分かかった。

その正体は、例のごとく憎々しげな目つきをしたボーンズだった。

「いったいなんだって」警視は息をはずませて言った。「こんなことをしているんだ、このばか者！」

老人の痩《や》せた肩はがっくりとさがったが、返答はふてぶてしかった。「あの野郎のガソリンを抜いてるんだ！」

「そうだろうとも」警視は怒鳴った。「見ればわかる。だが、なぜだ」

ボーンズは肩をすくめた。

「なぜ栓を抜かないで、タンクをずたずたにしている？」

「こうすれば二度とガソリンを入れられない」

「過激なるニヒリストだな」エラリーが嘆かわしげに言った。「スミスはほかの車を盗むことだってできるじゃないか」

「ほかのも使えないようにするつもりだったさ」

父子は目をまるくした。「あきれたものだ」ややあって、警視が言った。「おまえならやりかねない」

「それにしたって、ばかげてる」エラリーは言った。「あの男はどうせ逃げられないんだぞ、ボーンズ。どこへ行くというんだ」

ボーンズはまた肩をすくめた。「こうしておいたほうが確実だ」

「でも、なぜそうまでしてスミスが出ていくのを邪魔する？」

「あのでっぷりした面《つら》が気に食わないんだ」老人は耳障りな声で言った。

「おいおい」エラリーは大声を出した。「そんな理由で！　いいか、こんど車のそばで何かしてるところを見つけたら、きみをかならず——ひねりつぶしてやるからな！」

ボーンズは身を震わせ、しなびた唇をあざけるように突き出すと、足を引きずってあわただしく車庫を出ていった。

警視があきれたふうに両手をあげ、つづいて立ち去った。ひとり残されたエラリーは、床にたまったガソリンを靴の先でつつきながら考えにふけっていた。

「どうせフライになるなら」朝食のあとで警視が言いだした。「怠けてフライになるより努力してなるほうがましだ。ほら、行くぞ」

「努力して？」エラリーは上の空で繰り返した。この朝六本目の煙草を吸いながら、ただ虚空をにらんでいた。すでに一時間は顔をしかめたままだった。

「聞こえたろう」

ほかの面々が扇風機の熱い風の下にぼんやりと集まる娯楽室を、ふたりはあとにした。警視が先に立って廊下を進み、ゼイヴィア博士の書斎のドアをめざす。そして、自分のキーケースの合い鍵《かぎ》を使ってドアをあけた。室内はふたりが前日に見たときとまったく同じ状態だった。

エラリーはドアを閉めてそこに寄りかかった。「で、どうするんだ」

「博士の書類を見たい」警視はつぶやいた。「何が出てくるかわからないがな」

「へえ」エラリーは肩をすくめて、窓のひとつに歩み寄った。

警視はこれまでの実務経験で身につけた遠慮のなさを駆使して、書斎をくまなく調べていった。戸棚、机、書棚といった家具類を隅から隅まで探り、メモや古い手紙や意味不明な医学文書や領収書など、お決まりの雑多な書類にも手早く目を通した。エラリーは戸外の炎暑のなかで揺らぐ木々をながめるにとどまった。室内はまるで溶鉱炉で、ふたりとも汗みずくになった。

「何もない」警視は落胆して告げた。「屑《くず》がたっぷりあるだけだ」

「屑だって？　じゃあ、また何か見つかりそうだな。ぼくはいつも、人の持ち物のなかでも屑の山に興味を引かれるんだ」エラリーは警視が最後の抽斗《ひきだし》を調べている机までやってきた。

「なんとでも言え」警視は鼻を鳴らした。

抽斗はがらくたでいっぱいだった。各種の文房具、壊れて錆びついた外科用器具、チェッカーの駒がはいった箱。長さのまちまちな鉛筆が二十本以上あり、その大半は芯《しん》が折れている。中央に小さな真珠をはめこんだカフスボタンがひとつ——これは一対だったものの生き残りらしい。ネクタイ留めとネクタイピンが少なくとも一ダース——これもほとんどに青錆《さび》が浮いている。変わったデザインのシャツの飾りボタンが数個、ダイヤモンドの粒がふたつ欠け落ちた古い学生社交クラブのピン、懐中時計の鎖が二本、凝った細工入りの銀の鍵、磨いてあるが古くて黄変した動物の歯、銀の爪《つま》楊枝《ようじ》……。その抽斗は、たまりにたまった男性用小物の墓場だった。

「博士はけっこう洒落《しゃれ》者だったんだな」エラリーはつぶやいた。「もう使い道のない屑みたいな装飾品を、こんなにためこんでる男がいるとは！　ねえ、父さん、こんなのは時間の無駄だよ」

「そうだな」警視は不満そうに言った。抽斗を乱暴に閉め、しばらく口ひげをいじりながらすわっていたが、やがてため息をついて立ちあがった。

部屋を出てドアに鍵をかけ、ふたりは重い足どりで廊下を歩いていった。

「ちょっと待て」警視は思いついたように、横断廊下のドアから娯楽室のなかをのぞいた。そしてすぐに頭を引っこめた。「いいぞ、ここにいる」

「だれがいるって？」

「ゼイヴィア夫人だ。いまのうちに二階の夫人の寝室に忍びこんで、こっそり探ってみよう」

「ああ、いいね。何を見つけたいのかは見当もつかないけど」

父子は暑さで汗だくになって二階へあがった。階段をのぼりきると、廊下を隔てた向かいのカロー夫人の部屋で、ベッドを整えているウィアリー夫人の広い背中が見えた。家政婦はこちらの姿にも足音にも気づいていないようだ。ふたりは忍び足でゼイヴィア夫人の寝室へはいってドアを閉めた。

そこは主寝室で、二階でいちばん広い部屋だった。大部分が女性好みのしつらえだった――これは女主人の強烈な個性のせいだな、とエラリーが冷静に指摘した。ゼイヴィア博士の趣味とおぼしきものはほとんど目につかなかった。

「気の毒に、博士が昼も夜も書斎で過ごしてたというのもうなずけるね。あの部屋の使い古された長椅子で眠った夜も多かったはずだよ」

「無駄口を叩《たた》いてないで、廊下の物音に耳を澄ましていろ」警視は言った。「ここにいるところを夫人に見つかったらまずいだろう」

「あの鏡つきのチェストから取りかかったほうが、時間と汗をだいぶ節約できると思うよ。ほかの家具はみんな、女性という人種が好むパリ風の派手な服でいっぱいにちがいないから」

問題の巨大なチェストは、ほかの家具と同様、フランス風のデザインだった。警視はその小物入れや抽斗を、紳士泥棒ラッフルズさながらに漁《あさ》っていった。

「シャツ、靴下、下着、お決まりのがらくた」警視は数えあげた。「それに安ぴかの装身具。みごとに安物ぞろいだ！　いちばん上の抽斗にぎっしり詰まっている。ただ、ここにあるのは、階下にあった遺物とちがって、どれも新しそうだ。医者にまぬけはいない、なんて言ってるのはだれだ？　あの博士は、こういうネクタイピンが十五年も昔に時代遅れになってるのを知らなかったのか」

「だから時間の無駄と言ったじゃないか」エラリーは苛立《いらだ》たしげに言った。そして、思いついたように付け加えた。「そのなかに指輪はない？」

「指輪？」

「そう、指輪」

警視は頭を掻《か》いた。「おやおや、これは妙だな。こういう装身具好きの男なら、ひとつくらいは持っていてもよさそうなものだが」

「ぼくもそれを考えてたんだ。博士はたしか、手にも指輪をはめてなかったよね？」

エラリーは声にきびしい響きをこめて言った。

「はめていなかった」

「ふうん。この事件全体で最も不可解なのは、この指輪の件だな。ぼくたちもよほど注意してないと、近いうちに自分の指輪をなくしそうだ。指輪が重要なわけじゃなく、その――重要でない指輪をだれかが狙ってるらしいことが問題なんだ。いやあ！　変だなあ……。ゼイヴィア夫人はどうだろう。父さん、金庫破りのジミー・ヴァレンタインばりに、夫人の宝石箱を漁ってみてくれないか」

警視は言われたとおりにゼイヴィア夫人の化粧台を掻きまわし、宝石箱を見つけた。ふたりは熟練した目でその中身をあらためた。ダイヤモンドのブレスレットが数本、ネックレスが二本、イヤリングが六組あり、どれも明らかに高価なものだったが、指輪だけは安物ひとつすら見あたらなかった。

警視は不思議そうに宝石箱を閉じ、それをもとの場所にもどした。「これはどういうことなんだ、エル」

「それがわかればね。変だ。ものすごく変だ。理由がさっぱりわからない……」

廊下に足音がしたので、ふたりは身をひるがえして忍びやかにドアへ駆け寄った。その裏側で体を寄せ合って息を殺した。

ドアのノブがわずかに動いて止まった。かちりと音がしてノブがまた動き、ドアがゆっくりと中へ押しあけられる。半開きの状態で止まり、木枠に沿った隙間から、だれかの荒い息づかいが聞こえた。エラリーは隙間の向こうをのぞき見て、身を硬くした。

マーク・ゼイヴィアが、片方の足を義姉の部屋に踏み入れ、もう一方の足を廊下に残して立っていた。顔は青ざめ、体は緊張してこわばっている。はいろうかもどろうか決めかねている様子で、その場でまる一分間、身じろぎもせずに突っ立っていた。いつまでそうしているつもりか、エラリーには知る由もなかった。すると突然、ゼイヴィアはきびすを返し、急いでドアを閉めた。足音から察するに、廊下を走り去ったらしい。

警視がドアを引きあけ、廊下をのぞいた。ゼイヴィアは絨毯《じゅうたん》敷きの廊下をそろそろと進み、突きあたりにある自室にたどり着いた。そしてノブをぎこちなくつかむと、ドアを引きあけて室内へ消えた。

「さて、いまのはなんだったんだろう」エラリーは父親のあとからゼイヴィア夫人の寝室を出て、ドアを閉めながらつぶやいた。「何をこわがってたのかな。それになぜ、この部屋に忍びこもうとしたのか」

「だれか来るぞ」警視がささやいた。ふたりは自分たちの部屋をめざして廊下を突っ走った。そして途中でまわれ右をして、あたかも階下へおりていこうとするように、のんびりと廊下を引き返した。

きれいにブラシをかけた若い頭がふたつ、下から現れた。双子が階段をのぼってきていた。

「やあ、きみたちか」警視は愛想よく言った。「昼寝しにいくのかね」

「そうです」フランシスが答えたが、ぎくりとしている様子だった。「あの――ずっと二階にいたんですか」

「ぼくたち、てっきり――」ジュリアンが言いかけた。

フランシスが青ざめたが、兄弟のあいだで何かが通じ合ったらしく、ジュリアンはそこで口をつぐんだ。

「しばらくいただけだよ」エラリーは微笑んだ。「どうしてだい」

「だれかが――あがっていくのを見ませんでしたか」

「見てないな。自分たちの部屋から出てきたところでね」

ふたりの少年は控えめに笑みを浮かべ、ぎくしゃくと足を運んで、自分たちの部屋にはいっていった。

「やっぱり」階段をおりながらエラリーはつぶやいた。「男の子だな」

「どういう意味だ？」

「わかりきってるよ。あのふたりは、ゼイヴィアが二階へ行ったのを見て、単なる好奇心であとをつけてきたんだ。謎めいたことに夢中にならない男の子なんてどこにもいまい？　ふたりがあがってくる足音に気づいて逃げたわけさ。」

「ううむ」警視は唇をきつく結んだ。「そうかもな。だが、ゼイヴィアはどうだ。あいつはどんな悪さをするつもりだったんだ」

「どんな悪さだろうな」エラリーは真顔で言った。「まったく」


真昼の太陽の下で、家はしおれていた。ふれるものすべてが熱く、灰をかぶってざらついている。一同はわりあい涼しい娯楽室にいたものの、話やゲームをする気力もなく、無為に時を過ごした。アン・フォレストはグランドピアノの前にすわって意味のない旋律を奏でていたが、顔は汗で湿り、鍵盤《けんばん》の上の指もぬめっていた。スミスでさえ、かまどのようなテラスから退散してきて、ピアノのそばの一角にひとりですわり、火の消えた葉巻をくわえたまま、ときおり蛙のような目をぎょろつかせていた。

　ゼイヴィア夫人は、まる一日ぶりにはじめて、女主人としての責任に目覚めた。悪夢から抜け出して数時間経ったらしく、表情が和らぎ、目にもさほどの苦悩の色はなかった。

　ゼイヴィア夫人は呼び鈴を鳴らして年配の家政婦を呼んだ。「昼食をお願い、ウィアリー夫人」

　ウィアリー夫人は見るからに困り果てていた。青ざめた顔で両手を揉《も》み合わせている。「あの、それが、奥さま、とても――ご用意できそうにありません」弱々しい声で言った。

「あら、どうして？」ゼイヴィア夫人は冷ややかに尋ねた。

「まともなお昼食はとてもご用意できないのです、奥さま」家政婦は泣き声になった。

「もう――お出しできるものの品数も……量も足りなくなりまして」

　長身のゼイヴィア夫人はすっと居住まいを正した。「それは――食料の蓄えが切れたということ？」ゆっくりと言う。

　家政婦は意外そうな顔をした。「でも、奥さまもご存じだったはずです！」

　ゼイヴィア夫人は額に手をやった。「ああ、そうね。わたくし――うっかりしていました。ちょっと気が動転していたから。するともう――何もないの？」

「缶詰でしたら、いくらか残っております、奥さま――鮭と鮪《まぐろ》と鰯《いわし》の缶詰だけはたんとございます。それから、グリーンピースとアスパラガスと果物の缶詰が少しだけ。パンはけさ焼きました——小麦粉とイーストはまだ少しありましたので——でも、卵やバターやじゃがいもや玉葱《たまねぎ》はもうございません。それに——」

「もういいわ。サンドイッチをこしらえてちょうだい。コーヒーはまだ残っているの？」

「はい、奥さま。ですが、クリームが切れました」

「では、紅茶になさい」

ウィアリー夫人は顔を赤くして出ていった。

ゼイヴィア夫人はつぶやいた。「ほんとうに申しわけありません。はじめから食料の在庫が少なくなっていたうえに、食料品屋の今週の配達が抜けてしまって、おまけにこの火事で——」

「みな承知しておりますよ」カロー夫人が微笑みながら言った。「いつもとは状況がちがうのですから、いつもどおりの体裁にこだわることはありませんわ。どうかお気になさらず——」

「わたしたちみんな、立派に闘わないといけませんものね」フォレスト嬢が明るく言った。

ゼイヴィア夫人は深く息をついた。部屋の向こう側にいる小柄な女をまともに見ようとはしなかった。

「それもやむをえないようですわね！」フォレスト嬢は叫んで、ひどい不協和音を鳴らしたあと、顔を赤らめてだまりこんだ。

「たぶん、食料制限をしないと――」ホームズ博士がためらいがちに口を開いた。

長いあいだ、だれもことばを発しなかった。

やがて警視が穏やかに言った。「いいですか、みなさん。われわれは現実を直視したほうがよさそうだ。ひどい苦境に立たされているという現実をね。いままではわたしも、下の町の人たちがこの火事をどうにか鎮めてくれるようにと願っていました」

みな、内心の恐怖を押し隠そうとして、警視のほうをちらちらと見ている。警視はあわてて付け加えた。「むろん、努力はつづけてくれるでしょうが……」

「けさのあの煙を、警視さんもご覧になりましたか」カロー夫人が静かに言った。

「わ、わ、わたくしは寝室のバルコニーから見ました」

またもや沈黙が流れた。「なんにせよ」警視は急いでことばを継いだ。「あきらめてはいけません。ホームズ博士の提案どおり、きびしく減食をつづけるべきでしょう」

そこでにやりとした。「ご婦人がたには好都合なはずですが？」女たちが力なく微笑む。「理にかなった策はこれしかありません。とにかく、できるだけ長く――つまり、救援が来るまで――持ちこたえること。単に時間の問題ですよ」

大きな椅子に深々と身を沈めていたエラリーは、そっとため息を漏らした。ひどく気分が沈んでいた。こんなふうにだらだらと待ちつづけるなんて……。しかも、頭はエラリーを休ませてくれなかった。解決しなくてはならない問題がひとつある。例のしつこい幽霊にまだ悩まされていることだ。何かがある……。

「ずいぶんひどくなっているのでしょうね、警視さん」カロー夫人が穏やかに言った。向かいでおとなしく坐《ざ》する双子を見やったその目に、なんとも奇妙な苦痛の色が浮かんだ。

警視はお手あげというしぐさをした。「そう、実は――かなりひどい」

アン・フォレストの顔が、着ているスポーツドレスに劣らず真っ白になった。警視を見つめたが、すぐに視線を落とし、両手を組み合わせて震えを隠そうとした。

「ちくしょう！」マーク・ゼイヴィアが憤然と叫び、椅子から立ちあがった。「ここでじっとすわって、穴のなかのネズミみたいにいぶり殺されるのはまっぴらだ！　何か手を打とうじゃないか！」

「落ち着きなさい、ゼイヴィアさん」警視はやんわりと言った。「やけになってはいけない。わたしもこれから提案するつもりでした――行動を起こそうとね。いまの状況は全員承知しているのだから、あなたの言うように、ぐずぐずと手をこまぬいていても仕方がない。われわれはまだ実状を見ていないんですから」

「見ていない？」ゼイヴィア夫人が驚きの声をあげた。

「この土地一帯を見まわってさえいないということです。家の裏手の断崖《だんがい》はどうなっているんでしょう——危険がともなうにしても、おりられる道はあるのかどうか。ただし」警視はあわてて付け加えた。「いざとなった場合の話ですよ。わたしは昔から非常口が好きでしてね。はっはっは！」

その弱々しい笑いには、だれも反応しなかった。マーク・ゼイヴィアが重い口調で言った。「あの急斜面をおりるのは、野生の山羊《やぎ》でも無理でしょう。そんな考えは頭から追い出すことですね、警視」

「そうですか。まあ、ただの一案ですから」警視は消沈して言った。「よろしい、それでは！」空元気を出して両手をこすり合わせる。「打つべき手はひとつしかありません。サンドイッチを食べたら、全員で近辺を探険しにいきましょう」

一同が希望をふくらませて警視を見つめるなか、エラリーは椅子に沈みこんだまま、みぞおちにむかつくような絶望感を覚えていた。アン・フォレストの目が輝きはじめた。

「ということは——森のなかへはいるんですの、警視さん？」フォレスト嬢は勢いこんで尋ねた。

「さすがは賢いお嬢さんだ！　わたしが言いたかったのはまさにそれですよ、フォレストさん。ご婦人がたにもご協力願います。みなさん、できるだけ粗い生地の服を着てください——もしお持ちなら膝丈《ひざたけ》までのズボンか、あるいは乗馬服を。全員で手分けして、このあたりの森を端から端まで調べるんです」

「きっと楽しいぞ！」フランシスが叫んだ。「行くよな、ジュール！」

「あら、だめよ、フランシス」カロー夫人が言った。「いけません——あなたたちふたりは——」

「なぜいけないんです、カロー夫人」警視は心底不思議そうに言った。「危険はこれっぽっちもありませんし、若者にはきっとおもしろいはずだ。われわれみなにとっても！　この憂鬱《ゆううつ》な気分をいくらかでも吹き飛ばしましょう……。ああ、ウィアリー夫人、それでけっこう！　みなさん、さあ食べて！　出かけるなら早いほうがいい。サンドイッチはどうだ、エル」

「もらおうかな」エラリーは言った。

警視は息子をじっと見て、肩をすくめると、老いたサルのようにさかんにしゃべった。ほどなくみなが笑顔になって、陽気と言ってよいほどくつろいでことばを交わしはじめた。バターのついていない魚のサンドイッチを、ひと口ごとによく味わいながら心して食べつづける。そんな人々を見ていると、エラリーはなおいっそう胸がむかついてきた。ゼイヴィア博士の冷たく硬直した死体のことなど、だれもが忘れてしまったように見えた。

警視はさながら現代のナポレオンのように、おのれの部隊を整列させた。これからおこなう探険をお遊びのように感じさせつつも、静かにくすぶる下方の森を一ヤードたりとも調べ残さないよう、各人の動きを抜かりなく計画した。ウィアリー夫人や、むっつり屋のボーンズまでもが戦列に加えられた。警視自身が半円を描く森林の西端に、エラリーが東端に、ふたりのあいだにほかの者たちが間隔をとって配置された。マーク・ゼイヴィアを中心として、警視とのあいだにフォレスト嬢、ホームズ博士、ゼイヴィア夫人、双子。エラリーとのあいだにカロー夫人、ボーンズ、スミス、ウィアリー夫人という並びだ。

「いいですか、みなさん」警視は、自分とエラリー以外の全員がそれぞれ配置につくと、大声で叫んだ。「まっすぐおりていってください、できるだけまっすぐに。くだるにつれて当然、互いの間隔はどんどん開いていきます——頂上から離れるほどに山は広くなりますから。しかし、目配りを怠りなく。火が燃えているところに近づいたら——近寄りすぎてはいけませんよ——なおいっそう目を見開いて、抜け道を探してください。通れる見こみのありそうなところが見つかったら、ヨーデルで合図すること、そこをめざして全員が走って集合することにしましょう。準備はいいですか？」

「いいですわ！」フォレスト嬢が叫んだ。ホームズ博士からの借り物の膝丈のズボン姿が非常に凛々《りり》しかった。頰を紅潮させ、クイーン父子が見たこともないほど生き生きと自然にふるまっている。

「それでは出発！」そして小声で警視は付け加えた。「神がみなの者をお救いくださいますように」

一同は森へ突入した。カロー兄弟が先住民の若者さながらに雄叫《おたけ》びをあげ、騒々しく藪《やぶ》のなかへ分け入っていく音が、クイーン父子の耳に届いた。

しばらくのあいだ、父と息子は無言で顔を見合わせていた。

「さてどうだい、ローマの老将軍」エラリーがつぶやいた。「満足かい」

「何かしらの手は打たないといけなかったろう？　それに」警視は弁解口調で言った。「おりる道が見つからないともかぎらないじゃないか。見こみはゼロではない！」

「見こみはきわめて乏しいよ」

「言い合いはよそう」警視はぴしゃりと言った。「おまえを東の端に配置して、わたしが反対側の端へ行くことにしたのは、おまえの意見がどうあれ、このふたつが最も見こみのありそうな方面だからだ。できるだけ崖《がけ》のふちに沿って行け。そこがいちばん木がまばらで、もしあるとすれば、どこよりも抜け道の見つかりそうな場所だ」しばし黙し、やがて肩をすくめた。「さて、行くか。幸運を祈る」

「ああ、父さんも」エラリーは真顔で言って、きびすを返し、車庫の裏手をめざして歩きだした。家の角を曲がるときに振り返ると、父親が元気のない足どりで西へ向かっていくのが見えた。

エラリーはネクタイをゆるめ、湿ったハンカチで汗だくの額をぬぐって、歩きつづけた。

家の横手の、車庫の裏あたりからはじめて、できるだけ崖のふちに沿って森のなかを進んでいく。茂った熱い葉に頭上を覆われ、たちまち全身の毛穴から新たな玉の汗が噴き出した。空気はむせ返るようで、呼吸がしづらかった。目には見えないのに息を詰まらせる、得体の知れない煙が充満している。まもなく目から涙が出はじめた。

エラリーは頭を低くして、根気よく突き進んだ。

過酷な道行きだった。乗馬ズボンと柔らかい乗馬靴を身につけていたものの、下生えが分厚くひろがって足もとが不安定なせいで、靴の革には見る間に無数の搔《か》き傷がつき、膝から上の丈夫な布地にも小さなかぎ裂きがいくつもできた。乾ききった藪はナイフのようによく切れる。エラリーは歯を食いしばって、腿《もも》を刺す痛みを無視しようとした。咳《せき》が出はじめた。

滑って転がり、顔や手を擦りむきながら、一世紀ぶんの腐葉がたまった穴のなかに落ちていく気分だった。一歩一歩滑り落ちるごとに、漂う悪臭はいっそう濃くなっていく。ぜったいに気を抜くな、と絶えず自分に言い聞かせていた。というのも、不ぞろいな崖のへりに沿って林間を進んでいるこの状況では、どんな気まぐれで足もとがえぐれていて、奈落《ならく》の底に転落するかわからないからだ。一度足を止め、木の幹にもたれてひと息ついた。木の葉の隙間から隣の渓谷が見える——それは夢幻のように遠く、とらえどころがなかった。細かい地形はごくたまに見えるだけだった。汚れた羊毛を思わせる煙が、渓谷に——あるいは少なくとも、自分が見おろしている地点と渓谷とのあいだに——居すわっている。そして、山腹で渦巻く熱い強風でさえ、しぶとい煙の層を吹き散らすには至っていなかった。

突然とどろいた大地を揺るがす鈍い音で、はっとわれに返った。

方向も距離も判然としなかった。まただ！　さっきとはちがう地点で……。エラリーは顔の汗を拭《ふ》きながら、ぼんやりした頭でその現象について考えをめぐらせた。そして気がついた。爆破だ！　大火災をなんとしても食い止めようと、森林の一部をダイナマイトで爆破しているのか。

エラリーはさらに進んだ。

この下降には終わりがないのではないかと思えてきた。煙と熱と灰からなる異様な地獄をひとりさまようアハシュエロス（旧約聖書エステル記に登場するペルシアの王）のごとく、責め苦を受けつづけるのではないだろうか。熱気は荒々しく、焼けつくようで、耐えがたかった。すさまじいその猛威に息が詰まってあえいだ。いったいいつまで？　エラリーは苦痛にゆがんだ笑みを浮かべ、なおも突き進んだ。

そこで、あるものを見た。

最初は目の錯覚かと思った。涙の止まらない目が、四次元の空間越しに、この世のものとは思えない幻想的な平原に出現した奇怪な穴をのぞき見ているのだと。そしてエラリーは、火の海に到達したことを知った。

それはすぐ下方で、はじけるような音を立てて燃えさかっていた。巨大なオレンジ色の怪物が、異常者の夢から出てきた変幻自在の生き物のように、絶えず形を変えている。水気を失ってわびしくうなだれた木々を食らいながら、怪物はじわじわと上方へ這《は》い進んでいる。まずは前衛部隊を送りこむ――それは炎の尖兵《せんぺい》たちで、下生えをすばやくなめつくしたのち、乾いた木の幹や低い大枝を不思議な知能で探りあててアメーバのごとく這いのぼり、瞬く間にそれらを発火させ、赤いネオン管のような炎の筋をあとに残す。そこへ火の本隊がやってきて、燃え残った木々をすさまじい獰猛《どうもう》さで焼きつくすのだった。

エラリーは顔を覆い、たじたじとあとずさった。このときはじめて、みなが陥っている苦境の真の恐ろしさに打たれた。容赦なき炎の進軍……。それは、ぞっとするほど貪欲《どんよく》さをきわめた自然の姿だった。背を向けて、闇雲に逃げだしたい衝動に駆られた――どこでもいいから、この大火事から逃れたい。手のひらに爪が食いこむほどこぶしを握りしめ、ようやく気持ちを落ち着けた。そこでまた、熱風が顔に吹きつけ、息を呑《の》んで後方へ逃れたとたん、足を滑らせてぼろぼろの枯れ葉の上に倒れた。

エラリーは炎の隊列を横に見ながら、急斜面の横腹があるはずの南へと移動した。胸にはいまや絶望が宿っている。冷たく重いその塊は、体の奥から湧きあがる恐怖の圧力に耐えかねて、いまにも破裂しそうだ。道はきっとある……。足を止め、倒れまいとして細い樺《かば》の木の幹にしがみつく。その先へは進めなかった。

エラリーは長々とそこにたたずんで、痛む目をしばたたきながら、煙の充満した渓谷をながめた。活火山のふちに立って噴火口を見おろすのは、こういう感じなのかもしれない。

木々は不ぞろいな岩壁のへりまで生い茂っていた。その少し下の、エラリーからも見える、断崖《だんがい》がアーチ形に露出したあたりの木々は、ほかの場所と同じくらい激しく燃えていた。

少なくともこの方角には、逃げ道はひとつもない。

アロー山をのぼって頂上へ帰り着くのにどのくらいの時間がかかったのか、エラリーにはまったくわからなかった。のぼりはくだり以上にきつかった。背骨が折れそうな、心臓が破裂しそうな、肺が張り裂けそうな苦行だった。乗馬靴に包まれた足は石のごとくと化し、手の皮膚は擦りむけて血だらけだ。ぼんやりした頭で、荒く短い呼吸をし、目を半ば閉じて、下の恐ろしい状況のことを考えまいとしながら、ひたすら這いのぼった。あとでわかったのだが、これには数時間を費やしていた。

そしてようやく、呼吸がいくらか楽になり、頂上にある最後の深い茂みが見えてきた。エラリーは森の端にたどり着くと、ひんやりした木の幹に無言で感謝しながら抱きついた。血走った目で空を見あげた。すでに日が傾き、出発前より暑さが和らいでいた。水、気持ちのよい入浴、傷に塗るヨードチンキ……。エラリーは目をつぶり、家までの最後の数ヤードを歩ききる気力を奮い起こした。

そこでしぶしぶ目を開いた。右手のそう遠くない下生えを踏みしめて、だれかが歩いてくる。探険に出たひとりが帰ってきたのだ……。エラリーは頭を低くして、後方のさらに深い茂みのなかにさっと隠れた。刺激の強い緊張で、心労と心痛が一気に吹き飛んだ。

西寄りの森の端から、肥満体のスミスが大きな頭を突き出し、用心深く頂上をうかがった。服装は乱れ、青白い顔をして、遠目に見てもエラリーに劣らず傷だらけになっていた。しかしエラリーが身を隠したのは、この謎めいた中年のゴリラが、傷つき疲れてもどってきたからではなかった。

そのかたわらに、繊細な顔にスミスと同じような疲労と掻き傷を刻んだカロー夫人がいたからだった。

しばらくのあいだ、この奇妙なふたり組は家のまわりの開けた土地を怪しげなくらいこそこそと見まわした。そして、自分たちが最初にもどった組だと確信したらしく、堂々と森から出てきて、てっぺんの平らな岩のところまで歩いた。カロー夫人がエラリーの耳に届くほどのため息を漏らし、その岩に重々しく腰をおろした。片手の小さなこぶしに顎《あご》を載せ、感情のこもらない目で連れの巨漢を見あげた。巨漢はすぐ近くの木に寄りかかって、小さな目を泳がせている。

女が話しはじめた。エラリーは全身を耳にした。唇が動くのは見えるが、離れすぎていて、発していることばは聞こえない。ふたりのそばまで自分を連れてきながら、会話を聞きとれるほどには近づけてくれなかった運命を、心のなかで呪った。男は落ち着かない様子で、ぐったりと木にもたれたまま、体重を足から足へぎこちなく移し替えていた。女の痛烈なことばに身悶《みもだ》えしているように見えた。

女はしばらく早口にしゃべりつづけたが、一度も男は口を開いて言い返さなかった。すると女は突然、軽蔑《けいべつ》と威厳のこもった顔つきで立ちあがり、右手を差し出した。

エラリーは一瞬、スミスが夫人を殴るのではないかと思った。だがスミスは木から跳びのき、大きな口をゆがめて下顎《したあご》の肉を震わせながら、夫人に何やらがなり立てた。手があがりかけていた。夫人は身じろぎもせず、手をおろしもしなかった。スミスがしゃべっているあいだ、夫人の手はじっと伸ばされたままだった。

そしてとうとう、怒りは穴のあいたゴム風船のようにしぼみ、スミスはよれよれの上着の胸ポケットを探った。震える指で財布を取り出し、中から何か抜きとったが、エラリーにはよく見えなかった。そしてその何かを、血のにじんだ夫人の白い手のひらに叩《たた》きつけた。それきり夫人に一瞥《いちべつ》もくれず、スミスはおぼつかない足どりで家のほうへ歩み去った。

カロー夫人は彫像のように血の気のない顔で凍りつき、握りしめた右手に目を落とすこともなく、長いこと立ちつくしていた。やがて右手のそばに左手を持ちあげると、曲げていた右の指を伸ばし、スミスが渋ったあげくによこしたものを、ゆっくりした動作で引き裂きはじめた。容赦なくずたずたにちぎり、最後に森へ向かって破片を投げつける。そして夫人は向きを変え、ふらつきながらスミスのあとを追った。その肩が震えているのが見えた。夫人は両手で顔を覆ったまま、前も見ずに歩いていった……。

しばらく経って、エラリーはため息混じりに身を起こし、カロー夫人とスミスがいた場所へゆっくりと近づいた。あたりを見まわす。ふたりともすでに家のなかに消え、その空き地にはだれの姿もない。そこでかがみこみ、いま投げ捨てられたものを残らず拾い集めにかかった。察していたとおり、それは紙の切れ端だった。その一片をひと目見ただけで、知りたかったことの一部は判明した。十分ほどそのあたりを這いまわり、紙切れをすべて拾い終えると、エラリーは森のなかへもどって地面にすわりこみ、ポケットにあった古い手紙を台紙代わりにひろげて、紙片を継ぎ合わせはじめた。

しばしのあいだ眉《まゆ》を寄せて、その骨折りの結果についてよく考えた。それはワシントンにある銀行の小切手で、クイーン父子がアロー山のせまい山道でビュイックを運転する太った男に出くわした日の日付が記されていた。その小切手は現金に引き換え可能なもので、細長い女性の筆跡で〝マリー・カロー〟と署名がしてあった。

振り出し額は一万ドルだった。

13　テスト

エラリーはベッドの上で真っ裸の体を長々と伸ばし、煙の立ちのぼる煙草を手に、冷たいシーツの感触を楽しみながら、夕闇迫るなかで白い天井を見あげていた。入浴をすませたあと、洗面所の薬棚にあったヨードチンキで無数の切り傷や掻《か》き傷を手当てし、肉体的には生き返った心地がしていた。けれども脳裏には、さまざまな光景が繰り返し去来していた。そのひとつはトランプのひと組のカードで、もうひとつは指の跡だった。そして、そのふたつをしのぐのが、忌まわしい細部を忘れ去ろうとしてもちらつきつづける、下方で燃えさかる地獄の炎の幻影だった。

煙草を吸いながら思案をめぐらし、のんびり横になっていると、帰ってきたこの家の者たちの疲れきった足音がときおり廊下で聞こえた。足音の調子が、その主の探険の成果を簡潔かつ雄弁に物語っていた。話し声はまったくしなかった。足音は重く、引きずるようで、救いがない。ドアは静かにあけられ、のろのろと閉められた。廊下の突きあたりでは……あれはフォレスト嬢だろう、心躍る冒険に乗り出したときの威勢のよさは鳴りをひそめている。すぐあとにつづいた廊下の向かい側の足音――あれはゼイヴィア夫人だ。それから、ゆっくりしたリズムでぎこちなく刻まれる四つの足音――これは双子だが、もう喚声をあげてはいない。ホームズ博士とマーク・ゼイヴィアがようやくもどり、その足音がやむとさらに、ふた組の元気のない足音がつづいた……屋根裏のそれぞれの部屋へ向かうウィアリー夫人とボーンズだ。

それから長いあいだ、完全な静寂に陥った。エラリーはおのれの思考の迷路をさまよいながら、父親はどこにいるのかと案じた。きっと一縷《いちる》の望みをいだいているにちがいない。ありもしない逃げ道をなおも探しつづけているのだろう。そこでふと新たな考えが浮かんだので、すべてを忘れて、すさまじい集中力でそれを突きつめた。

ドアの外で引きずるような足音が聞こえ、エラリーはわれに返った。あわててシーツで体を覆う。ドアが開き、入口に警視が現れた。生気のない目をした幽霊だった。

警視はひとことも発せず、ふらつきながら洗面所にはいっていった。顔と手を洗う水音が響く。やがて出てきた警視は、肘《ひじ》掛け椅子に沈みこんで、同じ憔悴《しょうすい》した目で壁を見つめた。左の頬には真っ赤な生々しい長い搔き傷があり、皺《しわ》の寄った両手も刺し傷だらけだった。

「成果なしかい、父さん」

「なしだ」

ほとんど聞きとれないほど、声は疲労でかすれていた。

やがて警視はつぶやいた。「おまえのほうは？」

「ぜんぜんだよ……。しかし、すごかったね」

「あれは——そうだな」

「そっちでも爆音が聞こえたかい」

「ああ。爆破だろう。くだらない悪あがきだ！」

「まあまあ、父さん」エラリーはなだめた。「町の人たちだって手を尽くしてるんだから」

「ほかの連中はどうした」

「みんな、もどったようだよ」

「だれも何も言っていなかったか」

「足音を聞けばわかるよ……。それより父さん」

警視はわずかに頭をあげた。「なんだ」力なくつぶやく。

「すごく意味ありげなものを見たよ」

警視の目に希望が燃え、さっと頭が動いた。「火事の？」と大声で言う。

「いや」エラリーが静かに言うと、白髪頭はまたがくりと垂れた。「火事については——ほかの人の手に委《ゆだ》ねるしかなさそうだ。運がよければ……」エラリーはそこで肩をすくめた。「避けがたいと思えることには、あきらめて従うしかない。たとえその避けがたいことが、すべての終わりであってもね。わかってると思うけど、ぼくたちが助かる見こみは――」

「ほとんどない」

「そう。だから冷静でいたほうがいい。実際、できることは何もないんだから。別のことに頭を――」

「殺人事件にか？　ふん！」

「いいじゃないか」エラリーは上体を起こして膝《ひざ》をかかえた。「唯一のまともな仕事だし――とにかく、正気を保つにはそれしかないんだ。男は――女もそうだけど――日ごろと変わらない仕事さえしていれば、病院送りにはならずにすむものさ」警視がかすかに鼻を鳴らす。「ほんとうだよ、父さん。こんなのに負けちゃだめだ。火事のせいで、ぼくたちはたしかに参ってて、少しばかり混乱してる。いままでずっと、イギリス人を美化する例の〝ひたすらつづけろ！〟精神を、戯言《たわごと》だと思ってばかにしてきたけど、あれにもそれなりの真理はあるよ……。父さんの耳に入れておかなきゃいけないことがふたつある。ひとつは、ぼくがここへもどってきたときに目撃したものについて」

警視の目に好奇の光が現れた。「目撃した？」

「カロー夫人とスミスが――」

「あのふたりが！」警視は目を見開いて椅子から体を起こした。

「そうそう、その調子」エラリーはくすりと笑った。「やっといつもの父さんらしくなったな。ふたりは、だれにも見られていないと思って密談してたんだ。カロー夫人が何かを返せとスミスに迫ってた。あの大男のスミスは、ふてぶてしく構えてたけど、夫人が何かひとこと言ったら、すっかり気折れしてしまったよ。そして、言われた品をおとなしく返した。夫人は受けとったそれを、びりびりに破って投げ捨てた。それは持参人が現金で一万ドルを振り出せる小切手で、マリー・カローの署名がしてあった。その破片はぼくのポケットにある」

「なんと！」警視はすばやく立ちあがって、部屋を歩きまわりはじめた。

「これでかなりはっきりしたよ」エラリーは一考した。「いろんなことの説明がつく。スミスがこの前の夜、なぜあんなに山をおりたがってたのか。ここへ舞いもどったとき、なぜカロー夫人と顔を合わせたくなさそうだったのか、なぜあのふたりがきょうの午後、こっそり会ってたのか。脅迫だよ！」

「そうだ。そうにちがいない」

「スミスはカロー夫人を追ってこの山へやってきて、どうにかふたりきりで夫人と会ったんだ。ひょっとしたらフォレスト嬢もいたかもしれない。スミスは夫人から一万ドル吸いとったわけだ。さっさとここを離れたかったのも当然だよ！　ところが殺人が起こったり、ぼくたちが現場にひょっこり現れたり、さらにはだれも山をおりられなくなったりということがあって、事態は変わったんだ。そうじゃないだろうか」

「脅迫か」警視はつぶやいた。「あの子供たちのことだろうな……」

「ほかにあるかい？　シャム双生児の母親である事実を世間に隠しているかぎり、夫人はスミスにいくらでも口止め料を払いつづけたにちがいないよ。ところが、殺人が起こって捜査がはじまり、山道が通れるようになったときに管轄の警察がこの現場へやってくれば、夫人の秘密は確実に明るみに出る——そうなったらもはや、フランク・J・スミス氏の沈黙を金で買う理由はなくなる。だから夫人は勇気を振り絞って、小切手を返すよう要求したんだ。スミスも観念してそれに応じた……と、そんなところかな」

「しかし——」警視は納得しかねるふうに口を開いた。

「ああ、可能性はいろいろ考えられる」エラリーはつぶやいた。「だけど、それは別に重要じゃないよ、父さん。ほかにもまだある。考えてたんだけど——」

警視は低くうなった。

「そう。考えて、とことん記憶と闘って、ある結論に達したんだ。説明させてもらえたら——」

「殺人のことか？」

エラリーはベッドの足板に掛けておいた清潔な下着に手を伸ばした。「そう。まさにあの殺人のことさ」

ウィアリー夫人が仕方なしに用意した、缶詰の鮪《まぐろ》と干したすももとしなびたトマトの夕食を腹に入れたあと、火事で傷を負って情けない顔をした面々は娯楽室に集まった。みな、大変な思いをして森のなかを往復してきたことがうかがえた。絆創膏《ばんそうこう》やヨードチンキだらけの人間がこれだけ集まっている光景を、エラリーは見たことがなかった。しかし、一同が口の端をだらりとさげて、目に絶望の色を浮かべているのは、心の傷のせいだった。双子でさえ元気を失っていた。

警視がだしぬけに言った。「みなさんにお集まり願ったのには、ふたつ理由があります。ひとつは、成果をうかがうため。もうひとつはあとで申します。まずは、下のほうで何か発見したかたはいらっしゃいますか」

一同の惨めな顔を見れば、返事を聞くまでもなかった。

「では、じっとすわって待つほかないですね。そのあいだに」警視は鋭い声でつづけた。「みなさんに思い出していただきたいのですが、この家の状況は前と少しも変わっていません。ここには依然として死体があり、殺人犯がいます」

エラリーの見たところ、全員ではないにせよ、大半の者はそれを忘れていたようだった。わが身に危険が迫っているという緊張が、頭からその事実を消し去っていたのだ。もとの自制心がもどったいま、一同の顔つきは瞬時に変わった。スミスはただじっとすわっていた。アン・フォレストはカロー夫人に警告するような視線を投げた。マーク・ゼイヴィアはそわそわして煙草をふたつに折った。ゼイヴィア夫人は黒い瞳《ひとみ》をきらめかせた。双子は呼吸を速めた。ホームズ博士は色を失い、カロー夫人はハンカチをよじってまるめた。

警視は間を置かずにつづけた。「最悪でなく、最良の事態を想定しましょう。つまり、全員がなんとか無事にこの窮境を脱するものと考えます。したがっていまからは、山火事は起こっておらず、この区域を管轄している担当警察官の到着が遅れているにすぎないという前提で話を進めます。わかりましたね？」

「古くさい手だ」マーク・ゼイヴィアが冷笑した。「どうせ、われわれのだれかを九尾の猫の鞭《むち》（こぶのついた九本の紐を束ねた懲罰用の鞭）で責めるつもりだろう。もうお手あげだって、白状したらどうです？　だれかがあんたらやここの連中をうまくだましているから、そいつにうっかりぼろを出させるために、こうやっておせっかいを焼いているんだと」

「まあね」エラリーはつぶやいた。「と言っても、暗闇でまごついているわけじゃありませんよ。断じてそうじゃない。ぼくたちは知っているんです」

ゼイヴィアの白い顔がゆっくりと灰色に変わった。「きみたちが――知っている？」

「あまり自信満々ではいられなくなったようですね」エラリーはゆっくりと言った。「父さん、これで話は通じたんじゃないかな……。ああ、ウィアリー夫人。はいってください。ボーンズ、きみもだ。きみたちふたりにも、いてもらわないと困る」

一同は無意識に玄関広間側のドアのほうを振り向いた。家政婦と雑用係が戸口で尻《しり》ごみしている。

「ほらほら、はいって」エラリーは軽快に言った。「総出演してもらいたいんですよ。さあ、すわって。それでいい」

警視はブリッジ用テーブルのひとつに寄りかかって、ひとりひとりの顔を鋭く見まわした。「みなさん、ここにいるクイーン氏が暴いてみせた企《たくら》みのことをまだご記憶ですね。ゼイヴィア夫人がご主人を殺害したように見せかけるというものです。夫人は罪を着せられたのであり、着せようとしたその人物こそがゼイヴィア博士を殺害した犯人です。覚えていらっしゃいますね」

たしかに一同は覚えていた。ゼイヴィア夫人は青ざめて目を伏せ、ほかの者は夫人をちらりと見たのち顔をそむけた。マーク・ゼイヴィアはほとんど目を閉じるようにして、一心に警視の唇をにらんでいた。

「ではこれから、みなさんをテストさせてもらいますが――」

「テスト？」ホームズ博士がゆっくりと言った。「警視、それはちょっと――」

「落ち着いてください、博士。テストと言ったらテストです。全部終わって煙が消え去ったとき」警視はきびしい表情で間を置いた。「残った男が犯人です。あるいは」ふたたび間を置いたあとで付け加える。「女でもいい。罪を犯した本人であれば、どちらでもかまいません」

だれも反応しなかった。一同の目は、警視のにこりともしない唇に注がれていた。そこでエラリーが進み出て、みなの視線はそちらへ移った。警視はフランス窓のそばに身を引いた。多少なりとも空気を入れるために、窓は開いてあった。夜の戸外の暗闇を背に、小柄な警視は直立姿勢をとった。

「拳銃《けんじゅう》を」エラリーが鋭く言って、父親のほうに手を伸ばした。警視はゼイヴィア博士の書斎の床に落ちていた長銃身のリボルバーを取り出すと、手早くあけて空の弾倉を調べ、また閉じたあと、何も言わずにエラリーの手に渡した。

一同は困惑顔で息を殺しながら、この無言の一幕を見つめていた。

エラリーは謎めいた笑みを浮かべて、拳銃の重みを手で量ったのち、ブリッジ用テーブルと椅子を目立つ位置に引っ張ってきて、椅子をテーブルの奥に置き、そこにすわる者がみなのほうを向くようにした。

「さて、みなさん」エラリーは歯切れよく言った。「ここはゼイヴィア博士の書斎で、このテーブルは博士の机、この椅子は博士の椅子だと思ってください。ここまではいいですか？　それでは」そこで間を置く。「フォレストさん！」

鞭《むち》打つような調子で自分の名をはっきり呼ばれ、若い婦人はぎくりとして、不安そうに目を見開いた。ホームズ博士が何か言いたげに腰を浮かせたが、またすわりなおし、険しい目で成り行きを見守った。

「わ――わたしですか？」

「そうです。立ってもらえますか」

フォレスト嬢は椅子の背をつかんで、素直に立ちあがった。エラリーは部屋を横切ってグランドピアノの前まで行き、その上に拳銃を置いてから、テーブルのかたわらのもとの位置にもどった。

「で――でも、何を――」若い女は青ざめた顔でまたささやいた。

エラリーは椅子にすわった。「フォレストさん、あなたには」淡々とした口調で言う。「拳銃を撃ったところを再現していただきます」

「う――撃ったところを再現？」

「お願いします。ぼくをゼイヴィア博士だと思ってください――願ってもない最上の終末だ（シェイクスピア『ハムレット』第三幕第一場より）。まずはその後ろのドアから横断廊下へ出てもらいます。そしてぼくが合図をしたら、はいってきてください。あなたは、ぼくと向かい合うやや右寄りの位置に立つことになります。ぼくはゼイヴィア博士で、机に向かってソリティアをしているところです。あなたは入室したら、ピアノのところへ行って拳銃を手にとり、ぼくの真正面にやってきて引き金を引く。ことわっておきますが、拳銃には弾が装塡《そうてん》されていません。どうかそのまま——弾はこめずにいてください。いいですね？」

フォレスト嬢は病的なほど青ざめていた。何か言おうとして唇を震わせたが、ことばを発するのはあきらめ、こくりとうなずいて、エラリーの指定したドアから出ていった。一同の凝視と沈黙をあとに残し、ドアはかちりと閉まった。

警視はフランス窓のそばに立ったまま、硬い表情で見守っていた。

エラリーは組んだ両腕をテーブルのへりに置いて呼びかけた。「いいですよ、フォレストさん！」

ドアがゆっくり、ほんとうにゆっくりと開き、フォレスト嬢の白い顔がのぞいた。ためらいがちにはいってきた彼女は、ドアと同時に自分の目も閉じたが、身震いをして目を開き、重い足どりでピアノの前へ行った。少しのあいだ、いやなものを見るように拳銃を注視したのち、それをつかんでエラリーのほうへ向けながら叫んだ。「ああ、こんなばかげたこと！」そして引き金を引く。拳銃を床に落とし、すぐそばの椅子にくずおれて泣きはじめた。

「いまので」エラリーは立ちあがって部屋を横切りながら、力強く言った。「申し分ありませんでしたよ。最後のひとことだけはよけいでしたけどね」かがんで拳銃を拾いあげ、父親に向かって言う。「見たろうね、もちろん」

「見たとも」

いまやみな大きく口をあけている。フォレスト嬢も泣くのを忘れて顔をあげ、いっしょになって目を見開いていた。

「こんどは」エラリーはつづけた。「スミスさん」

一同の視線が太った男の顔にただちに集中した。当人はじっとすわったまま、愚鈍な牛のようにまばたきをし、顎《あご》を動かしていた。

「立ってください」スミスがぎくしゃくと立ちあがり、体重をかける足を落ち着きなく替える。「これを持って！」エラリーは言って、スミスのほうへ拳銃を突き出した。スミスはまた目をしばたたき、大きく息を吸いこんで、それを受けとった。つかんだ指から拳銃がぶらさがる。

「おれはどうすれば？」スミスはしゃがれた声で尋ねた。

「あなたは犯人で――」

「犯人！」

「このちょっとした実験のうえではね。あなたは犯人で、いま撃ったばかりです――

そう——ゼイヴィア博士を。硝煙の立ちのぼる拳銃がまだあなたの手のなかにある。その拳銃はゼイヴィア博士のものだから、あなたが処分する必要は特にありません。それでも、それに指紋を残すのはいやなはずです。だから——あなたはハンカチを出して凶器をきれいにぬぐい、注意深く床に落とす。わかりましたね？」

「わ——わかった」

「では、どうぞ」

エラリーは一歩さがって、太った男を冷静な目でながめた。スミスはためらっていたが、とにかく一刻も早くその役割から解放されたいとばかりに、急に焦りはじめた。銃の握りをしっかりつかみ、ナプキンのようなハンカチをさっと取り出すと、握りと銃身と引き金と用心金を、いかにも慣れた手つきできれいにぬぐい、ハンカチを巻きつけた手で拳銃を持って、床に落とした。そして後ろへさがって腰をおろし、大きな腕をゆっくりと動かして額の汗を拭《ふ》きとった。

「けっこう」エラリーはつぶやいた。「大いにけっこう」落ちている拳銃を拾いあげてポケットにしまい、もとの場所へもどった。「さてこんどは、ホームズ博士」イギリス人が不安そうに身じろぎする。「もう一度魔法を使って、ぼくが死体になります。あなたにはこのちょっとしたドラマで、冷たく無惨なぼくの死体を調べる医師を演じてもらいます。これ以上説明しなくても、おわかりいただけますね」エラリーはブリッジ用テーブルの椅子にすわって、テーブルに突っ伏し、左手を天板の上に平らに置き、右手を床のほうに垂らし、左の頬を天板に押しあてた。「さあ博士、はじめてください。ぼくも好きこのんでこんな役はやりたくないんですけどね！」

ホームズ博士は立ちあがって、よろよろと前へ出た。そしてエラリーの動かない体の上に身をかがめ、首筋と喉《のど》の筋肉にふれ、頭を横に傾けてエラリーの目を調べ、両腕と両脚をつかんで脈をとり……手慣れた迅速さでひととおりの検査を終えた。

「これでいいですか」博士は最後に苦しげな声で言った。「それとも、この気味の悪い茶番をまだつづけますか」

エラリーは勢いよく身を起こした。「いいえ、これでじゅうぶんです、博士。でも、ことばに気をつけてください。これは茶番どころか、このうえなく恐ろしいたぐいの悲劇です。お疲れさまでした……。では、ウィアリー夫人！」

家政婦は自分の胸もとをつかんだ。「は――はい？」どぎまぎして言う。

「あなたも立って、部屋のあちら側へ行き、玄関広間へのドアのそばにある電灯のスイッチを切ってください」

「き――切るのでございますか」家政婦はことばを詰まらせて立ちあがった。「でも――でも、暗くなりませんでしょうか」

「なるでしょうね」エラリーはにこりともせずに言った。「ではさっそく、ウィアリー夫人」

家政婦は唇をなめ、指示を求めるように女主人を見やったのち、玄関広間に近いドアのほうへぎこちなく進んだ。壁のところでぐずぐずしていたので、エラリーがもどかしそうに動作を促した。家政婦は震えながらスイッチを探りあてた。とたんに部屋は、チョコレート・シロップのような濃い闇に包まれた。アロー山の空で輝く星の光も、戸外にもうもうと立ちこめる煙を透過することはできなかった。五マイルの深海の底に埋もれたかのようだった。

やがて、長い時間の果てに、エラリーの澄んだ声が沈黙を破った。「ボーンズ！　マッチを持ってないか」

「マッチ？」老人はしゃがれた声で言った。

「そうだ。一本すってくれ、いますぐ。さあ早く、急いで！」

マッチをする音がして、ともった小さな光がボーンズの骨張った手と皺《しわ》だらけの仏頂面の片側を照らし出した。光が揺らめいて消えるまで、だれもことばを発しなかった。

「よし、ではウィアリー夫人。また電灯をつけてください」エラリーはつぶやいた。

電灯が明るくともった。ボーンズはもとの位置にすわったまま、手に持った黒焦げの木軸を見つめていた。ウィアリー夫人は急いで自分の椅子にもどった。

「さてつぎは」エラリーは平静につづけた。「あなたです、カロー夫人」

夫人は蒼白《そうはく》ながらも自制した顔で立ちあがった。

エラリーはテーブルの浅い抽斗《ひきだし》をあけて、新しいトランプをひと組取り出した。封を切り、グラシン紙の包み紙をまるめて脇へ捨てると、カード一そろいをテーブルに置いた。「ソリティアはなさいますね」

「やり方は知っていますわ」夫人は驚いた声で答えた。

「単純なソリティアですね？　つまり――カードを十三枚伏せて置いて、四枚だけ上向きに並べ、十八枚目のカードをその上に載せていくやり方ですが」

「そうです」

「すばらしい。ではカロー夫人、このテーブルについて、このトランプでソリティアをしてください！」

カロー夫人は正気を疑うような目でエラリーを見たが、静かに前へ進み出て、テーブルに向かってすわった。その指がトランプを探りあてる。ゆっくりとカードを切り、十三枚を伏せて積みあげ、つぎの四枚を表を上にして一列に並べ、そのつぎのカードをそれらの上に載せる。それから残りのカードをまとめて手に持ち、ゲームをはじめた。三枚目のカードごとに表を見せ、位が上のものを探す……。

夫人は緊張した様子でどんどんゲームを進めた。指をすばやく動かし、ためらって止めたりまた動かしたりした。二度まちがいをしたが、先へ進む前にエラリーが静かに指摘した。一同は固唾《かたず》を呑《の》んで見守っていた。いったいどうなるのだろう？

　偶然出たカードを並べていくこともあり、ゲームはいつまでも終わらないかに見えた。ずらして重ねた四つのカードの列が長くなっていく……。だしぬけに、エラリーが夫人の指の上に手を置いた。

「もうけっこうです」穏やかに言った。「運がよかった。求める結果が出るまで、何度か繰り返してもらわないといけないかと思ってましたよ」

「結果？」

「そうです。ご覧ください、カロー夫人、四番目のずらして重ねた列には――赤の5と赤の7とのあいだに――まごうかたなきスペードの6があるでしょう？」

　ゼイヴィア夫人が大きなうめき声を漏らした。

「まあまあ、ご心配なく、ゼイヴィア夫人。もう一度あなたを罠《わな》にかけようというわけじゃありません」エラリーはカロー夫人に微笑みかけた。「もうけっこうですよ……ではゼイヴィアさん！」

　しばらく前から、長身の弁護士のばかにした態度は消えていた。手は震え、口はだらりとゆるんでいる。強い安ウィスキーでもあおりたそうだ、とエラリーは内心でほくそ笑んだ。

「それで？」ゼイヴィアは前へ出ながら、かすれた声で言った。

「ええ、それでは！」エラリーは微笑んだ。「あなたには非常におもしろい実験をしてもらいます、ゼイヴィアさん。場に出ているカードのなかから、スペードの6を選びとってくださいますか」

ゼイヴィアはぎくりとした。「選びとる？」

「どうぞ」

ゼイヴィアは震える指でカードを選びとった。「それで——こんどは？」無理に微笑もうとしながら尋ねる。

「こんどは」エラリーは鋭く言った。「そのカードをふたつに引き裂いてください——いますぐ！　さあ、どうぞ！　ぐずぐずしないで！　引き裂くんです！」面食らったゼイヴィアは、考える間もなく言われたとおりにした。「その半分を捨ててください！」指が燃えかかっているかのように、一片を手放す。

「それから？」ゼイヴィアは唇をなめながらつぶやいた。

「ちょっと待て」後方から警視の淡々とした声がした。「そこにいてください、ゼイヴィアさん。エル、こっちへ来い」

エラリーは父親のそばへ行き、ふたりは数分間、小声で熱心に話していた。やがてエラリーがうなずき、一同のもとへもどってきた。

「適切な協議の結果、この一連のテストは大成功だったことをご報告します」エラリーは愉快そうに言った。「ゼイヴィアさん、そのテーブルの椅子にすわってもかまいませんよ。あと数分かかりますから」弁護士はカードの一片を手に持ったまま、ブリッジ用の椅子に腰をおろした。「いいでしょうか。ではみなさん、よく聞いてください」

必要のない指示だった。だれもがこの緊迫した芝居の虜《とりこ》になり、身を乗り出してすわっていたからだ。

「少し前にぼくは、手品についてちょっとした講釈を垂れましたが、それが記憶にあるかたは」エラリーは鼻眼鏡をはずしてレンズを拭《ふ》きながらつづけた。「ぼくがいくつか重要な実証をしたのをきっと覚えていらっしゃるでしょう。まずひとつ、ゼイヴィア博士は右利きだったのだから、右手にカードの半切れを持った状態で発見されたのはおかしいことを実証しました。もし博士がカードを引き裂いたのなら、引き裂き、握りつぶし、捨てるという動作をすべて右手でおこなったはずだから、残った半分は左手に残っているはずだと。そこからこういう結論も導き出しました——あのカードはゼイヴィア博士のまちがったほうの手にあったのだから、カードを引き裂いたのはゼイヴィア博士本人ではなかった。したがって、殺人犯の正体を示す〝手がかり〟を残したのも本人ではなかったのだと。あのカードは、ゼイヴィア夫人を犯人として指し示すものでした。しかし、被害者が残したものでないとしたら、その手がかりに信《しん》憑性《ぴょうせい》はありませんし、証拠にもなりません。事実上それは、ゼイヴィア夫人に夫殺しの罪を着せるために、博士がこのとんでもない方法で妻を糾弾したふうに見せかけようとした人物の、単なる思いつきの謀略ということになります。結論としてぼくはこう言いました——その人物とは、殺人犯自身でなくてだれであろうか、と。覚えていらっしゃいますか」

だれもが覚えていた。すっかり引きこまれたことをはっきりと示す各人の目が、その答だった。

「よって、問題はこのように変化します——あのスペードの6のカードを実際に引き裂いた人物を見つければ、犯人を突き止めたことになる」

このとき、クイーン父子を含む全員の虚を突いて、スミス氏があざけるような低音域《バッソ・プロフンド》の声でこう言い放った。「それはうまい手だ——あんたたちにそれができるならな」

「それが、スミスさん」エラリーはつぶやいた。「もうできたんだよ！」

スミス氏は急に口をつぐんだ。

「そう」エラリーは夢見るように天井をながめながらつづけた。「犯人の正体を示す恰好《かっこう》の手がかりがあったんです。それはずっと前からぼくの目の前にあったわけで、いま思うとおのれの愚かさに赤面するくらいですよ。でも、人はすべてを見抜けはしないものですから」悠然と煙草に火をつける。「しかし、いまではそれが実にはっきりと見えています。手がかりは、言うまでもなくあのカードに――引き裂かれたカードに――あります。犯人によって裂かれて握りつぶされ、ゼイヴィア博士の死体の近くの床に捨てられた、例の半分です。その手がかりとはどんなものか？　実は、この山火事の存在に感謝しなくてはなりません。というのは、至るところに舞っているすすのおかげで、カードに指の跡がついているからです」

「指の跡」ゼイヴィアがつぶやいた。

「そのとおり。では、その指の跡はどんなふうについているのか。犯人はどんなふうにカードを引き裂いたのか。人はどんな具合にカードを引き裂くものなのか。さてゼイヴィアさん、あなたはたったいま、カードを引き裂くふたつの方法のうちひとつをやってみせてくれました。ぼく自身も何時間もかけてそれをやってみたうえで、カードを半分に裂くのには、ふたつの方法のいずれかひとつが使われるものだと言わせてもらいましょう。より一般的なほうの方法では、両手の親指の先を引き裂くカードのふちに並べ、その指先が互いにくっつき、親指そのものは互いに鋭角をなすような形にします。ほかの指はカードの裏側に置かれます。そしていざ、カードを引き裂きます――さいわい、指にはすすがついています。どういうことになるでしょう？　引き裂くときに親指の圧力で――もっと厳密に言うと、一方の親指がしっかりとカードを押さえ、もう一方の親指が引くかまたは押す動作をおこなうことで――卵形の跡が残ります。ひとつは左半分の右上の隅に――すなわちこれは、左手の親指の跡です。もうひとつは、右半分の左上の隅に――これは右手の親指のあとです。右だの左だのと呼んでいますが、これはもちろん、ぼくがカードを自分の正面に持っていて、左半分と言った場合、ぼくから見て左側にあるということですよ」エラリーはしばらく考えながら煙草を一服した。「もうひとつの方法は、最初の方法と事実上は同じことです。ただし、カードの上端にあてがわれたふたつの親指は、斜め上向きではなく、互いに斜め下向きに、互いに向き合っているのです。卵形の親指の跡は、いまお話ししたカードの上端に残るのですが、この場合は当然、上向きでなく下向きにつくわけです。どちらの方法にせよ、結果は――これからお話ししようとしている結果は――実質上、同じになります。ここまでで何がわかったでしょうか」

みな、一語一語にじっと聞き入っていた。

「それでは」エラリーはゆっくりとつづけた。「ゼイヴィア博士の書斎の床に落ちていた、握りつぶされた半分を改めて調べてみましょう。まず皺《しわ》を伸ばして、親指の跡が上になるようにします。なぜ上か？　何かを裂くときはだれしも、下から上ではなく、上から下へ裂くものです。だからさっきお話ししたとおり、第二の方法は、実質上の結果において、第一の方法と変わらないのです。角度こそちがいますが、やはりカードの同じ隅についていて、しかも同じ手の親指の跡ですから。さて、この伸ばした半分を、カードが裂かれたときと同じと思われる位置で持ってみると、何がわかるでしょうか」そこでまた煙草を吹かす。「カードが引き裂かれた跡は右側にあり、親指の跡は右上の隅に向かって斜め上向きの方向を指しています。つまり、ここに跡を残したのは左の親指です。したがって、この裂いて握りつぶしたカードの半分を持っていたのは、左手だったんです！」

「それはつまり」フォレスト嬢がささやき声で言った。「左利きの人が――」

「鋭いですね、フォレストさん」エラリーは微笑んだ。「まさにそう言いたかったんですよ。あの半分を持っていたのは、犯人の左手だったと。となると、犯人は左手でその半分を握りつぶし、左手で投げ捨てたことになる。要するに、その左手がすべての動作をおこなったということです。ゆえに《エルゴ》、あなたの言うとおり、ゼイヴィア博士を殺害し、ゼイヴィア夫人を罠《わな》にかけた人物は左利きでした」いったんことばを切り、一同の困惑した顔を見まわす。「したがって、みなさんのなかに――そういう人がいるとして――だれが左利きかを突き止めれば、問題はおのずと解決します」一同の困惑は驚愕《きょうがく》に変わった。「これが今夜おこなった一風変わったテストの目的でした」

「引っかけか」ホームズ博士が腹立たしげに言った。

「だとしても、本質を突いたものですよ、博士。実のところ、これは事実をつかむためのテストというより、罪の心理についてのちょっとした研究だったんです。ぼくはこのテストをおこなう前から、観察ずみの事柄を思い出しただけで、だれが右利きでだれがそうでないかをすでに把握していました。同じ観察から、みなさんのなかに両利きの人がいないこともわかっていたんです。ところで、今夜テストをしてもらわなかった人物が三人います。ゼイヴィア夫人とカロー兄弟です」双子はびくっとした。

「ただ、ゼイヴィア夫人は、罪を着せられた当人なので自分で自分を陥れるような真似はまずしないだろうという点を別にしても、ぼくが何度も気づく機会があったとおり、やはり右利きです。双子について言えば、このふたりが罪を犯すなどと仮定することすら無茶ですが、右側のフランシスは、ぼくが観察したとおり、当然右利きです。そして左側のジュリアンは左利きですが、左手を骨折してギプスをはめているので、指先を使う作業をするのは不可能です。それに」と無造作に付け加える。「ぼくはあらゆるやり方を考えてみて、満足のいく結論を導き出したんですが、いまのような状態のふたりが、ああいう親指の跡を残すためには、体がつながっているほうの腕を交差させてカードを引き裂くほかありません――こんなやり方はまったく要領を得ませんから、考慮の必要はないでしょう……。さて、そこでです！」エラリーの目がきらりと光った。「残りのかたがたのなかで、左利きの人はだれでしょう。今夜のテストでご自分がどんなことをしたか思い出せますか、みなさん」

一同は唇を嚙《か》み、しかめ面で不安そうに身じろぎした。

「ぼくがひとつひとつあげていきましょう」エラリーは穏やかにつづけた。「フォレストさん、あなたは右手で拳銃《けんじゅう》を拾いあげて、発砲する真似をしました。スミスさん、あなたは左手で拳銃を持ったが、それをきれいにぬぐったのは、うれしいことに右手だった。ホームズ博士、あなたはこのぼくという仮の死体を検査する真似をしましたが、その動作のほぼすべてに右手を使いましたね。ウィアリー夫人、あなたは右手でスイッチを切ったし、ボーンズ、きみは右手でマッチをすった。カロー夫人は左手にカードをまとめて持って、引くのには右手を――」

「もういい」警視が言って、ふたたび前へ出てきた。「これで知りたいことはわかった。ことわっておきますが、このクイーンは、だれが右利きでだれがそうでないかを実証するために、わたしに代わってこの実験をやったのです。わたしもそれでわかりました」そこでポケットから紙と鉛筆を取り出し、面食らっている弁護士の前のブリッジ用テーブルにいきなり叩《たた》きつけた。「さあ、ゼイヴィアさん、あなたに記録係になってもらいましょう。これはオスケワのウィンスロー・リード保安官宛《あて》の覚え書きです――保安官がここにたどり着くことがあればですが」間を置かず、苛立《いらだ》たしげにつづける。「さあさあ、ぼんやりすわっていないで。書いてもらえますか」

実に簡明かつなめらかで、有無を言わせぬ巧みな言い方だった。心理効果を細部まで計算しつくした発言だ。警視がいらついていて、しかも事務的な用を淡々と命じたため、ゼイヴィアは思わず鉛筆を手にとり、ぶつぶつ言いながら紙の上でそれを構えた。

「では、こう書いてください」警視は行きつもどりつしながら低い声で言った。「〝筆者の兄、ジョン・S・ゼイヴィア博士は――〟」弁護士は死人のように青い顔で、鉛筆を突き立てるようにして手早く書いた。「〝最寄りの管轄警察所在地オスケワより十五マイル離れたタッキサス郡アロー山にある居宅〈アローヘッド館〉の一階の書斎にて射殺せられたり。発砲によって兄を死に至らしめたる者は――〟」警視のことばが途切れ、マーク・ゼイヴィアの左手の鉛筆が震えた。「〝筆者自身なり！〟さあ、署名をしろ、人でなしめ！」

すべてが停止し、時の流れが滞った瞬間、そこにあったのは全き静寂だった。みな、うつろな顔で背をこごめて椅子にすわったまま、微動だにせず、声も出せずにいた。

ゼイヴィアの手から鉛筆が落ち、防衛本能で筋肉が収縮したのか、肩はまるまり、血走った目は生気を失った。そして、恐怖におののく神経と、魂の抜けた肉体とが連携して働き、ゼイヴィアはほかの者がまだ硬直しているうちに、椅子から腰を浮かせた。跳びあがった拍子にテーブルがひっくり返った。ゼイヴィアはいちばん近いフランス窓まで数歩で駆けていき、テラスへ飛び出した。

警視がわれに返った。「止まれ！」と叫ぶ。「止まるんだ！　止まらないと撃つぞ！」

だが、ゼイヴィアは止まらなかった。急いでテラスの欄干を乗り越え、下の砂利の上に大きな音を立てて着地した。娯楽室の明かりから遠ざかるにつれ、その姿がしだいにかすんでいく。

一同はいっせいに立ちあがると、その場を動かず首だけ伸ばし、われを忘れて暗闇に目を凝らした。エラリーは唇の前一インチのところで煙草を静止させたまま、立ちすくんでいた。

警視は奇妙なため息を吐いて、尻《しり》のポケットに手を伸ばすと、制式の拳銃を抜いた。安全装置をはずし、高い窓の脇に体をもたせかけ、逃れゆく幽霊めいた姿に狙いをつけて、注意深く発砲した。

14　だまされただまし手

その現実離れした場面のおぞましい記憶は、そこにいた全員の胸に死ぬまで残るだろう。石と化した面々、あろうことか拳銃を構えて窓にもたれている小柄な白髪の老紳士、噴き出した炎と煙、耳をつんざく銃声、死に物狂いで逃走して視界から消えかかっていた男がよろめく姿……そして、気性の荒い女を思わせる鋭く不快な叫び、聞こえはじめと同じく唐突に途絶えた、泡立つようなこもった音。

ゼイヴィアの姿はもう見えなかった。

警視は拳銃の安全装置をかけて尻のポケットにおさめると、たったいま武力を行使したその手で妙な具合に唇をこすり、小走りでテラスへ出た。欄干をよじのぼって越え、どうにか下の地面におりた。

エラリーはここでようやくわれに返って、部屋から駆けだした。テラスの欄干をひらりと越え、父親を追い越して暗闇へ突き進んでいく。

ふたりの行動が呪縛《じゅばく》を解いた。娯楽室では、ふらついたカロー夫人がフランシスの肩につかまった。血の気の失《う》せたフォレスト嬢がむせたような小さな悲鳴をあげて飛び出すと同時に、ホームズ博士があえぎながら重い足を窓のほうへ運んでいく。ゼイヴィア夫人は小鼻をひくひくさせて椅子にへたりこみ、双子は打たれたように棒立ちになっていた。

外の岩陰に、うつ伏せで倒れて動かないゼイヴィアの体が見えた。エラリーがかたわらに膝《ひざ》を突き、脈をたしかめている。

「彼は――彼は――」フォレスト嬢が息を切らして、よろめきながら駆け寄った。

エラリーは、見おろしている父親と目を合わせた。「まだ生きてる」平板な声で言う。「指に血がついてしまった」それからゆっくりと立ちあがり、薄明かりで自分の指を見た。

「手当てしてやってください、博士」警視が穏やかに言った。

ホームズ博士はひざまずいて指で傷を探り、すぐに頭をあげた。「ここでは何もできません。あなたはこの人の背中にさわったんでしょうね、クイーンさん、そこが負傷個所ですから。まだ意識はあると思います。手を貸してください、すぐに」

倒れた男は一度うめき、また唇から泡立つような音を漏らした。四肢が痙攣《けいれん》を起こしている。三人はゼイヴィアの体を静かに持ちあげてポーチの階段をのぼり、テラスを横切って娯楽室へ運びこんだ。フォレスト嬢は気味悪そうに外の暗闇を一瞥《いちべつ》してから、急いでついていった。

　三人は無言のまま、傷を負った男をピアノのそばのソファーにうつ伏せで寝かせた。煌々《こうこう》と明かりのともった部屋のなかで、全員の目がその広い背中に注がれる。やや右寄りの肩甲骨の下に黒ずんだ穴があり、周囲に赤黒い染みがにじんでいた。

　その染みから目を離さずに、ホームズ博士は上着を脱いだ。シャツの袖《そで》をまくりあげながら言う。「クイーンさん、実験室のテーブルに、わたしの外科用の器具一式があります。ウィアリーさん、大きな鍋《なべ》に熱い湯を沸かしてきてください。ご婦人がたには部屋から出てもらったほうがよいかと」

「わたしはお手伝いできますわ」フォレスト嬢がすかさず言った。「元看護師ですから──博士」

「わかりました。ほかのかたには出ていただきます。警視、ナイフをお持ちですか」

　ウィアリー夫人がうろたえた様子で退室し、エラリーは横断廊下へ出て、向かいの実験室のドアをあけて手探りでスイッチをつけた。テーブルのひとつに載っている、P・Hと頭文字のはいった小さな黒い鞄《かばん》がすぐに目に留まった。冷蔵庫のほうを見ないようにしてその鞄をつかみ、娯楽室へ駆けもどった。

　ホームズ博士が促したにもかかわらず、だれも部屋から出ていなかった。一同は博士の器用な指さばきと、ゼイヴィアの低いうめき声に引きつけられているようだった。

ホームズ博士は、警視のポケットナイフの鋭い刃で弁護士の上着の背を切り裂いていた。上着のつぎにシャツと下着も切り開くと、銃弾であいた生々しい穴が露出した。

無表情でゼイヴィアの顔を見つめていたエラリーは、その左の頬がゆがむのを目にした。唇には血の泡が付着し、目は半ば閉じられている。

ホームズ博士が鞄をあけているところへ、ウィアリー夫人が大きな鍋いっぱいの熱湯をよろよろと運んできた。アン・フォレストが家政婦の震える手からそれを受けとり、ひざまずいている医師のそばの床に置いた。医師は脱脂綿をひとつかみ大きくちぎって、湯に浸した……。

ゼイヴィアの目がいきなり大きく開いて、どこを見るともなくぎらりと光った。顎《あご》が音を発せずに二度動き、やがて絞り出すような声が聞こえた。「やっていない。やっていない。やっていない」何度も何度もそれだけを口にする。想像上の薄暗い教室で、ひたすら繰り返して覚えこまされた暗誦《あんしょう》文であるかのように。

警視が鋭く反応した。ホームズ博士のそばで身をかがめてささやく。「どんな具合ですか」

「重傷です」ホームズ博士はそっけなく答えた。「右の肺らしい」傷口を手早く静かに洗って血を拭《ふ》きとった。消毒薬のにおいがつんと立ちのぼる。

「いいですか――話しかけても」

「ふつうなら許可しません。絶対安静にする必要があります。しかしこの場合は――」イギリス人は仕事の手をゆるめずに、すんなりした肩をすくめた。

警視は急いでソファーの頭のほうへ移動し、膝を突いてゼイヴィアの白い顔と向き合った。弁護士はまだつぶやいていた。「やっていない。やっていない」間延びした声で、執拗《しつよう》に。

「ゼイヴィアさん」警視が性急な口調で言った。「聞こえますか」

くぐもった繰り言が止まり、ゼイヴィアの頭が急に動いた。視線がほんの少し横へ移り、警視の顔に焦点が合う。確たる意識がもどったとたん、その目に苦痛の色がよぎった。かすれた声が漏れる。「どうして――わたしを撃ったんです、警視。わたしはやっていない。やっていな――」

「だったらなぜ逃げた」

「気が――動転していて。どうにも――抑えがきかなかった。ばかだった……。わたしはやっていない。やっていないんだ！」

エラリーは手のひらに爪が食いこむほど硬くこぶしを握っていた。かがみこんできつい調子で言う。「あなたは重体なんですよ、ゼイヴィアさん。こうなってまでなぜ嘘をつくんですか。あなたがやったのはわかっています。スペードの6をああいうふうに引き裂く可能性のあった左利きの人間は、この家であなたひとりなんだ」

ゼイヴィアの唇が震えた。「やっていないんだ、とにかく」

「あなたはあのスペードの6を引き裂いて、お兄さんの死んだ手に持たせ、義理の姉に罪を着せようとしたんだ！」

「そう……」ゼイヴィアは苦しげに言った。「それは――事実だ。わたしがやった。義姉《あね》を陥れようとした。そのつもりだった――しかし――」

ゼイヴィア夫人が目に恐怖を浮かべて、ゆっくりと立ちあがった。口に手をあてたまま、はじめて見るような目で義理の弟を見つめる。

ホームズ博士は、唇まで血色を失った無言のフォレスト嬢に手伝わせて、手早く処置をしていた。洗浄された傷口からとめどなく血があふれてくる。鍋の湯は真っ赤に染まっていた。

エラリーの目は細く険しくなり、唇は声もなく動き、顔はいわく言いがたい表情をたたえていた。「そうか、ということは――」ゆっくりと言いかけた。

「きみにわかるものか」ゼイヴィアは荒い息をして言った。「あの夜は眠れなかった。寝返りを打つばかりで。それで、下の図書室に読みたい本があったなと……。なんだ、これは――背中が痛むが」

「つづけて、ゼイヴィアさん。いま治療しているところですよ。さあ、つづきを！」

「わたしは――部屋着を着て、階下へおり――」

「それは何時のことです」警視が尋ねた。

「二時半だ……。図書室にはいったら、書斎から明かりが漏れていた。ドアは閉まっていたが、隙間があって――はいってみると、ジョンが――冷たく硬くなって、死んでいた……。だから――だからわたしは義姉《あね》を犯人に仕立てた。罪を着せて――」

「なぜそんなことを？」

ゼイヴィアは身をよじって悶《もだ》えた。「だが、わたしはやっていない、ジョンを殺していない。行ったときにはもう死んでいたんだ、机にすわったまま、石みたいに冷たくなって――」

いまや傷口には包帯が巻かれ、ホームズ博士は皮下注射器に薬を満たしていた。

「あなたは嘘をついている」警視がしゃがれた声で言った。

「嘘じゃない、神に誓って！　ジョンは死んでいた――わたしが行ったときにはもう……。わたしが殺したんじゃない」ゼイヴィアの頭がわずかに持ちあがった。首筋の腱《けん》が白い縄のように浮きあがる。「だが――もうわかっている――だれがやったのか。わたしは知っている――だれがやったのか……」

「知っている？」警視は大声を出した。「なぜわかるんだ。それはだれだ？　名前を言え！」

部屋は重苦しく静まり返った。すべての呼吸が止まり、時の流れも停止して、みな、宇宙の星と星とのあいだの広大な暗闇に浮かんでいるかのようだった。

マーク・ゼイヴィアは言おうと力を振り絞った。超人的な努力だった。見ていてつらくなるほどのがんばりだ。左の腕は体を起こそうとする緊張でふくらみ、赤く血走った目はさらに赤く熱く荒々しくなった。

ホームズ博士がゼイヴィアの裸の左腕をつかんで、注射器を構えた――感情のないロボットさながらに。

「わたしは――」それが精いっぱいの努力の成果だった。ゼイヴィアの白い顔は灰色に変わり、唇のあいだから血の泡が噴き出し、ふたたびぐったりと意識を失った。

注射針が腕に刺しこまれる。

そして一同は止めていた息を吐き出し、また動きはじめた。警視はやっとのことで立ちあがると、ハンカチを出して汗ばんだ額をぬぐった。

「死んだんですか」エラリーが唇をなめながら言った。

「いえ」ホームズ博士も立ちあがって、動かないゼイヴィアの体をむずかしい顔で見おろした。「昏睡《こんすい》しただけです。いまモルヒネを注射しました。筋肉を弛緩《しかん》させ、安静にさせておける量を」

「どのくらい深刻なのかね」警視がかすれた声で尋ねた。

「危険です。助かる見こみはありますがね。本人の健康状態しだいでしょう。弾丸は右の肺にとどまっていて——」

「摘出しなかったんですか」エラリーが驚いて言った。

「探ってつまみ出せと？」医師は眉《まゆ》を吊《つ》りあげた。「無茶ですよ。そんなことをしたら、命にかかわります。いま言ったとおり、助かるかどうかは本人の健康状態にかかっているんです。この人の健康診断をしたことはありませんが、いまざっと診ただけでも、あまり良好ではなさそうだ。そうとうな酒呑《さけの》みですし、少々太りすぎです。壮健とは言えない。さて！」肩をすくめ、表情を和らげてフォレスト嬢のほうを向く。

「ありがとう——アン。おかげで助かったよ……。では男性のみなさん、この人を二階へ運ぶのを手伝ってください。じゅうぶん注意して。出血を起こさせたくありませんから」

　男四人がかりで——スミスは片隅に呆然《ぼうぜん》と突っ立っていた——ぐったりしたゼイヴィアの体を持ちあげ、二階の西の角の、車道が見える本人の寝室へ運んだ。ほかの者たちは警護するかのように後ろに寄り集まってついていった。みな、ひとり残されるのはいやだったようだ。ゼイヴィア夫人はぼんやりしていて、その目からはまだ恐怖の色が消えていなかった。

　男たちはゼイヴィアの服を脱がせ、細心の注意を払ってベッドに寝かせた。本人は荒々しく息をしていたが、もはや体を動かすことはなく、目も閉じたままだった。

それから警視がドアを開いた。「はいってください、どうか静粛に。みなさんにお伝えしたいことがあります。全員に聞いていただきたい」

一同は言われるままに入室し、ベッドの上の物言わぬ男に見入った。ベッド脇のナイトテーブルにある電気スタンドが、ゼイヴィアの左の頰と上掛けに覆われた体の左半分の輪郭を照らしていた。

「われわれは」警視は静かに口を切った。「またもや失態を演じたらしい。まだ確実にそうとは言えないし、マーク・ゼイヴィアが嘘をついているのか否かも判断しかねています。絶命する三秒前に嘘をついた人間はいくらもいましたからね。人は死を悟ったからと言って真実を話すとはかぎりません。とはいえ、今回のことばにはどこか──そう、説得力がありました。この男がゼイヴィア夫人を陥れようとしただけで、ゼイヴィア博士を殺してはいなかったのだとすると、この家には依然として殺人犯が野放しだということになります。だから、いまここで申しあげましょう」目がきらりと光る。「こんどはぜったいにへまはしないと!」

一同は警視を見つめたきりだった。

エラリーが鋭く言った。「この人は意識を取りもどすでしょうか、博士」

「可能性はあります」ホームズ博士が小声で言った。「モルヒネの効果が切れたとき、前ぶれもなく意識を回復するかもしれません」肩をすくめる。「あるいはしないかもしれない。さまざまなケースが考えられますよ。死亡の可能性についても同様です。数時間後に出血を起こすかもしれないし、この状態が長引いて感染症にかかることも考えられます――傷口の洗浄と消毒はしておきましたがね――あるいは、余病を併発することもありえます」

「なるほど」エラリーは低くつぶやいた。「それはそれとして、回復の見こみはあるんですね？　ぼくがいちばん気になっているのは、この人が意識を取りもどすかもしれないという点です。もしそうなったら――」意味ありげに一同を見渡す。

「きっとしゃべるね」双子が突然叫び、自分たちの声の響きに当惑して、後ろにいた母親に身を寄せた。

「そうだよ、きみたち。きっとしゃべる。なかなか興味深いことになるだろう。だから、父さん、ぜったいにその機会を逃しちゃいけない」

「わたしもちょうどそれを考えていたところだ」警視はきびしい顔つきで答えた。「今夜は交替でゼイヴィアを見張ることにしよう――おまえとわたしで」ひと呼吸置いて付け加える。「ほかの者ではだめだ」そこでホームズ博士にさっと向きなおった。「博士、まずわたしが午前二時まで見張りをし、それから朝まではこのクイーン氏が引き継ぎます。あなたに来てもらう必要があるときは――」

「意識がもどりそうな兆しがあったら」ホームズ博士は硬い声で言った。「すぐ知らせてください。すぐにですよ。一秒を争いますから。ぼくの部屋は廊下の反対側、あなたがたの部屋の隣です。実のところ、おふたりがこの人に対してできることはもうありません」

「いくらかでも残っている命を守ること以外はね」

「かならず知らせます」エラリーは言い、ほかの面々に一瞬目をやって付け加えた。「無茶をしようと考えている人がいるかもしれないので、ひとこと言っておきますが、今夜このベッドの横で見張りをする人間は、気の毒なゼイヴィアさんを倒したその武器を身につけていることをお忘れなく……。以上です」

　昏睡状態の男と自分たちだけになったとたん、クイーン父子は奇妙な緊張を覚えた。警視は寝室のゆったりした椅子に腰をおろしてカラーをゆるめ、どうでもいいようなことに精を出しはじめた。エラリーは窓辺にたたずみ、浮かない顔で煙草を吸った。

「しかし」エラリーがようやく言った。「ぼくたちも困った立場に追いこまれたものだ」警視が小さくうなる。「老いたる射撃の名手ディック（〝ディック〟はリチャードの愛称、刑事の俗称でもある）」エラリーは苦々しげにつづけた。「哀れなるかな！」

「いったいなんの話だ」警視は困惑顔で問いただした。

「すばやく、正確に、考えなしに撃つ父さんの習性はたいしたものだよ。撃つ必要なんかなかったのに。逃げようにも逃げ場がなかったんだから」

警視は不愉快そうな顔で言った。「まあ、そうかもしれない。だが、殺人の容疑者がすたこら逃げだしたら、まぬけな警官はどう考えればいい？　自白したも同然じゃないか。むろん相手に警告して、それから発砲し――」

「そう、みごと命中させたね」エラリーは冷ややかに言った。「歳を重ねても視力は衰えてないし、射撃の腕も少しも鈍ってない。でもやっぱり、あれは正当とは言えない無分別な行為だったよ」

「ほう、もしそうなら！」警視は興奮して真っ赤になった。「おまえのせいでもあるぞ。おまえに思いこまされたから――」

「ああ、だから父さん、謝るよ」エラリーは悔いた様子で言った。警視は機嫌を直して椅子にもたれる。「父さんの言うとおりだ。ほんとうのところ、ぼくのほうが悪かったんだ。だれかがゼイヴィア夫人に夫殺しの罪を着せようとしたということは、真犯人だったにちがいないって決めこんでたんだから――自信満々にね！　もちろん、よくよく考えたら、そんなのはなんの根拠もない臆測《おくそく》だ。そう、こじつけ気味でもあったけど、事実が突飛だからと言って、突飛な論理を用いてもいいことにはならない」

「ゼイヴィアは嘘を言ったのかも――」

「そうじゃないのはたしかだよ」エラリーはふっと息をついた。「しまった、またやってる。確信は禁物なんだ。いまのもそうだけど、何事にもね。この事件じゃ、ぼくはまるきり精彩を欠いてるな……。さてと！　くれぐれも用心してくれ。二時にもどってくるから」

「わたしのことなら心配するな」警視は傷を負った男を一瞥《いちべつ》した。「ある意味では、これは罪滅ぼしだ。もしこの男が助からなかったら……」

「この男か、父さんか、だれかが、だろう」エラリーはドアノブに手をかけながら、謎めかして言った。

「こんどは何が言いたいんだ」警視はつぶやいた。

「そのすてきな窓から外をのぞいてごらんよ」エラリーはそっけなく言って、部屋を出ていった。

警視は息子を見送ったあと、立ちあがって窓のところへ行った。とたんにため息が漏れた。木立の上方の空が赤黒く輝いている。その夜の騒動のせいで、山火事のことをすっかり忘れていた。

警視はナイトテーブルにある電気スタンドの笠《かさ》を動かし、傷を負った弁護士にもっと光があたるようにした。羊皮紙を思わせるゼイヴィアの皮膚を暗い顔で見つめ、やがてまたため息をついて肘《ひじ》掛け椅子にもどった。椅子の位置をずらして、ベッドの上の男とひとつきりのドアの両方が、軽く首をひねるだけで見えるようにした。しばらくすると、何を思ったのか顔をしかめ、尻《しり》のポケットから制式の拳銃《けんじゅう》を取り出した。そして渋い顔でそれをながめたのち、上着の右のポケットにしまった。

警視は薄暗がりにあるその椅子に深々と身を沈め、平らな腹の上で両手を組んだ。

一時間以上のあいだ、切れぎれに物音が――ドアが閉まる音や、だれかが廊下を歩く足音や、低い話し声が――聞こえていた。やがて、耳慣れた鈍い物音が徐々にやみ、ほどなく完全な静寂が訪れたので、いちばん近くの目覚めている人間と千マイル離れているような気になりかけた。

警視は楽な姿勢で椅子に身を横たえながらも、いまだかつてないほど気を張っていた。切羽詰まった人間たちを生涯かけて観察してきたおかげで、どこに危険が宿るかはよく知っていた。ひとりの男が死にかかっている。危険はその弱々しい舌の威力にこそ宿っている。こうなると殺人者は、いかに無謀であれ、手段を選ばないだろう……。明かりの消えた二階の各部屋に片っ端から忍びこんで、まだ眠っていないか、暗がりに身をひそめている人間を驚かしてやれたらと半ば本気で思いながら、警視はそこにじっとすわっていた。瀕死《ひんし》の男のそばからは、いっときも離れるわけにいかない。急に不安に駆られて、ポケットのなかの拳銃を強く握りしめ、立ちあがって窓辺に行った。しかし、窓からこの寝室に出入りするのは不可能だ。安堵《あんど》して、警視は椅子にもどった。

ゆっくりと時が過ぎた。何も変化はなかった。ベッドの上の男はじっと横たわったままだ。

ずいぶん経ったころ、外の廊下から物音が聞こえた気がした。警視は全身の神経を張りつめさせて上体を起こした。だれかがドアをあけたか閉めたかの音ではないだろうか。そう感じた瞬間、警視はつとめて静かに椅子から立ちあがり、ナイトテーブルのスタンドの明かりを消して、真っ暗ななかをドアのほうへ走った。拳銃を構えたまま、音を立てずにノブをまわし、すばやく引きあけると、脇へよけて待った。

何も起こらなかった。

警視はドアをそっと閉め、ふたたびスタンドを点灯して、もとの椅子にもどった。別段驚いてはいなかった。訓練された者でも、夜の漆黒の闇では神経を乱されがちである。いまの物音はおそらく、自身の恐怖心を反映した妄想の産物だったのだろう。

それでも警視は、万事において現実的な人間なので、拳銃はポケットにしまわなかった。代わりにそのまま膝《ひざ》に載せ、危険を感じたら瞬時に構えられるようにした。

そのあとは物音もせず、何事も起こらずに夜は更けていった。まぶたが猛烈に重くなり、警視はときおり体を揺すって眠気を振り払った。暑さは前より和らいでいたものの、息苦しさは変わらず、衣服が無惨に肌に張りついていた……。何時ごろだろうと思い、重い金時計を引っ張り出した。

十二時半だった。警視はため息とともに時計をしまった。

ほぼ一時きっかりに――そのときもやはりすぐに時計を出してみたのだが――警視の神経がまた強烈に張りつめた。ただこんどは、部屋の外から現実あるいは幻の物音がしたのではない。こんどの音は、数フィート離れたベッドから聞こえてきた。出どころは死にかかっている男だった。

時計をポケットに押しこみながら、警視はさっと立ちあがり、敷物の上をベッドへと駆け寄った。ゼイヴィアの左の腕が動いている。発しているのは、数時間前に階下で聞いた、あの泡立つようなこもった音だった。顔も少し動いている。音はしだいに大きくなり、しまいには騒々しい咳《せき》になった。あまりに激しくてうるさいので、家じゅうが目を覚ましたにちがいないと警視は思った。明かりから顔をそむけたゼイヴィアの上に身をかがめ、そっと頭を起こして首の下に自分の右腕を差し入れた。そして、傷を負った背中がベッドにふれないように、左手でどうにか体を寝返らせた。その結果、ゼイヴィアは左を下にして明かりのほうへ顔を向ける恰好《かっこう》で横たわることになった。目を閉じたまま、まだ口から異様な音を発している。

ゼイヴィアはゆっくりと意識を取りもどしつつあった。

警視はためらった。しばらく待って、この男にしゃべらせようか？　そこでホームズ博士の警告を思い出して、ぐずぐずしていると命取りになりかねないと思ったため、急いで椅子へもどって拳銃を引っつかみ、ドアへと急いだ。そこで、この男をいっときもひとりにしてはおけないことに思い至った。部屋を出て博士を呼びにいく隙を利用されてはならない。ならば、ドアをあけて廊下に頭を突き出し、大声でホームズ博士を呼べばいい。

警視はノブをつかみ、ほかの者たちが目を覚まそうと知ったことか。そして顔を突き出し、大きく口を開いた。


沸き立つ奈落《ならく》の側面をなす黒いガラスのような長い壁を、エラリーは懸命によじのぼり、眼下で燃えさかる炎の大釜《おおがま》に滑り落ちまいとしていた。硬くてなめらかな、あざ笑うような壁で手を痛め、指を傷だらけにしていたが、頭のなかも、燃え立つ炎に引けをとらない地獄だった。頭はしだいにふくらみ、腫《は》れあがり、破裂しそうになった。ただただ滑り落ちていく……。そこではっと目が覚めた。びっしょりと冷や汗をかいていた。

部屋は真っ暗で、エラリーはナイトテーブルに置いた腕時計を手で探った。夜光の文字盤を見ると、二時五分過ぎを示していた。全身が筋肉痛のうえ、汗でべとついた体で、うなり声をあげつつベッドから這《は》い出し、服を探りあてた。

部屋を抜け出して廊下を歩いていくあいだ、家のなかはしんと静まり返っていた。階段の上の電球がともっていて、まばたきしながら見たエラリーの目には、どこにも異状はないように見えた。ドアはすべて閉まっていた。

エラリーは廊下の突きあたりにたどり着き、ゼイヴィアの部屋の外で立ち止まった。忍び足で歩いてきたし、そのドアも閉まっていたのだから、父親も含めてだれにも足音は聞かれなかったはずだ。そう考えると、急に不安がこみあげた。待てよ、自分がそうなら、ほかの人間の足音だって聞こえないはずだ！　もし老いた父が……

だがエラリーの老父は、いままでの数ある愉快な経験から言っても、おのれの身を守ることにかけては凄腕《すごうで》だった。そのうえ拳銃を持っているし、すでにあの銃で――

子供じみていたと思ってその不安を振り払い、ドアを開いて小声で言った。「エルだよ、父さん。驚かないで」返事がなかった。さらに広くドアをあけると、そこで足が凍りつき、心臓が止まった。

警視はドア付近の床にうつ伏せで倒れていた。動かないその手の数インチ先に拳銃が落ちている。

めまいを覚えながら、視線をベッドに移した。脇のナイトテーブルの抽斗《ひきだし》があいていた。マーク・ゼイヴィアの右手が、何かをつかんだまま床に垂れさがっている。体は半ばベッドの外へはみ出し、頭が恐ろしい恰好で垂れている。その顔を見たとたん、エラリーは胸が悪くなった。想像を絶する苦痛のためにひどくゆがんだ顔つきで、唇は狼のように後ろへ引きつれ、歯と青みを帯びた不気味な歯茎がむき出しになっている。

絶命している。

だが、肺のなかで体を蝕《むしば》む銃弾のせいではない。その証拠を見もしないうちから、エラリーは察していた。とてつもない拷問の果てに死んだかに見える苦痛にゆがんだ顔が、そのしるしだった。そして、ベッドから数フィート離れた敷物の上に、不敵な手によって空の薬瓶が捨て去られていたことも、それを裏づけている。

マーク・ゼイヴィアは殺害されていた。

第四部

「わたしは正気を失いそうになりました。ひどく危うい状態でした。そこにすわっているわたしを、あの人たちが突っ立って見おろしていました。だれも口をきかず、そのあいだじゅうずっと、あの血のついたシャツが明かりに照らされてそこに置いてあるのです。そしてその首もとに、死体となって安置所に横たわっているはずの、あの男の顔が見えました。それで罪を認めました。とても耐えきれませんでした。正気を失うかと思ったのです。わたしは告白しました」

――一九××年十一月二十一日、シンシン刑務所で死刑執行を待つあいだに、A・Fが新聞記者に語ったことば。

15 指輪

どのくらいのあいだそこに立っていたのか、エラリーにはわからなかった。脳はめまぐるしく回転しているのに、筋肉は言うことをきかず、心臓は胸の奥で岩と化していた。

これはきっと悪夢だ、さっき見ていたあの恐ろしい夢のつづきなんだ、とエラリーは思った。たぶんまだ夢から覚めていないのだろう……。まずベッドの上の頭のよじれた男をざっと調べてから、仰向《あおむ》けに倒れた父親の体にじっと目を注いだ。死んだ……父が死んだ。この途方もない事実を前にして、頭がくらくらした。父が死んだ。この鋭い灰色の目は、もう二度と輝かない。この肉の薄い鼻孔は、もう二度と怒りにふくらまない。この老いた喉《のど》は、もう二度と、ちょっとしたことでぼやいたり怒鳴ったり、いたずらなユーモアを解してくすりと笑ったりしない。この疲れ知らずの細い脚は……。父は死んでしまった。

そのときエラリーは、思いがけない驚きに打たれた。何か湿ったものが頬を伝い落ちている。自分は泣いているのだ！　そんなおのれに腹を立て、頭を激しく振った。するとと突然、精気と希望と力があたたかく血潮に満ちてくるのを感じた。筋肉のこわばりもほぐれた。しかし、すぐにふたたび張りつめて、体が前へ飛び出した。

エラリーは警視のかたわらに勢いよくひざまずき、シャツのカラーを引きちぎった。父親は蠟《ろう》のように青白い顔をして、大きないびきをかいていた。息をしている！　では、生きていたのか！

エラリーは喜びのみなぎる手で、痩《や》せた小柄な体を揺さぶりながら叫んだ。「父さん、起きてくれ！　父さん、エルだ！」頭がおかしくなったかのように、微笑み、あえぎ、すすり泣く。だが、警視の鳥のように小さな白髪頭は少しぐらついただけで、目も閉じられたままだった。

ふたたび恐慌をきたし、エラリーは老父の頬を平手で打ち、腕をつねり、体を何度も叩《たた》いた……。そこでふと手を止め、頭をあげて鼻をひくつかせた。衝撃のあまり、肉体的感覚も鈍っていたらしい。この部屋に足を踏み入れたときから無意識のうちに感じていたことを、いまはっきりと認識した。ここには鼻を突くにおいが漂っていた。そう、身をかがめて父親の唇に顔を近づけると、そのにおいはいっそう強くなった……。警視はクロロホルムを嗅《か》がされたのだ。

クロロホルム！　すると警視は不意打ちを食わされたのか。殺人者はまず護衛を倒してから――ふたたび殺人を犯したわけだ。

そう考えたとたん、心に落ち着きと固い決意が生じた。自分がどこでまちがえたのか、いかに本質を見落としていたかを痛いほどはっきりと悟った。ひとりよがりの確信にまんまと引きずられていたエラリーは、この追跡が終わったどころか、曲がり角に達したにすぎず、行く手には霧に包まれた長い道のりが待っていることにようやく気づいた。しかし、こんどは同じようにはいかないぞ、と歯を食いしばって自分に言い聞かせた。犯人は行動を強いられた。意志や思いつきが作用したのではなく、必要に迫られての犯行だった。そのせいで、犯人はみずからの意志に反して明るみに引きずり出された。ベッドの上の死体。最初の一瞬でたちまち見てとれたものは……。

エラリーは身をかがめ、父の軽い体を抱きあげて肘《ひじ》掛け椅子まで運んだ。そこに静かにすわらせたのち、シャツのボタンをはずして、楽な姿勢にしてやった。シャツの下に差し入れた手のひらに、警視の心臓のしっかりした鼓動を感じてうなずく。だいじょうぶだろう――しばらく眠らせておきさえすれば。

エラリーは立ちあがり、目を険しく細めてベッドへ近づいた。ほかのだれかがこの現場に来る前に、見るべきものをさっさと見ておかなくてはならない。

死体は見るも無惨なありさまだった。顎《あご》と胸には緑がかった茶色のどろどろした液体が付着していて、吐き気を催す悪臭を放っていた。床に転がった薬瓶が目にはいり、エラリーは歩み寄って注意深くそれを拾いあげた。底には白っぽい液体が数滴ぶん残っている。口の部分を嗅いでみてから、思いきって瓶を傾け、中の液体を一滴、指に落とした。ただちにそれを拭《ふ》きとって、液体の落ちた個所に舌をあててみる。火がついたような刺激と、不快な酸味を感じた。指もひりついている。ほんの少しむかつきを覚え、ハンカチに唾《つば》を吐いた。瓶の中身はまちがいなく毒薬だった。

エラリーは薬瓶をナイトテーブルに置き、死人のだらりと垂れた頭のそばにひざまずいた。開いたナイトテーブルの抽斗《ひきだし》と、死人の右手近くの床をすばやく見ただけで、信じがたい筋書きが読みとれた。抽斗には、エラリーの部屋のナイトテーブルの抽斗にあったのとおおむね同じ種類のゲーム道具が詰めこまれていたが、かならずあるはずのトランプひと組が消えていた。それらはいま、ベッド脇の床の上に散らばっていた。

そして、マーク・ゼイヴィアの動かぬ手がしっかりとつかんでいたのが、その一枚だった。

エラリーはその硬直した指から苦労してカードをもぎとった。それを見てかぶりを振る。思いちがいをしていた。それは一枚のカードではなく、カードの半分だった。

床に目を走らせ、散乱した残りのカードの上に落ちていた、残りの半分を拾いあげた。

マーク・ゼイヴィアがカードをふたつに引き裂いたのは、死んだ兄が少し前に前例を作ったという事実を考慮すると驚くにはあたらない、とすぐに思った。ゼイヴィアが裂いたカードがスペードの6でないこともまた、エラリーにしてみれば、驚くことでもなかった――そのからくりには、さんざん苦しめられてきたからだ。

エラリーが興味をそそられたのは、それがダイヤのネイブ、つまりジャックである点だった。

しかしなぜ――エラリーは心のなかでいらいらとつぶやいた――ダイヤのネイブなのだろうか。トランプのカードは五十二枚もあるというのに。

引き裂かれた半分がゼイヴィアの右手にあったという事実も、格別の意味は持っていない。あるべきところにあっただけだ。毒薬を飲まされた左利きの弁護士は、意識を失いかけた最後の瞬間にテーブルに手を伸ばして抽斗をあけ、トランプひと組を探りあて、封を切ってダイヤのネイブを選び出し、残りのカードを床に捨てて、その一枚を両手で持ち、左手でそれを引き裂いて、左手に持った半分を投げ捨て、残り半分を右手につかんだまま息絶えたのだ。

エラリーは落ちているカードを掻《か》きまわした。その選ばれなかった群れのなかに、スペードの6があった。

眉《まゆ》を寄せて立ちあがり、薬瓶をもう一度手にとった。唇のそばへそれを持っていき、ガラスの表面に強く息を吹きかけながら瓶を回転させて、全面を曇らせた。指紋はひとつも現れなかった。前回と同様、犯人には抜かりがなかった。

エラリーは薬瓶をナイトテーブルにもどして部屋を出た。

廊下には相変わらず人気《ひとけ》がなく、部屋のドアはみな閉まっていた。

エラリーは廊下をまっすぐ進んで、右手の最後のドアまで行くと、戸板に顔を寄せてしばらく耳をそばだてたが、何も聞こえなかったので中へはいった。室内は真っ暗だった。部屋の奥から男の安らかな寝息が聞こえた。

ベッドを探りあて、少しずつ手をずらしていって、眠っている男の腕をそっと揺すった。その腕がこわばり、体がびくりと動くのを感じる。

「だいじょうぶ、ホームズ博士」エラリーは小声で言った。「クイーンです」

「ああ！」若い医師は安堵《あんど》してあくびをした。「ちょっとびっくりしましたよ」と言って、ベッド脇のテーブルのスタンドをつける。そして、エラリーの顔つきを見るなり、大きく口をあけた。「どうしました？」焦った声で尋ねる。「何があったんです。ゼイヴィアさんが――」

「すぐに来てください、博士。あなたの出番です」

「でも――だれが――」イギリス人は茫然《ぼうぜん》とそう言いかけ、青い目を不安でうるませた。そしていきなりベッドから飛び起きて、部屋着を肩に引っかけ、絨毯《じゅうたん》地のスリッパに足を突っこんで、それ以上は何も言わずにエラリーのあとにつづいた。

エラリーはゼイヴィアの寝室のドアの前まで来ると、脇へよけて立ち止まった。先にはいるよう、ホームズ博士に手ぶりで促す。博士は戸口で立ちすくんで、目を瞠《みは》った。

「ああ、これはひどい」

「ゼイヴィアにとってはひどいどころじゃない」エラリーはつぶやいた。「殺人癖のある狡猾《こうかつ》なるわれらが友が、また活動をはじめたんですよ。どうして父ほどの……。とにかくはいりましょう、博士、だれかに聞かれるとまずい。人が来ないうちに、あなたの意見を特に聞きたいんです」

ホームズ博士はよろめきながら中へ進み、エラリーがあとにつづいて、静かにドアを閉めた。

「死因と死亡推定時刻を教えてください」

ホームズ博士はそこではじめて、椅子の上に伸びている警視の動かぬ姿に気づいた。恐怖に目を見開く。「でも、大変だ、あなたのお父さんが！　あの人は――あの人も――」

「クロロホルムです」エラリーはぶっきらぼうに言った。「一刻も早く父の意識を取りもどしてください」

「じゃあ、なんであなたはそこで突っ立っているんです！」怒りに燃える目をして、医師は叫んだ。「もたついてる場合じゃない！　ゼイヴィアさんはもういい！　窓を全部あけて——目いっぱい全開に！」

エラリーはまばたきをし、あわてふためいて指示に従った。ホームズ博士は警視の上にかがみこんで心音を聞き、両まぶたをめくってうなずくと、つづきの洗面所へ飛んでいった。そしてすぐに、水に浸したタオルを何枚か持ってもどった。

「できるだけ窓の近くへ連れていくんです」やや落ち着いた声で博士は言った。「新鮮な空気が何より重要です——このむごたらしい部屋にできるかぎりたくさん、新鮮な空気を入れてください」顔を振り向けて苛立たしげに言う。「さあ、早く！」ふたりは椅子を両側から持ちあげ、開いた窓のそばへ運んだ。医師は警視の胸もとを開き、水のしたたるタオルをなめらかな肌に押しあてた。そしてもう一枚のタオルを、理髪店の蒸しタオル風に、ゆるんだ顔にあてがい、鼻孔だけが出るように顔に巻きつけた。

「だいじょうぶそうですね」エラリーは心配そうに言った。「だめだなんて——」

「いやいや。何も問題ありません。お歳はおいくつですか」

「もうじき六十です」

「ご壮健ですね？」

「実に頑健です」

「なら、このくらいではこたえません。意識を回復させるには荒療治をしないと。ベッドから枕をふたつほど持ってきてください」

エラリーは死人の頭の下の枕を抜きとったが、どうしてよいかわからず、立ったまま指示を待った。「持ってきましたけど」

ホームズ博士はベッドにちらりと目をやった。「あそこに寝かせるわけにはいかないな……。脚を持ってください。この椅子の肘《ひじ》掛けに載せましょう。頭をいちばん低くするんです」

ふたりは警視の体を軽々と持ちあげて回転させた。ホームズ博士は警視の背中の下に大きな枕ふたつを詰めこんだ。肘掛け越しに頭が垂れた。

「できるだけ脚を高くしてください」

エラリーは椅子の向こうへまわって、言われたとおりにした。

「しっかり支えていてくださいよ」医師は垂れた頭の上にかがんで、警視の顎《あご》をつかんだ。それから口をこじあけ、指を突っこんで舌を引っ張り出す。「さて！　これでましになった。アドレナリンか、ストリキニーネか、新薬のアルファ・ロベリンを注射してもいいですが、その必要はないでしょう。ちょっと手伝ってあげれば、すぐに意識はもどります。嗅《か》がされてから時間が経っていますから。押さえていてください！　これから人工呼吸をします。酸素吸入器があれば……。いや、手ごろなものがないな。では――しっかり頼みますよ」

医師は警視の上体の上にかがみこんで、措置に取りかかった。エラリーは見守りながらも、気が気でなかった。

「時間はどのくらいかかるんですか」

「それは吸いこんだ量によります。ああ、これはいいぞ！　もうすぐですよ、クイーンさん」

五分ほどして、警視の喉《のど》から苦しげなうめき声が漏れた。ホームズ博士は休まず人工呼吸をつづけた。少し経ってから手を止め、顔に巻いてあったタオルをはずした。警視はまぶしそうに目を開き、口が渇いているかのように唇をなめた。

「もうだいじょうぶです」ホームズ博士は晴ればれした表情で立ちあがった。「気がつきましたね。警視、ご気分はどうです？」

警視の第一声はこうだった。「最悪だ」

三分後、警視は両手に顔をうずめて肘掛け椅子にすわっていた。軽い吐き気を除いて、特に不調はなかった。

「癪《しゃく》に障るのは」警視はとつとつと言った。「あんなふうにやられたことだ。おかげでわたしは、あの男の死に二重の責任を負わされてしまった。いやはや……。あんな古典的なぺてんに引っかかるとは。顔を突き出すとき、明かりを消すのを怠ったせいだ。暗い廊下にひそんでいたやつの恰好《かっこう》の的になったのも当然だ。だれであれ――わたしを待ち伏せしていたにちがいない。こっちが部屋を出るのは、ゼイヴィアが意識を取りもどして、博士、あなたを呼びにいくときをおいてほかにないと知っていたんだ。それでその男は――あるいは女か――人間じゃないかもしれないが――ともかくそいつはわたしの鼻と口に濡《ぬ》れた布を押しつけ、もう一方の腕でわたしの喉もとをがっちり押さえた。クロロホルムに浸した布だ。不意を突かれて抵抗する間もなかった。すぐに気を失ったわけじゃないが、力が抜けて――目がまわって――拳銃《けんじゅう》が手から落ちるのを感じた。そのあとは……」

「薬剤の浸《し》みた布を探しても無駄だろうな」エラリーが静かに言った。「それを使った人間は、とっくに排水口に流してしまっただろう。実験室にはクロロホルムがあるんですか、博士」

「もちろんです。少ししか食事をとっていないのは幸いでしたよ、警視。胃のなかがいっぱいだと――」若い医師は首を振り振りベッドのほうへ向かった。

クイーン父子は無言で見守った。警視の目には怖《お》じ気が居すわっている。エラリーは慰めるように父親の肩をつかんだ。

「ははあ」ホームズ博士は死人の顎の汚れとゆがんだ顔を見てつぶやいた。「毒物かな」身をかがめて、半開きの口のにおいを嗅ぐ。「やはりそうだ」周囲を見まわし、ナイトテーブルの上の薬瓶を見つけて手にとった。

「さっきなめてみました」エラリーが物憂げに言った。「酸っぱくて、舌が焼けるようでしたよ」

「なんて真似を！」ホームズ博士は叫んだ。「たくさんなめていないでしょうね？これは腐食性の劇薬ですよ。シュウ酸の水溶液です！」

「量には気をつけました。これも実験室から持ってきたんでしょうね」

ホームズ博士はうなるように肯定して、また死体の上にかがんだ。身を起こしたときには、痛ましげな目をしていた。「死んでから約一時間経っています。口をこじあけられ、シュウ酸を喉に流しこまれたんです。頰と顎に、つかんだ指の跡がありますよ。気の毒に！　ひどく苦しんで死んだはずです」

「毒を飲まされ、その加害者が出ていってから、抽斗《ひきだし》からあのトランプひと組を取り出して、その一枚をふたつに引き裂くなんて真似ができたでしょうか」

「できますよ。すぐ死ぬと犯人は確信していたでしょうが、シュウ酸というのは――場合によってはもっと短いですが――死をもたらすまでたいてい一時間かかります。本人の健康状態が芳しくないのも関係ありませんでした」ホームズ博士は床に散らばったカードを不思議そうに見つめた。「これはまた――」

「またです」

警視が立ちあがり、ふらつきながらベッドのほうへ行った。


エラリーは部屋の外へ出て、廊下にじっと立ったまま思案をめぐらせた。いまもこの家のだれかが、荊《いばら》の床《とこ》に横たわり、ひたすら待つしかない状況に身悶《みもだ》えしている。各人の部屋に音もなく押し入って、眠っている者の顔をいきなり懐中電灯で照らしつけるほどの大胆さが自分にあるだろうかとエラリーは考えた。しかし女性はどうしたものか……。唇を固く結んで、頭を悩ませた。

エラリーが立っている場所の真向かいは、アン・フォレストの部屋だとわかっていた。あの若い婦人は、警視が襲われたことにも、殺人者の挙動や立ち去った気配にも、それにつづく一連のあわただしい動きにも、いっさい気づいていないらしく、それにはひそかに驚いた。逡巡《しゅんじゅん》したのち、エラリーはさっと廊下を横切り、ドアに右の耳を押しあてた。なんの音も聞こえない。そこでドアのノブを握り、そろそろと最大限にまわして押した。ところが驚いたことに、ドアはあかなかった。フォレスト嬢は中から鍵《かぎ》をかけていたのだ。

〝なんだってそんなことを？〟エラリーは爪先《つまさき》立ちで隣のドアへと歩を進めつつ考え

た。〝きっと護身のためだな。何から身を守るんだ？　見えざる死に神の手から？〟そこでひとり、忍び笑いをする。〝夜というあの老いた悪魔は、劇的な緊張を生み出すものだな！　悪い予感でもしたのだろうか。それともただ用心のために鍵をかけたのか。ああ！　フォレスト嬢にもっと注意を払っておけばよかった〟。

若い婦人の隣の部屋は、双子のカロー兄弟が使っていた。少なくともあのふたりは、病的な恐怖の虜《とりこ》になってはいないだろう。ふれるとすぐにドアは開き、エラリーはそっと中へはいって耳をそばだてた。ふたりの規則的な寝息が聞こえ、ほっと胸をなでおろす。ふたたびそっと部屋を出て、廊下を横切った。

双子の部屋の真正面は、ウィアリー夫人がスミスと名乗る巨漢の紳士にあてがった部屋だった。エラリーは躊躇《ちゅうちょ》しなかった。音を立てずに忍びこむと、ドアのそばの壁に指を這《は》わせてスイッチを見つけ、象のようないびきが響く暗闇の一角に目を据えながら、スイッチを押す。部屋は一気に明るくなり、両手両脚をひろげてベッドに寝ているスミスの巨体が照らし出された。ボタンを留めていないパジャマの下で、不健康そうなピンクの贅肉《ぜいにく》が、嵐のような呼吸に合わせて上下していた。

瞬時に開いた男の目には、怯《おび》えとともに警戒の色があった。この手の大男にしては意外なほどすばやく腕があがった。殴られるか撃たれるか、命にかかわるなんらかの脅威を半ば予期していたかのようだった。

「クイーンです」エラリーが低い声で言うと、ごつくて太いその腕はさがり、蛙のような目がまぶしそうにまたたいた。「ご機嫌うかがいにちょっと寄っただけですよ。よく眠れましたか」

「はあ?」スミスは間の抜けた様子で目を瞠《みは》った。

「ほらほら、目でもこすって眠気を覚まして、その――うめき苦しんでる寝台から起きあがってください」エラリーは室内の細部をじっくり見た。この部屋にはいるのははじめてだった。〝うん、マーク・ゼイヴィアの部屋といっしょで、ほかのドアはあそこの開いてるやつひとつきりだな。ここから見るかぎり、あの奥は例によって洗面所らしい〟。

「いったいなんのつもりだ」スミスは半身を起こし、だみ声で言った。「何があった?」

「仲間がもうひとり、神のもとへ召されましてね」エラリーは重々しく答えた。「虐殺が流行《はや》りだしたようです」

スミスの大きな顎《あご》がさがった。「だ――だれが、こ――殺され――」

「われらが友人のゼイヴィア」エラリーはドアのノブに手をかけた。「部屋着を着て隣の部屋へ行ってください。警視とホームズ博士がそこにいますから。では、またあとで」

遅れてこみあげた恐怖に茫然《ぼうぜん》と口をあけた太った男を置いて、エラリーはそそくさと部屋を出た。

スミスの部屋の隣は空き部屋なのを知っていたので、そこは飛ばして、ふたたび廊下を横切った。カロー夫人の部屋のドアを試す。あっさり開いたので、一瞬迷ったのち、肩をすくめて足を踏み入れた。

すぐさま、やめておけばよかったと思った。規則的な寝息が聞こえてこない――と言うより、寝息がまったく聞こえない。おかしいぞ！　ワシントンから来た淑女が、夜中の三時に自分のベッドにいないなどということがありうるだろうか。だが、不在の謎について思考が渦巻いていたとき、自分のまちがいに突然気づいた。夫人は不在ではなかった。部屋のなかで腰かけている。寝椅子《シエーズ・ロング》の足もとに息を殺してすわり、バルコニー側の窓から差しこむかすかな月明かりのなかで目を輝かせていた。

エラリーの足が家具を蹴《け》ってしまい、夫人は悲鳴をあげた……。あまりに甲高かったせいで、エラリーは髪が根元から逆立つかのように感じ、背筋に冷たい痛みを覚えた。

「静かに！」エラリーはささやき声で言って、前へ進み出た。「カロー夫人！　エラリー・クイーンです。お願いですから、叫ぶのをやめてください」

夫人は寝椅子から飛びのいていた。エラリーがスイッチを見つけて明かりをつけると、夫人はいちばん奥の壁に背中を押しつけて床にうずくまり、恐怖に目を光らせながら、両手でネグリジェのひだをつかんで体に巻きつけていた。

夫人の目に正気がもどった。ネグリジェを引っ張って、細い体にいっそうきつく巻きつける。「わたくしの寝室で何をしていらっしゃるの、クイーンさん」詰問口調だ。

エラリーは赤面した。「ああ——ごもっともな質問です。悲鳴をあげて当然ですね……。それはそうと、あなたこそ、こんな夜中に何をなさってたんですか」

夫人は唇を固く結んだ。「さあ、それは、クイーンさん……。息苦しくて寝つけなかったのです。まだあなたのお答を——」

エラリーは自分が愚か者ではないかと思いながら、顔をしかめてドアのほうを振り返った。「おや！　ほかの人たちがあなたを助けに来るようですよ。実はカロー夫人、ぼくは知らせに——」

「どうした？　叫んだのはだれだ」戸口から警視が怒鳴った。そしてつかつかと中へはいってきて、エラリーとカロー夫人を順にねめつけた。双子が自分たちの部屋との連絡ドアから顔を突き出した。ホームズ博士、フォレスト嬢、スミス、ゼイヴィア夫人、ボーンズ、そして家政婦が——段階はちがえど、それぞれに身支度半ばの姿で——廊下側の戸口に寄り集まって、警視の肩越しに部屋をのぞきこんでいた。

エラリーは額の汗をハンカチで押さえながら、苦笑いを浮かべた。「全面的にぼくが悪いんです。カロー夫人の寝室に忍びこんだりして——まったく潔白な意図があってのことですよ！　——夫人が怯えたのも、女性らしく驚きの悲鳴をあげたのも無理はありません。好色なタルクイニウスが美女ルクレティアにしたような破廉恥な真似をぼくがしにきたものと夫人は思ったんでしょう」

一同から反感のまなざしを向けられたエラリーは、こんどは腹立ちのために赤面した。

「クイーンさん」ゼイヴィア夫人が冷ややかに言った。「紳士とお見受けしていたあなたがこんな不埒《ふらち》なふるまいをなさるなんて！」

「いいえ、聞いてください、みなさん！」エラリーは憤然と叫んだ。「あなたがたは何もご存じないでしょう。とんだ誤解だ！　ぼくは——」

フォレスト嬢がすかさず言った。「そうでしょうとも。ばかなことを考えるのはおよしになって、マリーさま……。あら、警視さんもクイーンさんも、きちんと服を着ていらっしゃるのね。ど——どうなさったの？」

「はい、そこまで」警視がうなるように言った。「全員が起きて顔をそろえたからには、そろそろお伝えしたほうがよさそうだ。それに、フォレストさんの言うように、わたしの息子の品行が怪しまれることで、重要な事実が隠れてしまってはいけない。息子はときどきばかな真似をしますが、そういうばかはやりません。あなたが悲鳴をあげたとき、息子は知らせにきたんですよ、カロー夫人――また襲撃があったことを」

「襲撃ですって！」

「そうです」

「さ――殺人ですか？」

「ええ、被害者はまちがいなく絶命しています」

一同の頭がゆっくりと動いて、糾明する構えに変わっていった。互いの顔色をうかがうように、だれがいないかを探るように……。

「マークね」ゼイヴィア夫人が濁った声で言った。

「そう、マークです」警視は険しい顔で全員を見まわした。「ゼイヴィアさんは毒を飲まされ、ゆうべ言おうとしたことを言えないまま殺害されました。その際にわたし自身が見舞われたささやかな災難にふれるのは気が進みませんが、みなさんが知りたいでしょうからお話しします。わたしはその不届き者にクロロホルムを嗅《か》がされたんです。そう、ゼイヴィアさんは亡くなりました」

「マークが死んだなんて」ゼイヴィア夫人はさっきと同じ、物憂く濁った声で言い、突然両手で顔を覆ってすすり泣きはじめた。

カロー夫人は蒼白《そうはく》な顔でぎくしゃくと連絡ドアのほうへ進み寄り、息子たちの肩に腕をまわした。

その夜はだれひとり、もう眠ろうとはしなかった。みな、自分の寝室へもどりたくないようだった。群居本能に駆られた怯《おび》えた動物のように身を寄せ合ったまま、夜が物音を立てるたびに目を見開いていた。

エラリーは少々残忍な満足感を味わいながら、ひとりひとりを死者の寝室へ連れていき、屍《しかばね》を見せた。全員の反応をじっくり観察したが、だれかがあざむきの芝居をしていたとしても、それを見破ることはできなかった。一同はただの怯えきった集団だった。ウィアリー夫人は、自分の出番のさなかに失神し、冷たい水と気つけ薬でどうにか回復した。双子は幼い子供のように、見るからにうろたえていたので、このテストへの参加は除外された。

それが終わって、死んだ弁護士が、兄と同じく実験室の冷蔵庫に移されたころ、赤く憤った暁が訪れた。

クイーン父子は死の部屋にたたずんで、乱れた空のベッドを暗い顔で見つめた。

「なあ、エル」警視はため息混じりに言った。「われわれは手を引いたほうがいいんじゃないだろうか。もうわたしの手には負えない」

「それはぼくたちの目が節穴だからだよ！」エラリーはこぶしを握って叫んだ。「証拠は全部そろってる。ゼイヴィアの手がかりも……。ああ、くそっ、よく考えるだけでいいんだ。ぼくの頭は猛スピードで回転してる」

「ひとつだけ」警視はむっつりと言った。「ありがたく思わないといけないことがある。もう殺しはない。あの男が兄の殺害事件の裏にある直接の動機と無関係なのはたしかだ。殺されたのは犯人の正体をしゃべらせないためだった。しかし、いったいどうしてそれがわかったんだろう」

　思索にふけっていたエラリーはわれに返った。「そう、そこが重要だ。どうしてわかったのか……。ところで、そもそもゼイヴィアがなぜ義理の姉を陥れようとしたのか、もう考えてみたかい」

「あんまりいろんなことが起こったから――」

「単純なことだよ。ジョン・ゼイヴィアが死んで、ゼイヴィア夫人が遺産を相続した。ただ、ゼイヴィア夫人はこの家系の最後のひとりだ。子供はいない。夫人の身に何かあった場合、遺産をもらえるのはだれかな」

「マーク・ゼイヴィアか！」警視は目をまるくして言った。

「そのとおり。義理の姉をはめるのは、自分の手を血で汚すことなく彼女を葬り去り、巨額の財産にありつくためのうまい手だったんだ」

「そうか、意外だったな」警視はかぶりを振った。「わたしはてっきり――」

「ああ、なんだい」

「あのふたりは、わけありなのかと思っていたんだ」警視は眉《まゆ》を寄せた。「ゼイヴィア夫人が、自分が犯してもいない罪をかぶったのは、マーク・ゼイヴィアのためとしか考えられなかった。夫殺しは義理の弟のしわざだと夫人が思いこんでいて、しかもあの男に惚《ほ》れていたとすればな……。だがそれだと、相手のほうが夫人を陥れようとしたことに納得がいかない」

「そういうことはよくあるよ」エラリーはさらりと言った。「ぼくなら、変に聞こえるというだけでその考えを捨てる気にはならないけどね。義理の弟への恋に血迷った女なら、常識はずれなことをしたっておかしくない。いずれにせよ、あの夫人は半分いかれてるよ。だけど、そのことはあまり気にしてないんだ」そこでナイトテーブルへ歩み寄り、死んだゼイヴィアが手にしていたダイヤのネイブの半分を取りあげた。「気になるのは、ちっぽけなこいつのことだよ。ゼイヴィアがこのカードを手がかりに残そうと思った理由はわからないでもない。このトランプがはいってた抽斗《ひきだし》には、紙と鉛筆もあったんだけど……」

「あったのか？」

「そうだよ」エラリーはだるそうに手を振った。「でも、あの男には前例があった。ベテランの法律家の頭で――たしかに小賢《こざか》しい男ではあったから――機会をとらえたんだ。意識を失う直前、ゼイヴィアの口からは犯人の名前が出かかってたね。意識を取りもどしたときも、その名前はそこにとどまってたんだ。それでカードのことを思い出した。頭もはっきりしていた。そこへ殺人者がやってきたわけだ。抵抗する力もなく、薬瓶のシュウ酸を無理やり飲まされてしまった。頭のなかにはカードのことがあった……。そう、こういうものを残したって別に不思議じゃない」

「おまえはそれが気に入らないんだろう」警視はゆっくりと言った。

「えっ？　まさか！」

エラリーは窓辺へ移動して、紅《くれない》に染まりゆく外の世界をながめた。警視もだまってそのかたわらへ行き、窓に右手を突いて、疲れて気落ちした様子でその手に体重をかけた。

「山火事はひどくなる一方か」警視はつぶやいた。「ちくしょう、わたしもとんだ能なしだな！　火事のことが頭の隅から離れない。どうだ、この熱気は？　……おまけに犯罪だ――二度までも。ゼイヴィアのやつ、あのダイヤのジャックでいったい何を示したかったんだろう」

エラリーは肩を落として、窓から離れかけた。そこではたと動きを止め、目を大きく見開いた。窓に突いた警視の手をじっとにらんでいる。

「こんどはなんだ？」警視は不機嫌に言って、自分の手を見た。そしてやはり動きを止めた。しばしのあいだふたりとも、皮膚がたるんで皺《しわ》が寄り、青い静脈の浮き出たその華奢《きゃしゃ》な手を、指が一本なくなったかのように見つめていた。

「わたしの指輪が！」警視は声を絞り出した。「なくなっている！」

16　ダイヤのネイブ

「うん、これは」エラリーはゆっくりと言った。「驚きだな。いつなくしたんだい」無意識に自分の手にも目をやる。そこには、しばらく前にフィレンツェで見つけた数リラの掘り出し物で、とても珍しい形をした美しい中世の指輪が光っていた。

「なくした、だと？」警視は両手をあげた。「なくしたりするものか、エル。ついゆうべまで、夜中過ぎにもまだはめていたぞ。そう、十二時半ごろに時計を見たとき、たしかに薬指にあった」

「そう言えば」エラリーは顔をしかめた。「ゆうべ、父さんを残して仮眠をとりにいく前、指にはまってるのをたしかに見たよ。だけど、二時に床に倒れてる父さんを発見したときには見なかった」唇を固く引き結ぶ。「やられたね、盗まれたんだよ！」

「ほう」警視は皮肉っぽく言った。「みごとな推論だな。たしかに盗まれたんだ。わたしを眠らせておいてゼイヴィアを殺した、不届き者の盗人《ぬすっと》に！」

「まちがいなくね。まあ、そう興奮しないで」エラリーはいまや腹立たしげな足どりで室内を行きつもどりつしていた。「これまでに起こったどの出来事よりも興味をそそられるな、父さんの指輪が盗まれるなんて。危ないことをしでかすもんだ！　しかも、なぜわざわざ？　古くさいドーナツみたいな、質入れしたって一メキシコドルにもならない十ドルの地味な金の結婚指輪なんか！」

「もういい」警視はぴしゃりと言った。「とにかくなくなったんだ。まったく、あれを盗んだやつはかならず引っつかまえてやる。息子よ、おまえの母さんの形見なんだぞ。千ドルもらったって人手に渡しはしない」ドアのほうへ向かいかける。

「おい！」エラリーは叫んで、警視の腕をつかんだ。「どこへ行くつもりだよ」

「家じゅうのやつらの皮をひんむいてでも探すんだ」

「ばかな真似はやめてくれ、父さん。いいかい」エラリーは力説した。「何もかも台なしになるじゃないか。あの指輪の盗難だって——事件なんだ！　理由はわからないけど、値打ちのない指輪が前にもいくつか盗まれてることだし——」

「だからどうした？」警視はしかめ面で言った。

「ともかく話がつながりそうなんだ。そんな気がする。でも時間がほしい。人や家のなかを探ったって無駄だよ。この盗人はまちがいなくばかじゃないから、持ち歩いたりはしないし、たとえこの家のどこかで見つかったとしても、だれがそこに隠したのかは知りようがない。頼むからそっとしておいてくれないか。どうせ、あとしばらくのことだから」
「よし、いいだろう。だがあきらめはしないぞ。ここを出ていく前に――出ていけるならだが――かならずあの指輪を取りもどす。無理でも理由を突き止める」もし警視が近い将来を見通せたなら、そんな自信に満ちた言い方はしなかっただろう。

山火事の容赦なき進軍とともに、〈アローヘッド館〉とそこで寝起きする無力な小集団は、死のような沈黙に包まれた。身も心も疲れ果て、みな完全に意気阻喪していた。そのなかに血で穢《けが》れた人間がひそんでいるという脅威さえも、空と森から迫りくる、より大きな脅威の前では影が薄かった。もはやだれも平気なふりをしようとはしなかった。女たちはあからさまにヒステリーの症状を呈し、男たちは青い顔をして気を揉《も》んでいた。日が高くなるにつれ、熱は耐えがたくなった。空一面に漂う灰が肌と衣服を汚し、呼吸するにも苦痛がともなった。逃げだしたくとも逃げ場がない。陰になった家のなかは、日差しにさらされた山頂よりも暑さはましだったが、風がまったくないため、空気がよどんでいた。そのくせほとんどだれも――ことに女たちは――自室の洗面所まで、一時の暑さしのぎにひとりでシャワーを浴びにいこうとはしなかった。みな、ひとりになるのを恐れ――互いの存在を恐れ、沈黙を恐れ、火を恐れていた。

友好的な会話はすっかり途絶えていた。恐ろしさのせいでやむなく集合してはいるものの、疑念をあらわにしてにらみ合っているだけだった。だれもが神経をとがらせていた。警視はスミスと口論していたし、フォレスト嬢はホームズ博士に邪険な口をきいて、相手を頑《かたく》なな沈黙に陥れた。間の悪いときにうろついていた双子を、ゼイヴィア夫人がきつい口調でたしなめると、カロー夫人が飛んでいって子供たちをかばい、ふたりの婦人は激しいことばを浴びせ合った……。悪夢のような惨状だった。あたりで絶えず濃い煙が渦巻いているいま、そこにいる人間たちは、とりわけ皮肉な悪魔に永遠の地獄へ送られ、苦しみもがいていたのかもしれない。

小麦粉が底を突いた。一同は食堂の大きなテーブルについて、食欲の湧かないまずい食事をともにし、永久に缶に閉じこめられた魚からとれるだけの栄養をとった。彼らはときおり、希望の失《う》せたまなざしをクイーン父子に向けた。無気力に陥った一同も、もし救いが与えられるとするなら、それをもたらすのはこの父子にちがいないと悟っているようだった。とはいえ、クイーン父子もやはりぼんやりしていて、何も言うべきことがないがゆえに何も言わずに食べていた。

昼食のあとの一同は、手持ち無沙汰《ぶさた》な様子だった。雑誌を手にとっては、ぱらぱらとページをめくり、見てもいない目を誌面に落とした。ただ漫然と歩きまわった。だれもひとことも口をきかない。どういう心理作用か、この家の主《あるじ》が殺された事件よりもマーク・ゼイヴィアが殺された事件のほうが、より痛ましいものと受け止められたらしい。その長身の弁護士は、寡黙で気むずかしく、仏頂面で、そこにいるだけで場の空気を張りつめさせるという、はっきりした個性の持ち主だった。そんな人物がいなくなったせいで、だれもが痛切にその不在を意識し、沈黙を苦痛に感じていたのだろう。

そうしているあいだも、みな咳《せき》をしどおしで、目の痛みに耐え、衣服を汗だくにしていた。

警視はこれ以上辛抱できなくなった。「ちょっといいですか！」だしぬけに叫んで、一同を驚きで硬直させた。「いつまでもこんなことをしていてどうします。全員おかしくなってしまいますよ。二階へ行ってシャワーを浴びるなり、ティドリーウィンクス(子供の遊戯の一種)か何かをするなりしたらどうですか」赤い顔をして腕を振り立てる。「なんだって、舌を抜かれた牛の群れみたいにうろうろしているんですか。行動しましょう、みなさん！　さあ！」

ホームズ博士が握りしめて白くなったこぶしを嚙《か》んだ。「ご婦人がたはみんなこわがっているんですよ、警視」

「こわい？　何がこわいんです」

「そう、ひとりになるのがですよ」

「ふむ。このなかには、地獄から来た悪魔をも恐れぬ者もいるはずだが」そこで警視は口調を和らげた。「なるほど、わからないでもない。なんなら」ふたたび皮肉な声音になる。「ひとりひとりに付き添って、部屋までご案内してもいい」

「まあ、ふざけるのはよしてくださいい、警視さん」カロー夫人がうんざりした声で言った。「それが――そういうご冗談こそが神経に障るのですわ」

「いいえ、警視さんのおっしゃるとおりだと思います」フォレスト嬢が六か月も前の号の《ヴァニティ・フェア》誌を床に落として叫んだ。「わたしは二階へ行って、山の水に浸《つ》かってきますわ。人殺しがいたって――ふたりいたってためらうものですか！」

「その意気だ！」警視はフォレスト嬢に鋭い一瞥《いちべつ》を投げた。「ほかのみなさんもそういう心意気を持てば、ずいぶんと気が楽になるはずです。いまは二十世紀の白昼ですよ。しかも全員、目と耳を持っている。何をこわがることがありますか？　ほら、どなたも、行った、行った、行った！」

そうして、しばらくすると、クイーン父子だけが残された。

父子は肩を並べ、ひどく参った惨めなふたりといった風情で、ふらりとテラスへ出た。太陽は高くのぼり、火山岩並みに炙《あぶ》られた岩が熱暑のなかで艶《つや》光りしている。そのながめは恐ろしく荒涼としていた。

「中にいるより、ここで茹《ゆ》だったほうがましだ」警視はつぶやいて、椅子に身を沈めた。顔じゅうがすすまみれになっていた。

エラリーはうめきながら、父親のそばにどさりと腰をおろした。

ふたりは長いあいだそこに腰かけていた。家のなかは押しつぶされそうなほど静かだった。エラリーは目を閉じて背もたれに身を預け、胸の上でゆるく両手を組んだ。ふたりとも、痛む体を焦がす炎暑にだまって耐えながら、なるべく動かずにすわりつづけた。

太陽が西に傾きはじめた。低く低く沈んでいったが、父子はじっと坐《ざ》したままだった。警視はうとうとと途切れがちな眠りに落ちた。ときおり、眠ったまま唐突に息をついた。

エラリーも目を閉じていたが、眠ってはいなかった。このときほど頭が鋭く冴《さ》えていたことはない。例の問題……。すでに頭のなかで十回は考えなおしていた。抜け穴を探り、重要ではない細部――というより、重要とは思えないが実は重要かもしれない細部――を思い出そうとつとめた。何が浮かびあがるかわからないものだ。最初の殺人には、科学的事実にまつわることで、思考の表面に幾度も顔を出す何かがある。だが、つかまえてたしかめようとするたびに、それはするりと抜け出して、また深くもぐってしまう。それに、ダイヤのネイブの件も……。

エラリーは銃で撃たれたかのように、全身を急に震わせて身を起こした。警視の目が即座に開いた。

「どうした」警視は眠そうにつぶやいた。

エラリーは椅子から立ちあがって、そのままじっと耳を澄ました。「何か聞こえた気がしたんだが……」

警視は驚いて腰をあげた。「何が聞こえたって?」

「居間のなかだ」エラリーはテラスを横切って、フランス窓のほうへ向かった。

居間のほうからごそごそ動く物音が聞こえ、ふたりは身を硬くして立ち止まった。フランス窓のひとつから、ロブスターのように真っ赤になって、汗に濡《ぬ》れた髪を乱し、雑巾《ぞうきん》を手にしたウィアリー夫人が出てきた。息づかいが荒かった。

家政婦はふたりの姿を見ると足を止め、妙なそぶりで手招きをした。「警視さん、それにクイーンさん。ちょっといらしてくださいませんか? 何か変でして……」

ふたりは手近な窓に駆け寄って中をのぞいた。しかし、部屋は無人だった。

「何が変なんです」エラリーが鋭く言った。

家政婦は汚れた手で胸もとを押さえた。「わたくし――だれかが何かしている音を聞きまして……」

「おいおい」警視はもどかしそうに言った。「どうしたというんです、ウィアリー夫人」

「それが、警視さん」家政婦はささやき声で言った。「わたくしはすることがなくて、お料理や何かのことですけれど、しょ――少々不安になってまいりましたので、一階を軽く片づけることにしたのです。あんな騒ぎもありましたし、何やかやと、その……」

「ああ、それで？」

「ともかく、どこもかしこも灰だらけなので、家具をざっと雑巾で拭《ふ》いて少しはきれいにしようと思いまして」家政婦はだれもいない居間を不安げにちらりと振り返った。「食堂から取りかかって、半分ほど拭き終えたころ、妙な物音が――この居間から聞こえたのでございます」

「物音が？」エラリーは眉《まゆ》を寄せた。「ぼくたちには何も聞こえなかったな」

「大きな音ではございません。突っつくような音と申しますか――うまくお伝えできませんけれど。ともかくわたくしは、どなたかが雑誌でもとりにもどってこられたのだろうと思いました。それでお掃除をつづけようとしたのですが、ふとこう思いまして――〝いや、そうともかぎらないのでは〟と。ですから、忍び足でドアに近づいて、できるだけそっとあけてみましたら――」

「ずいぶん勇気がありますね、ウィアリー夫人」

家政婦は顔を赤くした。「きっとそのとき、いくらか音を立ててしまったのでしょう。と言いますのも、ドアを細めにあけて中をのぞきますと……どなたもいなかったのです。ドアの音に驚いたにちがいありません。どなたにせよ、もういらっしゃらなくて、殿方だったのかご婦人だったのかも――ああ、わたくし、すっかり混乱してしまって！」

「すると、そのだれかは、あなたがやってきた音に気づいて、廊下へ通じるドアから退散したというわけですね」警視は言った。「それだけかね」

「いいえ。居間にはいりましたら」ウィアリー夫人は口ごもった。「真っ先に目についたのが……ご覧になってください」

家政婦は重い足どりで居間へ引き返し、クイーン父子は眉をひそめてあとにつづいた。

ウィアリー夫人はその広い部屋の暖炉のほうへふたりを誘導した。肉づきのよい指をあげて、告発するかのように指し示したのは、壁に具《そな》えつけられた戸棚の、胡桃材《くるみ》の腰板と同色に塗ってある金属の扉だった。最初の殺人があった日に、警視が証拠品を安全に保管すべく、ゼイヴィア博士の机の上にあったトランプひと組をしまった戸棚だ。

頑丈な錠には引っ掻《か》いた跡があり、すぐ下の床には、薄い刃のついた暖炉用の鉄の火掻き棒が落ちていた。

「だれかがこの戸棚のあたりにいたんだ」警視がつぶやいた。「ああ、二重に呪われそうだ」

警視は戸棚へ近寄っていき、扉についた跡を熟練した目で調べた。エラリーは暖炉の火掻き棒を拾いあげ、しばらくまじまじと見ていたが、やがてまた脇に投げ出した。

「ううむ」警視はうなった。「銀行の地下金庫の錠前をマッチ棒であけようとするようなものだな。しかし、なぜこんなことをしたんだろう。ここにはトランプひと組しかはいっていないのに」

「すごく妙だな」エラリーはつぶやいた。「もの、ものすごく、すごく妙だ。父さん、ぼくらの小さな隠し場所をあけて、中を調べてみたらどうかな」

ウィアリー夫人は大きく口をあけてふたりを見ていた。「それはもしかして――」

穿鑿《せんさく》好きらしい目を輝かせてそう切り出す。

「ウィアリー夫人、考えるのはわれわれにまかせてください」警視がきびしく言った。「あなたが目と耳をよく働かせていたのは上出来でしたよ。だが、こんどは口を閉じていてくれたら、なお上出来だ。わかりましたね？」

「はい、承知しました！」

「では、もういいですよ。掃除にもどって」

「かしこまりました」家政婦はしぶしぶその場を離れ、食堂にもどって中からドアを閉めた。

「じゃあ、見てみるか」警視は低い声で言い、すばやくキーケースを取り出した。戸棚の鍵《かぎ》を見つけて扉をあける。

エラリーは一驚した。「その鍵はまだ持ってるんだね」

「ああ、鍵はたしかにまだ持っている」警視は息子を見つめた。

「それもまたすごく妙だな。ところで、それはこの戸棚のひとつきりの鍵なんだね？」

「心配するな、それは先日確認ずみだ」

「心配なんかしてないよ、さあ、中を見よう」

警視が扉を引きあけ、ふたりでのぞきこんだ。中にはひと組のトランプがあるだけで、前と同様空っぽだった。そしてそのトランプは、警視が置いた場所にそのまま残っていた。警視が最後に施錠して以来、この戸棚があけられていないのは明らかだった。

警視がトランプを取り出し、ふたりでそれを調べた。まぎれもなく、片づけたのと同じトランプひと組だった。

「おかしいな」エラリーはつぶやいた。「理由がぜんぜんわからない……。ぼくたちが最初にこのトランプを調べたとき、何か見落としてた可能性はあるかな」

「ひとつだけたしかなことがある」警視は考えながら言った。「わたしがこのトランプをしまっておく場所がないかと尋ね、ウィアリー夫人がこの戸棚と鍵のことを教えてくれたときには、家じゅうの者が二階に集まっていた。夫人はたしか、このなかは空だとも言ったし、実際、空だった。つまり、わたしがこのトランプをここに入れようとしていたことは全員が知っている。この戸棚にはほかに何もはいっていないわけだから――」

「そう。このトランプは証拠品なんだ。ゼイヴィア博士の殺害に関連した証拠物件。道理で考えれば、これをとりにくる動機を持つ人物は、犯人のほかにはいない。そこでふたつのことが導き出せるよ、父さん。これからぼくがそれを分析しよう。この部屋に忍びこんで戸棚をこじあけようとしたのは、犯人だった。犯人がそんな行動に出たのは、このひと組のトランプにぼくたちの見落とした何かがあるからだろう。それがなんらかの意味で自分に不利なものだから、隠滅したかったんだ。この忌々しいトランプを調べなおそう！」

エラリーは父親の手からトランプを引ったくり、小さな丸テーブルのもとへ急いだ。カードの表を上にしてひろげ、一枚ずつ念入りに調べていく。だが、どのカードにもくっきりした指紋はひとつもなく、ついているのはあるかなきかの汚ればかりだった。

そのあとすべてを裏返して精査したが、結果は同じだった。

「まるでだめだな」エラリーはぼそりと言った。「何かあるはずなのに……。手がかりがあるという問題じゃないとしたら、論理的に言って、何かがないにちがいない――」

「おまえは何を言っているんだ」

エラリーは渋面を作った。「ぼくは釣りをしてるんだよ。手がかりというのは、何かがあることだとはかぎらない。何かがないことである場合も、けっこう多いんだ。さあ見てみよう」そう言ってカードを掻き集め、手際よくひとまとめにして、驚いたことにそれを数えはじめた。

「そんな――そんなばからしいことを！」警視は鼻で笑った。

「ほんとにそうだ」エラリーはつぶやきながら数えつづけた。「四十四、四十五、四十六、四十七、四十八――」そこで手を止めて目を輝かせる。「何がわかったと思う？」と叫んだ。「四十九、五十――これで全部だ！」

「これで全部？」警視はぼんやりと鸚鵡《おうむ》返しに言った。「ひと組のトランプは五十二枚あるはずだな。いや、これは五十一枚でないとおかしい。スペードの6をおまえが取りよけたからな、あの引き裂かれたやつを……」

「そう、そうなんだ、一枚足りない」エラリーはじれったそうに言った。「よし、どれが足りないのかはすぐにわかるぞ」カードを手早くマーク別に分ける。同じマークを集めた四つの山ができあがると、まずはクラブの山を手にとった。2からエースまで全部そろっているのがすぐにわかった。それを投げ出すと、こんどはハートを調べた。すべてそろっている。スペードは――6を除いて全部あった。ふたつに引き裂かれた6のカードは、二階にあるエラリーの上着のポケットにはいっている。そしてダイヤは……。

「これは、これは」エラリーはカードを見おろしながら静かに言った。「気がつかなかったな。ずっと目の前にあったのに、カードを数えるという初歩的なチェックを忘れてた。癪《しゃく》に障るね」

足りないカードは、ダイヤのネイブだった。

17　ネイブの話

　エラリーはカードをほうり出すと、フランス窓のほうへ行ってカーテンを全部閉め、急いで部屋を横切って廊下へ出るドアが閉まっているのをたしかめたあと、食堂へ通じるドアも確認し、明かりをいくつか点灯して、丸テーブルのそばの椅子に腰をおろした。

「父さん、すわって。じっくり相談しよう。いままで見えなかったいろんなことが見えてきたよ」エラリーは脚を伸ばして煙草に火をつけ、煙越しに父親をじっと見つめた。

　警視は腰をおろして脚を組み、すぐさま言った。「わたしもそうだ。少し光が差してきたぞ！　こういうことだな。マーク・ゼイヴィアは、襲われて無理やり毒を飲まされたとき、自分を殺した犯人の手がかりとして、ダイヤのジャックを裂いた半分を残した。そして、たったいまわれわれは、ジョン・ゼイヴィアが殺されたとき以来、ダイヤのジャックが一枚欠けていたことを知った——博士が撃たれたときに使っていたひと組のトランプのなかの一枚だ。これは何を示すのか」

「考える方向はぴったり合ってるよ」エラリーは満足そうに言った。「おそらくそこから、必然的な疑問が生じる——ゼイヴィア博士のひと組のトランプのなかのダイヤのジャックもまた、ゼイヴィア博士を殺した犯人の手がかりだということがありうるだろうか」

「その言い方は控えめすぎる」警視は切り返した。「ありうるか、だと？　何を言っている。それこそ、この事件全体に対する唯一の論理的解答じゃないか！」

「そう見えるよ。ただね」エラリーは大きく息をついた。「ぼくはこの奇怪な悪事の混合物のあらゆることに用心深くなってるんだ。たしかにそれで、犯人が戸棚からあのトランプを盗み出し、ネイブが欠けているのをぼくたちに発見させまいとした事実は完全に説明されるよ。ぼくたちの方程式で、犯人＝ダイヤのジャックであるなら、何も問題はない」

「それについては、わたしにも考えがなくもない」警視はうなるように言った。「いまふと思いついたんだ。しかしまず、このジャックの問題をじっくり考えてみよう。すべてがうまく形になってきている。マーク・ゼイヴィアは、自分を殺した犯人の手がかりとして、ダイヤのジャックを残した。ダイヤのジャックと言えば——なんらかの形で——彼の兄が殺された最初の事件にも関係している。というのも、最初の殺人事件で発見されたひと組のトランプからも、やはりダイヤのジャックが欠けているからだ。わたしもおまえのように控えめな言い方をすると——ベッドの上で息絶えかけていたマークが、ダイヤのジャックを手がかりに残そうと思いついたのは、自分が兄の死体を発見したときに見た何かを思い出したからだ、ということはありうるだろうか」

「なるほどね」エラリーはゆっくりと言った。「それはつまり、あの夜、マークが書斎をのぞいてゼイヴィア博士が射殺されているのを発見したとき、博士の手にダイヤのジャックが握られているのを見たということかい」

「そうだ」

「ふうむ。状況から判断すれば、ぴったり合うな。だけど、こうも言えるよ——殺人者に襲われたマークが自分もダイヤのジャックを残したのは、単に、犯人の顔を見て、自分の兄もカードのマークを用いて犯人の手がかりを残していたのを思い出したからだ、と」エラリーは首を振った。「いやいや、そんな偶然の一致はありえないな。特に、あんなふうに意識が混濁していたんだから……。やっぱり父さんの考えが正しいな。マークは兄の手にそのカードがあったのを見たから、自分もダイヤのジャックを残したんだ。もちろん、犯人は同一人物で、マークは兄のしたことを知っていたから、まったく同じ手がかりを残したにすぎない。そう、マーク・ゼイヴィアは、ジョン・

ゼイヴィアが死んでいるのを発見したとき、兄の手に握られていたダイヤのジャック
も発見したと考えていいだろう。するとマークは、手がかりをすり替えたわけだな――
兄の手からダイヤのジャックを抜きとり、ゼイヴィア夫人に罪を着せるために、机上
のソリティア・ゲームに使われてたスペードの6を持たせたんだ」
「さて、おまえの演説がすんだのなら」警視は急に上機嫌になって、にやりと笑った。
「こんどはわたしの番だ。マークはなぜ兄の手からジャックを抜きとって、代わりに
スペードの6を持たせたのか。義理の姉を葬り去るという動機からやったことはわか
っているが――」
「まあまあ」エラリーは言った。「そう急がないで。まだ忘れてることがあるよ。ふ
たつも。まずは立証だ――マークが義姉《あね》の犯行をでっちあげるのにスペードの6のカ
ードを選んだ理由を説明しないとね。これについては明らかだな。ジョンの手がすで
にカードを握っていたのなら、それを見て即座に、カードを手がかりに使えばいいと
気づいたからだろう。もうひとつはこの疑問だ。手がかりをダイヤのネイブからスペ
ードの6にすり替えたとき、マークはなぜそのネイブをもとの位置に――机の上のカ
ードのなかに――もどさなかったのか」
「なるほどな……。マークがダイヤのネイブを持ち去ったのは事実だ――そのカード
は見つかっていないんだから、そうとしか考えられない。なぜ持っていった？」

「それに対する唯一の論理的な理由はこうだよ。そのカードを死んだ兄の手から抜きとって、机の上に散らばったほかのカードの上に投げ出したにしても、積んであるカードのなかにはさみこんだにしても」エラリーは静かに言った。「それが手がかりとして用いられた事実を隠すことはできないからだ」

「また謎めいた言い方をしだしたな。意味がわからない。いったいなぜその事実を隠せないと？」

エラリーは思案ありげに煙草の煙を吐いた。「それは完璧《かんぺき》に説明できる。マーク自身もダイヤのジャックを手に残したね――半分に引き裂いて！」警視がはっとした顔になる。「だけど、それでつじつまが合うんじゃないか？　ぼくが言いたいのは、マークが発見したとき、兄の手にはジャックの半分しかなかったってことだよ！　見つけたのが引き裂かれたジャックだったなら、当然それを犯罪現場に置いてくるわけにはいかなかったはずだ。そんなカードはすぐ目についてしまう。ことに、引き裂いた6を代わりに残してきたとあってはね。断言するけど、マークはまちがいなく、引き裂かれたジャックを兄の手のなかで見つけたんだ。あの状況でカードを持ち去った理由は、論理的に言ってそうとしか説明できない。おそらくマークは、そのカードを破り捨ててしまっただろうね。トランプの枚数を数えることなんて、よもやだれも思いつくまいと考えて……そう、だれひとり」渋い顔で付け加える。「そんな気は起こさなかっただろうな、犯人がこの部屋の戸棚からトランプを盗もうとしていなかったら」

「うむ、ここまでは非常にいい」警視は歯切れよく言った。「だが先へ進もう。わたしは神の導きというものを信じている。これで道が開けたぞ……。要するに――スペードの6は、マーク・ゼイヴィア自身が告白したとおり、無実の罪を仕組んだものだから――残る唯一の重要な事柄はこれだけだ。すなわち、二度の殺人事件で二度とも、被害者は犯人の手がかりとしてダイヤのジャックの半分を残したことがわかっている。同じ手がかりはむろん、同じ犯人を意味する。この場合、ひとつだけ腑《ふ》に落ちない点がある。マークは兄が殺害された現場からジャックの半分を持ち去ってその犯人をかばい――罪を真犯人からゼイヴィア夫人になすりつけようとした。ところが、自分が殺されるときには急に心変わりして、最初の事件のとき疑いがかからないようにしてやったその人物を糾弾しているんだ！　これはどうも変に思える」

「ちっとも変じゃないよ」エラリーはあっさりと言った。「マーク・ゼイヴィアはどう見ても、自己犠牲を払うタイプでも、ロビンフッドみたいな義賊のタイプでもなかった。ゼイヴィア夫人を罪に陥れたのは単に、陳腐だけどよくある金目当ての動機からだ。だから当然、ジャックの手がかりを残しておくわけにはいかなかった。自分の計略を成功させたかったんだから。言い換えれば、マークがダイヤのネイブを〝放置しなかった〟のは、義理立てやお情けなんかじゃなく、単に打算的な理由のためだったんだ。おのれが死にかかってる状況では、話はまた別だった……。ほかにもまだ問題がある。兄殺しの犯人だと父さんに問いつめられたとき、マークは怖《お》じ気づいて、真犯人の名前を口走りそうになったね――このことはふたつの事実を示してる。ひとつは、マークにはそもそも、その人物をかばってやろうなんて傲慢《ごうまん》な気持ちはなかったということ。とりわけ自分の首が危なくなっては、なおさらだ。もうひとつは、あのジャックがだれのことを示していたのか、マークには見当がついてたらしいってことだ！　ちなみに、兄を殺した真犯人をどうやって知ったのかという疑問の答もそこに隠されてる。マークは兄の手にあったダイヤのジャックの半分から、それを知ったんだ」

「もう全部わかったぞ」警視はつぶやいた。「それで、都合の悪い情報をマークが漏らさないよう、犯人は彼を殺害したわけだ」立ちあがって部屋を歩きまわる。「そう、結局すべてがあのダイヤのジャックにもどっていく。ジョンとマークがジャックの半分を残したとき、だれのことが頭にあったかを知りえたら、犯人はわかったようなものだ。もし知りえたら……」

「もう知ってる」

「なんだと？」

「ぼくはゆうべから、旧友の脳細胞たちに超過勤務をさせてたんだ。その連中はまる十二時間、チクタク活動しっぱなしだった」エラリーは深く息をついた。「そう、もし問題がそれだけなら、この事件は解決したと言っていい。すわってくれ、父さん。幹部会議にはいろう。ことわっておくけど——これは前代未聞のとてつもない事件だよ。スペードの6なんかよりもっと突飛だ。そして解決に向けて、まだかなり磨きあげなきゃならない。さあ、早くすわって！」

警視はすみやかに腰をおろした。

一時間後、赤黒くぎらつく夜が訪れたころ、気力を失った面々が娯楽室に集まった。玄関広間側のドアのそばに警視が立ち、ひどく無愛想に押しだまったまま、ひとりひとりを室内へ通した。各人は、どうしようもなく不安そうな忍従のまなざしを警視の険しい顔に向けながら、くたびれながらも緊張した面持ちで部屋にはいった。そこには気を引き立たせるものが何もなかったので、みながエラリーの顔を探し求めた。しかし当人は窓辺に立って、テラスの向こうの暗がりをただながめていた。

「さて、全員そろいましたね」警視は顔つきに劣らぬ険しい声で切り出した。「すわって楽にしてください。殺人事件のことでみなさんに集まってもらうのは、これが最後になるでしょう。いままでさんざん不毛な追いかけっこをしてきましたし、もういいかげん、うんざりしていたところです。だが事件は解決しました」

「解決した！」一同は息を呑《の》んだ。

「解決した？」ホームズ博士がつぶやいた。「あなたがたはご存じなんですか、だれが——」

「警視さん」ゼイヴィア夫人が低い声で言った。「まさか発見なさったのではないでしょうね——真犯人を」

カロー夫人は身じろぎもせずにすわっていた。そして、双子は少し興奮した様子で顔を見合わせた。ほかの者たちは息を詰めていた。

「英語がわからないのですか」警視は吐き捨てるように言った。「解決したと言ったでしょう。はじめてくれ、エル。このパーティーの主役はおまえだ」

一同の視線がエラリーの背中に移った。エラリーはゆっくりと振り返った。「カロー夫人」だしぬけに言う。「あなたはたしか、もともとフランス人でしたね」

「わたくしが？　フランス人かと？」カロー夫人は当惑して言った。

「はい」

「もちろん——そうですわ、クイーンさん」

「ではフランス語をよくご存じですね」

夫人は震えながらも、どうにか笑おうとした。「でも——ええ、たしかに。不規則動詞とパリっ子の俗語を浴びて育ちました」

「なるほど」エラリーは前へ進み出て、ブリッジ用テーブルのひとつの前で止まった。「では本題にはいりましょう」抑揚をつけずに言う。「これからぼくがお聞かせするのは、いわゆる〝巧妙な〟犯罪というものの歴史上、最も突飛な、手がかりの再現の話になるでしょう。それは信じがたいほど謎めいたものです。観察や単純な推論といったふつうの領域からはかけ離れていて、『不思議の国のアリス』にでも出てきそうな話です。それでも――事実がここにあるのですから、無視するわけにもいきません。ぼくの話にしっかりついてきてくださいね」

この前置きは、深い深い沈黙で迎えられた。各人の顔には、うつろな困惑の色が浮かんでいた。少なくともエラリーにはそう見えた。

「みなさんもご承知のとおり」エラリーは静かにことばを継いだ。「ぼくたちがマーク・ゼイヴィアの死体を発見したとき、同時に見つけたのですが、彼の手には――ちなみに、それは正しいほうの手でしたが――引き裂いたカードが握られていました。その証拠物件は半分にちぎったダイヤのネイブでした。これはまちがいなく、ゼイヴィア博士を殺害した人物をぼくたちに知らしめるためのものだったんです。みなさんは――少なくとも大半のかたは――ご存じないでしょうが、マーク・ゼイヴィアがあの夜、兄の書斎にはいって死体を発見し、ゼイヴィア夫人を罪に陥れる偽の手がかりとしてスペードの6を死人の手に握らせようとしたとき、その死人の指はすでに別のカードをつかんでいたんです」

「別のカードですって？」フォレスト嬢があえぐように言った。

「別のカードです。ぼくたちがどうやってそのことを知ったかをお話しする必要はないでしょうが、事実上疑いの余地なく、マーク・ゼイヴィアはゼイヴィア博士の硬直した手からもぎとらざるをえなかったんです……ダイヤのネイブの半分を！」

「それがもう一枚のほうですか」カロー夫人がささやき声で言った。

「そのとおりです。言い換えれば、死に瀕《ひん》したこの被害者はふたりとも、自分を殺した犯人を示す手がかりとして、ダイヤのネイブの半分を残したんです――同じカードが用いられた点から考えて、ふたりを殺したのは明らかに同一人物です。ふたりはダイヤのネイブの半分で、何を示すつもりだったのでしょうか」

　エラリーは一同の顔を探るようにゆっくりと見まわした。警視は壁に寄りかかったまま、目を輝かせて見守っていた。

「ご意見はありませんか？　さっきも言ったとおり、実に突飛《ウートレ》なことなんです。ではそれを、要点を追って検討してみましょう。まずは〝ネイブ〟という要素から。奇妙な暗合ですが、それ以上のものではおそらくないでしょう。たしかに殺人者は悪漢《ネイブ》と呼ばれるべき人間ですが、この〝ネイブ〟をそういう意味で使うのは、古いことばの熱心な蒐集家《しゅうしゅうか》ぐらいのものです。〝ネイブ〟が通例〝ジャック〟と呼ばれている事実については？　この小さな集団のなかにジャックという名の人はいません。それに該当するただひとりの人物はジョン(愛称はジャック)・ゼイヴィアですが、当人はすでに最初の被害者となっています。では、このカードのマーク――ダイヤについてはどうでしょう。宝石である点との関連は見あたりません。唯一関連のありそうな事実と言えば――」そこで間を置く。「指輪がいくつか盗まれたらしいことですが、そのいずれもダイヤの指輪ではありませんでした。それから、カードの表面にも、一見するかぎり、それを意味するようなものはいっさい見受けられません」そこでいきなりくるりとカロー夫人のほうを向いたので、夫人は椅子の上で身を縮めた。「カロー夫人、フランス語の、カ、ロ、ーという単語はどういう意味になりますか」

「カローですか？」夫人の目が大きな褐色の池のようになった。「まあ――」目に動揺が走る。「いろいろな意味がありますわ、クイーンさん。お祈り用の膝《ひざ》布団に、アイロン、菱形《ひしがた》、窓ガラス……」

「それに、一階とか、ある種のタイルも。おっしゃるとおり、たくさんある」エラリーは冷ややかに微笑んだ。「非常に意味ありげな慣用句もありますね。〝レステ・シュール・ル・カロー〟、これは翻訳すると〝その場で殺される〟という意味ですが、いかにもシカゴで使われそうな言いまわしにぴったり合うフランス語の表現です……。

しかし、いまのはみな、関連のないものとして除外していいでしょう」夫人の目を見据えたままつづける。「でも、カローにはそのほかにどんな意味がありますか」

夫人は目を伏せた。「それ以上は――存じません、クイーンさん」

「遊戯にまつわるフランス語なんですがね！　トランプのカードの〝ダイヤ〟を表すフランス語がカ、ロ、ーだということを、あなたはお忘れでしたか？」

夫人は返事をしなかった。ほかのどの顔にも驚きと恐怖が表れた。

「何を言いだすやら――」ホームズ博士が声をあげた。「正気ですか、クイーンさん！」

エラリーは萎縮《いしゅく》した夫人を見据えたまま、肩をすくめた。「ぼくは空想ごっこじゃなく、事実の見直しをしてるんです、博士。これには非常に深い意味がありそうだと、あなたも思いませんか？　あの死のカードがダイヤで、〝ダイヤ〟のフランス語はカ、ロ、ーで、しかもこの家には、カローを名乗る人物が何人かいるんですよ！」

フォレスト嬢が椅子から勢いよく立ちあがり、唇を真っ白にしてエラリーに詰め寄った。「これほど酷で容赦がなくて、ばかげた話は聞いたこともありませんわ、クイーンさん！　そんな――そんなあやふやな根拠で、ご自分が何をほのめかしているのかわかっていらっしゃるの？」

「どうかすわってください」エラリーは疲れたように言った。「よくわかっているつもりですよ、義理堅いあなたよりもはるかにね。さて、カロー夫人、いかがでしょう」

　夫人は両手を蛇のようにくねり合わせた。「わたくしに何を言えとおっしゃるのです？　申しあげられるのは——あなたがひどいまちがいをしていらっしゃるということだけですわ、クイーンさん」

　双子がソファーからすっくと立ちあがった。「いまのを取り消せ！」フランシスがこぶしを固めて叫んだ。「母のことをそんなふうには、い——言わせないぞ！」

　ジュリアンも叫んだ。「頭がおかしいってのは、あなたのことだ！」

「きみたち、すわりなさい」壁際から警視が穏やかに言った。

　ふたりはエラリーをにらみつつも、素直に従った。

「どうか、先をつづけさせてください」エラリーはまた疲れた声で言った。「ぼくだって、あなたがたと同様、こんなことを言うのは気が進みません。このカードの〝ダイヤ〟ということばは、ぼくが指摘したとおり、カローを意味します。ジョン・ゼイヴィアとマーク・ゼイヴィアが自分たちを殺した犯人の手がかりとしてダイヤのジャックを残したとき、彼らが示そうとしたのが、言うなれば、カローというひとりの人物だったという、いかにも突飛な理論を支えるものが、判明している事実のなかにあるでしょうか。あいにく、あるんです」エラリーは片手を振って繰り返した。「あいにく――あるんです」

壁際から、冷ややかで落ち着き払った警視の声が聞こえた。「きみたちのうちどちらが」シャム双生児に向かってはっきりと言う。「あのふたりの男を殺したのかね」

カロー夫人が勢いよく立ちあがり、自分と双子を隔てている空間を、雌の虎さながらに跳ねていった。物も言えずにいる子供たちを背にして立ち、激情で全身を震わせながら、守るように腕をひろげる。「行きすぎですわ！」夫人は叫んだ。「愚かなあなたがたでもおわかりになるはずです、この――この子たちを人殺し呼ばわりするなんて、とんでもない筋ちがいだと。わたくしの息子たちが人殺しだなんて！　おふたりとも、頭がどうかしていますわ！」

「筋ちがい？」エラリーはため息をついた。「頼みますよ、カロー夫人。あなたはあの手がかりの意味を理解してらっしゃらないようですね。あのカードはダイヤであるばかりでなく、ダイヤのジャックだったんですよ。若者《ネイブ》のカードは見たところどういう模様ですか？　ふたりの青年がつながっている模様です」夫人の口があいた。「おや、筋ちがいだという確信が少し薄らいだと見えますね。ふたりのくっつき合った青年――いいですか、老人ではないですよ。老人ならばキングで事足りるでしょうが、青年なんです。それも、つながったふたりです！　信じがたいですか？　ぼくはそう言ったはずです。しかしこの家には、互いにくっつき合ったふたりの青年がいるんです。それも、カローという名前の。これをどう考えればいいんですか？」

カロー夫人はことばを失って、双子のかたわらのソファーに倒れこんだ。少年たちは、声もなく口を動かしていた。

「さらにお尋ねします。なぜカードは二度ともふたつに引き裂かれて――言うなれば――ふたりのつながった男の片方だけが手がかりとして残されたのでしょう」エラリーは不屈の意志をもってつづけた。「それは明らかに、死んだふたりが、双子のカロー兄弟の両方でなく、片方が犯人だったことを示したかったからです。どうしてこんなことに？　仮に、ふたりのうちの一方がもうひとりに強いられ、単に肉体的な理由で自分だけが残るわけにもいかず、みずからの意志に反して現場へ連れていかれたのだとすると、その少年はもうひとりが実際に罪を犯すのを傍観していただけということになりますね……。きみたちのどちらが、ゼイヴィア博士を射殺し、マーク・ゼイヴィアを毒殺したんだ？」

双子は唇を震わせた。ふたりともすっかり闘志を失っている。フランシスがほとんど涙声でささやいた。「でも――クイーンさん、ぼくたちはやってません。やってないんです。だって、ぼくたちには――ぼくたちにはできませんよ……そんなこと。できっこない。なぜぼくたちが？　なぜです？　そんなのは……。ああ、わかってくれないんですか」

ジュリアンが身震いした。その目は恐怖の呪文《じゅもん》にかかったようにエラリーの顔に注がれていた。

「なぜかはわたしが言おう」警視がゆっくりと口を開いた。「ゼイヴィア博士は、自分の実験室でシャム双生児の動物実験をしていた。きみたちはここへ来たとき、博士が奇跡を起こして、外科的に自分たちを切り離してくれると思ってい――」

「そんなばかな話」ホームズ博士が低い声で言った。「ぼくは一度も信じたことは――」

「そのとおり。そんな手術が成功するとは、あなたはけっして信じなかったでしょうね、ホームズ博士。このタイプの双生児の切り離しに成功した例はひとつもないのでしょう？　思うに、あなたはこの仕事を妨害していたのではないかな。自分は〝信じていない〟と言いつづけて、この少年たちにゼイヴィア博士の手腕を疑わせた。あなたはそのことについて、双子ともカロー夫人とも話をしましたね？」

「ええ、まあ……」イギリス人は煩悶《はんもん》していた。「それは非常に危険な実験だと忠告はしたかもしれません――」

「やはりそうですか。そこで何かが起こったわけだ」警視の目が大理石のように輝いた。「具体的に何が起こったかは、わたしにもわかりません。おそらくゼイヴィア博士は聞く耳を持たなかったか、準備を進めると言い張ったか、そんなところでしょう。

それで少年たちもカロー夫人も恐ろしくなった。これはある意味では、正当防衛の殺人で——」

「まあ、どれだけばからしい見解かおわかりにならないんですか？」フォレスト嬢が叫んだ。「なんて子供じみてるんでしょう！　ゼイヴィア博士は、目的のために手段を選ばないようなかたではありませんでした。スリラー小説や映画に出てくる〝常軌を逸した科学者《マッド・サイエンティスト》〟のたぐいでもありません。関係者全員の承諾なしにそんな手術を強行したりはけっしてなさらなかったでしょう。それに、わたしたちがここから立ち去るのを何が阻んだでしょう。おわかりになりませんか？　調べるまでもないことですわ、警視さん！」その声には勝ち誇ったような響きがあった。

「しかも」ホームズ博士が口をはさんだ。「その手術にはまったく確実性がありませんでした。カロー夫人はただ診察を受けさせるために息子さんたちをここへ連れていらっしゃったのです。たとえほかの問題がすべて解決されたとしても、ここで手術をおこなうのは不可能だったでしょう。また、ゼイヴィア博士の動物実験は、カロー夫人がおいでになる以前から、純粋に研究のためにおこなっていたものです。断言してもいいですが、ゼイヴィア博士はこの少年たちのことを、単なる学究の対象としか考えていらっしゃいませんでした。さっきのはみんな、恐怖映画や小説のなかのお話ですよ、警視」

「そうですわ」目をぎらつかせたフォレスト嬢がまた力説した。「いま気がついたのですけれど、クイーンさん、あなたの推理には不合理な点があります。ふたりのジャックが描かれたカードを半分に引き裂いたのは、ジャックのひとりのみを表すためで、し――死んだ被害者はつながっているふたりの青年の一方を示そうとしたのだとおっしゃいましたね。では、仮に死んだふたりが、フランシスかジュリアンが犯人だとだれかが信じるのを防ぐために、カードを引き裂いたのだとしたらどうでしょう？　つまり、ふたりがつながっている状態のジャックをそのまま残せば、だれかが双子のことを頭に浮かべるかもしれません。あの人たちは、そのふたりの姿を裂いて別々にすることで、こう言いたかったのかもしれませんよ。〝双子が犯人だと考えるな。犯人はつながっていないひとりの人物だ。だから自分はカード一枚をそのまま残しておかないのだ〟と」

「おみごと！」エラリーはつぶやいた。「天才的ですね、フォレストさん。ただ、残念ながら、発見されたカードのマークがいずれもダイヤで、このなかにいるカローという名の男性は双子だけであるという点をお忘れですね」

　フォレスト嬢は唇を噛《か》んで引きさがった。

　カロー夫人がしっかりした口調で言った。「考えれば考えるほど、これはみんなひどいまちがいだと思わずにはいられません。まさかこの子たちを――逮捕なさるおつもりでは……」ことばはそこで途切れた。

警視は落ち着かない気分で顎《あご》を掻《か》いた。エラリーは答を返さず、ふたたび窓のほうを向いた。「では」警視がためらいがちに言った。「そのカードについて、あなたは何か別の意味を思いつきますか」

「いいえ。でも――」

「推理なさるのはそちらのお役目でしょう」フォレスト嬢がまたいきり立って言った。「やはり、いまのやりとりはすべて――正気の沙汰《さた》ではないと言わせていただきますわ」

警視は窓のほうへ足を運び、テラスへ出た。しばらくしてエラリーもそれにつづいた。

「それで？」エラリーが言った。

「弱ったな」警視は口ひげを噛んだ。「彼らの言いぶんにも、うなずけるところは多い――カードの件ではなく、手術やそのほかのことについてだが」低い声でうなる。「うなずけるところだらけだ。なぜあの子たちのひとりが博士を殺さなきゃいけなかった？　ほんとうに弱ったぞ」

「そのことなら、あの子たちを相手にする前にじゅうぶん話し合ったじゃないか」エラリーは肩をすくめて指摘した。

「ああ、わかっている」警視は情けない調子で言った。「だが――くそっ、どう考えればいいんだ。考えれば考えるほど、めまいがしてくる。もしこれが真実で、双子のうちのひとりが犯人だとしても、どちらがやったのか、どうやったら立証できる？　黙秘されでもしたら――」

エラリーの憂いに曇った目に輝きが宿った。「この問題には実に興味深い点があるよ。双子のひとりが自白したとしても――いちばん都合よくいった場合を想定してみるけど――この事件がアメリカの優秀な法律家連中のどんなひどい頭痛の種になるか考えてみたかい」

「どういうことだ」

「じゃあ」エラリーはつぶやいた。「あのフランシス少年が犯人だと仮定しよう。フランシスは証人席に立って自白し、その結果ジュリアンは、フランシスが汚れ仕事をするあいだ、それを傍観させられていたことが判明したとする。ジュリアンには犯行の意志もなく実行もしなかったことを、ぼくたちが立証する。そしてフランシスは裁判にかけられ、有罪判決を受け、死刑を宣告される」

「なんたること」警視はうめくように言った。

「いろんな可能性を想像してるんだろうな。フランシスが裁判にかけられ、有罪判決を受け、死刑を宣告される。そのあいだじゅう、ジュリアンは尋常でない精神的苦痛を味わい、肉体的にも拘束状態に置かれ、最後に堕《お》ちていく先は――なんだろう。死か？　しかしジュリアンは罪もない境遇の犠牲者だ。なら、手術したらどうか。現代科学は――少なくとも亡くなったジョン・Ｓ・ゼイヴィア博士の声は聞かれないとしても――主要な内臓器官を共有するシャム双生児の切り離しはまず成功しないと公言してる。結果として、罪のない少年が有罪の少年と同様に死ぬことになる。よって手術は問題外だ。さてどうするか。法律によると、死刑を宣告された者は、死刑を執行されることになってる。では死刑を執行するのか。罪のないほうを死なせずにそれをおこなうのはどう考えても不可能だ。なら死刑を執行しないのか？　それは明らかに同害報復の法則《レックス・タリオニス》に反する。ああ、なんて事件だろう！　不可抗力が不動の障碍《しょうがい》物にぶつかったみたいなものだな」エラリーはため息をついた。「この問題を引っさげて、気どった弁護士の一団とぜひ渡り合ってみたいものだね――これは犯罪法史上でも例を見ない権利と権利の闘争になるよ……。さて警視さん、たぐいまれなるこの事件は、結局どんなことになると思う？」

「ほうっておいてくれないか」父親はぶすりと言った。「おまえというやつは、かならず愚にもつかない質問をしてくるな。なぜわたしにわかる？　わたしは神か？　……こんなことがあと一週間もつづいたら、みんな病院行きだ！」

「あと一週間もしたら」エラリーはおどろおどろしい空をながめながら、なるべく肺を汚さないように息をして、憂鬱《ゆううつ》な声で言った。「その可能性が濃くなってきたけど、ぼくたちはみんな、冷たい燃えがらになってるだろうよ」

「自分たちが今際《いまわ》の炎熱地獄の一歩手前まで来ているというのに、個人の犯罪や罪悪のことで頭を悩ますのは、たしかにばからしいな」警視はつぶやいた。「中へもどろう。食料の在庫を調べて、整理して、できることを――」

「あれはなんだろう」エラリーが鋭い声で言った。

「何がだ？」

エラリーはテラスから飛び出した。階段をひとつ飛ばしにおり、車道に立って赤黒い夜の空を見あげた。「あの音」ゆっくりと言う。「聞こえないか」

それは低く重々しいかすかなとどろきで、天空のはるか彼方《かなた》から聞こえてくるようだった。

「驚いたな」警視はやっと地面に足を踏み出しながら叫んだ。「きっと雷だぞ！」

「これだけつらい思いをして待ってたけど、どうもあれは……」エラリーの声は尻《しり》すぼみに小さくなって消えた。父子の顔は、白くぼやけたふたつの希望となって、むき出しで空に向けられていた。

テラスでばたばたと足音が響いても、ふたりは振り返りもしなかった。

「なんですの？」ゼイヴィア夫人が甲高い声をあげた。「いま聞こえたのは……雷？」

「よかったああ！」フォレスト嬢が叫んだ。「雷なら、いまに雨が降るわ！」

とどろきはよく聞こえるまでに大きくなっていた。それは妙によどみない音で、どこか金属的な振動音をともなっていた。体に響いてくる……。

「前にもこういう音を聞いたことがありますよ」ホームズ博士が叫んだ。「異常な気象現象です」

「なんですって？」エラリーは空に向かって首を伸ばしたまま、訊《き》き返した。

「ある種の大気の条件のもとでは、広範囲にわたる山火事の上空に雲が生じることがよくあるんです。上昇気流のなかの水分が凝固してね。何かで読んだのですが、こういう山火事が、みずから創り出した雲によって消し止められた実例もあるらしいですよ！」

「神よ、感謝します！」ウィアリー夫人が声を震わせた。

エラリーは突然振り向いた。テラスの欄干にずらりと並んだ面々の青白く緊張した顔が一様に空を見あげていた。ひとつを除いたどの顔にも、暗い希望が浮かんでいた。ただ、カロー夫人の繊細な容貌《ようぼう》にだけは、恐怖が見てとれた。あることを悟った恐怖だ。もしこれが雨だったら、もし火が消えたら、もし通信手段が復旧したら……。息子たちの肩をつかんだその手に力がこもった。

「神に感謝するのはまだ早いよ、ウィアリー夫人」エラリーは乱暴な口調で言った。「思いちがいだ。あれは雷じゃない。あの赤い光が見えないか」

「雷じゃない？」

「赤い光って？」

一同は、エラリーが腕を伸ばして示した方向をじっと見た。そしてみな、濃いぶどう酒色の空をまたたくことなく急速に移動する、鮮紅色のぽつんとした点を見つけた。それは雷鳴をともないながら、アロー山の頂上へ向かってきた。

しかしその雷鳴はエンジンのとどろきで、赤いぽつんとした光は飛行機の夜間標識灯だった。

18　最後の避難所

一同はいっせいに《オン・マス》ため息を漏らした。希望が消えたことを知った惨めな嘆息だった。ウィアリー夫人は胸の張り裂けそうなうめき声をあげ、ボーンズは突然、湿った空気を震わす短気な女のような罵声《ばせい》を発して、みなをぎょっとさせた。

そしてフォレスト嬢が叫んだ。「飛行機よ！　あれは――わたしたちを救助しにきてくれたんだわ！　知らせを持ってきたのよ！」

その叫びで、全員がわれに返った。警視が大声で言った。「ウィアリー夫人！　ボーンズ！　だれでもいい！　家じゅうの明かりをつけろ！　ほかの人は燃えるものを持ち出して！　なんでもいいから――急いで！　飛行機から見えるように火を焚《た》くんだ！」

あわてふためいた一同は、重なり合うように転倒した。ボーンズはテラスの椅子を欄干越しに投げ落としはじめた。ウィアリー夫人はフランス窓から家のなかへ消えた。婦人たちは階段を騒々しく駆けおりると、椅子を持って砂利道と岩の上を走り、家から離れたところまで運びはじめた。エラリーも家のなかへ駆けこみ、古新聞や雑誌や書類をふたかかえほど持ってすぐに出てきた。双子はこの騒ぎで自分たちの苦境を忘れ、いまや煌々《こうこう》と明かりのついた居間から、厚く詰め物をした重い椅子を持ち出し、ポーチの下へよたよたと運んだ。その姿はさながら、暗闇のなかをちょこまか動くアリのようだった……。

警視は痩《や》せた尻を落としてしゃがみ、かすかに震える手でマッチをすった。高く積みあげた種々雑多な燃え種の下で、その細い体は小人のように見える。警視は積み重ねた山のいちばん下に紙を差しこんで火をつけ、急いで腰をあげた。一同は小さな炎をなぶる熱風をねたむように、焚き火のまわりに集まった。そしてそのあいだずっと、空から目を離さなかった。

炎はむさぼるように紙をなめ、乾いた音を立てながら、山の下にあてがわれた間に合わせの焚きつけに燃え移った。つぎの瞬間、薪の山の下部が勢いよく燃えあがり、みな熱風から顔をかばいつつ後退した。

一同は息を詰めて赤い光を見守った。それはいまやすぐそばまで接近していて、一同のいる高みでは、エンジンのうなりは耳をつんざくようだった。頭上の飛行機の高度は見当をつけにくかったが、山頂からせいぜい数百フィートの上空を飛んでいるものと思われた。赤い灯火をひとつつけた目に見えない飛行機は、どんどん近づいてきた。

そして突然、頭上に轟然《ごうぜん》と迫って——通過した。

その瞬間、深紅の空を背景に、焚き火の上部の輝く炎に照らされて、無蓋《むがい》の操縦席のついた小さな単葉機がぼんやりと見えた。

「ああ——通り過ぎてしまった！」フォレスト嬢が悲痛な声をあげた。

だがそのとき、赤い灯火が下降して方向を転じ、優雅な弧を描いて、敏速に一同のほうへもどってきた。

「この焚き火が見えたのですよ！」ウィアリー夫人が叫んだ。「なんとありがたいこと、焚き火のそばのわたくしたちを見つけたんだわ！」

操縦士の動きは不可解だった。地形が把握しづらいのか、どうすべきかを迷っているかのように、山の頂上付近を旋回しつづけていた。するとやがて、信じがたいことに、赤い灯火は遠ざかりはじめた。

「ああ、そんな」ホームズ博士がしゃがれた声で言った。「着陸しないつもりか？ぼくたちを置き去りにするのか？」

「着陸？　ばかなことを！」エラリーが声を張って叱りつけるように言った。「こんなごつごつした岩だらけの土地に、鳥以外の何がおりられるものですか！　操縦士はまっすぐ急降下するために距離をとったんですよ。空で鬼ごっこでもしてると思うんですか？　操縦士は地形を調べていたんです。きっと――何かの準備をしてるんだ」

待つほうがひと息つく間もなく、飛行機は疾風の叫びと鼓膜の破れそうなプロペラのとどろきを響かせながら、一同のほうへ猛スピードで迫ってきた。大胆な急降下で勢いよくおりてきた飛行機は、おののくほどの感嘆で全員を地面に釘《くぎ》づけにした。あの命知らずは何をする気なのか？　みなの麻痺《まひ》した頭には、自殺でもしようとしているかに思われた。

飛行機はいまやほんの百フィート上を飛んでいて、あまりの低さに一同は思わず首を縮めた。山頂をふちどる木々のてっぺんを車輪がわずかにかすめる。そして雷光のごとく、飛行機は一同の上に来て――おくびを出す臓器と荒々しく震える体軀《たいく》を持った鳥のようだ――それから飛び去った。さらに、一同が落ち着く間もなく頂上を越え、血のような月を背に翼を傾けて、また旋回してきた。

しかしいまでは、命知らずの操縦士が冷静そのもので、その大胆さは勇気にほかならないことを、みな知っていた。

操縦席から突き出された人間の黒っぽい腕が小さな白い物体をおもりのように投下し、それは焚き火から二十フィートと離れていない地点に重い音を立てて落ちた。

足をとられる地面をサルのごとく駆けていった警視が、瞬く間にその白い物体をつかんだ。警視は震える指で、石ころを包んである数枚の紙を剝《は》がした。

一同は警視の上着につかまりながら、そのまわりに群がった。

「なんでした、警視」

「なんて書いてあるんです？」

「たった――それだけ？」

「早く読んで聞かせて！」

警視はちらつく焚き火の光に目を細めながら、タイプされた文面を食い入るように読んだ。読み進めるうちに、青白い顔の皺《しわ》が伸び、肩が力なく垂れ、目から希望と生気の輝きが消え失《う》せていった。

一同は警視の顔に、自分たちの運命を読みとった。すすと汗にまみれたみなの頬は、死人の皮膚のように張りを失った。

警視はゆっくりと言った。「こう書いてある」そして低く単調な声で読みあげはじめた。

オスケワ　臨時本部にて
リチャード・クイーン警視殿
遺憾ながら、トマホーク渓谷及びティピー山地のこの地区、とりわけ貴殿が足止めされているアロー山の森林火災が、完全に制圧不可能となったことをお知らせしなくてはなりません。もはや鎮火の望みはまったくついえました。火の手はアロー山を急速に上昇しつつあり、奇跡が起こらぬかぎり、まもなく山頂まで焼きつくすものと思われます。

当方では数百名を動員して消火につとめておりますが、犠牲者の数は日ごとに増すばかりです。すでに数十名が煙で倒れるか、重い火傷《やけど》を負い、本部及び隣接各郡の救護斑の全員が限界まで酷使されている状態になっております。現時点で、死者は二十一名。爆破や焼き払いを含むあらゆる手を尽くしましたが、惨敗を喫したと言わざるをえません。

アロー山のゼイヴィア博士邸にいらっしゃる貴殿とみなさまに、脱出の道はありません。この点はすでにご承知のことと思います。

この通信文は、高速飛行士のラルフ・カービイ氏によって投下されます。これを読まれたうえは、同氏に合図を願います。それにより同氏は通信文が無事入手されたことを確認し、貴地における欠乏に備えて、薬品及び食料品を投下することとなっております。水は豊富にあるものと承知しています。みなさまを飛行機で救出する方法があれば実施するところですが、それはかないません。アロー山の頂上の地形は把握しておりますが、あまりに起伏が多いため、着陸を試みれば機体が破損し、ほぼ確実に操縦士も死に至るでしょう。オートジャイロ機を飛ばしたとしても成功はおぼつかず、また当方はその機を所有していません。

貴殿らの危難について、森林警備隊に助言を求めたところ、ひとつふたつ提案を受けました。もし風向きが許すなら、まだ焼けていない森林に火を放ち、上昇してくる火の手に対抗することもできます。しかしながら、この方法はお勧めできません。というのも、山頂付近では風向きがつねに変動し、予断を許さないからです。もうひとつは、山頂の森林のふちに広い溝を掘り、火の手がそこを越えられないようにすることです。また、家屋の周囲の乾いた灌木《かんぼく》や草もすべて切り払って、安全を図ったほうがよいでしょう。家屋には絶えず水をかけておいてください。この森林火災に関しては、燃えつきて自然鎮火するのを待つよりほかにありません。すでに数マイル四方にわたる森林が焼きつくされました。

どうか困難にくじけることなく正念場に臨まれますよう。勝手ながら、ニューヨーク市警察本部に、貴殿の目下の所在と、危急の状況にいらっしゃる旨を通知させていただきました。先方からは引きも切らず問い合わせが来ております。警視殿、これ以上お力になれないことが残念でなりません。みなさまのご幸運をお祈りします。さようならとは申しあげますまい。

オスケワ　保安官
ウィンスロー・リード（署名）

「少なくとも言えるのは」読み終えたあとの慄然《りつぜん》たる沈黙のなか、エラリーが苦々しく大きな笑い声をあげて言った。「こいつがおしゃべり野郎だってことだろうな。やれやれ」

警視は放心のていで、できるだけ焚《た》き火に近づき、力の抜けた腕をゆっくりと振った。と同時に、それまで上空を旋回していた飛行機が、ふたたびまっすぐに遠ざかったかと思うと、前と同じ動きを繰り返した。こんどは、一同の頭上を通過するとき、操縦席から大きなまるい包みをひとつ落とした。去るに忍びないかのように二度旋回し、もう一度接近すると、ぎこちない挨拶《あいさつ》をするかのごとく翼を揺すって、夜のなかへ飛び去った。赤い灯火が遠くの闇に消えるまで、だれひとり指一本動かさなかった。

やがてカロー夫人が地面にへたりこみ、胸の張り裂けそうな声で泣いた。双子は歯を鳴らしながら母親の後ろにうずくまった。

「おい、何をぐずぐずしてる？」スミスが突然、大きな腕を風車《ふうしゃ》のように振りまわしながらわめいた。目は血迷ったように見開かれ、大きな頬に汗が幾筋も流れている。

「あのくそ保安官の助言を聞いたろう？　火を熾《おこ》せ！　溝を掘るんだ！　とにかく、さっさとはじめよう！」

「火はだめだ」エラリーが静かに言った。「ここの風はでたらめすぎる。家が炎上するかもしれない」

「でも、溝についていては、スミスの言うとおりだ」ホームズ博士があえぐように言った。「ここでこんなふうに――処理を待つ牛みたいにただ突っ立っていても仕方ない。ボーンズ――車庫からシャベルとつるはしを持ってきてくれ！」

ボーンズは口汚く罵《ののし》りながら闇のなかへ走り去った。

「そうだな」警視は硬く不自然な声で言った。「ほかに手はあるまい。掘るんだ。煙で息が詰まるまで掘ろう」深く息を吸い、持ち前の仕切り屋らしい態度をいくらか取りもどして、「よし！」と気合いを入れた。「さあ掘ろう。全員で。差し支えない範囲で、できるだけ着ているものを脱いで。女性も――子供も――全員、手を貸してもらう。いますぐはじめて、へたばるまでつづける」

「時間はどのくらい残されているのかしら」ゼイヴィア夫人がささやいた。

スミスは暗がりへ駆けていき、煙の立ちこめた森のなかに姿を消した。ホームズ博士は上着を脱いでネクタイをはずし、ボーンズのあとを追った。カロー夫人は泣くのをやめて立ちあがった。ゼイヴィア夫人は身動きもせず、スミスの去っていったほうを見つめていた。

一同は、しだいに奇怪の度を増す悪夢のなかで踊りまわる修行僧そのものだった。

スミスが煙のなかから姿を現し、うろたえながらもどってきた。「すぐそこだ！」と怒鳴る。「火が来てる！　そこのすぐ下だ！　道具はいったいどこにある？」

そこへ、重い金物をかついだボーンズとホームズ博士が闇からおぼつかない足どりで現れ、本格的な悪夢がはじまった。

体力的に最もひ弱なウィアリー夫人は、明かりを絶やさないよう、焚き火に燃え種を投げこみつづけた。燃料を供給するのは双子で、家のなかから運べる家具を手当りしだいに引きずってきた。激しい風が吹きあげ、焚き火の火の粉を危険なほど派手に撒《ま》き散らす。そのあいだに警視は、森のふちに沿って、ぐるりと四分の三の円形にしるしをつけ、掘る場所を決めた。女性陣は岩だらけの地面の隙間に生えている乾いた灌木を引き抜き、ときどき焚き火に投げこんで、燃え種の足しにした。山の頂上から、先住民部族の巨人ののろしと見まがう煙がもくもくとあがっている。だれもが咳《せき》をし、叫び、せっせと働き、汗をかいた。腕はあげるのも苦痛なほど重くなった。まどろっこしさに耐えかねたフォレスト嬢は、じきに藪《やぶ》の根こぎをやめて溝に駆け寄り、掘るほうを手伝いはじめた。

男性陣は呼吸を整えつつ、黙々と働いた。ただひたすら、腕をあげさげして……。

夜明けが訪れても――煙に包まれた赤く不穏な夜明けだったが――みな、まだ掘りつづけていた。いまや猛烈にではなく、人間離れした死に物狂いの着実さで掘っていた。ウィアリー夫人が消えかかった焚き火のそばでへたばった。岩の上にぐったりと倒れてうめいていたが、かまう者はいなかった。男たちは全員、上半身裸になっていたが、すすに覆われていない部分は皮脂でぎらついていた。

飛行機から投下された食料と薬品の包みには、だれも見向きもしなかった。

午後二時にカロー夫人が力尽きた。三時にはゼイヴィア夫人も。だがアン・フォレストは、力なくシャベルを突っこむたびにふらつきながらも、掘る作業をやめなかった。

四時三十分に、しびれたその指からシャベルが落ち、フォレスト嬢は地面にくずおれた。「もう——だめ」荒い息をしながら言う。「もう——無理よ」

五時にはスミスが倒れて起きあがれなくなった。ほかの者はなおも掘りつづけた。

六時二十分過ぎ、二十時間の信じがたい労働のすえに、溝が完成した。

だれもがその場にばったり倒れていた。汗と泥がこびりついた肌を掘り返された地面に押しつけ、極度の疲労にわれ知らず体を痙攣《けいれん》させている。地面に伸びたままうめいている警視は、ウルカヌス(ローマ神話の、火と鍛冶の神)の鍛冶《かじ》場で苦役に倒れた小人だった。目は落ちくぼんで、紫色のくまができている。開いた口は空気を求めてあえぎ、白髪はべったりと頭皮に張りつき、指からは血が出ていた。

ほかの者たちも、おおかた似たようなありさまだった。倒れた場所に横たわったままのスミスは、小刻みに震える肉の山だ。エラリーはすすだらけのひょろりとした幽霊で、ボーンズは死人だった。婦人たちは汚れて裂けた衣類の塊である。双子は岩にすわってうなだれていた。ホームズ博士は目を閉じて鼻孔をひくつかせながらじっと横たわっていたが、白い肌は見る影もなかった。

一同は身動きもせず、一時間以上そのまま倒れていた。

やがて双子がもぞもぞと動きだし、かすれた声で何やらことばを交わしたのち、立ちあがって家にはいっていった。かなり経ったころ、冷たい水を満たした桶《おけ》を三つ、重そうに引きずりながら出てきて、疲れ果てた犠牲者たちを端から根気よく蘇生《そせい》させていった。

エラリーは震えの止まらぬ上半身に氷のような水をかけられ、息を呑《の》んで目を覚ました。血走って狼狽《ろうばい》した目で、うめき声をあげながら半身を起こした。そこで記憶がよみがえったのか、双子の白い顔を見て弱々しい笑みを浮かべた。「赦《ゆる》しを与えるは――神なり、だな」しゃがれ声で言ってどうにか立ちあがる。「どのくらい――」その先はつづけられなくなった。

「いま七時半ですよ」フランシスがつぶやいた。

「大変だ」

エラリーは周囲を見まわした。意識のもどったカロー夫人が、ポーチの階段をつまずきながらのぼっている。ボーンズはどこかへ去って姿がない。警視はそれまで倒れていた場所に尻《しり》をついて無言ですわり、血だらけの手をぼんやり見つめている。ゼイヴィア夫人は起きあがって地面にひざまずいている。アン・フォレストとホームズ博士は、並んで仰向《あおむ》けに寝転んだまま、暗くなっていく空をながめている。スミスは喉《のど》の奥でわけのわからない悪態をついている。ウィアリー夫人は……

「大変だ」エラリーは目をしばたたきながら、ふたたびしゃがれ声で言った。

その苦悩のことばは、突如激しく吹きつけた熱風に一瞬で口から吹き飛ばされた。途方もない咆哮《ほうこう》がエラリーの耳を満たす。森から煙が噴き出してきた。

そしてエラリーは火を目にした。山火事の前衛だ。炎が頂上周辺の森の木々をむさぼるようになめていた。

とうとうやってきた。

みな、家をめがけて駆けだした。恐怖が体じゅうの腺《せん》を目覚めさせて、熱い分泌物を血液に送りこみ、それが電流さながらに筋肉を刺激して新たな力を与えた。

テラスにあがった一同は申し合わせたように立ち止まり、狂おしい目で背後を振り返った。

まるく切り開かれた森のふちが炎に包まれている。樹木が焼ける轟音《ごうおん》と、肌を焦がす熱気によろめきながら、一同は家のなかへ逃げこんだ。風圧によって、真っ赤な炎の弧が、湾曲した高さ五十フィートの硬い板と化している。正面の部屋のフランス窓から、だれもが恐怖にことばを忘れて、外の地獄絵図を見つめた。風がさらに強まる。炎の板はさらに低く、果てしなく曲がりつづける。数百万の裂けた火花が家に襲いかかる。溝は、あの貧相な溝は……持ちこたえるだろうか。

スミスが叫んだ。「全部無駄だった。あれだけ骨折ったのに。あんな溝……。どうだ、滑稽じゃないか！」ヒステリックに笑いながらわめきはじめる。「あんな溝」切れぎれに言う。「あんな溝」腹の肉がベルトの上でたわみ、がっくりと上体が折れ、汚れた頬を涙が流れ落ちていく。

「うるさい、だまれ」エラリーが、またしゃがれた声で言った。「だまらないと――」みなまで言わぬうちに、あっと叫んで、ふたたびテラスへ飛びだしていった。

警視が絶叫した。「エ、ラ、リ、ー！」

エラリーは細身の体で欄干を乗り越えて走りだした。頭上にも前にも、炎の壁がのしかかる。火のなかに飛びこもうとしているかのようだった。半裸の体をひねって炎をかわしながら、岩のあいだを縫って進んでいく。やがてエラリーは足を止め、ぐらついたかと思うと、何かを拾いあげて、よろけながらもどってきた。

上半身は熱のせいでうっすら赤くなり、顔は真っ黒だった。「食料だ」エラリーは息を切らして言った。「食料の袋を忘れてどうする」目が怒りに燃える。「おい、何をぐずぐず待ってる？　溝は役に立たない！　それに、このすごい風では――」

一同は風を前にして身をすくめ、風とともに悲しげな声をあげた。

「こうなったらもう隠れるしかない」エラリーはかすれ声で言った。「家はもう百か所ぐらい燃えてるし、消防隊が来たって消せるものじゃない。屋根にバケツ二、三杯の水をかけたところで……」と言って笑いだしたが、その姿は炎の背景幕の前で躍る悪魔そのものだった。「貯蔵庫だ――貯蔵庫はどこにある？　ありかをだれも知らないのか？　ふん、どれだけ大ばかがそろってるんだ！　教えてくれないか、だれか！」

「貯蔵庫」みなはどんよりした目でエラリーを見つめながら、従順に声を合わせた。半裸でげっそりした、薄汚れた白い生ける屍《しかばね》たちが、それぞれの煉獄《れんごく》でうごめくかのようだ。「貯蔵庫」

「階段の裏ですわ」ゼイヴィア夫人が絞り出すように言った。ガウンは片方の肩口が裂け、手は傷だらけで真っ黒だ。「さあ、さあ、急いで」

そして一同は転がるように廊下を進んだ。ゼイヴィア夫人は、二階へ通じる階段の下にある厚く頑丈な扉の前にたどり着いた。だれもが早く中へはいろうとして、狂乱状態で押し合った。

「父さん」エラリーは静かに言った。「いっしょに来てくれ」

警視は驚いて、震える手で白い唇をぬぐい、息子を追いかけた。エラリーは、目にしみる煙の立ちこめた廊下をよろよろ走って台所へ向かった。そして猛然と戸棚に顔を突っこみ、中のものを投げ出した。鍋《なべ》や壺《つぼ》や薬缶《やかん》が見つかった。「これに蛇口から水を汲《く》んでくれ」咳《せき》をしながら指示する。「急いで。水が要るんだ。大量に。いつまで閉じこもることになるかわからないから……」

水のしたたる品々を持って、ふたりは廊下を駆けもどった。エラリーは貯蔵庫の戸口で怒鳴った。「ホームズ！　スミス！　この水を下へおろして！」返答を待たずに警視と台所へ引き返す。

ふたりはあるだけの大きな容器に水を満たし、六往復した――ブリキのバケツに、空のバター入れ、洗面器、古い湯沸かし、そのほか用途の知れないさまざまな容《い》れ物だ。そしてようやく、エラリーは貯蔵庫の階段のてっぺんに立ち、警視は山の洞窟《どうくつ》のように薄暗く陰気でだだっ広いコンクリート造りの部屋へ、危うい足どりでおりていった。

「だれかそこへ食料の袋をおろしたか？」エラリーは厚い扉を閉める前に上から怒鳴った。

「ぼくがここに持ってますよ、クイーンさん！」ホームズ博士が下から答えた。

エラリーは扉をぴったり閉じた。「だれか女性のかた、布をくれませんか――なんでもいい」

アン・フォレストがどうにか立ちあがった。エラリーのそばへ行き、暗がりでドレスを脱いだ。

「こんな服はもうすぐ要らなくなるわね、クイーンさん」フォレスト嬢はそう言って笑いながらも、声を震わせていた。

「アン！」ホームズ博士が叫んだ。「いけないよ！　この袋の布がある――」

「もう遅いわ」フォレスト嬢はほとんど愉快そうに言ったが、唇は震えていた。

「いい子だ」エラリーはつぶやき、ドレスをつかんで細く引き裂きはじめた。その布を扉の下に詰める。立ちあがると、フォレスト嬢の白い肩を抱いて、下のコンクリートの床におりた。

湿って黴《かび》くさい、薄汚れた古い軍用のコートをホームズ博士が持ってきた。

「こんなのがあった。ボーンズの冬のコートだろう」嗄《か》れた声で言う。「アン――気の毒だけどこれで……」

長身の娘は身震いして、そのコートを肩からはおった。

エラリーとホームズ博士は、操縦士が落としていった袋を開いた。厚い詰め物で保護された薬瓶の包みが出てきた――消毒薬、キニーネ、アスピリン、軟膏《なんこう》、モルヒネ、それに皮下注射薬、絆創膏《ばんそうこう》、脱脂綿、包帯などだ。ほかの包みもあった――サンドイッチ、ハムの塊とパン、瓶入りのジャム、板チョコレート、魔法瓶入りの熱いコーヒー……。

ふたりは食料を全員に分配し、それからしばらく、咀嚼《そしやく》する音と液体を飲む音だけが響いた。魔法瓶が手から手へと渡される。ひと口ひと口を味わいながら、ゆっくりと食べた。だれの心にも同じ思いがあった。これがこの世での最後の晩餐《ばんさん》となるかもしれない……。しまいにみな満腹になり、食料の残りをエラリーがていねいにもとの袋にしまった。ホームズ博士が、裸の上半身をみみず腫《ば》れと掻《か》き傷だらけにしたまま、消毒薬を手に無言でみなのもとへ行き、傷口を消毒し、絆創膏を貼り、包帯を巻いてまわった……。

やがてすることがなくなると、医師は卵の古い木箱に腰をおろし、両手に顔をうずめた。

めいめいが、そのへんにある古い荷造り用の箱や石炭入れや、石の床の上にすわっていた。天井からぶらさがったひとつきりの電球が、弱い黄色の光で一同を照らしている。外で燃えさかる火の鈍い咆哮がかすかに聞こえる。それは刻々と近づいてきているようだった。

一度、地響きをともなう爆発が立てつづけに起こり、全員が愕然《がくぜん》とした。

「車庫のガソリンだな」警視がつぶやいた。「車もだめになった」

だれも反応しなかった。

ボーンズが一度、立ちあがって暗がりへ姿を消した。もどってくると、耳障りな声でこう言った。「貯蔵庫の窓。古い金物や平たい石をぎっしり詰めてきた」

だれも反応しなかった。

そんなふうにして、一同は希望もなくうなだれてすわっていた。あまりに疲れていて、涙もため息も動く力も出ず、ただただぼんやりと床を見つめたまま……終わりを待っていた。

19　クイーンの話

時が過ぎた。何時間経ったのか、一同は知りもしなければ、気にしてもいなかった。ただだっ広くて薄暗いその洞窟のなかでは、夜も昼もない。小さな電球の微弱な光だけが、彼らの太陽であり月であった。みな、石のようにすわって、乱れがちな呼吸をつづけていることを除けば、もう死んでいるようなものだった。

エラリーにとって、それはめまいのするような奇妙な体験だった。思いは死から生へと移り、記憶しているさまざまな事実がよぎったつぎの瞬間には、妄想が生んだとらえどころのない幻影が現れた。いくつかの謎がふたたび記憶によみがえって、エラリーを悩ませた。それらは脳細胞に侵入し、意識のなかを暴れまわった。同時にエラリーは、人間の心の不たしかさと矛盾を思って、ひとり陰鬱《いんうつ》に笑った——人の心というのは、大きな問題を無視するか、できるだけ考えないようにする一方で、それより重要でない問題にしつこくこだわったりする。おのれの消滅に直面している人間が、ひとりの殺人犯のことを多少とも気にするのはなぜだろう？　不合理であり、幼稚でもある。瑣末《さまつ》なことで思い病まず、自身の神に祈って自身の心に平穏をもたらすことに専念すべきなのではないのか。

結局、抗《あらが》いきれなかったエラリーは、ため息を漏らし、事件についての考察に没頭した。ほかの事柄はすべて遠のいていった。目を閉じ、のろのろともどってきた持ち前の集中力で、沈思にふけった。

果てしない時間が過ぎたころ、エラリーはふたたび目を開いたが、何ひとつ変わっていなかった。双子は依然として母親の足もとにうずくまっていた。ゼイヴィア夫人は相変わらず荷箱に腰かけ、ざらついたコンクリートの壁に頭を預けて目を閉じていた。ホームズ博士とフォレスト嬢も、肩を寄せ合ってじっと腰かけたままだ。スミスもやはり、古い箱の上でうなだれてすわり、フォルスタッフ並みに肉のついた腿《もも》のあいだに裸の腕を垂らしていた。ウィアリー夫人はいまも石炭の山の上にぐったりと横たわり、片腕で目を覆っている。そしてボーンズは、彫像並みにまばたきをせず、家政婦のかたわらの床で脚を組んですわっていた。

エラリーは身震いし、両腕を思いきり伸ばした。すると、近くの箱に腰かけていた警視がぴくりと動いた。

「どうした」警視は低くつぶやいた。

エラリーはかぶりを振って立ちあがり、貯蔵庫の階段をふらふらとのぼっていった。一同はようやく身じろぎし、その姿を物憂げに目で追った。

エラリーは階段の最上段に腰をおろし、扉の下の隙間に押しこんである詰め物を少し引っ張ってみた。濃い煙がどっとはいってきて、エラリーはまばたきをして咳《せ》きこんだ。あわてて詰め物をもとどおりに押しこんだあと、よたつきながら下へもどってきた。

一同は炎と風の咆哮《ほうこう》にひたすら耳をそばだてていた。いまやその音は、頭上のすぐ近くから聞こえていた。

カロー夫人が泣いていた。双子は心配そうに身を起こし、母親の両手を握った手に力をこめた。

「空気が――悪くなっていません？」ゼイヴィア夫人が濁った声で尋ねた。

みなが鼻をうごめかせた。そのとおりだった。

エラリーは肩を怒らせた。「ちょっといいですか」そのしゃがれた一声で、みなの視線が集まった。「ぼくたちはきわめて不愉快な死に方をしようとしています。このような危機に瀕《ひん》して最後の希望がついえてしまったとき、人間という生き物が何をすべきか、どんな行動をとればいいのか、ぼくにはわかりません。ぼく個人としては、猿ぐつわをはめられた人身御供《ひとみごくう》のように、じっとすわったまま、だまって死ぬのはいやです」そこでことばを切る。「お察しのとおり、ぼくたちはもう長くない」

「おい、だまれ」スミスが怒鳴った。「おまえのくだらないおしゃべりはもうたくさんだ」

「そう言われても無理です。あなたは、最後の瞬間に正気を失い、近くの壁に頭を打ちつけて脳みそをぶちまけるタイプですね。あなたにもまだ少しは自尊心が残ってることを思い出させてもらえたらありがたいんですが」スミスがまばたきをして目を伏せる。「現に」エラリーは咳きこみながらつづけた。「あなたは話をする気分になったようだから、その堂々たる肥満体に関係するちょっとした秘密を、ぜひはっきりさせておきたいですね」

「おれのことを？」スミスはつぶやいた。

「ええ、そうです。ぼくたちは、最後の告白をする段階にいます。あなただって、胸にあることをすっかり打ち明けずに、少々乱視気味の神の前に出るのは気が進まないでしょう」

「何を告白しろと？」太った男はふんぞり返って言った。

エラリーは注意深くほかの者たちを見まわした。みな、いまのところは興味を引かれ、起きあがって耳を傾けていた。「ご自分が憎むべき悪漢であることとです」

スミスは難儀して立ちあがり、こぶしを固めた。「なんだ、おまえ――」

エラリーは大股《おおまた》で歩み寄り、男の肉厚な胸に手をあてて強く押した。スミスは箱の上に尻《しり》もちをついた。「なんだ？」エラリーは相手を見おろして言った。「この期に及んで、野獣みたいに取っ組み合いをしようっていうのかい、スミス」

太った男は唇をなめた。そしてぐっと頭をあげると、ふてくされたように叫んだ。

「ああ、それもよかろう。どうせもうしばらくしたら、おれたちはみんな炙《あぶ》り肉になるんだ。たしかにおれはあの女を脅迫したさ」唇に冷笑が浮かぶ。「そう聞いてすっきりしたろう。この出しゃばりのおせっかいめ！」

カロー夫人は泣くのをやめていた。居住まいを正して静かに言う。「この人はわたくしを十六年間、脅迫しつづけていたのです」

「マリーさま――およしになって」フォレスト嬢が哀願した。

夫人は手を振って言った。「もうどうでもいいのよ、アン。わたくしは――」

「この男は、あなたの息子さんたちの秘密を知っていたんですね？」エラリーがつぶやいた。

夫人は息を呑《の》んだ。「なぜご存じですの？」

「それもいまとなってはどうでもいいことです」エラリーはやや悲しげに言った。

「この人は、この子たちの――分娩《ぶんべん》に立ち会った医師のひとりでした……」

「薄汚い豚め」警視が目に怒りをみなぎらせて言った。「そのふくれた面《つら》を叩《たた》きつぶして──」

スミスは弱々しい声で罵《ののし》った。

「その後、評判を落として医師免許を剥奪《はくだつ》されたんですよ」フォレスト嬢が腹立たしげに言った。「不正な医療で。当然だわ！　この男はゼイヴィア博士のお宅にまでわたしたちを追いかけてきて、どうにかふたりきりでカロー夫人に会って──」

「ええ、ええ」エラリーはため息混じりに言った。「その先も全部知ってますよ」上の扉を見あげる。方法はひとつしかない。興味をつないで、憤激させ、怯《おび》えさせておかなくてはならない。頭上で荒れ狂う炎の恐怖から、少しのあいだでも気をそらすためには。「ぼくがひとつ──話をしましょう」

「話というのは？」ホームズ博士がつぶやいた。

「ぼくがいままでに遭遇したなかで、最も愚かな欺瞞《ぎまん》の話です」エラリーは階段の一段目にすわって、軽く咳《せき》をしながら、充血した目を光らせた。「その話をする前に、みなさんのなかに、スミスのように告白をしようというかたはいませんか……」

沈黙がつづいた。エラリーは、ひとりひとりの顔を探るようにゆっくりと見まわした。

「往生際が悪いですね。そういうことなら、ぼくは最後の──あとしばらくの時間をこの仕事に捧《ささ》げましょう」エラリーは首の後ろを揉《も》んで、小さな電球を見あげた。

「いま、愚かな欺瞞と言いました。なぜそう呼ぶかと言えば、いままでに精神のバランスを失った人間が思いついて実行したさまざまな謀《はかりごと》のなかで、この事件ほどすべてが信じがたく、突飛なものはなかったからです。もしこれがふつうの状況のもとで起こっていたなら、ぼくは一瞬たりともごまかされはしなかったでしょう。ところが、ご承知のような事情のため、いかに無理なこじつけかという点に気づくまでに、いくらか時間がかかりました」

「何が無理なこじつけでしたの？」ゼイヴィア夫人がかすれた声で言った。

「あなたのご主人と義理の弟さんの死体に残されていた、例の〝手がかり〟のことですよ、ゼイヴィア夫人」エラリーはつぶやいた。「しばらくしてから、あれはありえないことだと気づいたんです。死にかかった人間の思いつきから生じたものとしては入念すぎる。入念すぎるし、複雑すぎます。まさしく、入念すぎるという点で、これを用いた犯人は愚かだったと言えます。ふつうの人間から見ると突飛すぎるんです。実のところ、このぼくが偶然あの現場に現れていなかったとすれば、犯人の意図は、おそらくだれにも見抜いてもらえなかったでしょう。うぬぼれてるわけじゃありませんよ、ぼくの思考がある意味において、犯人の思考と同じくゆがんでいるというだけですから。ぼくはひねくれた物の考え方をします。そして幸いにも、犯人もそうなんです」そこで間を置き、息をつく。「そして、さっきも言ったとおり、しばらく経ってからぼくは、この手がかりが正しいかどうかと疑ったんですが、その後またしばらく経ってから――いまここで考えて――正しいという考えを捨てました。すると一瞬にして、この陰鬱《いんうつ》な事件の全貌《ぜんぼう》が見えました。陰鬱で巧妙で愚かな、驚くべき事件の全貌が」

エラリーはまたことばを切り、乾いた口のなかで舌を動かした。警視は当惑の目で息子を見つめていた。

「いったい何を言っているんですか」ホームズ博士が嗄れた声で訊《き》いた。

「こういうことです、博士。ぼくたちがどこで最初に道をまちがえたのかと言うと、この事件では無実の罪を負わせる企《たくら》みが一度だけおこなわれたのだと考えもなく決めつけたときでした――その企みとは、マーク・ゼイヴィアがゼイヴィア夫人を罪に陥れようとしたことです。詰まるところ、ゼイヴィア博士が殺されたときのダイヤのネイブの手がかりは、ゼイヴィア博士自身が残したものと想定していたわけです」

「つまり、エル」警視が尋ねた。「あの夜、書斎で、マーク・ゼイヴィアは兄の手にあるジャックの半分を見つけなかったということか？」

「いや、マークはたしかにジャックの半分を見つけたんだ」エラリーは物憂げに言った。「そしてそこが、この問題の核心だ。マークもまた、兄自身がジャックの半分を犯人の手がかりとして残したと思いこんだ。ところがそれは、ぼくたちがそう思いこんだのと同様に、完全なまちがいだった」

「だが、おまえはどうやってまちがいだと気づいたんだ」

「ついさっき、ある事実を思い出してね。ホームズ博士は、死体を調べたあとで、ゼイヴィア博士は糖尿病だったと言った。その病気を患っていたせいで、死後硬直は数時間ではなく数分のうちに、非常に早く起こったんだとね。ゼイヴィア博士が午前一時ごろに死んだことはわかってた。マーク・ゼイヴィアは、二時三十分に死体を発見している。だとすると、そのころまでにはもう、完全に死後硬直した状態になっていたはずだ。で、翌朝ぼくたちが死体を発見したときには、ゼイヴィア博士の右手は握りしめる恰好《かっこう》でスペードの6をつかんでいた。そして左手は、机の上に手のひらを下にして載っていて、指はまっすぐ硬く伸びていた。死後数分のうちに硬直が起こったなら、その両方の手は、兄が死んでから一時間半後にマーク・ゼイヴィアが発見したときも同じ状態にあったはずだ！」

「それで？」

「おや、わからないのか」エラリーは声高に言った。「マーク・ゼイヴィアが、右手を握って左手をまっすぐ開いた状態の兄を発見したとしたら、死後硬直でこわばった指を折るか、明らかに大きな圧力が加えられた痕跡《こんせき》を残さずには、右手を開かせたり左手を握らせたりできなかったはずだ。死体の手にどうしても何か持たせたかったなら、手はもとの状態のままにしておくほかなかっただろう。となると、マーク・ゼイヴィアが、ぼくたちが発見したときと同様、右手を握って左手を開いた状態のジョンを発見したことに疑問の余地はない。いまやぼくたちは、マークがダイヤのジャックをスペードの6にすり替えたことも知っている。ではマークがすり替えをしたとき、ダイヤのジャックはどちらの手にあったはずだと思う？」

「それは、握られていた右手に決まっているじゃないか」警視はつぶやいた。

「まさしくね。ダイヤのジャックはゼイヴィア博士の右手にあった。マークは、父さんとぼくが死人の手からスペードの6を回収したときと同じやり方をするだけでよかったんだ。つまり、握っているこわばった指を、カードを抜きとれる程度に開かせればよかった。それからスペードの6のカードを差し入れ、指を極薄の隙間があくぐらいにもどして、握った状態にしておくだけのことさ。左手にジャックを握ったジョンを発見したということは、ぜったいにありえない。というのも、もしそうだとすると、左手をひろげて机の上に置かせなきゃいけなかっただろう。そして、いま言ったとおり、無理に力を加えた跡を残さずにそれをするのは不可能だし、死体を検査したときにも、そんな痕跡はまったく見られなかった」

　エラリーがそこでしばらく口をつぐむと、頭上で何かが砕けるすさまじい音がした。少し前から、上階の床に響く鈍い物音がときおり聞こえていた。それがまた繰り返されたのだ……。しかし、気にする者はいなかった。みな、話にすっかり引きこまれていた。

「でもどうして――」フォレスト嬢が体を揺らしながら言いかけた。

「まだわかりませんか」エラリーはほとんどうれしそうな声で言った。「ゼイヴィア博士は右利きでした。ぼくがだいぶ前に立証しましたが、右利きの人間がカードをふたつに裂く場合には、右手で引き裂き、右手で握りつぶします――握りつぶさないにしても、半分を投げ捨てるのは右手です。というのも、両方とも引き裂いたカードの半分であることに変わりはないので、どちらの半分を残し、どちらの半分を捨てても同じことだからです。するとおのずと、半分は左手に残ることになります。ところが、いまぼくが説明したとおり、マークが発見したときには、残りの半分はゼイヴィア博士の右手にあったはずです。ゆえに、ゼイヴィア博士は一度もあのカードを引き裂いてはいなかった。ゆえに、だれかがそのジャックを引き裂いてゼイヴィア博士の右手に握らせた。ゆえに、双子を罪に陥れるためのあのジャックの半分は、やはり仕組まれた手がかりなのであって、双子はゼイヴィア博士の殺害に関してはまったくの無実であると見るべきです」

　一同はあまりの驚きに、微笑むことも安堵《あんど》を示すことも何もできず、口をあけてエラリーを見つめるばかりだった。こんなのは瑣末《さまつ》な問題に思える、とエラリーは考えた。閉めきった上の扉の向こうにひそむ死は、潔白な者も罪深き者も区別なく、自分たちみなを待ち受けているのだから。

「最初の手がかりは」エラリーは先を急いだ。「マークが犯罪現場に侵入した二時三十分より前に仕込まれていたのですから、ダイヤのジャックを使ってカロー兄弟を陥れようとしたのは、犯人の企みだったと断定してかまいません。仮に、とんでもなく想像をたくましくして、最初に仕組んだ人間も犯人ではなく、マークよりも先だが犯人よりはあとで現場に来たとすれば——要するに、仕組んだ人間が犯人のほかにふたりいたと考えれば——」そこで首を左右に振る。「いやいや、いくらなんでも現実味がないですね。やはり、双子を陥れようとした人物が犯人でしょう」

「いまの死後硬直の話で、ダイヤのジャックを残して双子を殺人犯に仕立てようとした人間は、ゼイヴィア博士でなく犯人自身だったと立証したと言うが——」いつしか話に引きこまれていた警視が、いぶかしげに言った。「どうもわたしには——少々独断的に聞こえるな。得心がいった気がしない」

「そのことが？」みなの意識を火事からそらそうと、エラリーは無理に微笑んだ。「いや、請け合ってもいい、これは推理じゃなく事実だ。確証をあげてみせましょう。ただその前に、もしそれが事実なら、論理的に言ってもうひとつ別の疑問が生じることを指摘しておきます。マーク・ゼイヴィアを殺した犯人は、彼の兄を殺した犯人と同一人物なのか、という疑問です。同一人物が両方の罪を犯したことは、圧倒的に確実と思えたのですが、ぼくたちにはそう断定するだけの決定的な根拠がなかった。ぼくも断定していません。自分で満足のいく程度に立証したまでです。

マークが殺される直前の状況はどうだったでしょう？　マークは、兄を殺した犯人の名前とおぼしきものを口にする直前に、昏睡《こんすい》状態に陥りました。そして、数時間経てば意識を取りもどす可能性がじゅうぶんあるとホームズ博士が断言した。このとき、家の人たちは全員その場にいました。とすると、マークが意識を回復した場合に最も大きな危険にさらされるのはだれでしょうか。原因と結果に関する最も基本的な事実を認めるとするなら、それは明らかに、死にかけた者に正体を暴かれようとしている人物でしょう。すなわち、良心の咎《とが》めを感じている人物、ゼイヴィア博士を殺害した犯人です。したがって、こうした特殊で煩わしい事情のもとにあっては、あの夜マークの寝室に忍びこんで永久に沈黙させるべく毒殺した人間が、ジョン・ゼイヴィアを殺した犯人だったという点に疑いをはさむのは、論理と相反することになります。それに、マークが真犯人をほんとうに知っていたにせよ、そうでなかったにせよ、これは事実です！　その脅威だけでも、犯人を殺人に駆り立てるにじゅうぶんだったんです」

「それには異存ない」警視はつぶやいた。

「現に、これについては確証があります。もう一方の場合を考えてみましょう。すなわち、犯人がふたりいて、マークを殺した人間はジョンを殺した人間とは別人だと仮定します。そのふたり目の犯人は、あれほど都合の悪いタイミングを選んで殺人を犯すでしょうか？　最悪のタイミングですよ。マークが本職の、しかも武装した警察官に護衛されているのを、その人物は知っていたんですから。そんな危険をあえて冒すのは、危険を冒さざるをえなかった人物以外にはいません。その人物は、ほかの適当なときではなく、どうあってもあの夜、マークが意識を取りもどしてしゃべりだす前に殺してしまわなくてはならなかったんです。そういうわけで、ぼくたちが相手にしているのがただひとりの犯人だとする主張には、論理的にも心理的にもなんの弱点もないと考えます」

「だれもそれを疑ってはいない。だが、ダイヤのジャックを残して少年たちに責めを負わせようとした人物が、ゼイヴィア博士でなく犯人だったというおまえの結論については、どんな確証をあげてみせるつもりだ」

「いまそれを言おうとしてたんだよ。実は、確証をあげる必要はないんです。犯人がゼイヴィア博士を殺したあとで双子に罪を負わせようと企《たくら》んだことは、犯人自身が告白していますから」

「告白？」一同はそれを聞くなり、警視ともども愕然《がくぜん》とした。

「ことばによってではなく、行動によって告白したんです。ここにいるみなさんの大半は聞いて驚くでしょうが、マーク・ゼイヴィアが死んだあとで、ゼイヴィア博士の机の上にあったひと組のトランプを保管してあった戸棚の錠前に、だれかが手をふれたんです」

「なんだって？」ホームズ博士が驚いて言った。「ぜんぜん知らなかったよ」

「ぼくたちがだれにも言わなかったからですよ、博士。でも、マークが殺されたあとで、たしかに何者かが、居間にある壁の戸棚の錠前に手をつけたんです。あそこには何が入れてあったでしょうか？ゼイヴィア博士の殺害現場から回収したひと組のトランプです。どんな理由にせよ、だれかがあの戸棚の錠前に手をふれたのは、あのひと組のトランプにひとつだけ、ある重要な意味を持つ事実が隠されていたからです。それはなんでしょう？あのひと組には、ダイヤのジャックが欠けていたという事実です。では、最初のひと組からダイヤのジャックがなくなっていることを、だれが知っていたか？ふたりしかいません――ひとりはマーク・ゼイヴィア、もうひとりはジョン・ゼイヴィア博士を殺した犯人です。ところがマーク・ゼイヴィアはすでに死んでいました。よって、錠前に手をふれたのは殺人犯ということになります。

さて、犯人が戸棚の錠前に手をふれた動機は、いったいなんだったんでしょう。その人物は、カードを盗むか破棄するつもりだったんでしょうか？ちがいます」

「どうしてそんなことが言える」警視がうめくように言った。

「それは、この家にいる人間はだれでも知っていたからです、あの戸棚の鍵《かぎ》がひとつしかないこと、中にはトランプしかはいっていないこと、そして最も重要なのは、そのひとつしかない鍵を、父さん、あなたが持っていたことをね」エラリーは苦い顔で小さく笑った。「ではなぜ、犯人にトランプを盗む気も破棄する気もなかったことがそれで立証されるのでしょうか。それはその行為自体が証明しています。犯人があのひと組のトランプを手に入れたかったなら、なぜ、父さんがマーク・ゼイヴィアの寝室の床で失神しているあいだに、父さんから戸棚の鍵をくすねなかったのか？　その答は、鍵は必要ではなかったし、戸棚をあける気もなかったし、トランプを盗む気も破棄する気もなかったからです！」

「いいだろう、仮にそうだとして——犯人はあける気もないのに、なぜ戸棚をいじったんだ？」

「実に妥当な質問だね。考えうる唯一の別の理由は、そのひと組のトランプにぼくたちの注意を向けさせたかったからです。これにはれっきとした確証さえありました。その人物が、金属の戸棚をこじあけるのにあんなちっぽけな暖炉の火掻《か》き棒を使ったのは、戸棚の中身を手に入れるというより、そこに注意を向ける意図があったことを示しています」

「付き合いきれん」スミスがかすれた声で言った。

「でしょうね。ともかく、その行為は明らかに、ぼくたちの注意を最初のトランプに向けさせ、それを再点検させてジャックがないことに気づかせようとする目くらましであり、計略であり、小細工だったんです。しかし、欠けているジャックにぼくたちの注意を向けさせたいという動機を持つ人物はいったいだれでしょう？　欠けているそのカードによって糾弾された双子でしょうか。もしふたりが戸棚に手をふれたんだとすると、それはカードを破棄する決意のもとにおこなわれたはずです。ところがいま証明したように、手をふれた目的は、あのカードに注意を向けさせることにありました――もし双子が殺人犯だったとすると、それこそ彼らが最もしそうもない行為です。よって、錠前に手をふれたのは双子ではありません。ただ、ぼくはいま、錠前に手をふれた人物が犯人であることも証明しましたね。よって、もう一度言いますが、双子は――その一方だけでなく両者とも――犯人ではありません。したがって、双子は犯人によって罪を着せられた……それこそ、ぼくが十億年前から論証を試みていたことです」

カロー夫人がほっと息をついた。カロー兄弟は明らかに尊敬のこもったまなざしでエラリーを見つめていた。

エラリーは立ちあがって、落ち着きなく歩きまわりはじめた。「では、犯人はだれだったんでしょうか――計略に長《た》けたその殺人者は?」不自然なほど大きな声で言う。「これまでの出来事のなかに、犯人の正体を指し示すようなしるしや、証拠や、手がかりはあったでしょうか。そう、ありました。それなのにぼくは、いまごろようやく解明にこぎ着けたんです――ただ」軽い口調で付け加えた。「もう手遅れですね。自分で自分を褒めてやるしかないな」

「じゃあ、知ってらっしゃるのね!」フォレスト嬢が叫んだ。

「そう、知ってますよ、お嬢さん」

「だれだ?」ボーンズがわめいた。「そいつはいったい――」骨張ったこぶしを震わせながら、全員をにらみまわす。その視線はスミスの上にいちばん長くとどまった。

「この犯人は、ふつうの状況ならだれも解釈できそうもない突飛な〝手がかり〟をでっちあげようとして、浅はかさをさらけ出しましたが」エラリーは急いでつづけた。「さらにもうひとつ、非常にまずい過ちを犯しました」

「過ちだと?」警視がまばたきをした。

「そう。それにしても、なんという過ちだろう! これは、怒れる母なる自然がこの人物に犯させた――避けようのない過ちだ。それは異常性に起因するものです。マークを殺し、警視にクロロホルムを嗅《か》がせたときに、この人物は――」そこで間を置く。

「警視の指輪を盗みました」

一同は呆《ほう》けた顔で警視を見つめた。ホームズ博士がざらついた声で言った。「なんだって――またか？」

「それはきわめて無個性な、ちっぽけな指輪でした」エラリーは夢見るように言った。「質素な金の結婚指輪で、せいぜい数ドルの値打ちしかないものです。そうなんですよ、博士。ぼくたちがここに着いた夜、あなたとフォレストさんがしぶしぶ披露してくださった、安物の指輪が盗まれたというこぼれ話の実例がまたひとつ増えたわけです。でも不思議ではありませんか。こんなおかしな、一見無関係に思える事実が、殺人犯の足をすくったなんて」

「だが、どうしてだ」警視が、口と鼻を覆っている汚れたハンカチ越しに咳《せき》をしながら言った。ほかの者はみな、鼻に皺《しわ》を寄せ、新たな不安で落ち着きを失っていた。空気がよどんできているせいだ。

「そう、なぜ指輪が盗まれたのか」エラリーは声を張った。「フォレスト嬢とホームズ博士の指輪はなぜ盗まれたんでしょう？　何かご意見はありますか」

返答はなかった。

「さあ、さあ」エラリーは発破をかけた。「最後のときを頭脳ゲームで愉快に過ごしましょう。ありそうな動機をきっと思いつくはずですよ」

歯切れのいいその声が、みなの頭をふたたび働かせた。「そうだな」ホームズ博士が小声で言った。「値打ちがあるから盗まれたわけではないんですよね、クイーンさん。その点はあなたも指摘していたし」

「そうなんです」話を途絶えないようにしてくれて、さすがにこの男は察しがいい、とエラリーは思った。「ともあれ、ありがとう。だれかほかには？　フォレストさん？」

「そうね……」フォレスト嬢はかさついた唇をなめ、目を大きく輝かせた。「何か特別な思い入れがあったとか――この線もまずないでしょうね、クイーンさん。どの指輪も、個人的にしか値打ちのないものだったはずですし。つまり――持ち主本人にしか。盗んだ人にとってなんの価値もないに決まっている」

「気のきいた分析だ」エラリーは拍手を送った。「おっしゃるとおりです、フォレストさん。さあ、どんどんあげてください！　楽しくやりましょう」

「じゃあ」フランシス・カローがおずおずと言った。「この家にある指輪のひとつに――何か仕掛けがあって、そこに秘密とか毒薬とかが隠してあるんじゃないかな」

「ぼくもそう思ってたんだ」ジュリアンが咳をしながら言った。

「おもしろい発想だね」エラリーは無理に笑顔をこしらえた。「ほかのふたつの指輪の場合なら、そういう可能性もありうる。だけどその同じ人物が――同一人物なのははっきりしてるんだが――警視の指輪まで盗んだとあっては、その可能性は消えるね、フランシス。どうがんばっても、その泥棒が警視の指輪に隠された仕掛けを探してるところは想像できないから。まだありますか?」

「そうか、なんということだ」だしぬけに警視が叫んだ。痩《や》せた小柄なガンジーのような風体で、疑わしげに周囲を見まわす。

「やっと老探偵の登場だね! いつそこに気づいてくれるかと思ってたよ、父さん。そうなんだ、警視の指輪を盗んだことからも、この盗みの目的はひとつしか考えられない……ただ所有欲を満たすためです」

ホームズ博士は目をまるくして、何か言おうとした。が、怖《お》じ気づいてことばを飲みこみ、石の床に目を落とした。

「煙よ!」ゼイヴィア夫人が叫んで立ちあがり、階段をにらんだ。

一同はそれを聞くなり、黄色い電球の下で青ざめて立ちあがった。エラリーが詰め物をした扉の下で、煙が渦を巻いている。

エラリーはブリキのバケツをひとつつかんで階段をのぼった。バケツの水をくすぶっている詰め物にぶちまけると、か細い音がして煙は消えた。

「父さん! 水のはいったその大きい桶《おけ》をここへ運んでくれ。いま手伝うから」ふたりで両側を持って、バターの桶を階段の上まであげた。「扉はつねに濡《ぬ》らしておこう。避けがたい事態が起こるのをできるだけ長く食い止めなくては……」階段をふたたび駆けおりたエラリーの目は爛々《らんらん》と光っていた。「もうちょっとです、みなさん、いいところまで来てますよ」気もそぞろな集団の注意を引こうと、客引きのように言う。最後のひとことは、警視が扉にかけた水の音で掻き消された。「ぼくはいま、ただ所有欲を満たすため、と言いました。それがどういうことかわかりますか」

「ああ、助けて」だれかが悲痛な声を出した。全員が突っ立ったまま、怯《おび》えた目で扉を見つめていた。

「聞いてください」エラリーは声を荒らげた。「ひとりひとり揺さぶってまわらなきゃいけないんですか。さあ、すわって、すわって」放心したまま、一同はすわった。「それでいい。よく聞いてください。こういう安物の指輪のような有形の品を見境なく盗むのは、ひとつのことしか意味しません――窃盗癖です。この場合は指輪ばかり盗みたくなる、指輪であればどんな種類でもかまわないという窃盗癖でしょう。ほかのものは何も盗まれていませんからね」一同はふたたびエラリーの話に耳を傾けた。頭上で燃えさかる地獄のことを考えないでいられるよう、強いてそうしていた。焼けたものが落ちてくる鈍い物音が、いまやひっきりなしに聞こえる。さながらそれは、墓穴におろした棺《ひつぎ》に土をかける音のようだった。「言い換えれば、ここにいるみなさんのなかから、窃盗癖のある人物を見つけ出せば、それがすなわち、ゼイヴィア博士とマーク・ゼイヴィアを殺害し、この少年たちに罪を着せようとした人物ということになります」

水が足りなくなり、警視が息せき切って階段をおりてきた。

「そこで」エラリーは険しくゆがんだ顔で言った。「ぼくはこのつまらない人生の最後の仕事として、いま言ったことを実行しようと思います」そして急に手を掲げ、小指にはめた非常に珍しくて美しい指輪を引き抜きはじめた。だれもが茫然《ぼうぜん》とそれを見守った。

エラリーは苦労して指輪をはずすと、それを古い箱の上に置いた。そして、その箱を一団の真ん中へ押しやった。

身を起こして数歩さがり、それきりだまりこんだ。

一同は、それが破れかぶれの奇策ではなく救済であるかのように、そのきらめく装身具にじっと目を注いでいた。咳《せ》きこむ音さえやんでいる。おりてきた警視も視線の集中砲火に加わった。ことばを発する者もいなかった。

哀れな愚か者たちめ、とエラリーは腹のなかで思った。〝これから何が起ころうとしているのか、わからないのか？　ぼくが何をしているのかを〟と。エラリーは険しい表情をできるかぎり崩さず、冷ややかに周囲を見まわした。この瞬間、エラリーは心の底からこう願っていた――みなが完全に意識を集中しているいまこそ、ほんのいっときでもその顔が死からそむけられているいまこそ、天井が破れて轟音《ごうおん》と煙とともに死が降りかかってくるといい。そうすれば、なんの予感も、なんの苦痛もなしに、みなの命は消え失《う》せるだろうから。エラリーはなおもにらみつづけた。

一同は永遠とも思われるあいだ、動かずにいた。聞こえる物音と言えば、頭上で物が落下する鈍い音と、かすかだが安定した炎の息づかいだけだった。貯蔵庫のひんやりした空気はとうの昔に消え、いつの間にか忍び寄った息苦しい熱気に、みな鼻を詰まらせていた。

そのとき、彼女が悲鳴をあげた。

おお神よ、奇策は功を奏した、とエラリーは思った。あたかもこれが決め手であるかのように！　なぜ彼女は耐えきれなかったのだろう。だがやはり彼女は、おのれのばかげた狡知《こうち》に酔いしれた、哀れで弱い愚か者だったのだ。

彼女はふたたび悲鳴をあげた。「そうよ。わたくしがやったんです！　知られたってかまいやしない！　ええそうよ、これからも何度でもやるわ――呪わしいあの人が、たとえどこにいようと！」

彼女は大きく息を吸い、目を狂おしく光らせた。「同じことよ！」と叫ぶ。「どうせみんな死ぬんですもの！　死んで地獄へ行くんだわ！」そして、震える双子をかばうようにかがみこみ、石のように硬直しているカロー夫人に腕を振りあげた。「わたくしは――あの人を殺しました――そしてマークも。彼に知られたから！　あの人は恋をしていたのよ、この――この……」その声は意味不明なつぶやきに変わった。そしてまた声を張りあげる。「否定したって無駄よ。この女、あの人と内緒話ばかりして――こそこそ、こそこそ――いつまでも――」

「誤解よ」カロー夫人がささやいた。「あれはみんな子供たちのことだったんです。あのかたとわたくしのあいだには何も――」

「あれはわたくしの復讐《ふくしゅう》よ！」彼女はまた叫んだ。「わたくしは、この女の――息子たちがあの人を殺したように見せかけてやった……この女がわたくしを苦しめたように、この女を苦しめてやろうと。でも、マークが最初の仕掛けをだめにしてしまった。それに、だれのしわざか知っていると言われて、マークも殺すしか……」

一同は彼女が荒れるにまかせた。いまや完全に正気を失っていた。口の端に泡が浮かんでいる。

「そう、盗《と》ったのもわたくしよ！」とわめく。「あなた、わたくしが我慢できなくなると思ったんでしょう？　そんな指輪を置いたりして……」

「やはり我慢できませんでしたね」エラリーがかすれた声で言った。

彼女はかまわずつづけた。「そのためにあの人は隠棲《いんせい》したのよ……わたくしのことを――知ったあとで。わたくしを治そうとしてくれた。世間から、誘惑から遠ざけようとした」その目から涙があふれた。「そう、治療の効果も出はじめていたのに」金切り声で言う。「そんなとき、この人たちが来たのよ——この女と悪魔の子が。そして指輪が、指輪が……。もうどうでもいい！　——喜んで死ぬわ！　聞いてるの？本望よ！」

それはゼイヴィア夫人だった。ぼろぼろのドレスをまとった長身を揺すりながら、黒い瞳を煙らせて胸を波打たせていた。やつれた顔は涙と灰にまみれている。

夫人は震えるように深く息をしたかと思うと、すばやくまわりを一瞥《いちべつ》し、だれもが恐怖で凍りついているうちに、人と人とのあいだを突っ切って飛び出した。硬直した警視を片側へ押しのけてよろめかせ、激情に押された尋常でない身軽さで、貯蔵庫の階段を駆けのぼっていく。エラリーが追いつく前に、夫人は貯蔵庫の扉を引きあけ、一瞬足を止めたのち、いま一度発した悲鳴とともに、外の廊下の渦巻く煙と炎のなかへ飛びこんでいった。

エラリーはただちに夫人を追いかけた。煙と炎を受けて後ろへよろめき、咳《せき》をして息を詰まらせた。何度も夫人の名を叫ぶ。目の前の地獄に向かって叫んでは咳きこみ、咳きこんでは叫んだ。返事はなかった。

そして、しばしののち、エラリーは貯蔵庫の扉を閉め、アン・フォレストのドレスを下の隙間に詰めた。警視が追加の水を持って、ロボットのようにぎくしゃくと階段をのぼった。

「ああ」フォレスト嬢が驚愕《きょうがく》の面持ちでささやいた。「あの人が――あの人が……」ヒステリックに笑いだしたかと思うと、ホームズ博士の腕に飛びこんで泣いた。奇妙な泣き笑いを繰り返し、息を詰まらせた。

クイーン父子がゆっくりと階段をおりてきた。

「しかし、エル」声を嗄《か》らした警視は、子供のように悲しそうに尋ねた。「なぜ――なぜなんだ――わたしにはわからない」すすだらけの手で額を押さえてうなだれる。

「最初からずっと目の前にあったんだよ」エラリーはつぶやいた。その目は死んでいる。「ジョン・ゼイヴィアはくだらない装身具が好きだった。抽斗《ひきだし》にたくさん詰まってたね。でも指輪はひとつもなかった。なぜだと思う?」唇を湿らす。「窃盗癖に気づいたときにはじめてわかったんだが、博士に最も近くて最も親しい人間に――それは妻にほかならないと思うけど――窃盗癖があったからだ。博士は妻を誘惑する特別な品を本人から遠ざけるようにしてたんだ」

「奥さま!」石炭の山の上でじっとしていたウィアリー夫人が、突然甲高い声をあげた。その体は痙攣《けいれん》したように震えていた。

エラリーは階段の最下段に腰をおろし、両手に顔をうずめた。「何もかもまわり道だった」苦々しい声で言う。「はじめから父さんの言ってたことが正しかったんだよ——根拠はまちがっていたけど。驚くべきは、夫を殺した容疑をかけられたとき、夫人が自白したことだ。わかるかい？　自白したんだ！　あの告白は本物だった。だれをかばってもいなかった。屈したんだよ。哀れな弱い人間。それがあの人——だった」身震いしてつづける。「ぼくはなんとばかだったのか。夫人が容疑をかけられた証拠がでっちあげだと立証してしまうなんて。おまけに、だれかをかばってるというぼくたちの思いちがいを利用して、罪を免れる機会まで与えてしまった。あの人はぼくのことをあざ笑っていただろうね！」

「笑ってはいません——いまはもう」カロー夫人がかすれた声で言った。

エラリーは聞いていなかった。「でも、罪を着せる企《たくら》みについては、ぼくの考えが正しかった」とつぶやく。「夫人はぼくが説明したとおり、ほんとうにマーク・ゼイヴィアに罪を着せられたんだ。ところが、ここで最も驚くべきことに、マーク・ゼイヴィアは夫人を罪に陥れようと企むことによって、意図せず真犯人に罪を着せようとしていたんだ！　まったくの偶然だった。これこそ、実に恐るべき皮肉じゃないか？　マークは夫人が潔白だと思っていながら、実は犯人の首に縄をかけていたんだから！　夫人に罪を負わせようと最初に思いついたとき、マークはきっと双子が真犯人だと思いこんでいたにちがいない。だがあとになって、真実に気づいたんだろう。ぼくにはそう思える。マークがゼイヴィア夫人の寝室に忍びこもうとした夜のことを、父さんも覚えてるだろう。マークは、夫人が告白したときのそぶりから、自分が偶然にも真犯人に罪を着せようとしていたことを悟った。そしてもっと決定的なほかの手がかりを追加して、夫人の容疑をさらに固めるつもりだったんだろう。そこのところは永遠にわからないけどね。マークを毒殺したあと、その手にダイヤのジャックを握らせたのも、やはりゼイヴィア夫人だ。マーク自身にはそんな余裕はなかった。ぼくにはどうしても信じられなかったんだ――死にかかっている人間がそんなことをするとは……いや、できるとは……」そこで口をつぐみ、頭を垂れた。

やがてエラリーは顔をあげて一同を見つめた。微笑もうとした。スミスはショックのあまり無感覚に陥っていた。ウィアリー夫人は哀れっぽいうめき声をあげながら、石炭の上で身悶《みもだ》えしていた。

「さて」気持ちを奮い立たせて、エラリーは言った。「そのことはもう忘れましょう。これから……」

そこでまたことばに詰まった。そのとき、うなだれているエラリーをよそに、ほかの面々はいっせいに立ちあがり、口々に言った。「いまのは何？　なんだった？」

それは鳴り響く轟音《ごうおん》で、家の土台を揺るがせ、周辺の山々にかすかにこだました。

警視は階段を三歩で駆けあがった。炎に備えて腕で目をかばいながら、扉をぐいと引きあける。外をのぞき、そして見あげた。

ちらりと空が見えた——上の階はとうに焼け落ちて、黒焦げの廃墟《はいきょ》と化していた。足もとでは、世にも不思議な現象が起こっていた——何百万という小さな槍《やり》が沸騰している。その鋭い穂先がしゅうしゅうと音を立てつづけている。煙よりもはかない蒸気の雲が、あたり一面から立ちのぼっていた。

警視は扉を閉め、かぎりなく注意深い足運びで階段をおりてきた。あたかもその一歩一歩が、祈りであり祝福であるかのように。床におり立った警視の顔は紙よりも白く、目には涙が浮かんでいた。

「なんだった？」エラリーがかすれた声で尋ねた。

警視はひび割れた声で言った。「奇跡だ」

「奇跡って？」エラリーは愚かなまでに大きく口をあけた。

「雨が降っている、降っている」

解説　ダイイング・メッセージの輪舞《ロンド》

飯城勇三

――そんなこんなで僕も、魅力的な異形の双子を自作で存分に描いてみたいとかねがね思っていたのだ。それが実現したのが、『暗黒館の殺人』の美鳥《みどり》・美魚《みお》の姉妹。初登場のシーンで彼女らにみずから「あたしたちは蟹よ」と云わせたのも、おおもとは『シャム双子の謎』にあったわけである。

（綾辻行人『アヤツジ・ユキト2007-2013』より）

その刊行――『レーン最後の事件』

エラリー・クイーン（マンフレッド・リーとフレデリック・ダネイ）が一九三二年に生み出した第二の筆名「バーナビー・ロス」と、第二の名探偵ドルリー・レーン。しかし、翌一九三三年に刊行された『レーン最後の事件』を最後に、どちらも読者の

左：「ミステリ・リーグ」誌掲載の
『レーン最後の事件』の挿絵
右：「ミステリ・リーグ」誌掲載の
クイーン編集長の写真

前から姿を消しました。ところが、意外なことに、クイーンはまだシリーズを続けるつもりだったのです。おそらくは、『最後の事件』より前の事件を描く予定だったと思われますが、ファンにとって残念なことに、実現はしませんでした。その理由については、一九七八年に『Xの悲劇』が再刊された際にクイーンが添えたエッセイの中で、次の二つが挙げられています。

①『レーン最後の事件』を、版元のヴァイキング社の許可を得ずに「ミステリ・リーグ」誌に掲載したため、関係が険悪になった。

②探偵エラリーのシリーズの方がレーンものより圧倒的に売れていたので、そちらに注力したかった。

かくして、四作の傑作を残し、バーナビー・ロスは姿を消すことになったのです。その後、レーンものは何度も再刊されましたが、すべてクイーン名義でした。

こんな年に刊行された本作『シャム双子の秘密』は、『レーン最後の事件』と同じく、「名探偵の死」がテーマの一つになっています。しかし、それを差し置いても、問題作であり異色作だと言えるでしょう。実は、本格ミステリをめぐる評論の中で、『ギリシャ棺の秘密』に匹敵する頻度で言及されているのが、本作なのです。

その魅力——推理は命より重い

本作が「国名シリーズの異色作」と言われているのは、シリーズの他の作品では見ることができない、以下の特徴を持っているからです。

①〈読者への挑戦〉がない唯一の作

国名シリーズ全九作の中で、挑戦状がないのは本作だけです。作者自身は、次の『チャイナ橙の秘密』で「単なる入れ忘れ」と言っていますが、信じる読者はいないでしょう。また、「ある推理の問題」というおなじみの副題は本作にもあるので、謎解きを放棄したわけでもありません。その理由については、いくつもの評論でいくつもの説が提示されてきました。「挑戦状は山火事のサスペンスを減じてしまうから」や「挑戦状を入れる場所がないから」、それに「エラリーの最終的な推理が弱いから」や「二転三転するプロットの効果を弱めてしまう（挑戦状より前の推理は間違いだと読者に見抜かれてしまう）から」などなど……。ひとつ、みなさんも考えてみませんか。

②唯一のダイイング・メッセージ長篇

「ダイイング・メッセージといえばクイーン」と思っているファンは、少なくないはずです。しかし、国名シリーズでは、本作しか存在しません。しかも、真っ向から

〝メッセージによる犯人の特定〟に挑んだ長篇は、国名シリーズ以外を見ても、本作しかないのです。他の長篇は、『Xの悲劇』のように、別の手がかりから犯人を特定した後で、メッセージを解釈したりしていますからね。

そしてまた、みなさんが最後まで読み終えたならば、本作が〝ダイイング・メッセージものの傑作〟であると同時に、〝アンチ・ダイイング・メッセージものの傑作〟でもあることに気づくと思います。

③唯一にして異形のクローズドサークルもの

事件関係者が孤立した館に閉じ込められ、警察が介入できない状況で殺人が起きる〈クローズドサークル〉もの。クリスティの『そして誰もいなくなった』などで知られるこの設定に、本作はクリスティよりも早く挑んでいます。しかも、エラリーに、おなじみの探偵道具箱（指紋採集キットなどが入っている箱ですが、覚えていますか？）すら持たせないという徹底ぶり。

しかし、同時に、クリスティなどとは異なる設定も導入しています。それは、「迫る山火事」という設定。『そして誰もいなくなった』タイプの作品では、探偵が殺人者を捕らえたならば、死の危険はなくなります。しかし、山火事はそうはいきません。犯人を捕らえようが捕らえまいが、死は訪れるのです。

本作の終盤、エラリーは自分が殺人者だと指摘した人物と共に、山火事を防ぐ溝を

『シャム双子の秘密』初版本の表紙

掘ります。そして、「おのれの消滅に直面している人間が、ひとりの殺人犯のことを多少とも気にするのはなぜだろう？　不合理であり、幼稚でもある」と思いながらも、炎の中で、推理を披露するのです。まさしく、異色の作品と言えるでしょう。

これ以外の本作の魅力としては、何と言っても、シャム双子です。しかも、ただ出すだけでなく、ミステリ部分と密接な関係があるのですよ。特に、366pからクイーン父子が交わす法律問答には注目してください。というのも、「ライフ」誌一九四三年十一月二十二日号のクイーン特集記事によると、見世物小屋に行った作者が、シャム双子を見てこの問題を思いついたことが、本作執筆のきっかけになったそうですから。

また、犯人隠しのテクニックも、本作の大きな魅力になっています。ただし、これ以上は真相に触れなければ語れないので、後ろにまわすことにしましょう。

では、いつものファン向けの小ネタを。

〔**その1**〕シャム双子を扱った日本のミステリはいくつもあります。その中で、作者自身が本作の影響を認めている作品としては、綾辻行人『暗黒館の殺人』と横溝正史『悪霊島』あたりが有名でしょう。ちなみに、横溝氏は他にも「蟹《かに》」という短篇を書いています（本書を読み終えた人ならば、この題名の意味はわかりますね）。

〔**その2**〕本作の「クローズドサークルの中で殺人者以外の脅威が迫る」という設

定に挑んだと思われる日本の作品も、いくつかあります。その中で、作者自身が影響を認めている有名作品は、有栖川有栖『月光ゲーム』（噴火）や笠井潔『オイディプス症候群』（伝染病）などでしょうか。

その父親――クイーン警視自身の事件

このシリーズの愛読者の中には、探偵エラリーよりも父親の方に魅力を感じた人が少なくないはずです。私が主宰するエラリー・クイーン・ファンクラブでも、警視ファンの会員は珍しくありません。いくつかの資料によると、エラリーの造形はダネイの理想像で、警視の造形はリーの祖父がモデルとのことなので、おそらく、警視の地に足が着いた造形が、人気の理由になっているのでしょうね。あと、「頭でっかちの子供に振り回される親」に共感する読者が多いのかもしれません。

また、本格ミステリとして見た場合も、警視の役割は重要です。エラリーが苦手とする地味な捜査を一手に引き受け、エラリーの推理に鋭い突っ込みを入れる、といった警視の姿が、クイーン作品の本格ミステリとしての質を高めていることは間違いありませんから。

そんな警視ファンにとって、本作は嬉《うれ》しい贈り物になると思います。部下がいないため、エラリーと二人だけで事件に挑み、「カニを見た！」と騒ぎ、ダイイング・メッセージの意味を推理し、逃げる容疑者を一発で仕留め、犯人に襲われ、結婚指輪を盗まれる、と大活躍するのですから。

また、エラリーは事件捜査以外は見事に役立たずなので（本作の終盤では少し格好いいところを見せますが）、山火事の対応は、警視がリーダーシップを発揮することになります。一癖も二癖もある館の住人をまとめあげる彼の手腕に感心した読者も多いでしょうね。

加えて、警視のプライベートがうかがえるのも、興味深い点です。特に、警視の妻、つまりエラリーの母親の話は、本作で初めて出て来たのではないでしょうか。

ところでみなさんは、エラリーが登場せず、クイーン警視が単独で事件を解決する長篇があるのをご存じでしょうか？　それは、一九五六年の『クイーン警視自身の事件』です。定年退職した警視が魅力的な女性看護師（四十九歳ですが）と共に赤ん坊殺人事件に挑む話で、最後には彼女と結ばれてハッピーエンド。かつての仲間の助けを借り、地道な捜査で真相に近づいていく（元）警視の姿は、実に魅力的だと言えるでしょう。また、この作でも、亡き妻の話がチラリと出て来ます（もくせい草が好きだったとのこと）。

さらに、一九六八年の『真鍮《しんちゅう》の家』では、二人の結婚式と新婚旅行、そして巻き込まれた事件の顚末《てんまつ》が描かれています。解決こそエラリーに譲っていますが、主役は警視だと言ってかまいません。

最後に、〝エラリーが自分の活躍を小説化した作品〟を読むことしかできない私たちが陥りやすい錯覚を、指摘しておきましょう。それは、「当時のニューヨーク市民にとっては、名探偵は警視の方だった」ということです。解決した事件の数やマスコミへの登場頻度は、どう考えても、警視が圧倒的に上でしょう。おそらく、警察関係者もマスコミも、そして犯罪者も、「腕の立つヴェリーと頭の切れるエラリーを従えた名刑事リチャード・クイーン」と見なしていたはずです。

その来日――矢根《アローヘッド》館殺人事件

本作の初紹介は、雑誌「新青年」の一九三四年四月号から十月号まで。『暹羅《シャム》兄弟の秘密』という題名で連載されました。戦前なので五割程度の抄訳ですが、訳者がホームズものなどで知られる延原謙氏だけあって、当時としては、悪くありません。――と言いたいところですが、推理がかなり縮められているのは、クイーン作品の訳としてはマイナスですね。特に、第十三章でのエラリーの推理で、カードに残された親指の跡から引き裂かれた時の向きを特定する部分をカットしたのは、問題です。

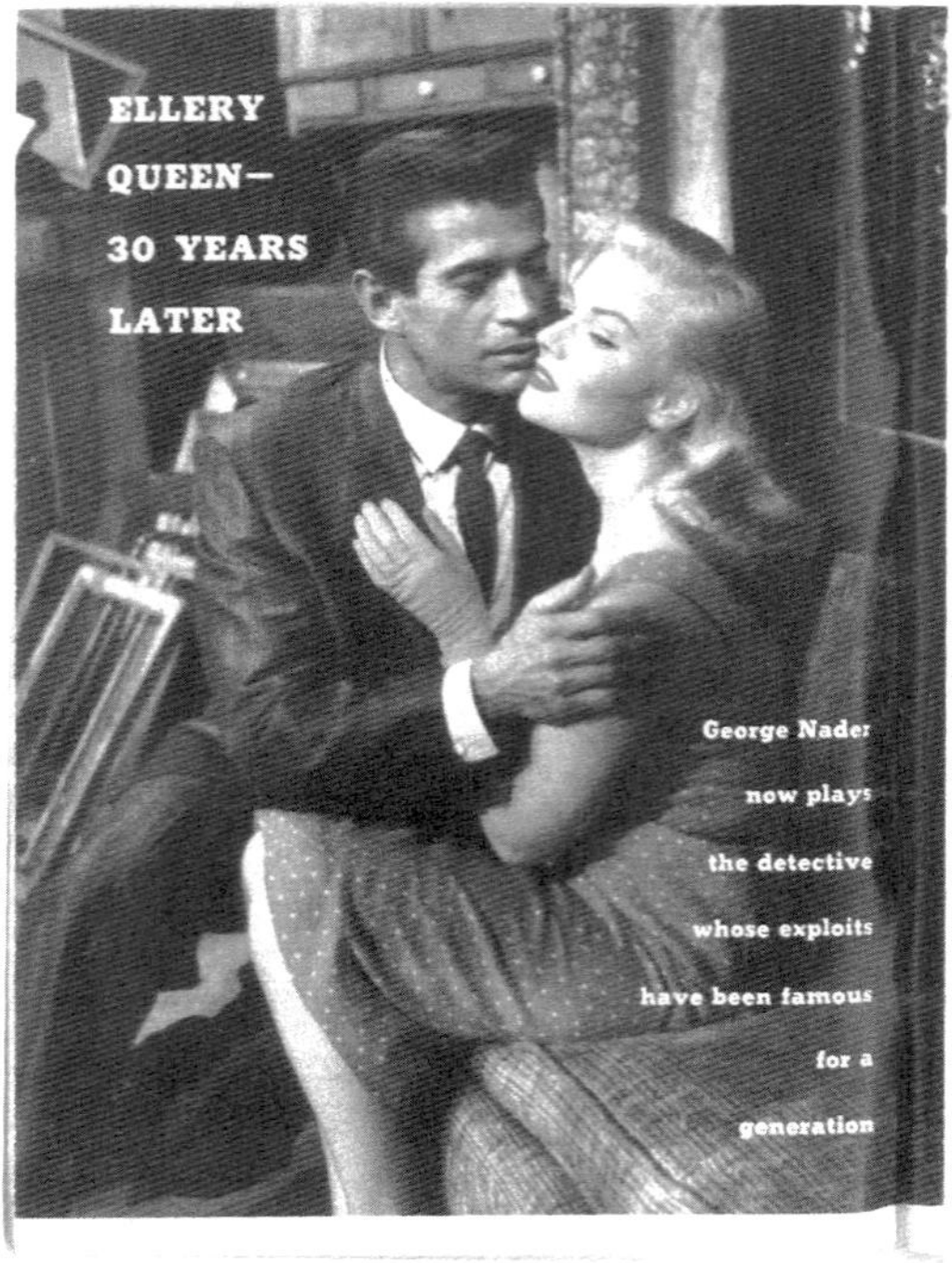

The Further Adventures of
Ellery Queen(1958 ～ 59) 関係
上：「TV GUIDE」誌 1958 年 11 月
29 日号のシリーズ紹介記事より
左下：シリーズ前半でエラリー
を演じたジョージ・ネイダー
右下：シリーズ後半でエラリー
を演じたリー・フィリップス

ＥＱギャラリー〈ＴＶ篇〉

↑リチャード・ハート（エラリー）／The Adventures of Ellery Queen(1950)

↑リー・ボウマン（エラリー）／The Adventures of Ellery Queen(1950 〜 52)

↑ヒュー・マーロウ（エラリー）／The New Adventures of Ellery Queen(1955 〜 56)

←フローレンツ・エイムズ（警視）／上記すべて

４３１ｐに再録したのは、連載時に添えられた内藤贇《ないとうさん》の挿絵。なお、下に載せた絵（第七章）は、読者コーナーで「本文の描写と合っていない」というクレームがつきました。みなさんは、どこが合っていないか、わかりましたか？（答＝双子の眼緑）

ところで、同じ雑誌の四月号から十二月号までは、ある有名な日本ミステリも連載されていますが、それは何だと思いますか？　以下に、四月号の編集後記を引用しましょう（新かな遣いに修正）。筆者はＪ・Ｍ（おそらく水谷準）となっています。

四月号の自慢はいろいろあるが、先ず第一に、二つの長篇を新しく連載できた事だ。「黒死館殺人事件」第一篇八〇枚は、最近各方面で話題にのぼる新人小栗氏の作であるだけに、非常なセンセイションをまき起こすに違いない。（中略）もう一つはＥ・クイーンの「暹羅兄弟の秘密」。「僕はこんな面白い作品を最近読んだ事がない。」とは病床にある横溝正史君の礼讃の辞だ。クイーンのものは、あまり謎々小説に堕した嫌いがあって、本誌でもこれまで長篇は紹介する機を失っていたのだが、この作は小説的にも実によく構想されている。あえて逸品なりと信じて探偵小説ファン諸君に献ずる一篇である。

なんと、小栗虫太郎『黒死館殺人事件』――降矢木家の殺人――でした。

『シャム双子の秘密』の「新青年」誌連載時の挿絵。上は４月号、下は５月号。

その技巧――もっとも意外な犯人

※注意!!　ここから先は本篇読了後に読んでください。

クイーン長篇25作目の刊行を記念して作られたパンフレット「Ellery Queen : a double profile（1951）」の中で、アメリカの有名評論家A・バウチャーは、こう言っています。

『シャム双子の秘密』で発揮されている構成上のひねりは、私にとって、これまで出会った中で最高にすばらしいものである――アガサ・クリスティの作品を除かなくても、そうなのだ。

この「構成上のひねり」とは、もちろん、犯人であるゼイヴィア夫人に、物語の中盤で自白させてしまうというものです。先例がないわけではありませんが、そちらはどれも、一事不再理などで罪を逃れるために犯人が意図的に自分を疑わせる、というものでした。しかし、クイーンは違います。夫人は、何のメリットもないのに、本心から告白するのです。おそらく、この段階で、ほとんどの読者は夫人を容疑者から外してしまい、その結果、解決篇で明かされる意外な犯人にびっくりしたと思います。

ではここで、この〈意外な犯人〉を生み出すためにクイーンが発揮した超絶技巧を、物語に沿って、追ってみましょう。
・ゼイヴィア夫人は（おそらく夫の影響で）パズル好きだった。そこで、夫を殺した後、カロー夫人を苦しめるため、ダイヤのJを――利き腕については何も考えずに――右手に残した。
・その後、マークがカードをスペードの6とすり替えてしまう。この時点では、彼は双子が犯人だと思っている。
・死体が発見されるが、夫人は被害者の手中のカードの絵柄までは見えないため、当然、ダイヤのJのままだと思い込んでいる。
・ところが、カードはスペードの6だったと警視が話したので、びっくり仰天（「スペードの6ですって！」ゼイヴィア夫人があえぎ声をあげた。眼球は、暗くぼんだ眼窩《がんか》から飛び出さんばかりだ）。そのショックから回復する前に、警視から「殺害しましたね？」とたたみかけられたので、つい、「ええ」と答えてしまう。
・しかし、エラリーの利き腕の推理により、スペードの6のメッセージが偽装だと判明。夫人は「犯人をかばった無実の人」と見なされるようになった。
・ところが、エラリーのこの推理を聞いたマークが、ダイヤのJのメッセージも偽物であること（双子は犯人ではないこと）に気づく。そして、自白した時の夫人の態度から、彼女が真犯人であることにも気づく。

・だが、マークは夫人を告発できない。エラリーが「（スペードの6のカードの）罠《わな》を仕掛けた人物は、真犯人でなくてだれでしょう」と決めつけたため、カードをすり替えたのが自分だと言えなくなってしまったのだ。
・そこでマークは、あらためて夫人を罪に落とす細工をもくろみ、彼女の部屋に侵入しようとする。だが、エラリーたちに目撃され、かえって自分が怪しまれてしまうことになる。
・ここでエラリーが第二の推理を披露し、スペードの6を引き裂いた人物はマークだと指摘。マークは、自分はカードのすり替えしかやっていないと言い、さらに、夫人を告発しようとするが、その前に意識を失う。
・マークの告白を聞いた警視は、ベテランの勘で、その言葉を信じる。それを知った夫人は、危険な存在となったマークを殺害する決意を固める。
・この段階で、夫人は「ダイヤのJによって双子を罪に落とす計画」を再開することにした。なぜならば、マークの死によって、ダイヤのJが博士の右手に握られていたことを知るものは、いなくなったからだ。おそらくエラリーは、「博士はダイヤのJを左手に持っていたが、マークがそれを捨て、右手にスペードの6を握らせたのだ」と推理してくれるだろう――これが夫人の考えだった。彼女は、糖尿病患者の死後硬直が早まることを知らなかったのだ。

・夫人の計画は成功し、エラリーは一度は双子を犯人だと指摘する。だが、最後には死後硬直の件に気づき、夫人の罠をあばく。

……従来の本格ミステリでは、犯人の作り出した難解な謎を名探偵が解いて終わりでした。しかし本作では、犯人とマークは、推理が披露されるたびに、計画を練り直し、対応を迫られます。この〈探偵の推理〉と〈犯人の計画〉のせめぎ合い、そして、そこから生まれる犯人の意外性こそが、『シャム双子』のユニークな魅力なのです。

その新訳――『ニッポン硬貨の謎』

二〇〇五年に刊行された北村薫氏の『ニッポン硬貨の謎』は、優れた、そして、楽しいクイーン贋作《がんさく》長篇でした。そしてその中には、卓越した『シャム双子』論も含まれているのです。何せ、小説でありながら、〈本格ミステリ大賞・評論研究部門〉を受賞したくらいですから。

この論の中に、本作の翻訳に関する重大な指摘があります。それは、「第四部冒頭の『シンシン刑務所で死刑執行を待つあいだに、A・Fが新聞記者に語ったことば』を翻訳する際に、男性の口調で訳すのは間違いだ」というもの。北村氏によると、クイーンは、読者に「このA・Fは、アン・フォレストで、ゼイヴィア博士殺害の罪で死刑になるところなのではないか」と思わせようとしているのです。物語の終盤では、容疑者の数が減ってしまうため、読者があらためてゼイヴィア夫人を容疑者として見直してしまう可能性があります。クイーンはその可能性を封じるため、引用文を使って、まだ容疑者になっていないアン・フォレストに読者の目を向けようとした――というのが、北村氏の説でした。

訳者の越前氏は、この北村説を考慮に入れ、男女どちらともとれる口調で訳しています。さらに、いくつかの既訳では「血みどろのシャツ」となっている箇所も、「血のついたシャツ」と訳して、111pのゼイヴィア博士のシャツの描写と矛盾しないようにしました。

しかし、本当にクイーンは、こんな仕掛けを考えていたのでしょうか？　アメリカの読者は、この仕掛けに引っかかったのでしょうか？　私はそれが気になったので、『ニッポン硬貨』の刊行直後に、アメリカの熱烈なクイーン・ファンにして優れた本格ミステリ作家であるエドワード・D・ホック氏に、この件を問い合わせてみました。以下がその返事です。

面白い話を聞かせてくれましたね。クイーンが第四部冒頭の引用文で読者をミスリードしようと企んだ可能性は高いと思います。しかし、私は疑問に思っているのです――私が気づかなかったのと同じように、大部分のアメリカの読者も、この引用文をシンシン刑務所の実在の死刑囚によるものだと見なしてしまったのではないか、と。第三部のリチャード・クイーンからの引用は、まぎれもなく架空のものですが、第一部と第二部は、本物からの引用に見えますからね。

アメリカ人のホックですら気づかなかった仕掛けを、今回、私たち日本の読者は味わうことができるようになったわけです。これもまた、国名シリーズ新訳版の魅力だと言えるでしょう。

シャム双子《ふたご》の秘密《ひみつ》

エラリー・クイーン　越前敏弥《えちぜんとしや》・北田絵里子《きただえりこ》＝訳

平成26年 10月25日　初版発行
平成30年 11月30日　5版発行

発行者●郡司 聡

発行●株式会社KADOKAWA
〒102-8177　東京都千代田区富士見2-13-3
電話 03-3238-8521（カスタマーサポート）
http://www.kadokawa.co.jp/

角川文庫 18827

印刷所●大日本印刷株式会社　製本所●大日本印刷株式会社

表紙画●和田三造

ISBN978-4-04-101455-4　C0197

角川文庫発刊に際して

角川源義

第二次世界大戦の敗北は、軍事力の敗北であった以上に、私たちの若い文化力の敗退であった。私たちの文化が戦争に対して如何に無力であり、単なるあだ花に過ぎなかったかを、私たちは身を以て体験し痛感した。西洋近代文化の摂取にとって、明治以後八十年の歳月は決して短かすぎたとは言えない。にもかかわらず、近代文化の伝統を確立し、自由な批判と柔軟な良識に富む文化層として自らを形成することに私たちは失敗して来た。そしてこれは、各層への文化の普及滲透を任務とする出版人の責任でもあった。

一九四五年以来、私たちは再び振出しに戻り、第一歩から踏み出すことを余儀なくされた。これは大きな不幸ではあるが、反面、これまでの混沌・未熟・歪曲の中にあった我が国の文化に秩序と確たる基礎を齎らすためには絶好の機会でもある。角川書店は、このような祖国の文化的危機にあたり、微力をも顧みず再建の礎石たるべき抱負と決意とをもって出発したが、ここに創立以来の念願を果すべく角川文庫を発刊する。これまで刊行されたあらゆる全集叢書文庫類の長所と短所とを検討し、古今東西の不朽の典籍を、良心的編集のもとに、廉価に、そして書架にふさわしい美本として、多くのひとびとに提供しようとする。しかし私たちは徒らに百科全書的な知識のジレッタントを作ることを目的とせず、あくまで祖国の文化に秩序と再建への道を示し、この文庫を角川書店の栄ある事業として、今後永久に継続発展せしめ、学芸と教養との殿堂として大成せんことを期したい。多くの読書子の愛情ある忠言と支持とによって、この希望と抱負とを完遂せしめられんことを願う。

一九四九年五月三日

角川文庫海外作品

Xの悲劇
エラリー・クイーン
越前敏弥＝訳

結婚披露を終えたばかりの株式仲買人が満員電車の中で死亡。ポケットにはニコチンの塗られた無数の針が刺さったコルク玉が入っていた。元シェイクスピア俳優の名探偵レーンが事件に挑む。決定版新訳！

Yの悲劇
エラリー・クイーン
越前敏弥＝訳

大富豪ヨーク・ハッターの死体が港で発見される。毒物による自殺だと考えられたが、その後、異形のハッター一族に信じられない惨劇がふりかかる。ミステリ史上最高の傑作が、名翻訳家の最新訳で蘇る。

Zの悲劇
エラリー・クイーン
越前敏弥＝訳

黒い噂のある上院議員が刺殺され刑務所を出所したばかりの男に死刑判決が下されるが、彼は無実を訴える。サム元警視の娘で鋭い推理の冴えを見せるペイシェンスとレーンは、真犯人をあげることができるのか？

レーン最後の事件
エラリー・クイーン
越前敏弥＝訳

サム元警視を訪れ大金で封筒の保管を依頼した男は、なんとひげを七色に染め上げていた。折しも博物館ではシェイクスピア稀覯本のすり替え事件が発生する。ペイシェンスとレーンが導く衝撃の結末とは？

ローマ帽子の秘密
エラリー・クイーン
越前敏弥・青木 創＝訳

観客でごったがえすブロードウェイのローマ劇場で、非常事態が発生。劇の進行中に、NYきっての悪徳弁護士と噂される人物が、毒殺されたのだ。名探偵エラリー・クイーンの新たな一面が見られる決定的新訳！

角川文庫海外作品

フランス白粉の秘密

エラリー・クイーン
越前敏弥・下村純子＝訳

〈フレンチ百貨店〉のショーウィンドーの展示ベッドから女の死体が転がり出た。そこには膨大な手掛りが残されていたが、決定的な証拠はなく……難攻不落な都会の謎に名探偵エラリー・クイーンが華麗に挑む！

オランダ靴の秘密

エラリー・クイーン
越前敏弥・国弘喜美代＝訳

オランダ記念病院に搬送されてきた病院の創設者である大富豪。だが、手術台に横たえられた彼女は既に何者かによって絞殺されていた!? 名探偵エラリーの超絶技巧の推理が冴える〈国名〉シリーズ第3弾！

ギリシャ棺の秘密

エラリー・クイーン
越前敏弥・北田絵里子＝訳

急逝した盲目の老富豪の遺言状が消えた。捜索するも一向に見つからず、大学を卒業したてのエラリーは墓から棺を掘り返すことを主張する。だが出てきたのは第2の死体で……二転三転する事件の真相とは!?

エジプト十字架の秘密

エラリー・クイーン
越前敏弥・佐藤　桂＝訳

ウェスト・ヴァージニアの田舎町でT字路にあるT字形の標識に磔にされた首なし死体が発見される。全てが〝T〟ずくめの奇怪な連続殺人事件の真相とは!? スリリングな展開に一気読み必至。不朽の名作！

アメリカ銃の秘密

エラリー・クイーン
越前敏弥・国弘喜美代＝訳

ニューヨークで2万人の大観衆を集めたロデオ・ショー。その最中にカウボーイの一人が殺された。衆人環視の中、凶行はどのようにして行われたのか!? そして再び同じ状況で殺人が起こり……。

角川文庫海外作品

十五少年漂流記

ジュール・ヴェルヌ
石川　湧＝訳

荒れくるう海を一隻の帆船がただよっていた。乗組員は15人の少年たち。嵐をきり抜け、なんとかたどりついたのは故郷から遠く離れた無人島だった――。冒険小説の巨匠ヴェルヌによる、不朽の名作。

ボビーZの気怠く優雅な人生

ドン・ウィンズロウ
東江一紀＝訳

伝説的な麻薬ディーラー、ボビーZが死んだ。ボビーを麻薬王ドン・ウェルテロとの秘密取引の条件にするつもりだった麻薬取締局は困り果てる。そこへ服役中の泥棒ティムがボビーZに生き写しと判明し……。

歓喜の島

ドン・ウィンズロウ
後藤由季子＝訳

舞台は50年代末のNY。CIAを辞めマンハッタンへ帰ったウォルターは探偵となり二つの事件を担当する。だがそれは、彼の愛人をも巻き込み米ソ・諜報機関の戦いへと発展していく――。

カリフォルニアの炎

ドン・ウィンズロウ
東江一紀＝訳

カリフォルニア火災生命の腕利き保険調査員ジャックは、焼死したパメラ・ヴェイルの死に疑問を抱く。不動産会社社長の夫ニックには元KGBという裏の顔が隠されていた――。

犬の力 (上)(下)

ドン・ウィンズロウ
東江一紀＝訳

血みどろの麻薬戦争に巻き込まれた、DEAの捜査官、ドラッグの密売人、コールガール、殺し屋、そして司祭。戦火は南米のジャングルからカリフォルニアとメキシコの国境へと達し、地獄絵図を描く。

角川文庫海外作品

フランキー・マシーンの冬　（上）（下）

ドン・ウィンズロウ
東江一紀＝訳

かつてその見事な手際から〝フランキー・マシーン〟と呼ばれた伝説の殺し屋フランク・マキアーノ。サンディエゴで堅気として平和な日々を送っていた彼が嵌められた罠とは――。鬼才が放つ円熟の犯罪小説。

夜明けのパトロール

ドン・ウィンズロウ
中山　宥＝訳

サンディエゴの探偵ブーン・ダニエルズ。仕事よりも夜明けのサーフィンをこよなく愛する彼だが、裁判での証言を前に失踪したストリッパーを捜すことに。しかし彼女は死体で発見され、ブーンにも危険が迫る。

野蛮なやつら

ドン・ウィンズロウ
東江一紀＝訳

カリフォルニアでマリファナのビジネスで成功していたベンとチョン。だがメキシコの麻薬カルテルが介入し、二人の恋人オフィーリアが拉致されてしまう。二人は彼女を取り戻すために危険な賭けにでるが――。

紳士の黙約

ドン・ウィンズロウ
中山　宥＝訳

サーファー探偵、ブーン・ダニエルズは、起業家サーファーが集う〝ジェントルメンズ・アワー〟に、浮気調査依頼を受ける。同じころ、地元の人気サーファーが殺された。事件の陰に隠された巨悪が。

キング・オブ・クール

ドン・ウィンズロウ
東江一紀＝訳

舞台は南カリフォルニア。大麻の種子を持ち込んだ軍人のチョンは平和主義者のベンを相棒に大麻供給グループを作り上げ、麻薬密売組織との大勝負に挑む。2人は腐敗警官との取引に生き残りを賭けるが⁉

角川文庫海外作品

不思議の国のアリス

ルイス・キャロル
河合祥一郎＝訳

ある昼下がり、アリスが土手で遊んでいると、チョッキを着た兎が時計を取り出しながら、生け垣の下の穴にぴょんと飛び込んで……個性豊かな登場人物たちとユーモア溢れる会話で展開される、児童文学の傑作。

鏡の国のアリス

ルイス・キャロル
河合祥一郎＝訳

ある日、アリスが部屋の鏡を通り抜けると、そこはおしゃべりする花々やたまごのハンプティ・ダンプティたちが集う不思議な国。そこでアリスは女王を目指すのだが……永遠の名作童話決定版！

ジーキル博士とハイド氏

スティーヴンソン
大谷利彦＝訳

ジーキル博士は、自己の性格中の悪を分離する薬品を飲み、悪逆なハイド氏に変じる。再び薬品の力で元に戻るが、遂には戻れなくなり自殺してしまう。人間の善悪二面性に鋭くメスを加えた衝撃の書。

シャーロック・ホームズの冒険

コナン・ドイル
石田文子＝訳

世界中で愛される名探偵ホームズと、相棒ワトスン医師の名コンビの活躍が、最も読みやすい最新訳で蘇る！　女性翻訳家ならではの細やかな感情表現が光る「ボヘミア王のスキャンダル」を含む短編集全12編。

シャーロック・ホームズの回想

コナン・ドイル
駒月雅子＝訳

ホームズとモリアーティ教授との死闘を描いた問題作「最後の事件」を含む第2短編集。ホームズの若き日の冒険など、第1作を超える衝撃作が目白押し。発表当時に削除された「ボール箱」も収録。

角川文庫海外作品

緋色の研究
コナン・ドイル
駒月雅子＝訳

ロンドンで起こった殺人事件。それは時と場所を超えた悲劇の幕引きだった。クールでニヒルな若き日のホームズとワトスンの出会い、そしてコンビ誕生の秘話を描く記念碑的作品、決定版新訳！

四つの署名
コナン・ドイル
駒月雅子＝訳

シャーロック・ホームズのもとに現れた、美しい依頼人。彼女の悩みは、数年前から毎年同じ日に大粒の真珠が贈られ始め、なんと今年、その真珠の贈り主に呼び出されたという奇妙なもので……。

バスカヴィル家の犬
コナン・ドイル
駒月雅子＝訳

魔犬伝説により一族は不可解な死を遂げる――恐怖の呪いが伝わるバスカヴィル家。その当主がまたしても不審な最期を迎えた。遺体発見現場には猟犬の足跡が……謎に包まれた一族の呪いにホームズが挑む！

ウール（上）（下）
ヒュー・ハウイー
雨海弘美＝訳

地下144階建てのサイロ。カフェテリアのスクリーンに映る、荒涼とした外の世界。出られるのは、レンズを磨く「清掃」の時のみ。だが、「清掃」に出た者は、生きて戻ってくることはなかった。

ダ・ヴィンチ・コード（上）（中）（下）
ダン・ブラウン
越前敏弥＝訳

ルーヴル美術館のソニエール館長が館内のグランド・ギャラリーで異様な死体で発見された。殺害当夜、館長と会う約束をしていたハーヴァード大学教授ラングドンは、警察より捜査協力を求められる。

角川文庫海外作品

天使と悪魔（上）（中）（下）
ダン・ブラウン
越前敏弥＝訳

ハーヴァード大の図像学者ラングドンはスイスの科学研究所長からある紋章について説明を求められる。それは十七世紀にガリレオが創設した科学者たちの秘密結社〈イルミナティ〉のものだった。

デセプション・ポイント（上）（下）
ダン・ブラウン
越前敏弥＝訳

国家偵察局員レイチェルの仕事は、大統領へ提出する機密情報の分析。大統領選の最中、レイチェルは大統領から直々に呼び出される。NASAが大発見をしたので、彼女の目で確かめてほしいというのだが……。

パズル・パレス（上）（下）
ダン・ブラウン
越前敏弥・熊谷千寿＝訳

史上最大の諜報機関にして、暗号学の最高峰・米国家安全保障局のスーパーコンピュータが狙われる。対テロ対策として開発されたが、全通信を傍受・解読できるこのコンピュータの存在は、国家機密だった……。

ロスト・シンボル（上）（中）（下）
ダン・ブラウン
越前敏弥＝訳

キリストの聖杯を巡る事件から数年後。ラングドンは旧友でフリーメイソン最高幹部ピーターから急遽講演を依頼される。会場に駆けつけた彼を待ち受けていたのは、切断されたピーターの右手首だった！

ダン・ブラウン徹底攻略
ダン・ブラウン研究会

『ダ・ヴィンチ・コード』『天使と悪魔』『ロスト・シンボル』『インフェルノ』。世界的大ベストセラー、ラングドン・シリーズの人物相関図、暗躍する組織の謎、美術、歴史を1冊で徹底攻略！